JN224957

アウシュヴィッツ脱出

命を賭けて世界に真実を伝えた男

THE ESCAPE ARTIST: The Man Who Broke Out of Auschwitz to Warn the World

Jonathan Freedland
ジョナサン・フリードランド
羽田詩津子＝訳

NHK出版

ブックデザイン
鈴木成一デザイン室

父、マイケル・フリードランド（一九三四年〜二〇一八年）に捧げる。父との思い出は祝福だ。

目次

第3部　脱走

第4部　報告書

第5部 影

*本文中の〔 〕は訳注を表す。

ナチス・ドイツ政権下の
スロヴァキア周辺、ハンガリー、ポーランド

脱出ルート
（1944年4月7日〜24日）

アウシュヴィッツ強制収容所

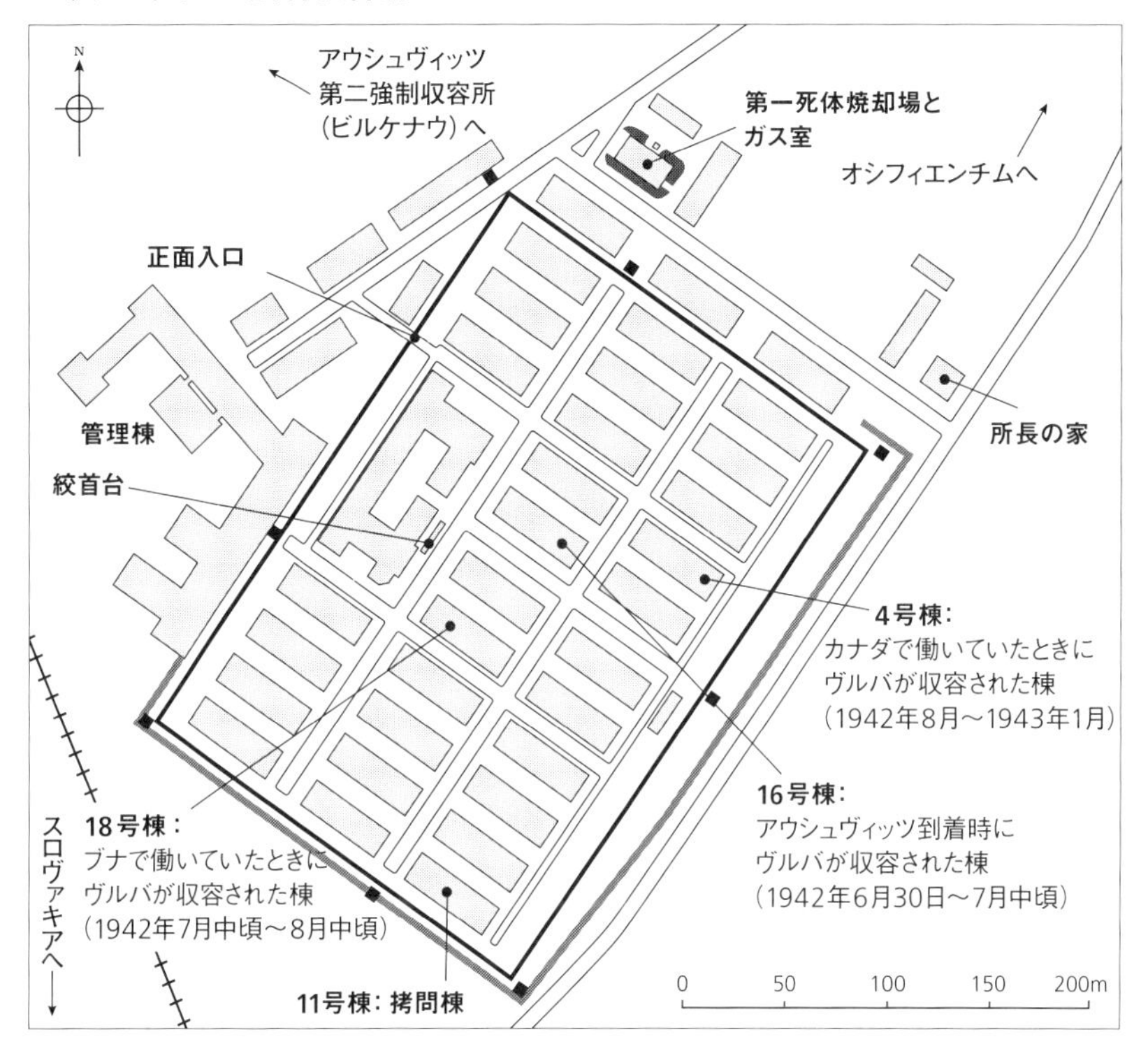

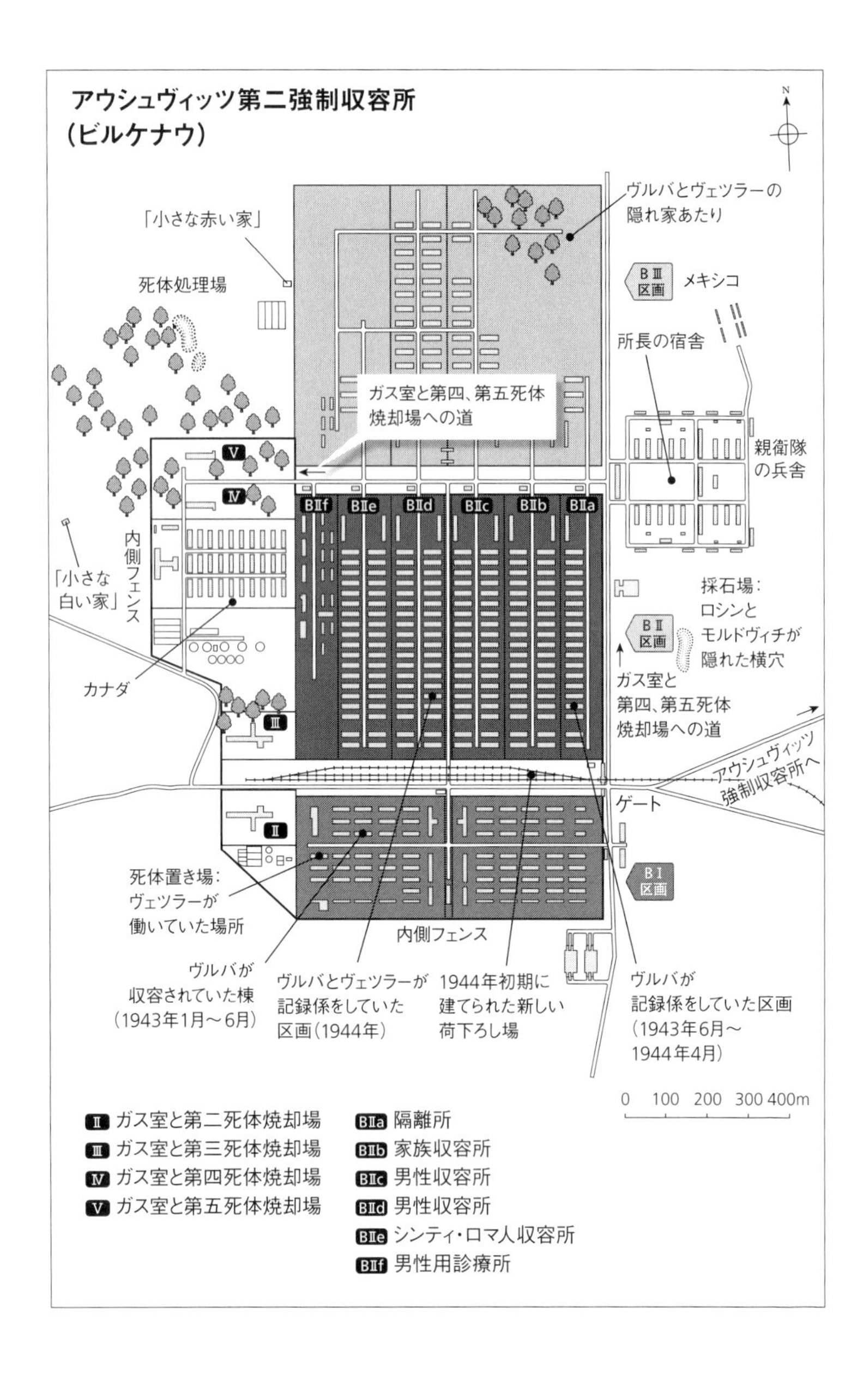
アウシュヴィッツ第二強制収容所
（ビルケナウ）
N
ヴルバとヴェツラーの
隠れ家あたり
「小さな赤い家」
死体処理場
BⅢ区画
メキシコ
所長の宿舎
ガス室と第四、第五死体
焼却場への道
親衛隊の兵舎
Ⅴ
Ⅳ
BⅡf
BⅡe
BⅡd
BⅡc
BⅡb
BⅡa
内側フェンス
「小さな白い家」
採石場：
ロシンと
モルドヴィチが
隠れた横穴
BⅡ区画
カナダ
ガス室と
第四、第五死体
焼却場への道
Ⅲ
アウシュヴィッツ
強制収容所へ
ゲート
Ⅱ
死体置き場：
ヴェツラーが
働いていた場所
BⅠ区画
内側フェンス
ヴルバが
収容されていた棟
（1943年1月～6月）
ヴルバとヴェツラーが
記録係をしていた
区画（1944年）
1944年初期に
建てられた新しい
荷下ろし場
ヴルバが
記録係をしていた区画
（1943年6月～
1944年4月）
0 100 200 300 400m
Ⅱ ガス室と第二死体焼却場
Ⅲ ガス室と第三死体焼却場
Ⅳ ガス室と第四死体焼却場
Ⅴ ガス室と第五死体焼却場
BⅡa 隔離所
BⅡb 家族収容所
BⅡc 男性収容所
BⅡd 男性収容所
BⅡe シンティ・ロマ人収容所
BⅡf 男性用診療所

はじめに

十九歳のとき、わたしはロンドンのメイフェアにあるカーゾン・シネマで九時間半を超えるドキュメンタリー映画〈ショア〉〔ヘブライ語で「絶滅」の意味〕を観た。それはいつもの映画館での経験とは異なっていた。まず、映画の桁違いの長さのために。さらに、ふだんとはちがう観客のせいで。観客席にはホロコーストの生還者たちが詰めかけていたのだ。友人はポップコーンを持ってくるという過ちを犯したが、ほとんど食べることはできなかった。口に入れたとたん、近くの席の女性が身を乗り出して、友人の太腿(ふともも)を思いきりひっぱたいたのだ。第二次世界大戦前のヨーロッパ人を彷彿(ほうふつ)とさせる強い訛(なま)りのある口調で、彼女は叱(しか)りつけた。「あんたには敬意ってものがないの?」

その映画は胸に深く刻まれたが、インタビューされたうちの一人は、ことさら記憶に残った。彼の名前はルドルフ・ヴルバ。映画の中で、ヴルバは人類の歴史におけるこのうえない恐怖について証言した。直接彼が目にした恐怖、そこから生き延びた恐怖について端的に口にし、ホロコーストの生還者の中でも異彩を放っていた。彼はわたしと同じ十九歳のときに、アウシュヴィッツ゠ビルケナウ強制収容所から逃げ出したのだ。

その後、わたしはルドルフ・ヴルバの名前や顔を忘れたことはなかったが、彼について聞いたことがある人がきわめて少ないことを知り愕然(がくぜん)となった。一九八六年に映画館で過ごした夜から三十年ほどたって、いつのまにかまたルドルフ・ヴルバへと戻ってきた。現在、わたしたちは何が真実かわからないフェイクニュースの時代、真実そのものが攻撃される時代に生きている。そういう時代だからこそ、あらゆる犠牲を払っても、山のような嘘に隠蔽(いんぺい)された真実を世間に知らせたいと願った男について、改めて考えるようになった。

ルドルフ・ヴルバの人生について調べはじめると、彼を知っていた人、彼といっしょに仕事をした人、彼を愛した人のうち、何人かはまだ生きていることがわかった。十代のときの恋人で最初の妻ゲルタは九十三歳で、北ロンドンのマスウェル・ヒルで暮らしていた。新型コロナウイルス感染症が流行していた二〇二〇年の夏の午後、五、六回にわたって、わたしたちはゲルタの家の庭で、当時ヴァルター・ローゼンベルクと呼ばれていた青年について、その後ルドルフ（ルディ）・ヴルバとなった夫と暮らした日々について語り合った。彼女は夫ルディ・ヴルバからの手紙がぎっしり詰まった赤いトランクを渡してくれた。そこには耐えがたいほどの個人的な苦痛がつづられていた。ゲルタがほぼすべてを語り終えた最後の面会から数日後に、彼女の家族から電話があった。ゲルタの逝去を伝えるものだった。

ルディの二度目の妻ロビンは、ニューヨークにいた。彼女とも何時間も話をした。ロビンは夫のことや、ルディが妻に打ち明けた思い出話や二人が分かち合った愛について語ってくれた。彼女の話に耳を傾け、さらにはこの本の基盤となった公文書、証言、回想、手紙、現代の報告書、歴史的証言を深く掘り下げるうちに、彼の体験は前代未聞の脱走以上のものだと確信した。これは、歴史がいかにひとつの人生を変えうるか、いや何世代まで変えうるか、という物語なのだ。真実か嘘かによって生か死が決まり、また、人は確実に死が目前に迫っていてもそれを信じようとはしない。そのことは一九四〇年代のヨーロッパでは疑う余地がないほど明白だったし、現代でも、新たな恐ろしい音を響かせているように感じられる。

さらに、あまりにも多くの死を目にしたあとでも、人は能力や情熱を失わず、ティーンエイジャーであっても、個人の行動が歴史の流れを変えられることもわかるだろう。たとえ、その流れが正義に、さらには希望に向かわないとしても。

その晩、映画館を出たとき、ルドルフ・ヴルバという名前は、〈ショア〉を構成する数々のすばらしいインタビューにおいて、アンネ・フランク、オスカー・シンドラー、プリーモ・レーヴィ〔アウシュヴィッツ強制収容所からの生還者。克明な体験記『これが人間か』は世界的に著名〕に匹敵する、ホロコーストを象徴するものになると確信していた。その日は永遠に来ないのかもしれない。しかし、本書を通して、ルドルフ・ヴルバは最後の脱出を演じるだろう。そして彼は我々の忘却から抜け出し、記憶に刻まれるはずだ。

プロローグ

一九四四年四月七日

二年にわたって人間がどこまで虐待に耐えられるかを観察したあとで――何か月も他の囚人が失敗するのを目の当たりにし、何週間も入念に準備し、何日も延期したあとで、ついにその瞬間がやってきた。今こそ、脱出のときだ。

他の仲間はすでに指定された場所に来ていた。無言で彼らはうなずきあった。いよいよ、実行だ。ヴァルターとフレートはためらわなかった。二人は材木をいくつかずらして、開いた場所から穴へと滑りこんだ。一瞬後、頭上で材木が戻される音が聞こえ、一人がささやいた。「よい旅を」そのあとは静寂と暗闇が広がった。

すぐさまヴァルターは作業に取りかかった。マホルカというソビエトの安煙草を隠しておいた場所から取り出す。指示どおりにガソリンに浸けてから乾燥させたものだ。ゆっくりと、それを材木の隙間から押し出すと、そっと息を吹きかけ、狙った場所に散らばるようにした。ソビエトの戦争捕虜から教わったように、煙草の臭いが犬よけに効果があることを心の底から願った。ヴァルターの作業の前に、すでに隠れ家の周囲には処理した煙草をたっぷりまいてあったので、ナチス親衛隊の犬はここに近づかないはずだ。赤軍（旧ソビエト連邦陸軍）の男の自信に十分な根拠があれば、ヴァルターとフレートはこの穴に必要な期間――三日三晩――もぐりこんでいられるだろう。

ヴァルターは腕時計の発光する針を見つめた。立ち上がって体を伸ばしたかったが、無理だった。腕と脚がひきつりかけたが、耐えるしかない。しかも無言で。それは覚悟していた。言葉を発するのは危険が大きすぎた。一度、ヴァルターはフレートを手探りし、その手を握りしめた。ヴァルターは十九歳、フレートは六つ年上だった。

あれは足音だ――どんどん近づいてくる。始めたばかりだというのにこれで終わりなのか？反射的に二人はカミソリの刃に手を伸ばした。その点は迷いがなかった。捕まるかもしれないが、尋問されるつもりはない。穴の中で命を終えるつもりだった。この隠れ家を墓穴にしよう。

もっとも、親衛隊員は二人をここに残してはおくまい。死体を引きずりだし、収容所に運んでいくだろう。そして鋤で突き刺すか、絞首台から吊るすだろう。首に警告の掲示板をぶらさげて。これまで脱走に失敗したすべての者に、死体を冒瀆して権力を誇示するため、見せしめをおこなってきた。

一秒ごとにヴァルターの神経は張り詰めていくように感じられた。二人が入っている穴はとても小さかった。そのとき足音は、いや足音だったとしてだが、遠ざかっていった。

その金曜日、夜六時が来ると、警報がけたたましく鳴り響いた。千頭の狼の群れが一斉に吠えているかのようで、空気を振動させ、血を凍りつかせた。二人は何度もその音を耳にしてきた。

音は恐ろしかったが、すべての囚人が歓迎した。警報は、少なくとも一人が夜の点呼で見つからなかったということだ。つまり、囚人が、アウシュヴィッツから脱走した可能性を意味した。

　それが二人の合図だった。ヴァルターとフレートはそれまでいた広めの場所から移動して、奥の脇道にもぐりこんだ。そこには二人が横たわるスペースしかなかった。念には念を入れて、安全性を高めるためにそういう構造にしたのだ。隠れ家の奥の隠れ家。二人は脇道に体を押しこみ、並んでじっと動かないようにした。こうしていると、少しは安心感を得られた。ようやく待機が終わり、戦いが始まったのだ。咳をして、こちらの存在を知られないように、二人ともフランネルの布でさるぐつわをしていた。唯一動いているものは、腕時計の発光する針だけだった。

　見えなくても、警報がもたらすものは知っていた。案の定、それが聞こえてきた。人狩りが始まったのだ。二千近くの軍靴が地面を走り回る音。上官が罵りと命令を交互に叫ぶ声。まさにわめいていた。二日前にも脱走が起きたばかりで、ナチスにとって屈辱的だったからだ。弱って震えている人間の痕跡を舌なめずりしながら追う犬たち――二百頭の犬たちは、その目的のためだけに訓練されていた。親衛隊員は崖や穴をしらみつぶしに探すだろう。やぶは根こそぎにし、すべての溝を調べ、アウシュヴィッツという死の町に広がるありとあらゆる塹壕を照らし出すだろう。

　ヴァルターとフレートは詳細を熟知していた。ナチスは囚人が収容所の外に出ないように警備体制を確立していた。囚人たちが働かされている外側エリアは、労働中の昼間だけ警備された。

夜間は監視の必要がなかった。すべての囚人が内側エリアのバラックに押しこまれ、周囲には有刺鉄線の通電フェンスが張りめぐらされていたからだ。この規則には、ひとつだけ例外があった。囚人が行方不明になり、脱走を試みたと推測されると、ナチスは敷地の外周を武装した歩哨に警備させたまま、すべての監視塔にマシンガンを持った兵を配置したのだ。

七十二時間はその状態が維持され、親衛隊員が収容所内の敷地を捜索した。三日が過ぎると、囚人はすでに逃げてしまったと結論づけられる。それ以降はもっと広範囲の捜索となり、ゲシュタポ〔秘密警察〕の責任になった。その時点で収容所内の非常線は解かれ、監視はいなくなる。つまり、ナチスの監視には穴があるということだ。もし警報が鳴り響いてから三日三晩、通電フェンスの外側エリアに隠れ続けることができたら、四日目の夜には警備がなくなり、脱出できるのだ。

ヴァルターはよく知っている声を聞きつけた。あの残忍な酔っ払い、親衛隊伍長のブントロックがすぐそこにいた。不運な部下たちに命令を下している。「その材木の下を見ろ。頭を使うんだ!」

ヴァルターとフレートは覚悟を決めた。親衛隊員たちが近づいてきた。いまや頭上の材木を踏む軍靴の音が聞こえ、下の空間に細かい土が降ってくる。ヴァルターは彼らの重い息づかいまで聞きとることができた。

次にやってきたのは犬だった。材木をひっかいたりフンフン鳴いて臭いを嗅(か)いだりしながら、材木から材木へ移動し、荒い息が周囲から伝わってくる。ソビエトの囚人からの情報はまちがっていたのか？　ヴァルターは指示を誤解したのか？　どうして犬たちは臭いを嫌がらないのか？　今回ヴァルターはカミソリではなくナイフに手を伸ばした。自殺用ではなく、この連中と戦う武器がほしかった。心臓の鼓動が感じられる。

奇跡的に、その瞬間は過ぎた。親衛隊員と犬たちは遠ざかっていった。二重の棺さながらの隠れ家で、ヴァルターとフレートは安堵の笑みを浮かべた。

だが、安心は長く続かなかった。最初の夜は一晩中、足音と犬の吠え声が近づいたかと思うと、また遠ざかることが繰り返された。高くなったり低くなったり、大きくなったり遠ざかったり、そしてまた大きくなったりしながら、捜索者たちは収容所の同じ片隅に戻ってきた。ヴァルターは、地面の同じ場所を何度も突いている親衛隊員の声にいらだちを聞きとった気がした。材木の山も二度、三度と突きながら罵っている。これまでに二度調べた場所をまた捜索しているのだ。

二人とも体を伸ばしたくてたまらなかったが、その勇気はなかった。ヴァルターは冷えきった手と足を温めたかったが、わずかに動いただけで、全身が痛いほどひきつった。どちらかがうたた寝すると、もう一人は緊張をゆるめることなく、そばで動くものがないか耳をそばだてた。眠りすら休息にはならなかった。地下の穴に閉じこめられて果てしない悪夢を見た。地下の地獄は、地上の地獄よりもさらにひどかった。

朝のシフトが始まる、なじみのある物音が聞こえてきた。この一帯は建設現場だったので、まもなく材木がぶつかったり金属を打ちつけたりする音、犬の吠え声、親衛隊員と部下たちが叫ぶ声が聞こえてきた。ヴァルターとフレートは、材木の山が奴隷労働者たちによって崩される危険はほぼないと計算していた。この材木はすぐに使われないはずだ。それでも、ずっと気が休まらなかった。物音がしなくなり、労働部隊が宿舎に戻っていってから十時間ほどたった。

　そのあいだじゅう、二人はじっとしていた。内側エリアでは、親衛隊が宿舎、倉庫、洗い場、トイレ、物置小屋など、あらゆる場所を徹底的に捜索しているだろう。当然、捜索システムが存在した。円を描くようにして、捜索範囲をじょじょに狭めていく、というやり方だ。円の中心には犬がいて、臭いで獲物を追い詰める。最小の円になるまで捜索したら、また最初からやり直す。

　ナチスはすぐそばまで何度もやってきたので、何時間も前に発見されなかったのは奇跡に思えた。フレートはちがう見解だった。「馬鹿なやつらだ！」彼は沈黙を破っても大丈夫なときに、そう吐（は）き捨てた。おそらく強がりだったのだろう。二十四時間たち、フレートはヴァルター以上に飲んだり食べたりできなくなっていた。二人は狭い通路に多少の食料を貯えていた。慎重に配給からとっておいたパン、マーガリン、冷たいコーヒーひと瓶。しかし神経が参っていて二人とも何も口にできそうになかった。

　どうにか時間がたち、土曜日が過ぎ、日曜日になった。いまや二人は危険を冒す決心をした。警報が鳴ってから初めて、脇道から少し広めの場所に移動した。ヴァルターは処理した煙草で壁と天井の隙間を埋めておいたが、すべてはふさがなかった。そこから凍てついた朝の霧が入りこんでくる。

じっと横たわっていたせいで、体中がこわばっていた。フレートは右腕を動かせなかったし、指の感覚がまるでなかった。ヴァルターは友人の肩をマッサージし、血行を取り戻そうとした。

二人とも広い場所には長居せず、また脇道に戻った。

親衛隊は捜索を続けていた。二人の親衛隊員が数メートル先で話しているのが聞こえて凍りついた。午後早い時間で、一言一句にいたるまで聞きとれた。

「逃げたはずがない」一人が言った。「まだ収容所にいるはずだ」

親衛隊員たちは隠れていそうな場所について検討しはじめた。一人が何かを指さした。「あの材木の山はどうだ？」

ヴァルターとフレートは凍りついた。

「あの下に隠れていると思うのか？」二番目の声が言った。「もしかしたら小さな隙間を作ったのかもしれないいな」

最初の男がそれはありえないと言った。彼は考えを口にしたが、的外れではなかった。「犬たちは何度もあそこを調べていたぞ。もっとも、行方をくらましているユダヤ人どもは、犬の嗅覚を失わせるようなすごい方法を発見したのかもな」

そして、決心したように、きっぱりと言った。「試してみる価値はあるな」続いて、二人が近づいてくる足音がした。

またもやヴァルターはナイフを握りしめた。フレートもそれにならった。二人の親衛隊員は材木の山のてっぺんに登り、ひとつひとつ崩しはじめた。一枚目、二枚目、そして苦労しながら三枚目、四枚目をどかす。

十秒後には手遅れになっていただろう。またもヴァルターの命は気まぐれな幸運に救われた。この場合は、これ以上ない絶好のタイミングで。

遠くでふいに騒ぎが起き、かすかだが興奮した声が聞こえてきた。頭上の二人が手を止めるのがわかった。何が起きているのか耳をそばだてている。一秒が過ぎた。それからまた一秒。とうとう、一人が言った。「捕まえたんだ！　行こう……急げ」そして、二人が走り去っていく足音が聞こえた。

日曜の夜が過ぎ、月曜の朝になった。いよいよカウントダウンだ。ヴァルターは腕時計の針をその後十時間、じっと見つめていた。一分一分がじりじりするような速度で過ぎていった。

とうとう親衛隊は兵舎に戻っていった。三日間がほぼ過ぎたのだ。

午後六時半、ついに待ち望んでいた声を聞いた。大きな声で命令が下った。「警備場所から撤退！」(ポステンケット・アップツィーエン)それは外周沿いの監視塔から下りろ、という命令で、監視塔から監視塔へ伝えられていった。近づいてくると声はより大きくなり、遠ざかっていくと声は小さくなった。ついに命令は一周した。二人にとって、その命令は、甘美な音楽のように聞こえた。それは二人の囚人を捕らえられなかったと認めるナチスの敗北宣言だった。

ナチスの規則に定められているように、非常線が解かれ、内側エリアのみが監視される時間になった。ヴァルターは親衛隊の警備兵が内側の監視塔に戻っていく音を聞いた。それがアウシュヴィッツの警備システムにおける大きな欠陥で、それに気づいた彼とフレートは脱走計画をずっと練っていたのだった。

二人ともはやる気持ちはあったが、自制した。まず、脇道から出なくてはならなかった。ヴァルターはちょっと前進しただけで、全身に鋭い痛みが走った。筋肉は冷えてこわばっていて、最初のうち動作はぎくしゃくしていた。まるで肉体が基本的な運動機能を再学習する必要があるかのように。二人とも時間がかかったが、ようやく広めの場所に出た。スクワットとストレッチをして、手首や足首を回した。そして暗闇で抱きあった。

それから大きく息を吸いこむと、手のひらを天井にあて、いちばん下の材木を押そうとした。だが、動かなかった。天井の別の場所を試してみた。それでも動かない。これは計画における致命的なミスなのだろうか？　材木を重ねられるなら、その山を崩すこともできるだろうと考えていた。しかし、上から材木をひとつずつ持ち上げるのとちがって、下からだと簡単にはいかない。材木全体の重みがかかっているからだ。

力を合わせ、苦痛にうめきながら、二人はどうにかいちばん下の材木を二センチほど持ち上げた。それで材木をつかんで横にずらすことができた。フレートはヴァルターににやっと笑いかけた。「ナチスに感謝しないとな。何枚か板をどかしておいてくれなかったら、ここから出られなかった」

想像以上に時間がかかったが、ようやく金曜からいた隠れ家の天井から、月光に照らされた空がちらっと見えた。

再び力をかき集め、必死に板を持ち上げたり、ずらしたりして体を外へ押し出し、ついに二人は穴から出た。

しかし、まだ収容所からは出ていなかった。アウシュヴィッツ＝ビルケナウ強制収容所を脱走した最初のユダヤ人になるためには、これから広大な敷地を移動しなくてはならなかった。だとしても、十代のヴァルター・ローゼンベルクはわくわくしていた——目新しいことではなかったが。これは彼にとって最初の脱出ではなかったからだ。そして、最後にもならないだろう。

第1部
準備

第1章　星

最初から、彼は自分が特別だとわかっていた。彼はまだルドルフ・ヴルバではなかった。そうなるのはもっと後のことだ。当時の名前はヴァルター・ローゼンベルク。母のまなざしを見れば、自分が唯一無二の存在だとわかった。母のイロナは彼の誕生を、長いあいだ待ち焦がれていた。イロナにはすでに子供がいた――夫のエリアスが前の結婚でもうけた三人の子供たちだ。それでも、どうしても自分が産んだ赤ん坊を抱きたくて、十年ものあいだ妊娠を願ってきたが、医師たちに期待するのはもうやめた方がいいと言われてしまった。だから、一九二四年九月十一日にヴァルターが生まれたときは奇跡のように感じられた。

イロナはヴァルターに愛情を注いだ。二人の兄と一人の姉も弟をかわいがった。異母兄姉は全員が十歳以上年上で、とりわけサミーとファンツィは兄と姉というよりも叔父と叔母のようだった。一人っ子に向けられるような関心を独占していたヴァルターは、小さな頃から飛び抜けて賢かった。ヴァルターが四、五歳の頃、子守をまかされたファンツィはボーイフレンドに会いたくて、友人が働いている学校の教室にヴァルターを預けたことがある。そうすれば、誰かが弟に目を配ってくれると思ったのだ。ヴァルターは教室の隅で遊ぶかクレヨンでお絵かきをしているはずだったが、ファンツィが戻ると、二倍の年の生徒たちは、ヴァルターをお手本にするべきだと教師に説教されていた。

「ごらんなさい、ヴァルターはこんなに上手に課題をこなしていますよ」ほぼその年頃から、ヴァルターが静かに新聞のページを繰っているのを家族は見ていた。

ヴァルターはスロヴァキア西部にあるトポリュチャニで生まれたが、そこは新たに制定されたチェコスロヴァキアの領土の真ん中あたりだった。まもなく家族は家を売って、国の東のはずれ、ウクライナとの国境近くのヤクロフチェに向かった。列車も止まらない、地図上のシミみたいなちっぽけな町だ。駅はプラットフォームすらなく、停車できなかったのだ。ヴァルターの父親は地元で製材所を経営していたので、プラットフォームと簡素な待合室を造ることにした。秋の一週間、ユダヤ人は天に向かって開かれた仮庵（スッカ）で食事をすることで神に忠誠を示す。その建物は家族の仮庵としても利用できた。

ヴァルターは田舎での生活を楽しんだ。家族はニワトリを飼い、卵を産むメンドリをいちばん大切にしていた。あるとき両親は卵がなくなっていることに気づき、ファンツィに見張るように命じた。おそらくキツネがニワトリ小屋を襲っているのだろう。ある朝、ファンツィは意外な犯人を発見した。幼い弟がニワトリ小屋に忍びこみ、卵を盗んで食べていたのだ。

ローゼンベルク家は、その村で長く暮らさなかった。ヴァルターが四歳のときに父のエリアスが亡くなったので、母イロナは一家の生まれ故郷であるスロヴァキア西部に戻ったのだ。いまや彼女は一人で生活費を稼がねばならず、自分で縫った寝間着や肌着を売る行商人として旅に出るようになった。しかし、それは幼い子供を育てるには理想的な仕事ではなかった。イロナは愛人として囲われていた友人にヴァルターを預けた。彼女は自分を捨てたパトロンに腹を立て、ヴァルターに二人のあいだの子のふりをするように頼み、町じゅうに触れ回った。そして、自分と愛する息子を捨てるとは、なんてひどい男だと罵った。ヴァルターは演技のごほうびにベーカリーでどれでも好きなケーキを買ってもらえた。

その後イロナは、ヴァルターはニトラ〔チェコスロヴァキア中央部〕にいる祖父母と暮らした方がいいと考えた。彼女の考えは正しく、ヴァルターと祖父はすぐに強い絆で結ばれた。祖父は孫息子を厳格な正統派ユダヤ教のしきたりにのっとって育てた。町で尊敬されているラビの家まで行くときは、ヴァルターも連れていった。また金曜ごとに、ヴァルターは祖父や他の男性たちといっしょに川に行き、ミクヴェ〔ユダヤ教の沐浴用浴槽〕として川に体を浸し、ユダヤ人が安息日の前に身を清めるための沐浴をおこなった。

ヴァルターはこうした伝統を気に入り、祖父母のことも愛していた。幸せな日々だった。唯一の懸念は、ウィーンにいるいとこでヴァルターよりも二歳年上のマックスとの妙な競争意識だけだった。優秀な成績の自分のことを祖父が誇らしく感じているのはわかっていたが、じつはマックスの方をいとしく思っているのではないかと、ヴァルターは不安だった。

少年のヴァルター・ローゼンベルク(前列右から2番目)。未来を見つめるかのように、
ポーズをとってまっすぐ前方に視線を向けている。3年後、ユダヤ人ゆえに退学となり学校を去る。
1936年〜37年頃、クラス写真

祖母が倒れると、祖父はもはや一人で育てられないと考え、ヴァルターを西のブラチスラヴァのユダヤ人児童養護施設に預けることにした。ブラチスラヴァでも、彼は学業優秀で教師たちをうならせた。趣味は何かと問われると、決まって語学と読書と答えたが、サッカーも得意だったので、校長は、市の上流階級向けの高校に入学させるべきだ、とイロナに勧めた。となると、ずっとブラチスラヴァに住むことになり、イロナが旅に出ているあいだ、ヴァルターの世話係として若い女性を雇わねばならなかったが、それが息子にとって最善なら、と母親は決意した。

一九三五年の秋、クラス写真に写るポーズをとったヴァルターからは、性格が窺(うかが)われる。たった十一歳のヴァルターは少し不安そうに見えるが、すでに存在感を示していた。黒髪を横分けにし、生涯、変わらなかった太くて濃い眉をした彼は、背筋をまっすぐ伸ばしてレンズをじっと見つめている。

彼は敬虔（けいけん）なユダヤ人男性が着る房（ツィツィート）つきのベストを着ていたが、母親は房が隠れるようにカマーバンドをこしらえてやった。ニトラではパヨと呼ばれる耳の横まで長く垂らした髪の房を切り落とした。初めてヴァルターは、祖父や児童養護施設の感化ではなく、宗教的な決断を自由に下せるようになったのだ。ある午後、ポケットに昼食代を入れてブラチスラヴァの通りを歩いていたとき、神を試してみようと思いついた。そこでレストランに入り豚肉の料理を注文した。ひと口食べ、稲光に打たれるのを待ったが、そんなことは起きなかった。そこで彼は考えた――これはチャンスだと。

ギムナジウム〔中等教育機関〕の生徒たちは宗教の選択を与えられていた。カトリック、ルター派、ユダヤ教、あるいは無宗教。ヴァルターは無宗教を選んだ。身上書の国籍を書く欄に「ユダヤ人」と書いてもよかったのだが、「チェコスロヴァキア人」と記入した。学校ではドイツ語ばかりか高地ドイツ語も学んだ（彼は移住してきた生徒と取り決めをして、互いの母国語を教えあった）。一九三六年から三七年のクラス写真だと、ヴァルターの視線は自信にあふれ、生意気そうにすら見える。

しかし一九三八年から三九年のクラス写真には、十四歳のヴァルター・ローゼンベルクの姿はなかった。国を含めて、すべてが変わったのだ。一九三八年のミュンヘン協定のあと、ナチス・ドイツとハンガリーの同盟国がチェコスロヴァキアの領土を手に入れて分割し、一九三九年の春には残っていた領土も解体された。スロヴァキアは共和国として独立した。実際には、ドイツ第三帝国の属国で、スロヴァキア人民党にも第三帝国の影響が見られた。ナチスが残りのチェコの領土を侵略して併合し、ボヘミアとモラヴィアに侵攻して保護権を宣言した翌日、ハンガリーは最後に残った領土を手に入れた。分割が決着すると、かつてチェコスロヴァキアだった土地に住んでいた人々は、程度の差こそあれ、ナチス・ドイツの支配下に置かれた。

スロヴァキア人のヴァルター・ローゼンベルクは、国が変わったことをただちに感じた。宗教学習でどのクラスを選ぼうと、国籍の欄にどう記入しようと、彼は十三歳以上のユダヤ人として法律的に分類されたのだ。ギムナジウムではもはや勉強することができなくなった。彼の教育は終了した。

国じゅうのヴァルターのようなユダヤ人がこう理解した。新政府の大統領はカトリックの神父ヨゼフ・ティソだったが、実質的な支配者はナチスだということを。反ユダヤ主義においては、ユダヤ人は信用できず、異質の存在であるばかりか超自然的な力を持っていて、大きな社会的・経済的悪影響を及ぼすと根強く信じられていた。それゆえ、ブラチスラヴァ当局が、管轄の地方の小さなユダヤ人コミュニティにすぐさま責めを負わせるのは自然の成り行きだった。国に禍(わざわい)が降りかかり、大切な領地をハンガリーに奪われたことを、二百五十万人のうち八万九千人しかいないユダヤ人のせいにしたのだ。プロパガンダのポスターが煉瓦塀(れんが)に貼られるようになった。あるポスターでは、スロヴァキア人民党警備隊の黒い制服を着たスロヴァキア人青年が、かぎ鼻でパヨのあるユダヤ人の背中を蹴りつけ、ユダヤ人の小銭入れが地面に落ちる様子が描かれていた。新大統領のティソは、ラジオで初めて演説したとき、「ユダヤ人問題の解決」を最優先の公約として告げた。

ヴァルターがギムナジウムにいられなくなると、イロナは行商人の仕事を辞め、二人でブラチスラヴァから東へ五十キロほど行ったところにある小さな町トルナヴァに引っ越した。そこでは首都での生活とは驚くほどちがっていた。あらゆる生活も細い路地も、三位一体論に基づいて名づけられた中央広場に集まり、ふたつの教会によって支配されていた。夏になると、トルナヴァは熱気とほこりがもうもうとたちこめ、市場には糞（ふん）、干し草、汗の臭いが漂い、町全体にビートを加工する近所の製糖工場からの悪臭が充満した。熟したトウモロコシの畑がどこまでも続く田舎から逃げ出すには自転車しかなく、逃亡者はすぐに見つかった。

避難場所としては、トルナヴァはまちがった選択だった。いわゆる「ユダヤ人問題の解決」という当局の意志は、ここにまで及んでいたからだ。トルナヴァには三千人そこそこのユダヤ人コミュニティがあり、ふたつのシナゴーグが数メートル離れて建っていた。トルナヴァの〝善人〟たちはぐずぐずしなかった。一九三八年十二月にスロヴァキアが自治権を手に入れてから数週間もたたないうちに、彼らは両方のシナゴーグに火を放った。

ヴァルターはまもなくユダヤ人ティーンエイジャーの仲間に入った。みんな、彼と同じように学問を禁じられた若者たちだった。学期の最初の日、校門にはユダヤ人とチェコ人の立ち入り禁止の掲示が貼り出され、このあいだまで友人だった生徒ですら「ユダヤ人は出ていけ、チェコ人は出ていけ」とはやしたてた。その後、八年生以上のトルナヴァの若者たちは通う学校も居場所もなく、町なかをうろつくようになった。新しい規則のもとで、彼らは一人で勉強することすら禁じられた。自宅でユダヤ人に勉強させないために導入された条例のために、ヴァルターと友人のエルヴィン・アイスレルは地域の役所に教科書を返却した。ヴァルターはおとなしくすべての教科書を返却したが、エルヴィンは意外な行動をとった。ふだんエルヴィンははにかみ屋で、女の子の話が出ただけで顔を赤らめ、近所のカフェに行こうと誘われても仲間に加わらなかった。だが、その日、彼は予想外の大胆さを見せた。

「心配するな」エルヴィンはささやいた。「おれはまだ化学の本を持ってる」

チェコの化学者エミール・ヴォトチェクが書いた無機と有機の二冊の化学の本のうち、一冊を手放さなかったのだ。その後、ヴァルターとエルヴィンはその教科書を熟読し、国が禁じた知識をひそかに身につけたのだった。

彼らのような若者たちのあいだで自習は続けられた。ときどき、かつては池だった牧草地に集まって、すっかり変わってしまった世の中について考えることもあった。傑出した知性の持ち主のヴァルターはまもなく、リーダー的な存在になった。十三歳のゲルタ・シドノヴァはしだいにヴァルターに惹かれるようになり、彼の語ることに熱心に耳を傾けた。彼女の両親はヴァルターを家庭教師として雇ったが、ゲルタは集中できなかった。ゲルタはガールフレンドとして見てほしかったのに、互いの思いはすれちがった。あるときデートの約束をしたが、ヴァルターはゲルタに待ちぼうけを食わせた。あとでゲルタに問いつめられると、約束の場所には行ったが、ゲルタがポンポンのついた帽子をかぶっているのが見えたので、すぐさま反対方向に足を向けたと釈明した。あの帽子だと、きみは九つの少女に見えたから、と。彼は十五歳で、子供とつきあっていると思われたくなかったのだ。

とはいえ、トルナヴァのユダヤ人のティーンエイジャーは交際の選択肢がなかった。家族も含めて、かつては故郷だった町から締め出されていたからだ。国じゅうが同様だった。ティソを大統領とする政府はユダヤ人を貧困化し孤立させる方針だったので、まず政府の仕事をするのを禁じ、専門職として働く人数を制限した。さらにユダヤ人は車、ラジオ、スポーツ用具にいたるまで所有することが禁じられた。新しい条例が制定されるたびに、町の中央にある掲示板に告知された。ユダヤ人はそれを毎日確認し、またも新たな屈辱が課せられたのを知らされた。

母親とヴァルターにはこれといった資産はなかったが、資産を持っているユダヤ人は少しずつ剝奪（はくだつ）されていった。まず土地が奪われ、次にビジネスが没収された。「アーリア化」と当局は呼んだ。ゲルタの父親は助手に肉屋を譲って商売を続けようとした。助手は抜け目なく、スロヴァキア人民党に加わっていたのだ。それは「自発的アーリア化」と呼ばれ、ユダヤ人が経営するビジネスは「資格のあるキリスト教徒志望者」に、少なくとも会社の持ち分の五十一パーセントを譲ることになった。アーリア化の名称はまやかしだった。ナチスはスロヴァキア人をアーリア人ではなく、劣ったスラヴ民族とみなしていたからだ。それでも、ユダヤ人よりはましだったし、そこが重要だった。

殴打は日常茶飯事で、とりわけユダヤ人が狙われたが、ときにはユダヤ人の迫害にあまり熱心ではない非ユダヤ人にも向けられた。民族社会主義の民兵組織は、トルナヴァや他のすべてのスラヴ人の町や市に、ユダヤ人のビジネスとユダヤ人全体を排斥するように圧力をかけた。

家の中に閉じこもっていても、隠れる場所はなかった。一九四〇年から――ロンドンっ子がブリッツと呼ぶ毎晩の空襲に耐えるようになった頃――スロヴァキアの民兵は、ユダヤ人の資産をより直接的に、より徹底的に没収するようになった。ユダヤ人の家にずかずか入っていき、子供たちの目の前で根こそぎ家財を持ち去った。テニスラケットやコート、カメラ、先祖伝来の宝物まで奪った。ある家ではピアノが持っていかれた。ときには町の外でユダヤ人経営の農場を見つけ、家畜を没収した。まさにやりたい放題で、ユダヤ人が所有しているものは、スロヴァキア人が片端から奪った。

しかし、新しい共和国はなかなか始動しなかった。一九四一年九月にヴァルターが十七歳になったとき、政府はニュルンベルク法〔ユダヤ人から市民権を剝奪し、「ドイツ人またはその血族」との結婚や婚外交渉を禁じる一九三五年の法律〕に似たユダヤ人法典を制定した。これによって、ユダヤ人は公的なイベント、クラブ、あらゆる社会組織から閉め出された。さらに決められた時間内しか、外出したり買い物をしたりすることが許されなくなった。移動は限られた距離しかできなかった。土地を買いたければ、二十パーセントの課徴金を支払わねばならなかった。ユダヤ人課税だ。住む場所も制限された。それが強制的な居住区、ユダヤ人ゲットーの始まりだった。親政府派の新聞は、ファシスト国家同士の争いにおいて、「ユダヤ人に対するもっとも厳しい法律はスロヴァキアのものだ」という見出しを意気揚々と載せた。

やがて、ヴァルターにとって、いちばん直接的な形で、法令が施行された。六歳以上のスロヴァキアのユダヤ人は、十五センチぐらいの黄色のダビデの星を服の外側につけ、ユダヤ人であることを示さなくてはならなくなったのだ。ヴァルターや仲間のユダヤ人がトルナヴァのスケートリンクや映画館に行くと、黄色の星のせいで追い返された。かつての友人たちは遅くまで繁華街をぶらついていたが、ユダヤ人は夜間外出禁止令によって束縛を受けた。もはやヴァルターはショックすら受けなかった。ゆっくりと時間をかけて制限がかけられたために、新たな規則はさほど意外に感じられなくなったのだろう。どういう説明がつけられたにしろ、ヴァルターは受け入れ、黄色の星を服につけた。教育が受けられなくなったので、彼は仕事を見つけなくてはならなかった。肉体労働を選んだが、他に誰もいない場合しか、ユダヤ人は雇われなかった。しかも、一日分の仕事にありついても、ユダヤ人は他の者よりも低い賃金だった。

ヴァルターは母と暮らす自宅の狭いキッチンで、子牛のカツレツとフライドポテトを食べた。そして、すでに話せるドイツ語、チェコ語、スロヴァキア語、初歩的なハンガリー語に加え、さらに新しい言語を使い古しの教科書で学ぼうとしていた。池のほとりで友人たちと会い、さまざまな時代の思想について、あるいは社会主義、共産主義、自由主義、シオニズム〔ユダヤ人の祖国回復運動〕などについて議論した。それは心のよりどころになった。ユダヤ人の誇りや可能性についてのシオニズムの教えは、日々、屈辱と疎外感に打ちのめされている若いユダヤ人にとって慰めだった。その反面、普遍的人類愛によってしか癒やされない世界では、シオニズムの民族主義は失敗に終わるのが目に見えていた。しかも、ナチズムに反抗する戦いのリーダーは社会主義者だった。彼らは長時間にわたって議論を闘わせ、近所のユダヤ人たちをあきれさせた。

こういう状況であっても、彼らはまだティーンエイジャーだった。ふざけあい、恋愛のまねごとをし、失恋をした。ヴァルターは長身ではなかった——百六十八センチしかなかったが、大男のようにふるまっていた。黒い眉、ふさふさした髪、いたずらっぽい大きな笑みのおかげで、常に注目を集めた。

やがて一九四二年二月、手紙が届いた。法廷の召喚状か徴兵通知のように見えたが、日時が記され、荷物は二十五キロ以下、金(ゴールド)を持ってこないように、とあった。メッセージは明らかだった。ヴァルターがいる国は、彼や仲間のユダヤ人をどんどん狭くなる空間に仕事も機会も与えずに囲っておくだけでは、満足できなくなったのだ。いまや全員を追放したがっていた。ユダヤ人は市民権を奪われ、国境を越えてポーランドに追放されることになった。ヴァルターと仲間たちは、アメリカで「先住民」のためにフェンスで囲まれている「保留地」のようなものだろうと想像した。

その命令は穏便な表現で伝えられた。ユダヤ人は国外退去や追放されるわけではない。「再定住」するのだ。しかも、十六歳から三十歳の男性で、健康な者だけだ。自発的に行くことを承知すれば、家族には何も起こらないし、家族はあとから合流することが許される。金を禁じた件については、理由は明らかだ。金は勤勉さではなく、ユダヤ人の不正と腹黒さによって得られたものだからだ。それゆえ、ユダヤ人が所有するすべての金は、スロヴァキア国家の正当な所有物である。さらに、出生地やかつての市民権がどうであれ、ユダヤ人はもはやスロヴァキアに所属していない。

それはすべて、二年前にベルリンからブラチスラヴァに赴任した親衛隊大尉ディーター・ヴィスリツェニーの承認を得て作成された計画の一部だった。計画はシンプルそのものだ。資産没収してユダヤ人の資金を枯渇させ、生計を立てる可能性をつぶす。さらに、スロヴァキアにとって、ユダヤ人は経済的負担になっている、と非難する。ユダヤ人が財産を所有しているときでも、寄生虫呼ばわりするのは簡単だった。何も持っていない今では、いっそうたやすい。ドイツ政府は、ユダヤ人が貧しくなれば、スロヴァキア共和国は彼らを追放するだろうと計算していた。まずヴァルターのような若者から。スロヴァキア人民党がユダヤ人をすべて放逐するなら、健康で、レジスタンス活動の中心になりそうな者たちから始めるのが得策だった。

ヴァルターは出頭する日と場所が記された、ドアの下から差しこまれた手紙を見つめた。春の最初の気配が感じられる一九四二年の冬、自分の国から追い出されることは拒絶しよう、と彼は固く決意した。列車に詰めこまれ、どこだかわからない場所に運ばれるつもりはない。自分はスロヴァキア生まれのスロヴァキア人で、母国語もスロヴァキア語だ。無力な母親を残して、ゴミのようにどこかに捨てられるつもりはない。子牛のカツレツとアプフェルシュトルーデル〔りんごを生地でくるんで焼いた菓子〕という代わり映えのしない夕食を作っている母に、ヴァルターはその決心を語った。「そしてチェコスロヴァキアの亡命部隊に入る」

「おれはイギリスに行くつもりだ」ヴァルターは言った。

おかしくなったのか、と言わんばかりの顔で母は息子を見た。二人は一時間も議論した。ヴァルターは片方の部屋にいて、母はキッチンにいた。鍋やフライパンをガタゴト片づけながら、母親はその考えを馬鹿にする言葉を次々に口にした。

「月に行く方がましね。ただし、夕食までには戻ってきてよ！」

イロナにとって、英語とロシア語を独学しているのに劣らず、いかにも息子らしい愚かな計画に思えた。

「みんなみたいに腰を落ち着けて、ちゃんとした商売を学んだら？」

最近、イロナは錠前師とつきあっていた。錠前師はまちがいなく、まともな職業だ、とイロナは言った。だけど、ヴァルターは自分の決めたようにやりたかった。

「あんたは誰に似たんだろうね。母さんの一族の誰にも似ていないよ」

それに具体的にどうやってイギリスまで行くのか、と母親は問いつめた。

「ハンガリー経由だ」ヴァルターは言った。ハンガリーはナチスと同盟国だったが、少なくともユダヤ人を追放していなかった。「それからユーゴスラヴィアに行く」

そこでまた議論が始まった。陸路にしろ海路にしろ、どうやって占領されたヨーロッパを横断して、イギリスに到達するのかをヴァルターは正確に説明できなかったからだ。しかし、ユーゴスラヴィアを越えられなくても、ヴァルターには不確実ながら計画があった。ヨシップ・チトー率いるパルチザン〔ユーゴスラヴィアの人民解放軍〕に志願して、レジスタンスの闘士になるつもりだったのだ。

鍋のぶつかる音がますます大きくなった。イロナは聞けば聞くほど息子の計画は月をめざすほど荒唐無稽で、失敗すると確信した。しかし、ヴァルターは譲らなかった。ついに彼は母親の正面に立ち、冷静な落ち着いた声で告げた。「母さん、おれはおとなしく移送されるつもりはないんだ」

鍋の音と叫び声が止まった。イロナ・ローゼンベルクは悟ったのだ、息子の決意がどうあっても揺るがないことを。

その後、イロナは息子の共謀者に変わり、必要な服を用意したり、お金をかき集めたりした。そして、ヴァルターのもっとも差し迫った問題に解決策を思いついた。トルナヴァから出て、五年前まではスロヴァキアの辺境だったが、いまやハンガリーとの国境になった町セレトまで行く方法だ。

「タクシーに乗らないと無理ね」母は言った。

今度はヴァルターが馬鹿らしさを指摘する番だった。自由をめざすときにタクシーに乗る人間がいるだろうか？

とはいえ、他に方法はなかった。身の危険が及ぶかもしれないにもかかわらず、やってくれそうな知り合いの運転手がいた。ユダヤ人を遠くまで運ぶことは厳しく禁じられていた。それでもトルナヴァには、かつてユダヤ人が隣人だった時代を忘れていない人々もいたのだ。

一九四二年三月のある晩、ヴァルターは、荷馬車ばかりのトルナヴァでは数少ない自動車のすりきれた革の座席にすわり、ハンガリー国境をめざした。彼は振り返らなかった。過去は考えず、未来も想像せず、今このときにやり遂げねばならない行動のことだけを考えていた。

彼はうつむき、コートから黄色の星をむしりとった。

第2章　五百ライヒスマルク

一九四二年三月の夜、ヴァルターの未来には、スロヴァキアとハンガリーの国境に立ちはだかる茫漠（ぼうばく）とした闇しか存在しないように思えた。トルナヴァを出て三十分後、タクシー運転手は彼を降ろした。それ以上国境に近づくのは危険だったので、あとは歩いていった。ポケットを確認した。地図とコンパス、マッチの箱、お金。母親からもらった二百スロヴァキアコルナ金貨。

小道を歩いて野原を突っ切り、夜じゅう歩き続けた。ヴァルターはわくわくしていた。ファシスト支配の国から別のファシスト支配の国に行くだけで、自由への道を歩んでいるわけではない。それでも、これは最初の一歩だった。少なくともハンガリーなら、ユダヤ人は列車に乗せられ、どこかに送られることはないだろう。

歩いているうちに、雪が激しくなってきた。寒さが骨の髄（ずい）まで凍（し）みこんでくる。最初はアドレナリンのおかげで元気いっぱいだったが、長くは続かなかった。十代の強がりは鳴りをひそめ、いまや孤独と恐怖を感じていた。ヴァルターは暗闇で一人ぼっちだった。

夜は過ぎていき、新たに積もった雪をギシギシと踏みしめるブーツの音だけが響いていた。日の出まであと一時間ほどになった朝の五時頃、集落の明かりが見えた。セレトよりも明かりは少なかった。ここはもっと小さな町ガランタだったからだ。そのとき、ヴァルターはやり遂げたことを知った。歩哨(ほしょう)の立つフェンスもなかったが、国境を越えたのだ。彼はハンガリーの土地に立っていた。

そこから、友人の親戚の住所をめざした。夜明けに泥だらけの服で戸口に現れた少年を見て、彼らは仰天した。ヴァルターを中に入れて風呂を使わせ、朝食を出しながら、すぐに出発するように、と言った。スロヴァキアからの逃亡者を助けたハンガリー人は、スパイをかくまったとして刑罰に処せられるからだ。

一家はヴァルターを駅まで送って切符を買い、念のため、反ユダヤの新聞を持たせた。それから首都ブダペスト行きの列車に乗せた。そこでもトルナヴァのレジスタンスの友人たちから、ハンガリーの社会主義地下活動の連絡係と接触できる住所を教えてもらっていた。連絡係はヴァルターを泊め、偽の身分証と仕事をくれた。彼らがいなければ、警察に通報され、ヴァルターはブダペストに長く滞在できなかっただろう。

十日後、地下活動の仲間たちは意外な決断を下した。いちばんいいのは、来たときと同じ道をたどってトルナヴァに帰ることだと。そこでは連絡係がアーリア人の偽の身分証を用意している。それを手に入れてから、ヴァルターは改めて逃亡計画を実行する。

ヴァルターはそのとおりに逃亡計画をやり直した。ただし、今回はスロヴァキアに入るために国境を越えようとして、二人のハンガリー人の国境警備兵にライフルを突きつけられた。直感に従って彼は逃げたが、銃声を聞くと、別の直感によって立ち止まった。

警備兵たちは近づいてくると、一人はライフルの銃床で彼の頭を殴り、もう一人は腹を強く蹴りつけた。彼はいちばん近い国境警備所に連れていかれ、口にパンチをお見舞いされ、壁にたたきつけられた。伍長がお楽しみに加わろうとやってきた。彼は拳銃で何度もヴァルターを殴りつけた。

ハンガリー人はヴァルターが社会主義者のスパイだと信じこみ、殴ったり蹴ったりした。ヴァルターは否定し、自分はスロヴァキアから来たユダヤ人で、国境を越えてハンガリーに入り、首都で隠れ家を見つけようとしたのだ、と訴えた。ブダペストから来たのではなく、そこに向かっているところだと。しかし、それを証明する書類は持っていなかった。ヴァルターはすべて記憶していたので、どこにも彼をかくまっていた人物の名前は書かれていなかった。ハンガリーにいるあいだに女性用下着の熟練したお針子が、ヴァルターのズボンの前立てに縫いこんでおいたので、お金も見つからなかった。連中が発見したのはさほど価値はないが、あきらかに罪を証明するものだけだった。ブダペストからの路面電車の切符だ。

担当者はこう結論づけた。ヴァルターが嘘をついているなら、まちがいなくスパイにちがいない。そして共犯者が誰なのかを知りたがった。

尋問者はテーブルに移動し、そこでさらに暴力的な三時間の取り調べがおこなわれた。十七歳のヴァルターは白状しなかった。ハンガリー人士官は、移送から逃れようとしたユダヤ人逃亡者にすぎないと判断し、二人の兵士にヴァルターを連れていくように命令した。

警備兵たちに中間地帯に連れ出されると、ヴァルターは確信した。「この男たちは自分を殺し、ここに死体を捨てるつもりなのだ」彼は隠していたお金を与えたが、手心は加えてもらえなかった。警備兵たちはヴァルターを処刑場所へとひきずっていった。そのとき、ふいに警備兵はあわてだした。誤って、いつのまにか国境を越えていたのだ。いまや全員がスロヴァキアにいた。彼を撃ち殺せば、スロヴァキアの国境警備兵を警戒させることになるだろう。警備兵は一瞬、ヴァルターの喉(のど)を銃剣で切り裂こうかと考えたが、恐怖の方がまさった。彼らはヴァルターを放り出したまま逃げ出した。

ヴァルターは必死で走ったが、さんざん拷問されて弱っており、遠くまで行けなかった。彼はつまずいて倒れた。どうしても逃げたかったが、もはや終わりだと覚悟した。そのまま意識を失った。

気づくと話し声がした。声には聞き覚えがなかったが、言葉はなじみのあるスロヴァキア語で、「驚いた、まだ生きているぞ」と言っていた。

ハンガリー人たちは正しかった。国境を越えてスロヴァキアに入ってしまったのだ。今、懐中電灯で彼の顔を照らしているのはスロヴァキアの国境警備兵で、てっきり死体を発見したと思っていたようだった。

彼は宿屋に運ばれていき、気付薬にブランデーを飲まされ、血を洗い流され傷を消毒された。しかし、ほっとしたのはつかの間だった。生まれ故郷に戻ったとはいえ、ここは率先してユダヤ人を狩っているファシストたちが治めている国で、彼が逃げ出そうとした国だった。

ヴァルターは地元の警察署に連れていかれ、そこで、「他のユダヤ人と同じく、怠け者で労働から逃げようとしたろくでもないユダヤ人のガキ」と罵られ、留置場で一晩過ごすことになった。

翌朝、ヴァルターは百キロ近く離れたノヴァーキという小さな町の労働収容所に移動させられた。少なくとも移送はまぬがれた、とヴァルターは自分を慰めた。まだスロヴァキアにいられるのだ。しかし彼は囚人で、イギリスからも自由からも、限りなく遠くにいた。

ヴァルターは数百人の男たちといっしょに巨大な収容施設に閉じこめられたが、すぐに欺瞞(ぎまん)を見抜いた。ここはふたつの機能を持っていた。ひとつは一時収容所で、移送列車にユダヤ人を乗せる前に仮に収容する。ヴァルターのような召喚状を受け取った若い独身男性と女性が大勢いた。のちには、周囲の山岳地帯と村から家族全員が連れてこられた。ユダヤ人を探し出して逮捕するのは親衛隊員ではなく、その任務を命じられたスロヴァキア人だった。スロヴァキアはユダヤ人を追放したかったので、ドイツ軍に気前のいい額を支払っていた。食べ物、避難所、再訓練の費用という名目で、移送されるユダヤ人一人あたりにつき五百ライヒスマルク〔ドイツの旧貨幣単位〕を支払ったのだ。さらに輸送費もドイツ国営鉄道に支払った。高額だったが、ナチスの移送サービスには生涯保障がついていた。五百ライヒスマルクと引き換えに、ユダヤ人は二度と戻ることはない。さらに好都合なことに、ナチスは追放されたユダヤ人から奪った土地をすべてスロヴァキア人に所有させた。ヴァルターのローゼンベルク家やゲルタがいたシドノヴァ家の隣人、あるいは他の追放されたユダヤ人の隣人は、残された家が気に入れば、手に入れることができた。

ノヴァーキの一時収容所では、どんどん事が進められた。ヴァルターがそこに入れられた一九四二年三月二十五日から同じ年の十月二十日まで、五万七千六百二十八人のユダヤ人が、スロヴァキアじゅうにある同様の収容所から移送されてきた。目的地は、ポーランドのルブリンか、オシフィエンチム近くに建設されたスロヴァキア国境にもっと近い収容所だった。

ただし、ノヴァーキにはもうひとつの機能があった。内部に労働収容所があり、千二百人以上のユダヤ人が奴隷労働者として働かされていたのだ。しかもドイツのためではなく、母国だったスロヴァキアのためだった。ノヴァーキでは三百五十人のユダヤ人が仕立屋、お針子としてスロヴァキア警察の制服を作っていた。労働者のコストがかからないため、製品は安価に供給された。

ノヴァーキの労働は強制的で、収容者は鉄条網の中に閉じこめられていた。しかし作業は屋内でおこなわれ、それほど苛酷ではなかった。パンとジャム、豆のスープとじゃがいもなど食事は貧しかったが、きちんと出された。保育園、幼稚園、小学校もあり、図書館も併設され、ときには音楽リサイタルやショーも開かれた。家族は部屋に仕切られたバラックで、いっしょに住むことが許された。

労働収容所に行くことのかなわない一時収容所内の人々は、こうした様子を羨望のまなざしで眺めていた。ヴァルターもその一人で、移送日はいつか、列車は今日来るのか、それとも明日か、あるいは来ないのか？　と噂や根拠のない憶測を交換した。外にはスロヴァキア人民党の警備兵が立っていた。ひとつだけ確かなことがあった。じきに、もっと悪いことが起きるだろう。

運命を座して待っているのは、ヴァルターの性に合わなかった。ある日、さりげなく小屋での雑談に仲間入りし、ここに連れてこられたときから頭を悩ませていた質問を発した。

「ここから出られるチャンスはあるのかい？」

部屋は静まり返った。やがて一人の囚人が哀れむように笑った。「こいつ、家に帰りたいんだ！」

「あきれたな」別の一人が言った。「誰だって出たいさ。おまえはとんでもないトラブルメーカーだ！」

その後、ヴァルターは自分の計画を胸におさめておくことにした。たしかに国境を越えようとして失敗し、ここに入れられた。しかし、自分にはこの連中が考えようともしないことを成功させる能力がある。その自信は揺らがなかった。ヴァルターはここから脱出できると確信していた。

貧乏で一人きりで十七歳、というのは有利な点だった。スロヴァキア人民党の警備兵が労働収容所まで行って食事を持ち帰るのを手伝え、と誰かに命令するとき、ヴァルターがたいてい指名された。彼は若くて健康で、囚人たちの中でもとびぬけて気難しく、息抜きしたがっていた。面倒を見てくれる人は誰もいなかった。

最初に派遣されたとき、さっそくヴァルターは偵察した。そして、労働収容所が開かれた場所であることに驚愕した。日差しはあますことなく入ってきたし、周囲の小麦畑もよく見えた。さらに重要なことに気づいた。労働収容所は鉄条網で囲まれていることだ。少なくとも彼の目には簡単に逃げられるように見えた。パトロールしている警備兵は一人しか見当たらなかった。ノヴァーキの閉鎖された世界では、ゆがんだ論理が存在した。誰もが一時収容所から出たがるが、労働収容所なら逃げたがる者はいない。

ヴァルターはすぐに脱出したいという衝動に駆られた。可能に見えたし、ぐずぐずしている暇はないと思った。このままでは、今にも移送列車に押しこめられかねない。とはいえ、失敗に終わった脱走の経験から教訓を得た。準備がすべてだということだ。計画が必要だった。それに、協力者も。

人でいっぱいの一時収容所で、ヴァルターはヨセフ・クナップと知り合った。ヴァルターが生まれた場所トポリュチャニ出身の青年で、同様にイギリスでの自由を夢見てハンガリー経由で脱出を試みて、失敗していた。ヨセフは長身でハンサムで、トポリュチャニに残してきたガールフレンドを恋しがっていた。あるとき、ヨセフはお金を持っていると口を滑らせた。ノヴァーキに到着したとき身体検査を受けずにすんだのだ。おかげで現金を隠しておくことができた。ヴァルターにとって、彼は理想の共謀者だった。

こうして計画が形をなしはじめた。ヴァルターは、一時収容所と労働収容所を行き来して食料を運ぶ仕事は、収容者が増えているので二人分の労力が必要だ、と警備兵を説得した。警備兵は自分の本来の役割――調理場に行き、食べ物と食器を運ぶ仕事――を二人の囚人にやらせてもかまわないと判断し、その提案を承諾した。こうしてヴァルターとヨセフはノヴァーキの労働収容所に制約なく入れるようになった。

そうなると、事は簡単だった。鉄条網の境界を守っている警備兵はどこにも見えなかったので、二人は鉄条網の下をくぐり、できるだけ速く走った。三分後、森から流れ出る清流にたどり着いた。土手を滑り下りて、流れを渡り、さらに走り続けた。十分もしないうちに、森の奥深くまで入りこんだ。そこでは日差しが木々に遮られ、二人の笑い声しか聞こえなかった。やり遂げたのだ。自由の身になった。

二人は歩き続けた。その後、計画に従って、二手に分かれた。ヨセフはかくまってくれる友人たちがいる村に行くつもりだった。ヴァルターは列車に乗ってトポリュチャニまで行き、ヨセフのガールフレンドのズズカを探すことになった。ヨセフは顔を見せるわけにいかなかったからだ。誰かに気づかれ、通報されるだろう。ヴァルターはトポリュチャニに滞在し、しばらくしてからヨセフはズズカの家にヴァルターへの伝言とお金を送る。その後、ヴァルターは何週間も前に試みて失敗した旅を再開する。トルナヴァに戻り、ブダペストの社会主義者の連絡係が手配してくれた偽のアーリア人身分証を手に入れるのだ。

ヴァルターは言われたとおり、ズズカの家を見つけ、彼女はヨセフがいる村まで会いにいき、そのあいだヴァルターは彼女の両親の善意に頼って辛抱強く待っていた。二人とも非ユダヤ人だったのに、彼をかくまうという大きな危険を冒していた。

ヴァルターは待ち続けた。しかし、ヨセフはとうとう伝言もお金も送ってこなかった。まもなくヴァルターは裏切られたことを悟った。ズズカの両親に別れを告げ、トルナヴァに戻って自力でやっていこうと決意した。

二、三時間もしないうちに、大きな過ちを犯した。息抜きをしようとミルクスタンドに寄ったところ、スロヴァキア人警官がいた。ヴァルターはできるだけ目立たないように店を出ようとしたが、うまくいかなかった。警官は彼の後をつけてきて、身分証を見せろと言った。

ヴァルターは走りだしたが、勝負にならなかった。警官は自転車でたちまちヴァルターに追いつくと、警察署に連れていき勾留(こうりゅう)した。引き渡す前に、どうしてばれたのかわかるか、と警官はたずねた。ヴァルターは首を振った。暑い夏の日なのに、彼が靴下を二枚重ねてはいていることに警官は気づいたのだった。逃亡中でもなければ、そんな真似をするやつがいるか？　と警官はせせら笑った。

警察署内では、全員がヴァルターのことを知っているようだった。ヴァルター・ローゼンベルクの人相風体を含めた逮捕状が出ていたのだ。ノヴァーキで鉄条網をくぐり抜けたとたん、それが国じゅうに回覧された。逃亡によって、ヴァルターはお尋ね者になったのだった。

その晩、ヴァルターは独房に閉じこめられた。警察署には鍵がかけられ、見張りもなく一人残された。別れの贈り物として警官は数本の煙草を与え、自殺しないよう警告した。

翌日ヴァルター・ローゼンベルクはスロヴァキア人民党警備隊に引き渡された。旅は短く、列車は数分でノヴァーキに到着した。何時間も前に、ヨセフも運ばれてきていた。ヴァルターはまたもや囚人となった。

第3章　移送されて

　ヴァルターはそれを賞賛の証だと受け止めた。ノヴァーキ労働収容所へ戻るなり、おまえの脱走で面目をつぶされた、とスロヴァキア人民党の警備兵の激しい殴打が出迎えたのだ。警備兵たちは交互に彼を殴り蹴り、ライフルの台尻で殴りつけることで屈辱を晴らした。囚人が死なないかと心配した司令官がやってくるときだけ、攻撃は止んだ。一時収容所で囚人が殺されたという噂が広まっており、パニックが起こりかねなかったからだ。それは移送の監督者にとっては避けたい状況だったので殴打は終わり、ヴァルターはもう一人の男と特別房に入れられた。そして、次の移送列車に乗せられることになった。

　移送されるユダヤ人が集められたとき、彼の名前はリストにあった。彼を捕らえに来た人間たちは、さすがのヴァルター・ローゼンベルクも、再び何かを企むことはないだろうと予想した。ユダヤ人たちが駅で並ばされ、書類を調べられているあいだ、スロヴァキア人民党の警備兵は短機関銃を持ち、ヴァルター一人を見張っていた。出発のときが来ると、警備兵はヴァルターに特別なアドバイスをした。

「また逃げようとしたら、死体になるぞ」またもや注目を集められたことで、ヴァルターは得意だった。

ユダヤ人たちはその列車に「乗った」とは言えなかった。貨物のように扱われ、貨車に積みこまれたのだ。ヴァルターは計算が得意で、彼の計算だと、貨車一両あたり八十人が荷物ともども押しこまれた。全員が体を押しつけ合い、ぎっしり詰めこまれていた。

ヴァルターの周囲にいる大半が、彼よりもずっと年上か、ずっと若かった。貨車は子供やその親、年配者で一杯だった。ヴァルターと同世代のスロヴァキアのユダヤ人たちは、彼が初めて脱走したあいだに最初の移送があって、すでに運ばれていたのだ。子供たちの存在は状況を変えた。駅で、警備兵は大人の一人を殴りつけるだけでよかった。その後は静寂が支配した。たった一発でも、子供たちにとっては衝撃で、その後はすべての大人が指示に従うこと、見かけだけでも落ち着きを保つ必要があることを察した。今のようなことはめったにない、二度と起こらないから大丈夫だ、と子供を安心させねばならなかった。

最初のうち、貨車に積みこまれた人々は未知の状況に慣れようとした。協力する気持ちや仲間意識すら芽生えた。移送者たちはわずかな食べ物を分け合い、ヴァルターは一夜だけの独房仲間から餞別（せんべつ）にもらったサラミを回した。結婚したばかりのカップルに祝福の乾杯までおこなわれた。移送されても家族は決してばらばらにならない、と大統領が約束したので結婚したという。そして、何時間も列車が走り続けているあいだ、みんなが人間らしい慎みを守ろうとした。ひとつしかないバケツに誰かが用を足すたびに、口にされなくても視線をそらしたり、わずかなプライバシーを与えたりした。

自分が必死に逃げようとしていたのは、こういう運命からだったのに、とヴァルターは思った。国境を越え、川を渡り、森を抜けて、貨車に子牛のように詰めこまれることに抗ってきた。それなのに、今、こんな羽目になった。

最初の数時間は会話が交わされていた。おもに、この先で待っている新しい生活について。どこに連れていかれるのだろう？　新しい場所はどんなところだろう？　子供たちは学校や校庭はあるのか、と親たちにたずねた。行き先は労働収容所かゲットーかもしれない、と推測する者もいた。生活は厳しいだろうが、耐えられるはずだ。それに、この再定住は一時的なものにちがいない。これは戦争の望ましくない結果だが、戦争は長く続かないだろう。

何時間も立ちっぱなしで、話しかけられてもろくに振り向けない人々は、重大な疑念について議論していた。最初に移送された人々が送ってきた手紙だ。貨車の中の何人かの移送された娘や息子、いとこや姪（めい）は、万事問題ない、と手紙を送ってきていた。こうした手紙は楽しげで、食べ物や割り当てられた住まいを賞賛し、スロヴァキアに残っている人々に再定住はよいものだ、と保証していた。

それでも、こうした陽気な手紙には、繰り返し、あるパターンが見られた。すべてとは言わないが、何通かには辻褄（つじつま）の合わないことが記されていたのだ。ある女性のいとこは「母が愛していると伝えてほしがっている」と手紙の最後に記していた。だが、いとこの母親は三年前に亡くなっていた。別の女性は「年老いた隣人は新しい家で楽しんでいるようだ」という記述に、やはり首を傾げた。というのも、手紙の書き手も受け取り手も、その老人が何年も前に亡くなったことを知っていたからだ。

ヴァルターは耳を傾けていたが、つけ加えるべきことはほとんどなかった。彼は手紙をまったく受け取らなかったので、説明のつかない矛盾についてもわからなかった。それに、窓の外を流れていく土地と風景を観察するのに忙しかった。彼は経路を記憶しようとしていた。そうすれば帰り道がわかると思ったからだ。いつものように脱走のことを考えていたのだ。初日の午後五時になっても、その考えは頭を去らなかった。列車はスロヴァキアとポーランドを隔てる前線、ズヴァルドン駅に滑りこんだ。人々は列車から降ろされ、整列させられると脱走者がいないか数をかぞえられた。移送業務はスロヴァキア人民党警備隊からナチスの親衛隊に引き継がれ、ドイツ軍が列車の指揮をとり、運転士もドイツ人に交替した。そのときですら、ヴァルターは脱走の方法を練っていた。

その後のルートは、ヴァルターにとって意味不明だった。列車の速度はおそろしく遅くなり、故障してしまったかのように、何もない場所で何時間も停車した。その後、貨車は閉めきられたままだったので、周囲を見ることはできなかった。クラクフにいるのか？　あるいはカトヴィツェなのか？　おそらくどちらでもなかった。たぶんチェンストホヴァに着いたのだろう。判断するのはむずかしかった。列車は長いルートを遠回りをしているようで、ときには引き返しさえした。ヴァルターはそれに論理的な答えを見つけようとしたが、無理だった。

時間だけが過ぎていった。信じられないことに、腕時計によると二十四時間も貨車に閉じこめられていた。ヴァルターも含め多くの移送者が持ってきた食べ物を食べ尽くしてしまったが、十分な水を持ってきた人はほとんどいなかった。いまや丸一日貨車の中にいて、子供たちは喉が渇いたと訴えはじめた。唇はひび割れ、頭がぼうっとしてきた。ほどなく、喉の渇きは耐えがたくなった。誰もが水を求め、貨車の隙間から川やビールの広告がちらっと見えただけで拷問のようだった。

結婚の乾杯をし、食べ物を分かち合った仲間意識はとうに消えていた。すでにあふれかけている隅のバケツに行く順番も含め、けんかが起きた。喉の渇きは礼儀正しさや愛想のよさを人々からはぎとった。水がなくなると、非難や中傷し合うようになった。

ヴァルターにとって、この旅は筋が通らなかった。東に向かっていたはずなのに、通り過ぎた駅の表示からすると今度は西に向かっている、といった具合だ。ときには列車は待避線に入って、別の列車をやり過ごした。軍の輸送が優先されるわけではないようだった。待避線での待機は二十分か十六時間かすらわからず、いつ終わるか見当もつかない。しかし、毎回水には手が届かなかった。あるいは手の届くところにあっても、貨車に閉じこめられていて、外で水を飲むことはできなかった。

そのとき、貨車の隙間から、隣に停まっている機関車の水のタンクが満タンで、ホースから水が勢いよくほとばしっているのが見えた。水は機関車に注がれ、残りは線路に飛び散った。その光景はあまりにも誘惑的だった。ヴァルターは隙間から腕を突き出し、マグを差しのべて、少し分けてくれと機関車の運転士に頼んだ。

運転士が無視したので、ヴァルターはもう一度頼んだ。運転士は目を合わせようともしなかった。「おまえらできそこないのために撃ち殺されるつもりはないんだ」

そのときにはすでに丸一日以上列車に乗っていた。それでも、運転士の言葉がヴァルターにとっていちばんショックだった。貨車のユダヤ人は互いに屈辱を与えているばかりか、外の世界でも拒絶されているのだ。運転士は具合が悪い子供たちが水がほしいとせがんでいるのを知りながら、そちらを見ようともしなかった。目を合わせすらせず、「できそこない」と言い放った。

ヴァルターは利己的で無慈悲なろくでなし、と罵った。移送者を助けるやつは、その場で撃ち殺せ、と親衛隊が命じていたことを知ったのは、しばらくたってからだった。ヴァルターたちの列車がポーランドの片田舎をのろのろと走ってくるよりも前に、いくつもの列車が通過したことを、そのときは知らなかった。もしかしたら移送者に水をあげた人間がいたのかもしれない。代償は彼の命、あるいは妻や子供の命だったのだろう。運転士は、その場で刑罰が下されるのを目の当たりにしたのかもしれない。そして、生き延びるには、空のカップを握って貨車の隙間から突き出される手を見ない、水を求めて泣く子供の声を聞かないことだ、と学んだのだろう。

停まったり進んだりしながら、喉の渇きと悪臭に苦しめられながら三日間、旅は続いた。ついに列車が停止したとき、中に詰めこまれていた人々は安堵と、奇妙にも感謝の念を覚えた。最悪の部分は終わったと、全員が確信した。どこに到着したにしろ、これまで耐えてきたことよりもましにちがいない。

ルブリンの中央駅を列車がのろのろと通過し、プラットフォームのすぐ先で停止したとき、人々はそう期待した。一、二秒して貨車のドアが引き開けられ歓迎の一団が現れるまで。そこにいたのはライフル、短機関銃、ステッキ、鞭（むち）で武装した親衛隊の一団だった。

そのとき、命令が発せられた。

「十五歳から五十歳までの労働ができる健康な男は貨車を降りろ。子供たちと老人は残るように」

親衛隊将校は列車の端から端まで歩きながら、同じ命令をドイツ語で怒鳴っていたが、ときには短く叫んだ。「十五歳から五十歳までの男、全員、出ろ！」

なんだと？　これでは筋が通らない。何度も家族はばらばらにならない、と言われてきたのだ。新しい村にいっしょに再定住するのだと、スロヴァキア大統領のティソから約束されていた。だから、あの新婚夫婦は結婚を急いだのだ。

ただ順番がちがうだけで、実際にばらばらになるわけではないだろう。十五歳から五十歳までの男がまず列車を降りる。そのあとは女、子供、老人。そうではないのか？

答えはすぐにわかった。こわばってしまった脚で男たちがどうにか貨車から降り、指示どおりにプラットフォームに列を作るやいなや、貨車のドアはまた閉められたのだ。ヴァルターは周囲を見渡し、自動小銃で武装したリトアニア人らしい警備兵に囲まれているのを知った。

とたんに、貨車に残された人々が夫に、息子に、兄弟に向かって、板の割れ目から手を差しのべた。それは別れの挨拶ではなく、懇願だった、肉親に触れて慰めを得たいという切羽詰まった思いだった。親衛隊員もそれを見て、ただちに対処した。列車に沿って歩きながら、伸ばされた手をステッキと鞭で打ちすえたのだ。弱った祖母だろうが、とまどっている幼児だろうが、新婚の花嫁だろうが、おかまいなく。そして、列車は出発した。男たちは列車が遠ざかっていくのを見つめた。家族たちは行ってしまった。

家族は最終的に再定住するはずだ、と男たちは自分を慰めた。少なくとも、家族はステッキや鞭をふるう親衛隊員によって整列させられ、長距離を行進するよう脅されることがないだろう、と。

トランクをトラックに載せたらどうか。その方が楽だろう、あとで取り戻せばいい。多くの者が親衛隊員の提案を受け入れたが、ヴァルターはそうしなかった。彼はリュックサックひとつを背負っているだけで身軽だった。それに、他の人々には欠けている資質を備えていた。大半の男よりも若かったが、彼は経験によって信頼は愚か者のすることだ、と学んでいたのだ。ノヴァーキ労働収容所をいっしょに脱走したヨセフを信頼するという過ちを犯したときに。荷物はヴァルターが信頼できる唯一の存在だから、自分自身で持つことにした。

移送者の行進隊はルブリンの市内に入っていったが、大通りは使おうとしないことにヴァルターは気づいた。行進を見られたくないのか、親衛隊は裏通りばかりを選んでいた。ルブリンを抜け、市の南東に向かう何もない道に出ると、好き勝手が始まった。親衛隊員の一人がヴァルターの腕時計に目を留めると、銃を突きつけ、渡すように求めた。ヴァルターは腕時計を差し出した。

しばらくすると衣服の縫製工場を通りかかった。中庭では何百人、もしかしたら何千人という被収容者たちが整列していた。まちがいなく全員がユダヤ人で、同じ汚い縞模様の制服を着て、食べ物をもらうために並んでいた。ヴァルターは人々を見て、気持ちが沈んだ。

移送者の目的地は、もともと戦争捕虜用に建てられた場所で、地元では「小さなマイダン」と呼ばれていた。ルブリン郊外にあるユダヤ人ゲットーのマイダン・タタルスキと近かったからだ。ポーランド語だと、マイダネク。しかし、正式な名称は強制収容所だ。やがて、ヴァルターはそれが控えめな呼び方だと知った。

第4章　マイダネク

小さな丘を登っていくと、収容所が見えた。時計塔、宿舎、鉄条網。マイダネクの門が開いたとき、初めてヴァルターや他の移送者は、すでに収容されている人々を目にした。まるで食屍鬼(グール)だった。頭は剃(そ)られ、骨と皮ばかりの体にすりきれた制服をまとっている。さっき見たのと同じぞっとする縞模様の服だ。足下は木靴か裸足で、あきらかに腫(は)れていた。ヴァルターには彼らが何者で、何があったのか、想像もつかなかった。

彼らは、ヴァルターをはじめ新参者とは目を合わせなかったが、話しかけてきた。一人がヴァルターに近づいてきて、まもなく個人的な所持品はすべて奪われる、と警告した。残りの者は働き続けていた——何かを持ってきたり、運んでいったり、掃いたり、穴を掘ったり。ただし、口の端でこっそりと、みんながたずねてきた。「食べ物はないか? ポケットに何か入ってないか?」それは何度も繰り返された手順だった。言葉は自動的に発せられた。そして誰かが食べ物のかけらを彼らの方に放り投げたとき——食べ物を直接渡すのは危険すぎた——の反応によって、ヴァルターはマイダネクの生活についてすべてを知った。被収容者たちはかけらに飛びつき、争いあった。飢えた犬のように歯をむきだしていた。警備兵が食べ物にかがみこんでいる背中を警棒でどやしつけても、彼らは無視した。

もっとも、ヴァルターと新たな被収容者はいつまでもマイダネクの見物人ではいられず、すぐに連れていかれた。収容所は親衛隊の居住区、「管理業務」のための地区、被収容者の地区に分かれており、被収容者の地区は鉄条網のフェンスによって五つの「区画」に区分けされていた。ヴァルターは、チェコやスロヴァキアのユダヤ人といっしょに第二区画で働くことになった。各地区の隅には監視塔があり、さらに二重の通電フェンスが敷地を囲んでいた。この野外刑務所には薄汚れた木造のバラックが並んでいるだけで、地面が焼き払われたかのように一本の木も見当たらなかった。

さっそく、この場所の洗礼を受けた。まず、誰も信用しないというヴァルターの決意にもかかわらず、リュックサックを手放すことになった。「手荷物一時預かり所」に預けることを命じられたのだ。その馬鹿げた名称や皮肉、さらに、見下したようなドイツ人の表情は新参者にもはっきりとわかった。ヴァルターがリュックサックを預けると、たしかに引き換え券を渡された。しかし、またひとつ欺瞞がつけ加えられたにすぎず、いったん手放したら、二度と手元には戻らないだろう。

次に登場したのは「風呂」だった。その小屋には飼い葉桶が並べられていて、消毒剤の臭いがたちこめていた。消毒液に浸けられる羊のように新しい被収容者は裸になり、悪臭を放つ水に全

一本の木も生えていない野外刑務所——ポーランドのルブリン郊外のマイダネク強制収容所。
ヴァルターは1942年6月に12日間、ここに収監されていた

身を浸けるように命じられた。ためらう者はステッキで殴られた。

　次に毛を剃られた。数秒で頭の毛が剃られ、その後、脇の下や陰部を含め、全身の毛を剃るためにスツールに立たされた。シラミなどの害虫駆除のためだと説明されたが、親衛隊員にとって、これもお楽しみ、被収容者の人間らしさを奪いとるための手順だった。最後に衣服を支給された。強制収容所の縞模様の上着とズボン、木靴、帽子。

　じわじわと、ヴァルターは自分らしさを失っていった。すでに数時間前に貨車で到着した人たちともども、前からここにいた連中とそっくりに見えた。それでも不思議なことに、新参者が個性を失っていく一方で、古参の被収容者は個性を取り戻しているかのように、ヴァルターには見えた。彼は縞模様の亡霊たちを少しずつ見分けようとした。何人かの顔はわかるようになった。そういう連中は地下世界の影ではなく、スロ

ヴァキアから来た仲間のユダヤ人として認識できた。ヴァルターが知っていたラビ、教師、修理工場の経営者の息子たち。鍛冶屋の息子は歯でコインを曲げて、パーティーで受けていたっけ。全員がここにいた。

ある地区の門のそばで、エルヴィン・アイスレルを見かけた。トルナヴァ時代の勉強仲間で、規則に背いて化学の教科書を一冊手元に残しておいた少年だ。いまやひどくやせ、手押し車を押しながら食べ物を漁っていた。

管理者と移送者のあいだのグレーゾーンで暮らしている集団がいることに、ヴァルターは気づいた。その連中は通常の縞模様ではないジャケットとズボンという服装をして、胸に大きな緑の三角形をつけていた。彼らは犯罪者として強制収容所に送られていた。ユダヤ人は黄色の三角形だった。赤い三角形は政治犯、ピンクは同性愛者、紫はエホバの証人を示したが、ほとんどは緑色だった。彼らはカポと呼ばれ、親衛隊員に雇われていた。他の被収容者に強制作業をさせたり、些細な怒りから、あるいはまったく理由なく、暴力的な罰を与えたりした。新参者からもらった食べ物をめぐってけんかをしていた被収容者たちを警棒で殴っていたのがカポだった。ヴァルターの知るかぎり、カポはナチスの階級がない分を残虐さで補っていた。

マイダネクではもう一人見知った顔があった。兄のサミーだ。

ヴァルターが来てまもなく、区画から区画へ薪を運ぶ仕事をしていた友人が、サミーを見かけたと教えてくれた。たしかにサミーは隣の区画にいた。

ヴァルターは信じられない思いだった。二人の兄は自分と同じように移送され、再定住したのは知っていた。しかし、兄の一人が同じ強制収容所にいるとは。ヴァルターは今すぐ区画と区画を仕切っている鉄条網のフェンスまで走っていきたいという衝動に駆られたが、そうしたら命を落とすことになるとすでに学んでいた。さっきも、そばで働いていた男が絶望でおかしくなったのか、いきなりフェンスに向かって走りだした。数歩走ったところで、銃声が響いた。ヴァルターはそれ以上教えられる必要はなかった。サミーに会うには、手続きを踏む必要がある。忍耐が求められた。

異なる区画の人間と話すためには、カポの人数が少なくなる日暮れを待たねばならなかった。目立つのでフェンスのそばでは集まれない。フェンスから離れ、姿が見えないようにして順番を待った。

隣の区画の人間と話すには、フェンスの両側で同じやり方をとった。ヴァルターはできるだけフェンスから離れ、物陰に身を潜めながら、反対側に少人数のグループがいるのを見てとった。そのとき、薄れゆく光の中で、兄の長身の輪郭を見つけた。すぐに、互いに気づいた。同時に二人は腕を上げて挨拶した。

まだ二人の番にはならなかった。ヴァルターとサミーは他の二人がフェンスにゆっくりと近づいていき、ひそひそ会話しているのを見ていなくてはならなかった。ヴァルターはすぐにでも走り出せるように準備しながら、フェンスのそばの二人を見守り、会話が一段落する気配を窺った。

ようやく、ヴァルターの側にいた男が振り向きかけた。それがヴァルターへの合図だった。彼が進み出ると、サミーも同じようにするのが見えた。もうじき兄弟同士で話ができるだろう。よりによってマイダネクで出会えるとは信じられなかった。

いきなり、黄昏（たそがれ）の静けさが破られた。どこからともなくカポの一団が警棒を振りかざして現れたのだ。彼らは友人と話を終えようとしていた男に襲いかかり、倒れて息絶えるまで頭を殴り続けた。大きな物音に小鳥が飛び去るように、順番を待っていた人々はあっと言う間に宵闇に姿を消した。

翌日、サミーは別の区画に移動させられた、と聞いた。もう面会はできそうになかった。二度と兄と会うことはないだろう。それでも夕べの光の中での短い記憶、互いに腕を上げて挨拶した出会いの記憶は永遠に心に刻みつけられるだろう。

十七歳のヴァルターは頭の回転が速かった。順応期間がろくにない強制収容所では、それは不可欠の資質だ。訓練はないにひとしく、初日にオバーカポと呼ばれるカポ隊長が大声で指示を伝えるぐらいだった。カポ隊長はヴァルターと他の新参者に、「アペルの儀式」と呼ばれる、朝と晩の二回の点呼（アペル）について説明した。まず被収容者地区の中央にある広場に集まり、十人ずつの列になる。親衛隊員が近づいてきたら帽子をとり、通り過ぎたら、またかぶる。土砂降りの雨の中で何時間も練習させられた。まちがったり遅れたりしたら、殴打が待っていた。

こうしてヴァルターはマイダネクで人が死ぬパターンのうち、ふたつを学んだ。撃ち殺されるか、殴り殺されるか、だ。他にも死をもたらすものはあった。宿舎とされているバラックは安普請で壁が薄く寒く、二百人用の収容場所にときには千人以上が詰めこまれていたので、被収容者はすぐに病気になった。窓にガラスがなかったり、寝台すらないバラックも多く、被収容者たちは床に寝なくてはならなかった。寝台があっても名ばかりで、バラックの端から端まで三つの長テーブルを三段ベッドのように重ねて置いただけだった。

服と薬も不足していた。基本的な公衆衛生も欠如しており、体や衣類を洗う場所も下水設備もなかった。昼間はむきだしの汚物穴がトイレの代わりに使われた。夜は大きな木製容器がバラックに入れられ、共同トイレの役目を果たした。じきにヴァルターは赤痢(せきり)が収容所に蔓延(まんえん)していることを知った。すぐに死ななくても、感染は死刑宣告だった。赤痢になれば働けない。そして働けなければ、殺された。

病気を隠そうとする者もいて、仕事のために整列し、立っているときに腸を空にした。エクスタインという被収容者の運命は、ヴァルターの記憶に刻みつけられた。彼はスロヴァキアのセレトという町のラビで、赤痢にかかった。ある日、点呼に数分遅れたが、ナチスはそれに我慢できず、担当の親衛隊将校は部下にラビの頭を汚物穴に突っこませた。それから、きれいにするかのように冷水を浴びせた。そのあとで将校はリボルバーを取り出して、ラビを撃ち殺した。

病気がはびこり、食べ物も飲み水もろくになかった。朝は点呼前の午前五時か六時に起床後、代用コーヒー。夜は二百八十グラム程度のパンに、マーマレードか劣悪な品質の代用マーガリンが添えられ、朝と同じ飲み物が出された。週に二度、馬肉ソーセージかビーツが出ることもあった。エルヴィンが骸骨（がいこつ）のようにやせていたのは当然だった。

これらを踏まえれば、カポ隊長が最初に言及しなかった朝の点呼の一面についても、驚くことではなかった。それでも、初めて見たとき、ヴァルターは愕然（がくぜん）とした。彼と仲間たちが指示されたように十人ずつ、できるだけきちんと並ぼうとしていたとき、まったく動かない被収容者たちがいた。死体は生きている者の後ろに積まれ、やはりきちんと数えられた。そのあと死体焼却場で焼かれるからだ。彼らは夜のあいだに飢えか暴力のせいか、あるいはもっと目立たない理由――光が消えるように生きる意欲を失って死んだ人々だった。ヴァルターは死体の数を覚えるようにし、頭の中で足し算をした。それが習慣になった。

点呼のあとは労働だ。大半は骨の折れるつらい作業だった。生活とは労働だ、とヴァルターはすぐに理解した。収容所の歌には、そのメッセージが反映されていた。歌はマイダネクに来た最初の数日間で教えこまれ、何時間もぶっ続けで、一日の苛酷な労働の後ですら立ったまま何度も歌わされた。とてつもなくつらい肉体的な負担だった。いったん覚えた歌詞は、ヴァルターの記憶に刻まれ、どうしても消せなかった。

ヨーロッパ全土から、われらユダヤ人はルブリンに来た

おおいに働かなくてはならない。これはまだ序の口だ

一部の者はカポに率いられて行進しながらマイダネクから出て、近所の工場に行った。ヴァルターは収容所を出ていく人々を見て、頭の中で労働の歌が繰り返されるのを感じながら、ある考えが浮かんだ。それはずっと後で、大きく熟すことになった。

彼には収容所の外に行く機会はなかった。収容所内の建設現場で、のろのろしている人間を殴るカポに見張られながら、煉瓦や材木をせっせと運んでいた。

一九四二年の夏のその日、ヴァルター・ローゼンベルクは、奴隷労働者としてマイダネク強制収容所に移送された一万三千人のスロヴァキアのユダヤ人の一人となった。彼と仲間の被収容者が建てているものが何なのかは不明だった。誰も教えてくれなかった。

彼は常に脱走について考え、絶対に脱走すると決意していた。ただし、正しい方法でおこなう必要がある。フェンスに突進した男は、逃亡の目論見(もくろみ)を疑われただけで死罪になると示した。その後、ヴァルターは逃亡を企てていると疑われないように、フェンスのそばにすら近づかなかった。マイダネクからの脱走は、ノヴァーキ労働収容所のときよりもはるかに大きな想像力を必要とした。

ヴァルターの予想よりも早く機会が訪れた。カポが宿舎を回って、農作業に必要な四百人を集めている、と言うのを耳にしたのだ。

ヴァルターはためらわなかった。農作業には可能性がたくさんあった。収容所から出られる。おそらく、移動もあり、たぶん列車を使うだろう。選択肢がいくつかできる。作業は戸外で、この厳しく監視された収容所から離れられる。少なくとも脱走をイメージできる。志願した千人のうち、真っ先に名乗り出たのはヴァルターだった。

「おれはじきに収容所を出るんだ」ヴァルターは年季の入った被収容者に誇らしげに報告した。「数日で列車が出発するらしい」

その男はチェコ人の政治犯だったが、彼を蹴飛ばして言った。「おかしくなったのか？　列車がどこに行くか知ってるのか？」

ヴァルターは運んでいた荷物を地面に落とした。

「なんて馬鹿なやつだ。おれはダッハウにずっといたんだ。あそこもひどいもんだった。だが、ナチスが誰かを本気で罰したいと思ったら、ダッハウから新しい場所に送るんだ」と彼は説明した。ヴァルターは大きな過ちを犯したのだ、と。

「向こうに行ったら、死ぬぞ」彼は断言した。

だがヴァルターは決意していた。彼にとって目的地はどうでもよかった。マイダネクから出ることと、それにともなう逃亡のチャンスが重要だったのだ。年上の仲間に言ったように「どこだろうと、このゴミ溜めよりもましだ」と感じていた。

志願者たちが出発する日が来た。ヴァルターは別れを告げにチェコ人を捜した。彼は幸運を祈らず、ただこう言った。「おまえ、後悔するぞ」

ヴァルターは他の志願者といっしょに整列し、全員が縞模様の制服を脱ぎ、ふつうの服に着替えた。ズボン、ジャケット、シャツ、帽子を渡されたが、どれもサイズが合わず、上下はちぐはぐだった。ヴァルターは服を見て、以前は誰が着ていたのだろうと思った。集められたこの四百人の服か、残される連中の服か、誰のものであってもおかしくなかった。毎朝点呼で積み上げられ、数えられる死者のものかもしれない。

どうして服を着替える必要があったのか、ヴァルターはすぐに悟った。彼らはルブリン駅まで町中を歩いていかなくてはならなかったのだ。ナチスは地元の人間たちに被収容者をどう扱っているのか知られたくなかったにちがいない。だから、剃った頭を帽子で隠したのだ。

それでも、ちゃんとした服はうれしく、ヴァルターも仲間も喜んで身につけた。彼らは調べられ、手続きのために何時間も待たされたが、服はいらだちをなだめてくれた。ようやく隊列を組み、親衛隊員に両側を固められて、彼らは行進を始めた。わずか十二日間過ごしただけで、ヴァルターはマイダネクを去った。六月末の晴れた朝で、ヴァルターはこの先に待っているはずのもの、脱走の機会に精神を集中した。

ルブリン駅に着くと、担当の親衛隊士官は農場労働者となるヴァルターと仲間に釘をさした。道中用の食べ物を与えるが、どのぐらいかかるかわからないので、ちゃんととっておくように、と。

「それから、覚えておけ」彼は言った。「逃亡しようとしてもむだだからな」

その言葉で、ヴァルターはさらに逃亡のことを考えるようになった。貨車の重いドアが閉まり、かんぬきがかけられ、列車が出発したとたん、彼は敵の防御の穴を探しはじめた。それどころか、追い立てられながら貨車に押しこまれるときから、共謀者になれそうな者を探していた。

幸運にもヴァルターは知った顔を見つけた。ノヴァーキ労働収容所で古株だったヨセフ・エルデリーという男だ。しかも、つながりがもうひとつあった。ヴァルターはヨセフのガールフレンドと学校がいっしょだったのだ。

ヴァルターはすばやく相手を値踏みする能力を身につけていたので、ヨセフは信頼できる人間だと判断した。もう一人のヨセフ、トポリュチャニ出身のガールフレンドがいる男との苦い経験から、ヴァルターは人を見る目は必須だと思い知らされていた。すぐさま彼は「逃亡」とささやいた。ヨセフはすぐに理解し、二人は貨車を綿密に調べはじめた。窓には鉄格子がはまっていたが、床は可能性があった。穴を開けられさえすれば、列車が速度を落とすのを待って脱出できる。日が暮れるまでは何もしない、と二人は合意した。暗闇の方が脱出は容易になるだろう。

まもなく、その期待は消えた。旅が始まって二十四時間ほどして最初の駅に停止すると、初めてドアが開かれ、担当の親衛隊員が新たな注意を叫んだ。これから駅に着くたびに人数を数える。誰かがいなくなっているのが発見されたら、貨車にいる十人が撃ち殺される。

それで、目論見はおしまいになった。自分自身の命を危険にさらすのはいい。しかし、十人の命を犠牲にするのはだめだ。それに、この数か月でヴァルターが学んだことがあった。ナチスは脅しを実行する。

彼らは貨車でさらに三十六時間移動した。二週間足らず前、ヴァルターがノヴァーキからマイダネクまでした旅と似たような経過をたどった。最初にもらった食料――今回はパン、マーマレード、サラミと少量の水――はすぐに尽きてしまった。以前と同じように渇きは強烈だった。八十人の成人男性が詰めこまれている貨車の中は息が詰まるような熱気が充満し、以前にもまして渇きはひどかったが、耐えるしかなさそうだった。貨車は給水のチャンスがありそうな駅ではなく、駅からはずれた場所で停止した。休憩になると、親衛隊員が水筒からあふれんばかりの新鮮で冷たい水を飲んでいるのを見せつけられた。

ついに列車は目的地に着き、速度を落とした。ヴァルターは列車のドアの隙間から外をのぞいた。見慣れた監視塔があったが、建物は煉瓦造りで、マイダネクの木造の粗末なバラックとは大ちがいだった。

ドアが開かれると、親衛隊員は収容者を列車から降ろし整列させた。その後で、行進するように命じた。

ヴァルターはもうひとつのちがいに気づいた。マイダネクのような土ではなく、道は舗装されていたのだ。とりわけ驚いたのはやぶや樹木があることだった。ルブリンの収容所の外は荒涼として何もなかったので、うれしい光景だった。

その夏の夜、謎の場所に近づいていきながら、楽観的な気分がヴァルターの胸に広がった。収容所の入口で、親衛隊員が片手に銃、もう片方の手にジャーマンシェパードの引き綱を握って立ち、敷地内がサーチライトの光で照らされているのを目にしたときも、その気分は続いていた。清潔な手入れの行き届いた中庭からも、この場所を守っているそびえるような両開きのゲートからも、ゲートに掲げられたスローガンからも、力を得られた。「働けば自由になる（アルバイト・マハト・フライ）」。この場所が労働を重視しているなら、望むところだ。ヴァルターは若く健康だった。マイダネクにいろ、というアドバイスに耳を貸さず、ここに来てよかった。幸運がまさに微笑みかけているように感じられた。

それは一九四二年六月三十日午後九時だった。ヴァルター・ローゼンベルクはアウシュヴィッツ強制収容所に到着した。

第2部

アウシュヴィッツ

第5章　我々は奴隷だった

　ヴァルターは二列に並んだ白いコンクリート柱を眺めた。どれにも陶器の絶縁体がつき、高圧電線らしきものとつながれている。収容所を囲む二重の通電フェンスだ。監視塔を見上げると、それぞれに親衛隊員がいて、機関銃を構えている。暗くなってからは、サーチライトがひっきりなしに収容所の敷地を照らしていた。さらに高度に訓練された犬が親衛隊員の主人に付き従っていた。すべてをじっくり観察しながら、この場所にはどんな秘密が隠されているのだろう、とヴァルターは思った。

　最初の夜には、マイダネクの不潔さと混沌(こんとん)から一歩抜け出した、と信じる根拠がまだあった。数階建ての宿舎は頑丈(がんじょう)な煉瓦造りで、学校のように大きかった。そればかりか、宿舎にはそれぞれ番号がふられ、入口の標識だけではなく、電灯にもペンキで数字が記されていた。

　ヴァルターが収容される十六号棟に着いたときはもう暗く、地下室に入れられた。そこで棟の監督である緑の三角形をつけたカポから説明を受けた。彼は殺人罪で収容されていた。カポは新入りたちに、どんなに喉が渇いても壁の蛇口の水を飲んではならないと警告した。飲めば赤痢へまっしぐらだからだ。ヴァルターは忠告を頭にたたきこんだ。その晩は床で寝た。

翌朝は六時の点呼のために五時起床だった。マイダネクで経験していたように、点呼では生者と死者の両方が数えられた。後者には死にかけている者も含まれていた。計算が合い、行方不明者や逃亡者がいないことが確認されると、点呼は終わり、死者は運ばれていった。被収容者一人で死者一人をかついだので、生気のない頭がだらんと背中に垂れ下がった。よろめき歩く二人組は、ヴァルターには頭がふたつある怪物のように見えた。被収容者と死者は一体化して、ゆっくりと死体置き場に進んでいったが、どちらも骨と皮ばかりだったので、どっちが死者でどっちが生者か区別がつかないほどだった。

新参者たちにとって、被収容者が苛酷な労働に出発するのを眺めながら、平服で並んでいるのは妙な気分だった。彼らは収容所をうろつき回り、この場所を理解しようとした。ようやく次の日になって、入所の儀式がおこなわれ、ヴァルターが二週間前にマイダネクで経験したことが繰り返された。

まず、シャワー室へ強制的に連れていかれた。カポは警棒で殴って、せいぜい三十人しか入れない部屋に四百人を次々と追いこみ、シャワー後はまた警棒をふるったり蹴りつけたりしながら外に出し、全員が寒空に裸で震えることになった。次に、裸のまま新しいことをさせられた。全員が並んで、アウシュヴィッツの収容者番号の入れ墨をされたのだ。二人の被収容者が事務係を務め、新入りの名前と出生場所を書き留めた。ヴァルターはブラチスラヴァ生まれと記入された。

母と交際していた男の職業を拝借して、「錠前師」だということにした。それがすむと、いよいよ入れ墨だ。以前入れ墨をされたときは、壁に寄りかかり、金属製の針が埋めこまれた特製のスタンプを胸の左側、肩甲骨のすぐ下に押しつけられた。ひどく乱暴に押されたせいで、多くの移送者は気を失った。しかし、この日は選択肢を与えられた。右か左の腕、その外側か内側かを選べた。ヴァルターは番号が見えやすい左上腕を指定し、そこに収容所番号を入れ墨された。その後の二年半、ヴァルターは公式な場で名前で呼ばれることはなかった。その日を境に彼は４４０７０になった。まもなく、アウシュヴィッツの番号の重要性を知った。小さな番号はここでの暮らしが長いことを示し、収容所の階級ではほぼ頂点だったので、その人間の命令や特権を被収容者たちはおとなしく守った。

ようやく服を与えられた。今まで着ていたものは回収され、二度と戻ってこなかった。支給されたのは、目の粗い布地にくすんだ青い縞模様の、おなじみの制服だった。それでも、ユダヤ人の一般的なシンボルであるふたつの三角形が組み合わさったダビデの星――政治犯の赤、ユダヤ人の黄色――の横に、自分の番号が縫いとられた上着兼シャツを着て、ズボンとぶかっとした帽子と木靴を身につけるとほっとした。寒さを防げたからだけではなく、これで少なくとも一瞥しただけでは目立たなくなり、その他大勢になれたからだ。姿を隠せるのは、脱走のようなものだった。

それでも、死からは逃げられなかった。労働に行く人々の顔にそれを読みとることができた。

きちんと五人ずつ並んだ百列の人々が点呼の直後に出かけていった。多くは操り人形みたいにぎくしゃくとした歩き方だったが、遅れないように必死だった。出発するときに親衛隊曹長ヤコプ・フリースに見張られていたからだ。フリースは後にヴァルターがとびきり残虐で暴力的だと恐れるようになった男で、信じられないほど背が高く、山のように大きな体をしていた。顔も大きく、目つきは冷酷で、常に特大の警棒を手にしていた。彼の役目は弱って仕事にいけない人間をはじくことで、警棒やブーツを使って被収容者の状態を確認した。殴打や蹴りに耐えられたら、仕事に行くことが許された。そうでなかったら、運命は閉ざされた。

うつむき、落ちくぼんだ虚ろな目をして、歩く骸骨を思わせる死者のような被収容者は、収容所内では「イスラム教徒（ムゼルメナ）」と呼ばれていた。筋肉も肉もそげ落ちてしまい、あきらかに死にかけていて、命がゆっくりと、だが情け容赦なく流れ出している。それでも、生き延びたいという意志が見え隠れする者もいた。点呼の前にイスラム教徒が互いの頬をひっぱたきあうのは、珍しい光景ではなかった。頬を赤くして元気そうに見せるためだ。フリースが不適格と判断すると、収容所内に戻された。幸運に恵まれれば、製材所で簡単な仕事につけるかもしれない。そうでなければ病院に送られる。それは死の宣告だと、すぐにヴァルターは知った。

最初の日、二百ぐらいの死体を被収容者が荷馬車に山積みにして運んでいるのをヴァルターは目撃した。そばに、トルナヴァで知り合いだった二人がいた。

「何が起きてるんだ？」ヴァルターは死体の山を手振りで示しながら、片方にたずねた。返事には感情がこもっていなかった。「あいつらはゆうべ死んだ分だ」
前夜に殴打か飢えか病気で亡くなった人々だった。遺体は運び去られ、焼かれるのだろう。ヴァルターが今目にしている光景は、ありふれた日常なのだ。

その二人から、重要なことを教わった。スロヴァキアから移送されてきた人々の運命だ。もともと六百人いたが、現在アウシュヴィッツに残っているのは十人だけだった。この二人、オットーとアリエルと他の八人だ。残りの者はぞっとする仕事を与えられた。ナチスに殺されたソビエトの戦争捕虜の死体を焼くことだ。その仕事が終わると、彼らは殺された。オットーはこう説明した。「知りすぎたからだ」

ヴァルターはそうした情報の断片を小耳にはさみ、ゆっくりと時間をかけて、つなぎあわせていった。アウシュヴィッツでの最初の数日間で、常に健康で強靭（きょうじん）でいることが何よりも重要なことを悟った。ここで生き残るには、労働が必須なのだ。児童養護施設でサッカーをしていてよかった、と思った。

最初は親衛隊の食料品店に配置されたが、長く続かなかった。彼とヨセフは複数の労働部隊を回されたあとで、「ブナ」に移送された。

ブナは巨大な工業団地（インダストリコンプレックス）で、アウシュヴィッツ強制収容所と、さらに広いアウシュヴィッツ第二強制収容所ビルケナウを合わせたよりもずっと広大だった。敷地には、いくつもの工場やプラントが建てられることになっていた。戦争に必要な合成ゴム「ブナ」の製造工場を建設するため、ヴァルターとヨセフは送りこまれたのだ。

点呼には早すぎる午前三時に起床した。緑の三角形をつけたドイツ人カポが、夜の配給のパンは半分だけ食べ、残りは翌朝にとっておくように、と指示した。正午まで食事は出ないから腹の足しにするためだ。「これまでにないほど必死に働いてもらう」カポは言った。その前に、きつい行進をこなさなくてはならなかった。ヴァルターとヨセフと他の被収容者はいまやおなじみになった方式で出発した。横に五人並んだ百列の被収容者たちが、親衛隊曹長フリースの厳しい視線の前を通過して、ゲートを抜けていった。

初めてヴァルターがゲートを出て、二番目の黒と白のフェンスが持ち上がったとき、一瞬、脱走しようかと考えた。こういうふうに収容所を出るだけなら理論的には可能だ。その希望的観測は、親衛隊の食料品店が入っている建物の上階に行ったときに消えた。その高い場所からだと、アウシュヴィッツの外周には、内側と同じように監視塔がずらっと並び、独自の防御システムがあるとわかったのだ。監視塔の開いた窓の前には機関銃を持った親衛隊員が立っていた。逃亡しようとしてもすぐに見つかり、出口近くまでたどり着かないうちに銃殺されるだろう。

暗闇の中、未知の場所を行進しながら、高揚感はかけらもなかった。ナチスの防御の穴を発見できるかもしれないという希望もなくなった。あるのは恐怖だけだった。

一団は鉄道駅に到着した。そこで七、八十両の長い貨物列車が到着するのを待った。列車が着くやいなや、親衛隊員が警棒と犬と短機関銃で脅しながら、全員を貨車に押しこんだ。窒息しそうなほどのぎゅう詰めだった。列車はふたつに区切られ、一方には百人ほどの被収容者が入れられ、もう一方にはカポとその三、四人の取り巻きが乗った。前回、こんなふうに蹴られながら貨車に押しこまれたとき、ヴァルターは逃亡手段がないかと、開口部かハッチを探した。今はそんな考えは浮かばなかった。目標はただ生き延びることだけだった。

旅は最悪だった。あまりにぎっしりと詰めこまれたので、血と汗と糞便の臭いに吐きそうになった。かたわらの男はカポに折られた腕を吊っていたし、別の一人は赤痢にかかっていた。ヴァルターは列車から降りたくてたまらなかった。

しかし、降りても安堵はできなかった。貨車のドアが開いたとたん、ヴァルターはこれまで耐えてきたことは、これからの苦難に比べればなんでもなかった、と悟った。カポたちはすでに怒っていて、被収容者たちをやたらに鞭でたたいたり殴ったりしながら、「もっと早くしろ、このろくでなしめ！」とわめいていた。かたわらでは銃を持った親衛隊員がジャーマンシェパードを連れ、同じようにわめきながら、カポを蹴っていた。

ヴァルターのすぐ前の男がつまずくという過ちを犯し、カポが殴りつけた。その一撃で男はよろめき、列からふらふらとはみでたので、たちまち親衛隊員が発砲した。しかし、親衛隊員は的をはずし、狙った男の隣にいた被収容者を撃ち殺した。そこでカポはつまずいた男に死体をかついで運ぶように命じた。

「ここは墓場じゃないんだ！」カポは怒鳴った。

万事がこの調子だった。飢えと睡眠不足と暑い夏の日差しで弱っている男たちは、動物のように鞭打たれ、もっと速く歩くために、すでに尽きているエネルギーを絞り出さざるをえなかった。距離は三・二キロほどだったが、ずっと長く感じられた。ようやく建設現場に到着したのは午前八時頃で、五時間前に起こされてから何も食べたり飲んだりしていなかった。

ヴァルターは地獄のような光景を眺めた。最初に見たときはありふれた建設現場に見えた。セメントミキサー、鉄桁、コンクリートの柱、金属棒。半ばできあがった建物が、仕上げをほどこされて完成を待っている。しかし、そこらじゅうを男たちが異様な速度で走り回っていた。あたかも二倍速か三倍速で映画を観ているかのようだった。

被収容者たちはカポと親衛隊員のあいだを必死で走り回っていた。カポは少しでもだらけていると蹴りつけ、警棒や金属パイプで殴りつけ、親衛隊員は些細なことに腹を立てては銃で撃った。それがひっきりなしに起こった。現場一帯に銃声や人間の皮膚を切り裂く鞭の音が響き、被収容者たちは倒れて死に、カポはもっとさっさと動け、と怒鳴っていた。

ヴァルターはセメントの袋を運ぶ仕事を割りふられた。袋を背中にかつぎ、恐怖のコースをできるだけ速く走り抜けなくてはならなかった。十メートルか十五メートルごとに、カポが見張っていて、もっと速く動け、と鞭や警棒で殴りつけるのだ。誰かが倒れると、カポは頭蓋骨をたたき割り、死体を放置したので、ヴァルターはつまずかないように注意しなくてはならなかった。

いったんセメントミキサーまでたどり着いても休憩はなかった。走って戻り、また新しい袋をかついだ。何度も何度も同じことを繰り返した。暑さとほこりの中で何時間も作業は続いたが、食べ物も飲み物も休憩も与えられなかった。

被収容者は一刻も早く建物を完成させるために、圧力をかけられ暴力を振るわれ、疲労と飢えから、あるいはカポや親衛隊員の銃弾や警棒によって、次々に倒れていった。

ヴァルターにはじっくり眺めている余裕はなかった。それでも、この残酷な光景を非現実的なものにしている要素には気づいた。被収容者と迫害者だけではなく、一般人もその場にいた。ノートと折り尺を持ったスーツ姿の男たちだ。彼らはドイツのI（イー）・G（ゲー）・ファルベン財閥のエンジニアや現場監督で、死体のころがる地雷原にいるにもかかわらず、被収容者のことは目に入らないようだった。

四時間後にホイッスルが吹かれ、ようやく休むことができた。近くにいるヨセフは地面にへたりこみ、頭をうなだれた。正午に食べ物が登場した。毎度同じ、じゃがいもかカブのスープが一リットルのボウルで出され、五人で分け合った。スプーンはなかったので、労働と渇きと暑さでおなかがぺこぺこの男たちは、ふた口か三口以上飲まないように礼儀正しく振る舞わねばならなかった。その後同じ手順で、別のボウルが回されたが、それには代用茶が入っていた。

朝から感じていた喉の渇きは耐えがたいほどになった。水道の蛇口はあったが、汚染されているので飲んだ者は死ぬとまたも警告された。それでも何人かは我慢できなかった。彼らはその水を飲み、まもなく死んだ。

午後一時に再びホイッスルが鳴り、どうにか力をかき集めて仕事を再開した。全員ではなかった。地面に横たわったままの者がいると、疲れたふりなのか確認するために、カポは思いきり蹴ったり警棒で殴ったりした。彼らが動けなかったのは疲労のせいではなく、死んでいたからということがしばしばあった。

だがヴァルターとヨセフは幸運だった。二人はフランス人に、ずっと楽な仕事のために雇われたのだ。金属棒をひねって、のちにコンクリートに埋めこむ構造物を作る仕事だ。フランス人は彼の区画はおよそ四十メートル四方で、そこでは自分が責任者だと説明した。ただしヴァルターとヨセフがその区画を越えたら権限外となり、カポと親衛隊員の慈悲にすがるしかないだろう、と。

ヴァルターはそれを信じた。ブナの建設現場は十メートル四方ぐらいの小さな区画に分けられ、親衛隊員に警備されているのをすでに観察していたからだ。労働時間内にその区画から出ようとする人間は、「逃亡を企てた」とされ警告なしに射殺された。それは親衛隊員や取り巻きにとって、おおいに気晴らしになっていた。カポは被収容者の帽子を奪い、それを区画境界フェンスの向こうに放り投げ、彼に「走って帽子を取ってこい」と命じた。被収容者が拒絶したら命令に背いたことでカポに警棒で殴られる。しかし、言われたとおりにしたら、親衛隊員に射殺されるだろう。

雇い主のおかげで、ヴァルターとヨセフはそうした扱いをまぬがれた。日没にホイッスルが響くと、二人は他の被収容者の様子を見て、自分たちの幸運が身にしみた。

その日を生き延びても、死者や死にかけている者とは紙一重だった。アウシュヴィッツの規則では、収容所を出た百人の労働部隊は、同じ人数で戻らねばならなかった。その日ブナで生き延びた者は、そうでなかった者を連れ帰らねばならなかったのだ。二人の被収容者で一人の死者を、ラグを巻きつけるように肩にかついだ。ヴァルターにとって勘定は習慣になっていたので、素早く計算したところ、百人の中に五人から十人の死体が含まれていた。

一日の労働に続き、夜の点呼にもいなくてはならなかった。死者は、地面に十人ずつの山に積み上げられた。積み上げ方は決まっていた。最初の死体は両脚を広げて置かれ、二番目の死体は、最初の死体の脚のあいだに頭が来るように反対向きに積まれた。それから両脚が広げられ、三番目は最初と同じ向きに、二番目の両脚のあいだに頭をのせるように重ねられた。こうすると、数えやすかった。片側に頭が五つ、反対側に五つ、ひと山を十人として数えればいいので、親衛隊員の手間が省かれた。この方法は生者の場合も便利で、十人ずつ並んでいると親衛隊将校はすばやく人数を数えられた。九百五十三人を収容することになっている宿舎の場合も、あっという間だった。生者が九十二列と三人、それに死者が三列、と。

それがすむと、銅鑼(どら)が鳴り、誰も移動できなくなる。移動したら射殺される。こうして収容所全体が静まり返ると、第二の親衛隊チームがそれぞれの宿舎の人数を調べ、記録係がその数字を合計し、現在の被収容者の人数を出す。それを調理場近くの広場の真ん中でテーブルにすわっている司令官に知らせた。何人が死んで、何人が生きているかは区別しなかった。それが毎朝、毎晩、繰り返された。

二人は若かったし、フランス人雇用者のおかげで、ブナでの作業は他の人々よりも楽だった。ヨセフとヴァルターは労働者のほぼ全員が倒れたなか、一か月以上耐え抜いた。初日にブナまで行進した百列のうち、二人だけが生き残ったのだった。

ブナでの作業は一時的に停止になった。女性収容所で発生したチフスが蔓延し、建設現場への往復がなくなったのだ。苛酷な労働と飢えとカポの暴力をどうにか耐え抜いた被収容者は、いまや病気に倒れていた。すでに高かったブナの死亡率はますます上がっていた。上層部は、I・G・ファルベンの従業員がチフスに感染するのではないかと恐れた。そこでヴァルター、ヨセフ、その他の者たちは他の場所で働くことになった。新しい作業場は礫岩(れきがん)の採石場だった。

ブナの敷地のすぐ外に採石場があり、地層の深い場所に礫岩層が走っていた。アウシュヴィッツの上層部は、それを収容所のコンクリート柱に利用しようと考えた。掘るのは大変だが、それはヴァルターたちユダヤ人奴隷労働者にやらせればいい。

穴はとても深く、中に立つと被収容者の頭は地面よりも低かった。そこから、礫岩をシャベルで掘りだし、穴の縁で待っている荷馬車に積むように指示された。すべての作業がきつかった。飢えて体が弱っている被収容者にとっては、シャベルを持ち上げるだけでもひと苦労だ。さらに荷台に積むためには、礫岩を頭の上まで持ち上げる必要があった。礫岩はたっぷりと水を含んでいたので、いっそう重さが増したばかりか、すくいあげるたびに水を浴びることになった。水は首筋から背中まで滴っていって爪先（つまさき）に流れ落ち、全身を濡らした。たちまち木靴しかはいていない足が腫れ上がった。若くて元気だったが、ヴァルターの足もそうなった。じきに彼はまともに動けないことに気づいた。

大きな問題だった。監督官が医学的「職権」によって、検査を命じたからだ。労働に適さないとみなされた人間がどうなるか、説明されるまでもなかった。

ヴァルターは検査を受けるために、他の者たちといっしょに列に並んだ。きちんと立って背筋を伸ばし、気をつけの姿勢を保つのは、大変な努力を必要とした。顔にそれが出ないように、必死にこらえた。悲鳴をあげたくなっても、腫れた足や猛烈な痛みを気取られるわけにいかなかった。

二百人が検査に不合格になった。彼らはただちに隣接したビルケナウ収容所に送られた。しかし、ヴァルターはその一人にはならなかった。演技が成功したのだ。彼はまだ生きていた。

この穴で、あと一日でも生き延びられるだろうか？　その答えは出さずにすんだ。またもや幸運に恵まれ、今度はドイツ設備工場（ドイツェ・アウスリュスタングスヴェルケ）（ＤＡＷ）で働くことになった。これはナチスが経営する企業で、収容所の八倍ほどの広さがある広大な敷地がすぐそばにあった。

ＤＡＷはおもにドイツ軍の装備――ブーツ、制服、軍用装備品などを生産していた。被収容者が作る製品の中には、東の前線で真冬にドイツ軍が使う予定のスキー用品もあった。ヴァルターの仕事はそれに色を塗ることだった。ブナと採石場で体験したことを考えると、まるで休暇のようだと思った。屋内で作業できるし、スキー板に色を塗るのなんて簡単だろう。

しかし、この仕事はいい加減にやるわけにいかなかった。どの労働者も、シフトごとに規定の数、百十本をこなすことになっていたのだ。数をこなせなかったり、きちんと塗れなかったら、激しい鞭打ちが待っていた。手抜きはいっさい許されないということだ。

DAWの作業仲間が製造目標を下回ったり、品質基準を満たさなかったとき、どういう目に遭わされるかをヴァルターはただ見ていなくてはならなかった。近くには薬莢を造るグループがいて、一時は一万五千個のノルマが課せられていた。作業の終わりに、検査によって薬莢がほんのわずか小さいことが指摘された。ナチスはそれを故意の仕業で妨害工作だと決めつけ、罰として数人のユダヤ人作業者を撃ち殺した。

まもなく、新たな脅威に立ち向かわねばならなくなった。ある八月の夜、被収容者たちが一日の労働から帰ると、収容所が明るくなっていた。通常のサーチライトばかりか、親衛隊員たちはバッテリーパックを背負って携帯ライトも使用していた。昼夜両方のシフトの労働者が中央広場に集められ、行ったり来たりしていた。石畳に当たる木靴の音があたりに響いている。命じられるまま、人々は走っては向きを変えて戻ってくることを繰り返した。

しばらくして、ヴァルターにも状況がのみこめた。午前三時になったとき、サーチライトの光の中に、警棒を持った小山のようなヤコプ・フリースの姿が見えた。彼がおぞましい夜の運動会を主催していたのだ。

競技者を値踏みするかのように、フリースは被収容者に一人ずつ目の前を歩かせた。相手が自分の前に来ると、フリースは足を観察した。腫れているように見えると、フリースは親指でぐいっと左を示し、その男は左側に行かされた。腫れていないと、全力疾走させた。二十メートル走り、また二十メートル走って戻る。うまくできた者は右に行かされた。つまずいたり、よろめいた者はさっきはじかれた者といっしょに左側に行かされた。

次から次にフリースの前に被収容者が現れた。走れ。左へ。走れ。右へ。走れ。左へ。左へ。左へ。走れ。右へ……。

左側のグループは連れていかれ、次のグループが並ばされていた。ヴァルターは、フリースのテストに不合格になるとどうなるのかよくわかっていた。検査の列は進んでいき、まもなく彼の番になりそうだった。

ヴァルターは疲労に耐えきれず、長い待機中に立ったまま眠った。ついに彼の番になった。疲労と飢えにもかかわらず、命がけで走らねばならないとわかっていた。体のどこかに埋もれているひとかけらのエネルギーを見つけなくてはならない。彼は走り出した。

足で地面を蹴り、最初のコースを必死に走った。戻るときには、怪物のようなフリースが警棒を手に待ちかまえているのが見えた。

さあ、審判が下されるのだ。

親衛隊曹長は手を上げた。他の指は曲げられていたが、親指だけが持ち上げられた。健康で頑健なことを誇りにしている、十八にもならないヴァルターを、フリースは左に行かせることに決めた。

疲れきって息も切れていたが、恐怖がこみあげてきた。今はヨセフが走っていて、何度も何度もつまずいている。フリースは彼も左に行かせた。他の四十人といっしょに左側に立ったとき、ヴァルターははっきりと理解した。二人ともテストに落ちたのだ。ヴァルターははじかれた仲間たちを見て、何が起きているのかを悟った。彼らは震えていた。寒さからではない。みんな発熱していたのだ。それはチフスを意味した。

だから被収容者の足を調べて、赤黒い発疹や、早期の症状である関節や筋肉の痛みがないか観察したのだ。アウシュヴィッツの司令部は収容所全体に伝染病が広がることを恐れた。三月には女性収容所での流行に対処し、消毒剤の風呂に感染者を浸けた。だが、それは感染を広げるだけに終わった。まもなく、チフスで月に五百人も死ぬようになった。被収容者だけが感染するなら、問題なかった。ナチスは自分たちも感染するのではないかと恐れたし、飢え死にしかけている者よりも、栄養状態がいい者の方が回復がむずかしいことを知った。シラミを持っている者全員を根絶やしにしなくてはならない。治療はせず、病人を皆殺しにするつもりだったのだ。

というわけで、ヤコプ・フリースのテストに不合格になった人々は殺されることになった。一九四二年八月二十九日、全部で七百四十六人の被収容者が殺された。ヴァルターとヨセフは食べ物も睡眠も与えられずに、ふらつく足で、不合格の人々のあいだに何時間も立っていた。二人は死を宣告されたのだ。

フリースがすばやく親指を右に向けたおかげで助かった人々が、二十メートルも離れていない場所にいた。ヴァルターはふたつのグループのあいだの距離を測った。あっちまで走ることはできるだろうか？　しかし、周囲では武装した親衛隊員が見張っている。絶対に無理だ。

不合格の人々が増えてきた。すばやく正確に数える能力のおかげで、ヴァルターは八十人がここにいることがわかった。警備兵は百人になるのを待っているようだ。もっと長く待っていたら、彼が死へと連れていかれるのは確実だ。とはいえ、逃げ出したら、まちがいなく同じ結果が待っていた。選別された仲間たちは、みんな同じ結論にたどり着いたようだった。病気で弱り、親衛隊員に囲まれていたら、なすすべはなかった。彼とヨセフはせっぱつまって、ささやきを交わした。

そのとき、ヴァルターはまたもや幸運に恵まれた。いきなり肩を乱暴に殴られた。

「ろくでなしめ！　ここで何をしてるんだ？」

ヨセフと親しいカポだった。彼は二人をまちがった場所に立っているぞ、と言って殴りつけた。カポは大声で怒鳴りながら、二人を引きずりだし、右のグループの方に連れていった。そこで彼は演技をやめ、死体焼却場に連れていかれる連中を手振りで示した。ヴァルターとヨセフが数秒前までいっしょにいた人々だった。そして言った。「おまえらは幸運だ、坊主ども」それは真実だった。

その後、ヴァルターたちは男性と女性の区画を分けているフェンスの開口部まで行進していった。そこまで行くと、向こうにいる女性の囚人たちがちらっと見えた。これまで見たどんな女性ともちがっていた。飢えてやせた体にボロボロの赤軍の制服を着て、裸足か木靴だった。髪の毛は刈られていた。

ヴァルターたちは服を脱ぎ、フェンスを通り抜けるように命じられた。ただし、まず二人のカポが足をもう一度調べ、消毒薬に浸した布で体をふいた。それがすむと、彼らはかつて女性収容所だった場所に入ることを許可された。そこは空っぽだった。以前いた女性の囚人の半分は病気が重くて生き延びられなかったのだ。生き残った半分は、ビルケナウの女性収容所に移動させられていた。

その晩は大がかりな選別がおこなわれた。アウシュヴィッツの情報網によると、収容者の半数が殺された。しかし、それではチフス問題を解決できなかった。十月半ばにまた病人を選別し、さらに翌一月にも、二月にも選別がおこなわれた。

ヴァルターと他の者にとって、それは新たなスタートだった。再び頭皮ぎりぎりまで毛を剃られ、新しい縞模様の制服を支給された。元女性収容所に住むことになったが、被収容者が間引かれたおかげで、前よりも空間があった。新たに作業隊が組織された。ヴァルターはブナの採石場にもスキー板の色つけにも戻らず、他の場所に配置された――カナダだ。

第6章　カナダ

アウシュヴィッツの「カナダ」は別の国で、別世界だった。土地は広大で、食べ物が豊富で、おいしいワインや珍しいごちそうがたくさんあった。パリッとしたシーツ、シルクのストッキング、やわらかい贅沢（ぜいたく）な毛皮といった官能的な喜びも得られた。ゴールド、シルバー、ダイヤモンド、パール、あらゆる貴金属がそろっていた。ヨーロッパでもっとも裕福で贅沢な場所かもしれない――しかも、アウシュヴィッツの中に存在していた。

ヴァルターはみんながカナダの噂をするのを耳にしていた。「カナダ」（Kanada）と呼ばれるその場所は、富が集まるアウシュヴィッツの黄金郷であり、誰も飢えることはない。差し迫った問題は、どのごちそうを最初に食べるかだという。とてつもない幸運の持ち主だけが、そこにいたる道を発見できた。そしてヴァルターはまたもや幸運に恵まれた。

チフスの粛清後、まだ裸で、皮膚が消毒液で濡れているときに幸運は訪れた。選別を生き延びた男たちのあいだで、誰かがスロヴァキア語をしゃべっているのが聞こえた。本能的にヴァルターは近づいていった。男はトルナヴァに近い町の歯科医だった。五か月前から収容されているウォアツオ・フィシェルは鍛えられたベテランとみなされていた。彼はスロヴァキアのユダヤ人青年、ヴァルターとヨセフを気に入った。

フィシェルは以前、カナダを訪れたことがあり、道が金（ゴールド）で舗装されていたという。またぜひとも行きたい、と語った。カナダで新人を探していると小耳にはさんでいて、そこのカポにもコネがあった。彼はそれを利用して、自分と二人の青年を売りこんだ。二人の若さ、力強さ、健康は、カナダにふさわしいメンバーだとみなされた。フィシェルが交渉したあと、簡単な体力テスト――また走らされた――がおこなわれ、カポはうなずいた。ヴァルターとヨセフは合格したのだ。

こうしてアウシュヴィッツで汗と奮闘の最初の数週間を過ごし、毎日、生き延びようと必死の努力を重ね、消耗しきったところで、すべてが改善された。二人は四号棟の地下室に入れられ、氷のように冷たくもなく熱湯でもない、まともなシャワーを提供された。全員に専用の寝台と毛布があった。建物の外では親衛隊と取り巻きは残虐だったが、建物内ではカポが穏やかな口調で話しかけ、怒鳴ったりわめいたりしなかった。特筆すべきなのは、殴打がなかったことだ。ヴァルターは自分の幸運が信じられなかった。

朝の点呼で、いかに状況が変わったかがわかった。スペースはこれまでの二倍なのに、被収容者数は半分だった。「イスラム教徒」は見当たらなかった。頭を起こし、背筋を伸ばして立っていられる被収容者しかいなかった。彼はその光景に高揚感に似た思いを抱いた。

それから、整理隊（アウフロイムングコマンド）で仕事をするように命じられた。カナダの労働部隊のことで、ヴァルターはその一員になれたことを誇りに感じた。

勤務地はヴァルターが前に働かされていたDAWに近かった。六棟の大きな建物のうち五棟は木造で、どれも大きな厩舎（きゅうしゃ）ぐらいあった。六棟目は煉瓦造りでベランダがあり、そこで担当の親衛隊員が進行状況を見張っていた。すべての建物は大きな四角い中庭を囲むように配置され、ヴァルターは二エーカー〔約八千平方メートル〕以上ありそうだ、と目算した。周囲は鉄条網のフェンスで囲まれ、すべての角には監視塔があり、機関銃で武装した警備兵がいた。ヴァルターが度肝を抜かれたのは、中庭にありとあらゆる手荷物が山のように積まれていたことだ。トランク、リュックサック、カバン、小包。そのそばに同じような山があったが、そちらは毛布だけで、何千枚という毛布が山積みになっていた。そのわきには別の山、へこんだりすりきれたりした鍋やフライパンの山があった。

ここは正式には所持品倉庫（エフエクテンラーガー）と呼ばれる場所だった。到着後すぐに回収されたアウシュヴィッツの新参者の所持品すべてが、ここに運ばれていた。リュックサックやトランクを開き、中の品物を整理し、使えるものと廃棄するものとに分別するのが、整理隊の仕事だった。

ヴァルターは目にしているものを理解する間もなく、仕事に取りかかった。すばやくトランクの山に取りつき、運べるだけたくさん、理想的には両手に二個ずつカバンやトランクを持ち、木造倉庫のひとつに走っていき、床に敷かれた巨大な毛布の上にトランクを落とした。倉庫内の労働者はカバンやトランクを飛びつくようにして開き、中身を毛布にぶちまけ、熟練した仕分け者

「カナダ」は別世界だった。このアウシュヴィッツの黄金郷でのヴァルターの最初の仕事は、新参者から奪ったカバンやトランクを運ぶことだった

がやってくるのを待った。男性用・女性用・子供用衣類など、仕分け者は目にも留まらぬ速さで、新しい山を作っていった。そうした山は女性労働者のグループに運ばれていき、より細かく仕分けされた。その任務では、三つの大切な仕事があった。壊れて使えないものを分類する。ユダヤ人が所有していた痕跡をすべて取り除く。まずジャケットやコートから黄色の星をむしりとり、ユダヤ人の名前が書かれたタグもはがした。もっとも重要なのは、隠された貴重品を捜すことだった。すべての衣類の縫い目に慎重に指を這わせ、そこに隠されているかもしれない宝石や現金を見つけるのだ。

ヴァルターはそれを聞いて、ある倉庫で見かけた不可解な作業が腑に落ちた。二十人ぐらいの女性が両側にブリキのバケツを置き、ベンチをまたぐようにすわっていた。片側のバケツは、荷物から取り出されたらしい歯磨きチューブで一杯だった。女性たちはチューブからペーストをバケツに絞り出しては、空のチューブをもう片方のバケツに捨てていた。それは無意味な仕事に思えた。ときどきダイヤモンドが見つかる、と聞くまでは。万一のときの備えとして、アウシュヴィッツへの移送者は歯磨きチューブの中にダイヤモンドを押しこんでおくことがあったのだ。チューブの中からは宝石だけではなく、金貨や巻いた札束が発見されることもあった。

　歯磨きチューブを絞る作業から、どうしてカナダという名前がついたのか、ある推測が成り立った。ドイツ語を話す整理隊のメンバーが、品物を整理しながら、しじゅう「中に何か（貴重品が）ないか？」（カン・エーア・ダ・ニヒト・ヴァス・ドリン・ハーベン）とたずねていたからだ。「カン・エーア・ダ」が「カナダ」になったのだろう。戦争の何年も前に、多くのスロヴァキア人とポーランド人が北米のカナダに移住したから、という説もあった。故国では生活がままならなかった小作人ですら、カナダで土地を見つけ、よりよい生活ができるようになったと、話は大きくなっていた。中央ヨーロッパでは、カナダは豊かな神話の土地だったのだ。

　この場所についての空想をめぐらせている暇はなく、ヴァルターはカナダの二人の親衛隊伍長に殴られたり蹴られたりしながら、ラバのようにこき使われた。その名前は決して忘れないだろう。オットー・グラーフとハンス・ケーニッヒだ。アウシュヴィッツ前の現実世界では、二人ともウィーンで俳優をしていたらしい。ここでは目の前の整理隊を常にせかし、手っ取り早い暴力手段に訴えた。ヴァルターは働きはじめてほんの数分で、ケーニッヒが労働者を鞭で殴り殺すのを目撃した。カバンの山で見つけたりんごとパンひとかけらを食べたからだ。

まもなく、その死者の過ちをヴァルターは理解した。あるとき、所持品の山と倉庫を往復しているときに、ヴァルターが運んでいたトランクの蓋が開いて中身が散らばった。靴とシャツのあいだにサンドウィッチとサラミの塊がころがっていた。それを見て、ヴァルターは足を止めた。二日間、ろくに食べていなかったからでもあり、カナダのベテラン労働者のアドバイスを思い出したからでもあった。カナダでは盗み食いはほどほどにしておけ、と彼は警告したのだった。最初の一、二日は乾パンを少しだけにしろ、と。アウシュヴィッツの食料で二か月過ごして縮んだ胃袋は、それ以上は受けつけないだろう。

だから、ヴァルターはカバンからころがり落ちた食べ物を拾わなかった。その暇もなかった。グラーフとケーニッヒがカバンが開いたとたんに飛んできて、ヴァルターを殴りつけて叱責(しっせき)したからだ。しかし、親衛隊員の注意が逸れた瞬間に、ヴァルターの背後の労働者が毛虫を発見した小鳥さながら、しゃがみこんですばやくサラミを拾い上げると、あっという間に飲みこんだ。そうやってカナダの労働者たちは飢えをなだめていたのだった。ヴァルターは教訓を得た。その後は他の仲間が伍長に殴られるのを期待し、いつでも行動に出られるようにした。

いつ、どうやって手に入れるかがわかっていれば、カナダには食べ物があふれていると言えた。だから、カナダの女性はやせこけた幽霊や「イスラム教徒」ではなく、女性らしく見えたのだ。幽霊や「イスラム教徒」の宿舎は最近、空っぽになった。ここにいるのは肉体を持ち、温かい血が流れている女性たちで、若く健康的だった。そうした姿を見ただけで、思春期のヴァルター・ローゼンベルクは動揺した。女性の被収容者は女性のカポに監視されていたが、カポですら生き生きして、奇妙なことにエレガントに見えた。

ヴァルターは指示されたとおりに走り回り、親衛隊員のブーツやステッキをかわしながら、そうした初めての経験にとまどっていた。しかし、じょじょに作業に慣れ、胃袋に十分な食べ物が入るようになると、飢えと肉体的生存以外のことが頭に浮かぶようになった。カナダで目にしているものについて、理解しはじめたのだ。

トランクやリュックサックから頻繁に現れる家族写真、子供の靴の山、ぎっしり並んだ乳母車──高級品や新品もあれば、粗末で使いこまれたものもあった。ほどなくヴァルターは最初から明らかだったはずの結論にいたった。

彼を含め奴隷として働けるとみなされた健康な者たちだけが貨車に押しこまれ、アウシュヴィッツにやってきた。そのときから、収容所で出会ったのはそういう人々だけだった。仲間たちは男性も女性も苛酷な労働を強制された。ヴァルターは多くの者が殴られたり飢えたりして死ぬのを、あるいは病院送りになり、その後死体となって焼かれるのを見てきた。それでも、死をまぬがれた人々にとって、アウシュヴィッツは労働強制収容所だった。たしかに暴力的で苛酷だったが、働かされる場所だった。だが、そう自分に言い聞かせていただけではないのか？もっとおぞましい真実を認めないわけにいかなかったからだ。

漠然とした疑惑は抱いていた。周囲で起きていることを考えると、疑惑を持たない方がおかしい。正直に言うと、それをもみ消そうとしていた。カナダを目にした今、もはやそれはできなかった。

まちがいなく、アウシュヴィッツに連れて来られたのは、彼のように健康で働ける人間だけではなかった。うず高く積まれた服を見ればわかる。老婦人や老紳士の服。小さな靴や乳母車を見ろ。

いまや彼は理解した。レモン、サーディン缶、チョコレートバー、ショール、シャツ、革靴、子供のおもちゃ、りんご、イチジク、サンドウィッチ、冬用コート、コニャック、下着、腕時計、家族で外出したときの色あせた写真——すべては不安な母親や心配した祖父が、再定住して新しい生活が送れると信じて、あるいは期待して、荷造りしたものだったのだ。持っていける荷物は限られていたから、どの品物も慎重に選ばれた。息が詰まるような不潔な貨車に詰めこまれたとき、人々は現世での最後の所持品をしっかりかかえていた。引っ越しだと考えたからこそ、鍋やフライパンを持ち、老人や子供を連れてやってきたのだ。さらに哀れなのは、いざというときの備えをしたことだ——ダイヤモンドを裾に縫いこみ、トランクの布張りの裏に現金を隠し、コンドームにドル紙幣を入れ、それを歯磨きチューブに押しこんだ。必要なときに使うための貯金として。

こうした人々は「働けば自由になる」と謳うアウシュヴィッツには、最後まで足を踏み入れなかった。ガス室に送られた証拠は目の前にあったが、彼らは夜のうちに姿を消してしまった。ナチスは揉み消しに躍起となった。中身が倉庫で出され、カバンやトランクが空になると、別の整理隊が急いでやってきて、他の身分証明書類といっしょに焼くために運んでいった。ここに来た人間の痕跡をいっさい残さないことが、ナチスにとっては重要だったのだ。

その考えにいたるには時間がかかった。おそらくあまりにも非道で、これまで学んできたあらゆることと相反したし、ヴァルターは科学や進歩や文明を信じたかったからだ。最終的に、彼は自分が被収容者で奴隷労働者だけでなく、「死の工場」の収監者でもあることに気づいた。ここは価値がないと判断された人々、あるいはその存在がドイツ国家とアーリア人種の健全さにとって大きな脅威となるとみなされた人々が殺される場所なのだ。ヴァルターはその目で靴の山を見た。現実からは逃げられない。ナチスはユダヤ人を絶滅させようと決意していて、まさにここでそれを実践しているのだ。

今まで、アウシュヴィッツの死体焼却場からの煙は、ブナの道ばたで倒れた者、採石場の穴から一日の労働を終えて行進して戻る途中で死んだ者、飢餓で衰弱死した者、カポに殴り殺された者、フリース曹長のチフス検査で不合格になった者、宿舎の暗闇で息絶えた者——そういう人々だと自分を納得させていた。合計数では説明がつかないほど、多くの死体が焼かれていることになぜ気づかなかったのか？　苦痛と飢えで頭がいっぱいで、生き延びなくてはならなかったから、事実を目の前にしながら結論が見えていなかったのかもしれない。ときに真実は想像を絶するほど苛酷なものだ。

「死の工場」の存在を信じるのはたやすくなかった。人間を殺すことを目的として建設され、二十四時間稼働する施設。こんな場所が存在したことはなかった。人間の経験の埒外にあり、想像力では及ばないものだった。

ヴァルターは十八歳だった。彼は頭がよく、適応力も高かったが、いまや理解を超えたものと対峙していた。

第7章　ユダヤ人問題の最終的解決

ヴァルターは知らず、想像もできなかったが、アウシュヴィッツは「死の工場」として建てられたのではなかった。ヴァルター・ローゼンベルクが一九四二年の夏の夜に到着する何か月も前に建てられたとき、その目的は別にあった。

ドイツが一九三九年にポーランドに侵攻したとき、上シレジア〔現在のポーランド南西部からチェコ北東部にかけての地域〕地方のオシフィエンチム郊外にある敷地には、ポーランド軍の荒廃した兵舎が並ぶだけだった。ヴァルターが到着したときに感銘を受けた頑丈な煉瓦造りの建物だ。ナチスの野心家のリーダーは、新たに占領したポーランドのやっかいな連中を収容するのにその建物はうってつけだと考えた。二十棟の二階建ての建物、木造の厩舎、元煙草倉庫は荒れ放題で、周囲は沼に囲まれ、水道や下水の設備もあまり整っていなかった。そうした欠点も、鉄道線路に近いという利点と比べたら些細なことだ。クラクフとカトヴィツェを結ぶ本線への合流点に近く、被収容者の移送には最適だった。オシフィエンチムから送られてきた三百人のユダヤ人奴隷労働者により、施設が使えるようになるまでにさほど時間はかからなかった。

一九四〇年の初頭、ドイツ軍上層部によって名づけられたアウシュヴィッツは、多くのポーランド人政治犯を受け入れた。施設の司令官ルドルフ・ヘスは整備に取りかかった。かつて軍事パレードがおこなわれた敷地にある弾薬店をはじめとするいくつかの建物は、死体置き場に改造された。被収容者が次々に死んだので、死体置き場はすぐに拡大され、死体焼却場も造られた。このため地元の焼却場に死体を運ぶ手間とコストが省かれた。

ドイツ軍がポーランドを占領していた一年間に、ナチスはアウシュヴィッツをより活用すべきだと結論づけた。ポーランド人の政治犯だけを収監しておくのはもったいない。金儲けをするべきだ、と。

強制収容所は、親衛隊経済管理本部（ＳＳ―ＷＶＨＡ）の管轄下にあった。親衛隊の全国指導者ハインリヒ・ヒムラーは、ドイツ第三帝国に軍事力以外に経済力もつけたいという野望があり、産業帝国を築く場所としてポーランド南部を選んだ。過去の帝国が享受していた重要な経済的利点、すなわち奴隷労働力があると思われたからだ。何万もの囚人の労働力があれば、工場やプラントの建設も進み、新たな産業の中心にできるだろう。しかも、第三帝国にとっては、ただ同然でだ。ヴァルターはマイダネクにいたときに、この計画になんとなく気づいていた。カポが収容者の一団をルブリン周辺の工場や作業場まで行進させるのを見ていたからだ。アウシュヴィッツなら鉄道を利用でき、シレジアの炭鉱とも近かった。一九四〇年十月、ヒムラーはナチスの支配下にある強制労働者を送りこみ、アウシュヴィッツをナチス帝国の富を生む場所にするべきだ、と考えた。労働が要だった。ダッハウの強制収容所と同じスローガンが掲げられた。「働けば自由になる」

ヒムラーは収容所の大規模な拡張を命じたので、まもなく近隣のブジェジンカも買収され、地名もドイツ語の「ビルケナウ」（カバの木通り）に変えられた。一九四二年一月、ヒムラーは十万のユダヤ人男性と五万のユダヤ人女性に、アウシュヴィッツ＝ビルケナウ強制収容所での労働を命じた。

しかし、それから数か月もしない一九四二年七月、アウシュヴィッツに新しい役割が与えられた。ナチスの「ユダヤ人問題の最終的解決」と関連するものだ。ヴァルターがやってきたのは、その時期だった。半年前、ベルリン郊外のヴァンゼーで法令として公式に認められたが、箝口令（かんこうれい）が敷かれた。一九四二年一月の昼、ユダヤ人対応担当になったドイツ政府の局長たちは、湖畔の豪華な屋敷に集まった。議長のラインハルト・ハイドリヒは、劣っているとみなす人種との戦いの最終段階として、絶滅への計画に乗り出そうとしていた。

一九四一年六月、ナチスがソ連に侵攻したバルバロッサ作戦にヴァルターが移送されたときにはすでに一年近く、計画は実行されていた。リトアニアの森、ポーランドの森、ベラルーシの野原、キーウのバビ・ヤール渓谷で、移動銃殺隊が何百ものユダヤ人市民を集め、至近距離から後頭部や首を撃ち、死体を溝や穴に落とした。一九四一年の終わりには、新たに征服されたソ連東部の六十万のユダヤ人が、同様に殺された。

大量殺戮は止むことがなかった。それどころか、ナチスに占領されたソビエト連邦では激しさを増した。ヴァンゼーでの会議後、より合理的なやり方が取り入れられた。ユダヤ人の子供たちを両親や祖父母といっしょに、ポーランドの〝殺戮センター〟に送りこむのだ。そこでユダヤ人はすぐに殺されるか、「労働を通じた絶滅」に直面する。死ぬまで働かされる、ということだ。

そうした場所のひとつがポーランド北部のヘウムノ強制収容所だった。日本の真珠湾攻撃によってアメリカが参戦した翌日の一九四一年十二月八日に、ナチスはユダヤ人の殺戮をヘウムノで開始した。移送者をトラックに乗せ、車のドアをロックして排気ガスによって中毒死させた。わずか四か月で五万人以上が殺された。大半はナチスがウッチに作ったゲットーのユダヤ人だった。

ナチスはガス・トラックだけでは満足しなかった。殺戮専用の施設を求めていた。一九四二年になり、ナチスはポーランド領内にベウジェツ強制収容所を建てた。ついでソビボル、最後はトレブリンカに。ヴァルターが送られた頃、マイダネクも殺害に使われるようになった。ベウジェツでは、ノヴァーキから年配者と女性が連れてこられて殺された。ヴァルターと一緒に貨車で移送された若い新婦もその一人だった。

おもにユダヤ人を殺す目的で建てられた三つの強制収容所と、アウシュヴィッツは異なっていた。アウシュヴィッツには役割がいくつかあり、ユダヤ人殺害は比較的後になってからじょじょに加えられた機能だった。産業界にはよくある経緯で、需要に応じて供給が増え、着実に拡大していったのだ。
一九四一年八月、小規模で試験的な殺害計画が二度実行された。その翌月の九月四日に、アウシュヴィッツの二号棟の地下室で最初の大量殺戮がおこなわれ、二百五十人のポーランド人、六百人のソビエトの戦争捕虜、その他十人が毒ガスで殺された。殺戮はうまくいったが、場所は不都合だった。地下室まで迷路のような通路を進まねばならず、死体の撤去や部屋の換気が厄介だった。さらに二号棟は収容所内にあるので、被収容者に気づかれずに実行するのはむずかしい。アウシュヴィッツの管理者にとって幸いなことに、人の目に触れないところに別の候補地があった。

そこはもともと「元死体焼却場」として知られていたが、一九四〇年八月から第一死体焼却場に指定され使われるようになった。初めて毒ガス殺戮を試したあと、ナチスはその建物のいちばん大きな部屋を利用することにした。それまで、長さ十七メートル、幅四・五メートル、高さ二・七メートルの窓のない部屋は死体置き場として使われていたが、ガス室に改造されることになった。ドアを密閉し、チクロンBの顆粒を落とす開口部を天井にいくつか設けた。その部屋なら七百人から八百人は余裕で収容でき、ぎゅう詰めにすれば千人ぐらい入った。またもや、ソビエトの捕虜たちが実験台にされた。彼らは控え室で服を脱ぐように命じられ、シラミ駆除のためかと、列になって静かに入っていった。しかし、開口部からチクロンBが落とされ、下の空気に触れたとたん、「ガスだ！」という悲鳴があがり、捕虜たちが両端のドアに突進する騒々しい音が響いた。

　実験からまもなく、ユダヤ人にもガス室が使われた。選別された被収容者はトラックで死体焼却場の戸口まで運ばれるか、貨物列車で来た場合は、駅からの道を行進していった。年配者が多いグループの歩みは遅く、つらい旅を必死に耐えてやつれた顔をしていた。みすぼらしい服につけた黄色の星がやけに大きく見えた。

　親衛隊員は一見武装していなかったが、実際にはポケットに拳銃を忍ばせていた。ユダヤ人たちはこれまでの商売や専門知識にふさわしい仕事をすぐに紹介する、と保証された。それから担当の親衛隊員が死体焼却場の屋根の上に立ち、ユダヤ人たちに集まるように声をかけた。その一人が政治局局長マクシミリアン・グラブナーで、殺戮の指揮をとっていた。彼は温かい、友好的とさえ言える口調で話しかけた。

「これから風呂に入って消毒をしてもらう。収容所に伝染病を持ちこみたくないからだ。その後宿舎に案内し、温かいスープを提供する。いずれ専門知識に応じて仕事を与えられるだろう。では服を脱ぎ、自分の前の地面に置いてくれたまえ」

　移送者たちは疲れきり、苦行はもうすぐ終わると信じたがっていた。進み出て、かつての死体焼却場に入っていった。子供たちは両親にしがみついていた。強力な洗浄剤、漂白剤と思われる臭いにたじろぐ者もいた。他の者は水道管やシャワーがないかと天井を仰いだが、何もなかった。この建物に詰めこまれた大勢のあいだに恐怖が走り抜け、急速にふくらんでいった。どんどん人が押しこまれてくる。それでも親衛隊員は移送者を前方へ進ませながら、冗談を口にし、雑談していた。親衛隊員が笑顔で愛想をふりまきながら、何度も出口に鋭い視線を向けて合図を待っていることに気づいた者はほとんどいなかった。

最後のユダヤ人が入ってきて満員になると、ナチスはすばやく出ていった。ドアが閉められ、密閉状態にするため外からゴムが張られた。それから重いかんぬきがかかる音がした。

いまや恐怖のさざ波は大波になり、ガス室内を走った。拳で激しくドアをたたき、「出してくれ」と叫ぶ者もいた。今回は親衛隊員は安心させようとしなかった。笑ったり、ユダヤ人をからかう者すらいた。「風呂に入るときに、やけどしないようにな！」

密閉されたドアを見ていない人々は天井を見上げ、六つの開口部の蓋が開けられたことに気づいた。そこからガスマスクをつけた頭がのぞくと、人々は悲鳴をあげた。

「消毒者」は、鑿(のみ)とハンマーで「毒ガス注意！　チクロン」というラベルがついた缶を開けていた。缶には豆ぐらいの大きさの青い顆粒が入っていた。固体のシアン化水素だ。空気に触れると青酸が発生し、毒ガスとなる。缶が開くと同時に中身を穴から投入した。缶が空になるやいなや、開口部は閉まった——一瞬、蓋を開けて、下の人々に唾を吐いた隊員もいた。

グラブナーはチクロンが投入されたことに満足すると、そばに駐車していたトラックの運転手に合図し、エンジンをかけさせた。運転手の任務は大きな音を立てて、子供や老人の怒声や悲鳴をかき消すことだった。

グラブナーは腕時計の秒針をじっと見つめた。二分たつのを待っていたのだ。動物のようにわめく声、絶望のすすり泣きや祈りをあげる声、激しくたたく音が、苦しげなうめき声になるにはそれだけの時間が必要だった。さらに二分たつと、静寂が広がった。

そしてトラックは走り去った。警戒態勢が解かれた。整理隊――カナダの労働者たち――が、親衛隊の指示どおりきちんと置かれた服の山を引き取りにやってきた。しばらくして、部屋から毒ガスが抜けたことが確認されると、特別隊（ゾンダーコマンド）が死体を片づけるために中に入っていった。人々はたいていドアのそばにひとかたまりになっていた。最後の瞬間に外に出ようとあがいていたのだろう。抱きあい、もつれた腕と脚がガスでこわばり、混沌と恐怖を如実に物語っていた。死体は互いに寄りかかっているように見え、泡を吹いた口が大きく開いたままのこともあった。

当初はアウシュヴィッツの急ごしらえのガス室しかなかったが、事態は変わっていった。収容所がビルケナウまで拡張すると、そちらにもガス室を設置する方が理にかなっていた。それに、アウシュヴィッツのガス室は、まもなく使い過ぎでひび割れができてしまった。別の懸念もあった。敷地外にあるため、隠そうとしても注意を引いた。そこで何が起きているかは、多くの人間が知っていた。いくらトラックやオートバイのエンジンで音をかき消そうとしても、ガスが放出されると大きく咳きこんだり、えずいたりする音が近くの被収容者に聞こえた。悲鳴も響いた、とりわけ子供たちの声が。解決策として、人里離れた無人の農場が選ばれた――その所有者は強制退去させられた。ビルケナウの名前の由来になったカバノキの森の近くの農場だった。

ナチスはその建物を一号倉庫、あるいはもっとかわいらしい「小さな赤い家」と呼んだ。改造はさほどむずかしくなかった。窓を煉瓦でふさぎ、ドアを密閉できるようにし、チクロンBの投入口を壁にいくつか開けるだけだった。血と尿と糞便を吸いとるように、床はかんな屑(くず)で覆われた。一九四二年には完成し、稼働しはじめた。ひと月後、数百メートル離れた場所にそっくりの建物ができた。やはり周囲に何もない農場で、同じように改装され、二号倉庫、あるいは「小さな白い家」と呼ばれるようになった。そこはヴァルターがアウシュヴィッツに到着した一九四二年六月に稼働を開始した。

奇しくも、「ユダヤ人問題の最終的解決」におけるアウシュヴィッツの役割がじょじょに大きくなってきた時期だった。同年の初頭まで、ガスによる毒殺は散発的で、場所も限定され、周辺のシレジアからたまたま移送されたユダヤ人が対象だった。しかし、ヴァルターがブナの建設現場に行進していった盛夏に変化が起きた。

七月からは毎日、ヨーロッパじゅうから千人ほどの人々が移送されるようになったのだ。ときには一日に二度も。スロヴァキア時代のヴァルターの隣人たちばかりか、クロアチア、ポーランド、オランダ、ベルギー、フランスからのユダヤ人ほどのユダヤ人がやってきた。ラインハルト作戦で移送された人々に比べれば少数かもしれない。ベウジェツ、ソビボル、トレブリンカの絶滅収容所では一九四二年におよそ百五十万人の人々が殺され、トレブリンカだけでも八十万人が殺戮された。少数のシンティ・ロマ人を除けば、すべてユダヤ人だった。同年に、アウシュヴィッツで殺された人数は八分の一以下の十九万人だった。だとしてもヴァルターが４４０７０として収容されたときには、すでにアウシュヴィッツの象徴となった大量殺戮が進行中だった。

ヴァルターが初めて知ったのは、小さな靴が山積みになったカナダの一員になってからだ。真実を突きつけられ、もはや目をそむけることはできなかった。明白な事実や証拠の理解と把握に時間がかかったのも、無理はなかった。ナチスは被収容者に対してすら、計画を隠しとおそうとしたからだ。

アウシュヴィッツで最初の殺戮現場となった第一死体焼却場は宿舎から離れていたが、ナチスはさらに隠蔽しようと、木々や茂みで建物を覆ったので、丘のように見えた。第二と第三の死体焼却場、「小さな赤い家」と「小さな白い家」は、周囲に誰もいない廃屋となった農場が選ばれた。

移送列車は闇にまぎれて夜間に到着した。一九四二年の夏は、その後、何千人という被収容者であふれるビルケナウとは大違いだった。この時点では、人がまばらで、目撃者もほとんどいなかった。

死体焼却場の煙突からひっきりなしに噴き出す煙も、この頃はまだ見られず、翌年の一九四三年の春と夏になって初めて、目撃されるようになった。第二死体焼却場と第三死体焼却場、さらに、もっと小規模で被収容者の殺害に特化した第四と第五死体焼却場がビルケナウに次々に建設されたからだ。第二と第三がフル稼働すると、毎日千四百四十体を焼却できた。第二も第三もガス室と同じ一階に焼却炉があったので、死体を運ぶためにエレベーターを使う必要がなかったが、第四と第五は運搬に苦労していた。特別隊の焼却炉担当の被収容者は、栄養状態のいい死体は燃焼時間が短くなるという知識から、可燃性によって死体を分類したが、それだけでは十分ではなかった。最新式の技術を導入した焼却炉や煙突があっても、アウシュヴィッツの桁外れの数には追いつかなかったのだ。とはいえナチスは、ユダヤ人の毒ガス殺戮と焼却が、巧みに設計された換気のいい施設で、フォードの自動車製造ラインさながら効率的におこなわれていることに誇りを覚えていた。

しかし、ヴァルターがアウシュヴィッツの被収容者になった夏に、死体の処理はいい加減になり、ビルケナウの森に掘られた深い塹壕にただ埋められるようになった。暑さで体の一部が腐って悪臭を放ち、収容所全体に臭いが広がった。腐敗していく死体から粘液が浸み出してきて、土中の黒い物質が地下水を汚染した。より広い地域への健康被害のことはさておいても、ナチスがやっていることはほとんど隠蔽できなくなった。

新しい死体焼却場が稼働しないと大量殺戮はできなかったので、別の選択をせざるをえなくなった。ナチスはまさにこの問題を専門とする秘密部門、死体処理の効率的なシステムを考案する部門を所有していた。ヘウムノ絶滅収容所で試験的におこなわれた方法が、いちばんいいように思えた。まず深い穴を掘る。次に、死体を放りこむ。それから死体に火をつける。その後、巨大な機械で骨を粉砕し、残った人骨を粉になるまですりつぶす。そうすれば散布でき、痕跡を残さずにすむ。

アウシュヴィッツの司令官ヘスは満足し、囚人にビルケナウに埋められた死体を掘り起こすことを命じた。被収容者たちに銃を突きつけ、腐りかけた死体を素手で土中から掘り起こさせたのだ。死体は溝に積んで戸外で焼かれた。残った灰と骨片は川に流すか近くの沼地に捨てられた。残りは周囲の畑の肥料に使われた。灰と塵(ちり)になっても、ユダヤ人はナチスの役に立つことを強いられたのだ。

こうしたことすべてをヴァルターは少しずつ、断片的に理解していった。ナチスの秘密に通じている少数の被収容者や、特別隊からの噂はあったが、死体処理の任務は被収容者の中で上位の階層に割り当てられた。二か月前に収容所に入った若者が関わることはなかった。

ヴァルターの知識はカナダで見たものに限られていた。死者が残していった品物、殺された人々の荷物。そういった品でカナダは潤っているのだ、とヴァルターは結論づけた。

自分は殺人施設の被収容者で、絶滅されようとしている集団の一人だと認めたとき、彼はまだ十八歳だった。

その事実を反芻(はんすう)している時間はなかった。さらに受け入れなくてはならないことがあったからだ——同じぐらい衝撃的な事実を。

第8章　ビッグ・ビジネス

「カナダ」でヴァルターが目にしたものは、アウシュヴィッツができた当初、ハインリヒ・ヒムラーが温めていた野心を失っていないという証拠だった。ナチスの上層部はアウシュヴィッツを大量殺戮だけではなく、経済の中心として機能させ、利益をあげたがっていた。

そのためカナダでの任務は営利事業となった。壊れていないすべての品物が回収・分類され、ドイツ国内に供給された。衣類と革製品だけで八百二十四個の貨物コンテナが、アウシュヴィッツからドイツへ向けて鉄道で輸送された月もあった。貨物列車が毎日やってきて、移送者から盗んだ品物を積みこみ運んでいくのをヴァルターは目の当たりにした。月曜には高品質の男性用シャツ、火曜には毛皮のコート、水曜は子供服。何ひとつむだにすることは許されなかった。着られそうにない服ですら三つのグレードに分類された。最低のグレードのものは製紙工場で繊維に分解され、リサイクルされた。少しでも価値があれば、ナチスは絞りとった。

こうした品物の一部は必要としているドイツ人に冬期救済資金（ヴィンターヒルフェスヴェルケ）を通じて無料で配られた。女性衣類や下着や子供服以外に民族ドイツ人〔ドイツの市民権を持たないドイツ系の人々〕は羽毛ベッド、キルト、ウール毛布、ショール、傘、散歩用ステッキ、水筒、イヤーマフ、櫛（くし）、革ベルト、パイプ、サングラス、鏡、トランク、それにカナダでヴァルターの目を引いた乳母車までもらえた。乳母車はあまりにも大量だったので、アウシュヴィッツ方式で一列に五台並べ、一時間かけて何百台も貨物置き場まで運ぶことになった。新たに征服した土地の民族ドイツ人の移住者も、家具や家財品――鍋、フライパン、食器など――の援助を受けられた。連合軍の爆撃で家を失った人々は、テーブルクロスや台所用品を受け取った。時計、鉛筆、電気ひげそり、はさみ、財布、懐中電灯といった日用品は必要に応じて修理されたのち、前線に送られた。ドイツ空軍のパイロットに、かつてユダヤ人の言葉や想いが刻まれた万年筆が渡されることもあった。

いくつかの品は、その場で新しい所有者に渡された。親衛隊将校は妻を連れてカナダへ足を運び、しゃれた煙草入れでもおしゃれなドレスでも気に入ったものを何でもとっていった。あらゆる嗜好に応じられる品がそろっていた。

それでも、カナダに経済的価値を付加したのは、あるいはアウシュヴィッツを金儲けの施設にするという当初の目的をかなえたのは、こうした贅沢品のおかげではなかった。高級品以上に、カナダは宝石や貴金属や現金にあふれていた。

ヴァルター自身も目にした。たいてい移送者の荷物に雑にしまわれていた。移送者が財産と引き換えに手に入れた有力な通貨のドルかイギリスポンドだ。カナダには、現金や宝石を見つける専門の整理チームがいて、全員が符丁を使っていた。「ナポレオン」はフランスの皇帝の顔がついた金貨で、「豚」はロシア皇帝の顔と豚の絵がついた金貨だ。フランやリラ、キューバのペソ、スウェーデン・クローナ、エジプト・ポンドまで、地球上のあらゆる国の通貨があるように思えた。

ヴァルターはこれほどの富を見たことがなかった。専用のトランクに札束や硬貨が次々に放り投げられていった。すべての貴重品は、トランクに入れられた。現金だけではなく、金の腕時計、ダイヤモンド、指輪。仕事の終わりには満杯になり、蓋を閉められないほどだった。担当の親衛隊員が蓋をブーツで踏みつけて無理やり閉める様子をヴァルターはよく見かけたものだ。

これはナチスにとって大きなビジネスだった。毎月のように、殺された人々の富でふくれた二十のトランクが、さらにたくさんの貴重品を詰めこんだ木箱といっしょに大型トラックに積まれ、武装警備兵に監視されながらベルリンのナチス本部まで運ばれていった。目的地はドイツ帝国銀行の専用口座、マックス・ハイリガーという偽名の個人名義の口座だった。

偽名口座の財宝は別のところからも手に入れていた。ナチスは所持品を略奪するだけでは満足せず、死体からも奪った。特別隊の労働者は、死後しばらくしてガス室の死体をひきずり出す以外の任務も与えられた。死者の髪を刈ることだ。髪の毛には商業的・軍事的価値があった。髪の毛から作られた布地はドイツの工場に送られ、爆弾の遅延装置にも使用された。男性や子供よりも量が多くて長い女性の髪が求められた。

死体の義肢ははずされて集められ、再利用・再販売された。もっとも儲かるものは体内にあった。特別隊の労働者はまだ泡を吹いている死者の口をこじ開け、金歯を探し、見つけたら、ペンチでもぎとった。それはつらい仕事で、「歯科医」担当の嘔吐(おうと)によってしばしば作業が中断された。一九四二年から一九四四年までに、およそ六トンの金歯がドイツ帝国銀行の金庫に預けられた。一九四三年二月初めにまとめられた極秘文書「収容所で得られたユダヤ人の財産リスト」によると、ポーランドじゅうに点在する強制収容所からの儲けは、三億二千六百万ライヒスマルクにのぼった。二〇二〇年代のアメリカ通貨に換算すると、二十億ドルに相当する。

収容所の片隅でさまざまなものが整理され、まとめられ、積みこまれて発送された。知らない人には、繁盛している商売の現場に見えただろう。しかし、ナチスの戦争経済におけるカナダの役割は完全に理解していなくても、アウシュヴィッツの異様な混沌とした世界をカナダがどう形作っているのか、じきにヴァルターは知ることになる。

ナチスの監督者の警棒をよけながら、ラバさながら箱やトランクを何度も運んでいたヴァルターは、初日が終わる頃には、どういうシステムになっているのかを知った。いつもどおり彼は仲間たちとともに収容所に行進していくために一列に五人ずつ並んだ。ただし、カナダではまず身体検査があった。

十五人ほどが選び出され、徹底的に調べられた。サーディン缶ひとつでも盗んでいるのが発見されれば、激しく鞭打たれた。親衛隊員はレモンふたつにつき二十回、シャツ一枚につき二十五回、鞭を振るった。パンの塊はもう少し軽い罰で、思いきり蹴りつけて一発殴った。その後、整理隊は進んでいき、ゲートに到着したら、また同じ検査が繰り返された。そこでは親衛隊曹長ヤコプ・フリースと腰巾着が待ちかまえていて、再びじっくり調べた。シャツを盗んだ男が発見されると、フリースはその場で男を殴り殺した。今日は見つかったのは一人だけだった。残りは四号棟にたどり着き、その日持ってきたものを検分できた。

自分でも意外だったが、ヴァルターもじょじょに狡猾な知識を身につけていった。被収容者にとって、カナダでの時間は実り多いものだった。どうにかして二度の検査をくぐり抜け、さまざまな貴重品を持ち帰ってきた。石鹸を持ってきた者もいれば、陰部にソーセージを数本隠してきた者もいた。一人でサーディン六缶、別の者はイチジク一キロ。レモン、サラミ、ハム、アスピリンまで。さらに、ほぼ全員がアウシュヴィッツの標準的な支給品の木靴ではなく、ちゃんとした靴をはいていた。スエードの靴もあれば、滑稽なほど場違いなクロコダイル革の靴もあった。先輩から靴は盗んでも罰せられないと教わると、まもなくヴァルターもそれにならった。

ひと握りではあるが、たしかに整理隊は非現実的なほど豪華な暮らしを享受できた。女性の整理係は自分用の新しい靴や服や下着を毎日、見つけていた。香水やストッキングも手に入れられた。夜勤であれば、午後は日光浴や水浴びをしたり、あるいはトランクに詰めこまれた本を読んだりもできた。

しかし、宝物は自分自身が使うためではない。それらは通貨の代わりになる。カナダから持ち出した品で「やりくり」するのだ。

アウシュヴィッツで生き延びたければ、「やりくり」が必要だった。自分で盗むか盗んだ者との交渉によって、望むものを手に入れるのだ。この世界の基本通貨は食料だった。スープやパンの配膳係なら、それらを少し手元に隠しておく。そうやって手に入れた食べ物で代用マーガリンちょっぴり、あるいはじゃがいもひと切れを余分にもらえるように「やりくり」できた。しかし、カナダの存在によって、被収容者の経済システムは複雑になった。

ごちそうや贅沢品で、何でも必要なものが買えたが、交換レートはしばしば現実とは逆転した。ダイヤモンドの指輪が水一杯、シャンパン一本はキニーネ錠、貴重な宝石がリンゴ一個と交換され、飢えた病気の友人に届けられた。

現金に価値はなかった。ヴァルターはグロドノからのポーランド系ユダヤ人移送者の荷物を整理していたが、カナダの基準ではどれも品質が悪く、フランス、オランダ、ベルギーからの移送者の所持品にはまったく及ばなかった。だがパンの塊を取り上げると、何か妙な感じがした。少し割ってみると中は空洞になっていて、百ドル紙幣で二万ドルが入っていた。

ヴァルターはすばやく計算をした。通常どおり現金を親衛隊員に渡すトランクに入れることもできたし、自分用にとっておくこともできた。しかし、そんなことをして何になるだろう？ アウシュヴィッツの被収容者が必要としているものは数えきれないほどあったが、現金はほとんど役に立たなかった。

ヴァルターは危険を冒すことにした。百ドル紙幣二百枚を隠し、トイレ休憩になるのを待った。

意味がないことはわかっていた。現金を持っているのが見つかったら、まちがいなく死が待っているはずだ。しかし、それでも危険を冒した。今回は誰にも見とがめられなかった。

トイレ用に掘られた地面の穴まで行くと、現金を取り出して、穴に投げ捨てた。反抗したかったのだろうか？　ある意味ではそうかもしれない。カナダの被収容者たちは二十ドル札をトイレットペーパー代わりにしていた（この目的のためには片面しか印刷していないイギリスポンド紙幣が適していた）。ナチスに現金が渡るよりもましだ。ささやかな妨害工作だった。二万ドルを捨てるのは復讐でもあった。手元にそんな大金を置くことはできなかったし、渡す相手もいないが、ナチスが所有する理由は見当たらなかった。稼いだ人々は殺されたのだから、その金も破壊されるべきだ。それがヴァルターの理論で、トイレはうってつけの場所に思えた。

一方で、価値がありそうなものもカナダで発見した。殺された人々が残した品のうち、ヴァルターがもっとも胸が痛んだのは教科書と筆記帳だった。ナチスの「再定住」先にはユダヤ人コミュニティがあり、学校にも通えるという言葉を信じた人々が持ってきたのだろう。すべての書類は燃やさねばならなかったが、ある日、ヴァルターは子供用の地図を見つけた。ページをめくると、シレジアの地図があった。はるか昔のようだが、授業でシレジア地方はドイツ、ポーランド、チェコスロヴァキアが接する国境地帯にあると習ったことを思い出した。そのページを破りとって、シャツの下に隠した。

またトイレ休憩になった。今回は時間をかけて地図を調べ、今いる収容所の場所を把握しようとした。それから処分したが、目にしたものをしっかり記憶した。脱走という夢をかなえるために重要だったからだ。

カナダから持ち出した品は、もっと直接的に役立った。それで何かを買えるからだ。アウシュヴィッツでは複雑な闇取引がおこなわれていた。とりわけ、カポや棟の長老の地位を獲得した「古い番号」の人々のあいだでは。自分自身と守るべき者のために、あるいは安全や人間的な生活のために、手に入れた品物を商った。長老は保護下にある被収容者のために配給の食料を手に入れた。調理場のカポは肉を手に入れられた。どちらもそうした品物を利用して、自分やしかるべき者が優遇してもらえるようにした。

アウシュヴィッツの経済システムにおいて、カナダは中央銀行のような役目を果たし、富が貯えられていた。それでも、妙なパラドックスが存在した。そこで働いているユダヤ人たちは、ナチスやカポよりも、カナダの品物を簡単に手に入れられたのだ。大半の親衛隊員は品物を漁って、気に入ったものをとっていくわけにはいかず、収容者に持ち出させる必要があった。そのためには、収容者が帰るときに、検査されないように手配しなくてはならなかった。こうして、親衛隊員と、ひと握りの整理隊の被収容者たちとのあいだには持ちつ持たれつの関係が築かれた。

そうした関係は、たちまち被収容者の中に序列を形成した。カナダで働く被収容者はカポや親衛隊員に賄賂(わいろ)を渡し、自分や親戚や友人のために楽な作業場を手に入れることができた。棟の長老から宿舎内でもっといい場所をもらったり、病院内で休息をとることもできた。

親衛隊は表面的には盗品がないか宿舎を調べたが、目こぼしする代わりに、長老にカナダの贅沢品を差し出させた。長老は「やりくり」できる被収容者に頼むしかなく、見返りに、その被収容者の生活環境は改善された。

収容所では、このような独自の経済学が存在した。そして、カナダで働いているヴァルター・ローゼンベルクはシステムの中心にいた。

ヴァルターは「やりくり」できる者として認められるようになった。まもなく古株たちは彼をファーストネームで呼ぶようになった。彼は運搬係を卒業して、新たな仕事についた。衣類を詰めた毛布を分類場所に運んでいく仕事だ。そこではおもにスロヴァキア人の女性が働いていた。カナダの仲間と同じように、ヴァルターも取引する術(すべ)を身につけていた。彼女たちにチョコレートをこっそりあげ、代わりにパンとチーズやレモネードひと口をもらったり、と。ときには、お返しは笑顔だけのこともあった。

ヴァルターの直接の監督者で緑の三角形をつけたカポ、ブルーノは、ヴァルターを個人的な運び屋として使い、愛人に贈り物を届けさせた。彼女はウィーン出身の美人で、ブルーノと同じようにスロヴァキア人の整理係の女性たちを監督していた。ヴァルターはあるときは新鮮なオレンジ、またあるときは上等な白ワインを運んで行ったり来たりした。カポのカップルは倉庫の隅に毛布を積み上げ、ひそかな愛の巣までこしらえていた。

しかし、あるとき、ブルーノはやりすぎた。あまりにもたくさんの品物を持たせたせいで、ヴァルターはデパートにいるでっぷりした女性のような姿になった。シャネルの香水、ポルトガルのサーディン、ドイツの高級ソーセージ、美しく包装されたスイスチョコレート、すべてを服の中に隠したのだ。しかも、ちょうど親衛隊員のリヒャルト・ヴィーグレブがカナダの責任者になったところで、ヴィーグレブはヴァルターに目をつけると、持っているものを下に落とせと命じた。いくつもの品がころがり落ちた。ヴィーグレブはすべてを点検した。

「ふうむ、妙な組み合わせだな」彼はひとつひとつ改めながら言った。

彼は誰がこれをヴァルターに持たせたのかを知りたがった。ブルーノだとわかっていたが、確証がほしかったのだ。だから、答えを手に入れるまで殴るつもりだった。ヴァルターにかがむように命じた。

「誰がこれをおまえに渡した？」ヴィーグレブはたずねてから、ステッキをヴァルターの尻に打ち下ろした。

「誰が渡したんだ？」

同じ質問を何度も何度もして、ヴァルターの皮膚を切り裂いた。ステッキが振り上げられ、打ち下ろされるたびに、ヴァルターはカナダのすべての目が自分に注がれているのを感じた。みんな仕事は続けていたが、一部始終を見ていた。

その日、ヴィーグレブは四十七回打擲（ちょうちゃく）した。カナダの古株は新記録だと言った。ついにヴァルターは痛みのあまり意識を失って地面に倒れたが、とうとう親衛隊員の質問には答えなかった。

気がついたとき、痛みは耐えがたいほどだった。ほとんど身動きさえできなかった。とうてい仕事ができる状態ではないと悟ったが、それはアウシュヴィッツでは死を意味した。ヴィーグレブに打たれた傷は大きく開き、栄養、衛生、睡眠が不足した免疫機能では、太刀打ちできそうになかった。脚も尻も風船のように腫れていた。左の尻には膿瘍（のうよう）ができ、膿（うみ）を出す必要があった。手術しなかったら、命とりになるだろう。

アウシュヴィッツで手術するには、大々的な「やりくり」を必要とする。医師、雑役係、棟の長老、全員に賄賂を支払わねばならない。それだけのことができる人間は収容所にわずかしかいなかった。つまり、ヴァルターの運命はカポのブルーノ次第ということだ。ブルーノは愛人ともども、ヴァルターに命を救われたことを認識しているだろうか？　無理強いはできなかった。秘密といっしょに、ヴァルターを死なせた方が簡単だ。しかし、そうしたら、どんな被収容者もカポも、今後ブルーノのために二度と危険を冒そうとはしないだろう。

そこでブルーノはヴァルターの治療を手配できるまで、直接「やりくり」をして薬や食料品を手に入れた。彼は多くの人間に借りを作った。ドイツ軍と赤軍がスターリングラードで激戦を繰り広げていた一九四二年九月二十八日に手術がおこなわれたが、麻酔がきく前にメスで切開されるというひどいものだった。ヴァルターは叫びたかったが、声を出すことができなかった。まもなくショックから意識を失った。

手術は成功し、一週間後にヴァルターは退院した。弱ってはいたが、また自分の足で立ち上がることができた。すぐにでも仕事に戻れるということだった。ヴァルターはブナの建設現場に派遣されることになった。

ヴァルターが病院の事務係にブルーノの名前を告げると、命令は取り消された。代わりに再び整理隊に戻された。ただし、カナダで顔を見られるのは危険すぎた。ヴィーグレブがヴァルターを見たら、命令が守られなかったと気づくだろう。しかし、ブルーノは解決策を用意していた。ヴァルターは最初に降り立った場所に戻った。駅で働くことになったのだ。

第9章　荷下ろし場で

ヴァルターは駅の荷下ろし場で働くことになったが、当初そこは使われていなかった。当時のプラットフォームはヴァルターにもなじみがあった。ヴァルターと仲間たちは、そこから貨物列車に乗ってブナの建設現場を往復していたのだ。ヴァルターが派遣されたのは最近使用されるようになった別のプラットフォームだった。そこはオシフィエンチムで以前に使われていた貨物列車の駅で、アウシュヴィッツ収容所と、そのすぐ後に建設されたもっと大きなビルケナウ、別名アウシュヴィッツ第二収容所にはさまれていた。最近、大量のユダヤ人がそこに移送されてきており、「古いユダヤ人荷下ろし場(アルテ・ユーデンランペ)」と呼ばれていた。

ヴァルターの仕事は到着した列車から降りてきた乗客の荷物を取り上げ、彼らを運んできた列車を空にすることだった。

その仕事は整理隊の労働者には人気がなかった。倉庫やテーブルでの仕分け作業に比べて肉体労働で、もっと危険だった。ヴィーグレブとその部下に関わる死亡率は高かったが、荷下ろし場ではそれがさらに高くなった。親衛隊員はすぐに痺(しび)れを切らし、鞭をふるった。

ヴァルターは十か月働いた。そのあいだ、およそ三百回の移送を手伝い、三十万人ほどの困惑し怯(おび)えた顔を目にした。ヨーロッパ大陸じゅうから来たユダヤ人の子供とその親、老人と幼い子供、打ちひしがれた者、反抗的な者、ほぼ全員が人生の最終段階にあった。夜が過ぎ、一日が一週間に、一か月になり、何万人も通り過ぎていっても、ヴァルターの脱走という夢は消えなかった。より明確で揺るぎないものになり、決意よりも希望によって、いくぶん脱走の衝動がなだめられた。自分自身のことよりも、もっと大きなものを求める気持ちが湧き上がっていたのだ。

気持ちの変化は仕事によるものだった。移送者はたいてい夜に到着した。列車があと二十キロほどの地点に来ると、アウシュヴィッツに連絡が入り、担当の親衛隊員がホイッスルを吹いて叫ぶ。「移送列車、到着!」すると関係者全員、親衛隊将校、医師、カポ、運転士が持ち場につき、親衛隊員はトラックやバイクに乗ってユダヤ人荷下ろし場に向かう。かたや整理隊のうちの頑強な二百人からなる運搬隊(ロルコマンド)が出動を命じられ、真夜中や早朝四時に四号棟にやってきた親衛隊員に起こされ、そろって行進していく。アウシュヴィッツの通電フェンス、監視塔と機関銃の前を通り過ぎて、ゲートで待つ親衛隊に出迎えられる。

そこから、本線と枝分かれした線路脇の貨物用プラットフォームまでは十二、三分だ。木造プラットフォームは細長く、幅は三、四メートルぐらいしかなかったが、長さは五百メートルほどもあった。五十両の貨車が連結された貨物列車が止まれるだけの長さが必要だった。ヴァルターをはじめ運搬隊は決められた場所で待った。

次に親衛隊員が百人ぐらいやってくると、木造プラットフォームを取り囲むように輪になって、端から端まで十メートル間隔で並んだ。隊員はライフルを持ち犬を連れていた。ようやく、ヴァルターら運搬隊を連れてきた隊員たちは警戒態勢を解いた。運搬隊はいまや厳重な武装エリアにいるからだ。電球のスイッチが入ると、昼間のように明るくなった。凍えるように寒くても、被収容者たちは目の粗い縞模様の制服姿でいつものように五人ずつ並んでいた。

二十メートルも離れていない本線はウィーンとクラクフをつなぐ重要な路線で、ときには被収容者たちから車内の乗客が見えるほど、列車がゆっくりと走っていった。ヴァルターは食堂車を見ながら、中の紳士淑女はまばゆいプラットフォームで繰り広げられている光景をどう思うだろう、と想像した。いや、まばたきのあいだに通り過ぎてしまうかもしれない。目を向けすらしないかも。

まもなく新しい一団が到着した。親衛隊将校たちで、輪を作っている警備兵よりも地位の高い連中だ。ヴァルターは彼らをギャングのエリートとみなしていた。糊(のり)のきいた制服に磨いたブーツの姿はマフィアみたいにこぎれいで、上官らしい尊大な態度で歩いている。制服のボタンは銀ではなく金だった。警棒のような無骨なものではなく、紳士らしいステッキを手にしていた。白い手袋をはめている者もいた。十人から二十人の将校がいて、その中には医師もいた。この一団が手続きの指揮をとることになっていた。

ようやく合図され、機関車を先頭にゆっくりと列車が入ってきた。運転台に一般市民がいることにヴァルターは気づいた。

　外側の輪の警備兵たちは動かなかった。代わりに列車の責任者が荷下ろし場の担当者に書類と鍵を渡し、引き継ぎがおこなわれた。その鍵は担当者から部下たちに配られ、部下は貨車の前に立った。たいてい二、三両あたりに一人の親衛隊員が配置された。それから合図とともに進み出て、貨車の鍵を開けると、初めて内部の大勢の人がちらりと見えた。

「全員外へ！」

　命令が迅速に遂行されるように、親衛隊員は最初の数人を蹴ったり、ステッキで殴ったりして貨車から降ろした。警棒で武装したカポもすぐそばに控えていた。ヴァルターはこうした新着の人々の状態をよく知っていた。激しい喉の渇きも空腹も、何日も狭くて臭い空間に大勢といっしょに詰めこまれていたせいで茫然としていることも。まばゆい電球に目が慣れたとたん、追い立てられるように荷物は持たずに早く降りるよう命じられた。

　移送者たちはすぐに列に並ばされた。片方は男性、もう片方は女性と幼い子供たち。横一列に五人ずつ。たちまち家族はばらばらにされた。夫は妻と、母は息子と引き離された。夜空に涙と別れの愁嘆場の声が反響した。

　そのあいだにカポとその警棒に追い立てられ、ヴァルターたちは貨車の片づけに取りかかった。すばやくヴァルターは貨車に飛び乗ると、悪臭をこらえながら、ふたつの大きなカバンをつかみ、またプラットフォームに飛び降り、それをどんどん高くなっていく荷下ろし場の山に放り投げた。

ヴァルターが10か月働いた荷下ろし場。
ユダヤ人は家畜用の貨車でアウシュヴィッツに運ばれてきた。
ヴァルターは殺される運命の人々を最初に迎える一人だった

最初の数日は、この仕事の肉体的負担と、仕事から得られるものを見極めようとしていた。カナダにいたときのように楽に金品を手に入れられなくなったので、運搬隊の二百人は自分で運を切り開かねばならなかった。

ヴァルターはのみこみが早く、荷物に詰められているのが服なのか台所用品なのか食べ物なのか、ひと目で判別できるようになった。まもなくふたつのトランクをぶらさげて走り回りながら、見つからないようにサラミをひと口かじっては、残りを別の被収容者に放り投げられるようになった。新しい技術まで身につけた。缶を開け、その中身を誰にも見られずに数秒で飲みこむのだ。

運搬隊の労働者たちは持ちこまれた食べ物から、ユダヤ人がどこから来たかわかった。サーディンならフランス系ユダヤ人、ハルヴァ〔穀物やナッツに油や砂糖を加えて作る中東の伝統菓子〕やオリーブならサロニカから来たギリシャ系ユダヤ人。彼らはヴァルターが見たこともないような色彩の服を着て、アシュケナージ系ユダヤ人の彼にとっては耳慣れない言葉を話していた。スペイン系ユダヤ人はラディーノ語かユダヤ系スペイン語だった。そうした人々が千人単位でアウシュヴィッツに移送されてくるのをヴァルターは見た。

すべてのカバンやトランクが列車から降ろされ、トラックに積まれてカナダに運ばれると、ようやく運搬隊は死者を片づける仕事にとりかかった。優先順位は明確で、それを逸脱すると罰せられた。価値のある品物の確保がカナダの中心的な役割なのだ。第一に荷物、死者は二の次だった。

死体の片づけは予想外の仕事だった。真冬に十日かけて東方から移送されると、三分の一の乗客、三百人ぐらいは到着時に死んでいた。西のプラハやウィーンやパリからの列車では、ナチスは文明化された土地での再定住という外見を繕うために、もっとまともな旅になったので、二日ほどで着けば、死者は三、四人程度だった。立ち上がることができず、親衛隊員の竹のステッキで殴られそうになっても降りる力がなく、貨車の中で死にかけている人も少なかった。そうした人々にも常に大急ぎで対処しなくてはならなかった。

そこで、ひとつの死体、あるいは死にかけた者を二人で運ぶことにした。一人が足首、もう一人が手首をつかみ、カポや親衛隊員の警棒やステッキに追い立てられながら、プラットフォームの端まで大急ぎで運んでいく。そこでは六台ぐらいのトラック隊が待っている。トラックは荷台が持ち上がり、砂や砂利を滑り落とすことができるが、この任務では覆いのない荷台は平らのままだ。死体を運んできたヴァルターたちはトラック後部の階段を大急ぎで上がっていく。荷台には大勢の労働者がいて、死体を受け取っては山積みにしていく。ヴァルターたちは階段を下りると列車に急いで戻り、生き延びられなかったユダヤ人をまた運んでくる。どの段階でも、死者と死にかけている者を区別しなかった。そんな時間も余裕もなかったからだ。そのままトラックに放りこまれ、近くにある焼却場に運ばれた。

二列の移送者たちは、自分たちの運命を決める審査団の方へ近づいていく。移送者たちは知らなかったが、そこで選別を受け、右に行かされれば被収容者として登録され労働をさせられ、たとえわずかな期間でも生き延びるチャンスを与えられた。左側へと指示されたら、すぐ先に死が待っていた。

担当者はたいてい当直医で、ときには主任医官のヨーゼフ・メンゲレ、あるいは衛生担当の伍長のこともあった。働けない者、老人、病人、子供を選ぶ役目だ。十六歳から三十歳ぐらいのきれいな女性は右側に行かされ、彼女たちだけで並ばされることにヴァルターは気づいた。健康で頑健で、まちがいなく働ける女性もいたが、子供連れは左側に行かされた。子供と引き離されて大騒ぎされるより、まとめて殺す方が簡単だったのだろう。

すべては迅速におこなわれた。ざわめきと、さまざまな言語の耳障りな話し声の合間に、ステッキの湾曲部分を首に回され、左または右に引っ張られていくユダヤ人もいた。たとえば息子と父親が引き離さないでくれ、と互いに訴えているときには、その方法は役に立った。

ナチス内部では、どれくらいのユダヤ人を到着時に殺すか、それとも「労働による絶滅」によってもっと時間をかけて殺すかについて議論がおこなわれていた。できるだけ多くのユダヤ人に奴隷労働をさせるべきという意見もあった。死ぬまでは労働者としての価値を利用したほうがいい。弱っていて一、二週間しか働けなくても、ゼロよりはましだ。一方で、健康で丈夫なユダヤ人以外を労働部隊に入れるのは資金のむだであり、ただちにガス室に送るべきだ、と考える者もいた。

親衛隊全国指導者ハインリヒ・ヒムラーが確固たる結論を出さないまま議論は長引いていたが、ようやく決着がついた。アウシュヴィッツに到着するユダヤ人の八割を、選別によってその場で殺すことになったのだ。高齢者や子供、弱っているか不健康そうな者は左に行かされた。ヴァルターが荷下ろし場で働いていた期間は、彼らは選別の後、親衛隊のトラックに乗るか、ビルケナウの小さな赤い家か小さな白い家まで二・四キロほど歩き、そこで死に迎えられた。

毎晩おこなわれる選別を運搬隊は立って見ているしかなかった。ブナや採石場で、ヴァルターは若くても耐えられないほどの労働をしてきた。しかし、これは胸がつぶれる仕事だった。ぎらつく照明の下、混沌と騒音が渦巻き、悲鳴が響き、涙が流されている場所で、死ぬ運命を下された人々の顔をヴァルターは数えきれないほど見た。まだ十代のヴァルターは、死を目前にした母と息子、父と娘の別れを間近で見なくてはならなかった。飢え死にしかねない乏しい食料、不潔さ、苛酷な労働、常に起きている暴力。そうしたものすべてに耐え、体で殴打を受け止める術を学んできたが、いまや心が殴打を受けているようだった。

カナダの倉庫では、毛布や靴に囲まれながら犠牲者の姿を感じた。彼らの人生について想像をめぐらせた。しかし、この荷下ろし場では、じかに姿を見た。しかも、たいていの人は一度しか経験しない恐怖――アウシュヴィッツに到着するという恐怖――が、列車が到着するたびに甦（よみがえ）った。

ヴァルターが見てきたものを知ったら、死んだりおかしくなったりする者もいるだろう。どちらの反応も、アウシュヴィッツでは珍しくなかった。ヴァルターはひどく気分が落ちこみ、仲間の被収容者が変化に気づくほどだった。アウシュヴィッツにやってきたとき、図々しいほど自信まんまんで、うぬぼれてすらいたティーンエイジャーが、神経過敏で鬱状態となったのだ。ヴァルターが精神的に不安定になっていることを感じとる者もいた。

それでもヴァルターは屈せず、正気を失うことはなかった。反対に、化学の教科書から独学で学んだ頭脳を使って、自分の目にしたものを理解しようとした。それが彼の対処の仕方であり、意図的に現実と距離を置く方法だった。他の者たちが目を逸らそうとしていたとき、ヴァルターはより緻密にすべてを観察していた。

さまざまなことにヴァルターは気づいた。親衛隊員はある夜は親切にふるまうが、翌晩にはステッキやブーツで暴力をふるった。ある晩は一回しか移送がないのに、翌晩は五回、六回と移送があった。新着者の七十五パーセントがガス室送りになることもあれば、九十五パーセントのときもあった。しかしヴァルターはパターンを観察することが大切だと知っていた。まもなくパターンを発見した。いったんわかると、あとは確認するだけでよかった――それによって新たな固い決意がわき上がった——今起きていることを世の中に知らせよう。

まだ若いと、甘んじて受け入れなくてはならないことはたくさんある。ヴァルターは目撃者であると同時に、ヨーロッパ全土に及ぶ殺戮計画の標的だった。さらに、この計画は、ひとつの人種を絶滅させると同時に、それによって殺人者が利益を得ようとするものだった。しかし、今、すべてを説明する別の側面が見えてきた。最初はゆっくりとだったが、ナチスが大規模な恐るべきごまかしをしていることに気づいた。目の前で繰り広げられている犯罪は、欺瞞に基づいているのだ。

ナチスは絶滅計画のあらゆる段階で、何度も犠牲者たちに嘘をついてきた。人々は、新しい土地で新しい生活をすると信じて列車に乗りこんだ。「東への再定住」をナチスは勧めた。人々は新しい家で暮らすと信じていたから、所持品を荷造りし、しっかり抱えてきた。友人や家族からの葉書が、銃を突きつけられて書かされたとは思いもよらなかったのだ。ヴァルターがマイダネクへの車中で読みあげられたのを聞いた、再定住を賞賛する手紙も、嘘を隠蔽するために書かされたものだった。

親衛隊員が貨車の鍵を開け、移送者を迎え入れたときにも欺瞞はおこなわれた。一日に何度も移送があるときは急いで暴力的にもなるが、時間に余裕があって天候もよければ、「このおぞましい旅は例外だ」というふりをした。「スロヴァキア人は、よくこんな状態でよしとしたものだ」

とすら言うかもしれない。パリやアムステルダムから移送されてきた人々は、文明化されたドイツ人と関わってきたので、列車が到着したとき、ようやく食べ物と飲み物を与えてくれるドイツ人将校が現れたと簡単に信じ、安堵すら覚えただろう。荷物もきちんと保管され、秩序が回復されると考えた。

時間が許されれば、殺戮場所まで運ぶトラックに乗りこむまで、演技は続いただろう。親衛隊員は病人が乗るときに礼儀正しく手を貸すこともあった。徒歩で死の部屋に向かう人々には、故国での専門や資格、職業をたずねたりして安心感を与えた。

どこに連れていかれるのかとたずねられれば、「消毒のためだ」と答えた。不潔きわまりない旅を考えると、それは当然だった。ビルケナウ収容所を通り過ぎ、牧草地を横切っていくと、人々の安心感はさらに増した。歩いていく列の後ろからゆっくりと赤十字のマークがついた緑の軍用トラックが走ってきて、一人で歩き続けられなくなった人を乗せた。車には医師が乗っていた。しかし、彼の目的は病人を治し、命を救うことではなかった。毒ガスの注入を監督するナチスのお抱え医師で、荷物はチクロンBの缶だった。ヴァルターはそうしたことをすべて知った。赤十字のトラックはカナダで偽装されたので、彼はときどき缶をトラックに積む仕事をしていた。

犯罪現場も同様に偽装されていた。脱衣所代わりの木造の二軒のバラックの並びには果樹に囲まれた農場があり、人里離れた田園地帯に連れてこられたと思うだろう。第四死体焼却場と第五死体焼却場のそばには花壇があった。

目的地に着いても、欺瞞は続いた。ユダヤ人の最後のひとときに、ナチスはありもしない未来を信じるように仕向けた。「どういう仕事だね？　靴作りか？」将校はたずねた。「靴が至急必要なんだ、あとでわたしのところにすぐ来てくれ！」移送者たちが命令に従って衣類を脱ぐと、これから風呂に入ることになるから、落ち着いてほしい、そのあとで「コーヒーと食べ物を出す」と親衛隊員は説明した。靴は一足ずつ縛るようにと念を押す。そうすれば靴がなくなることはなく、「あとで、もう一方の靴を探して時間をむだにすることがない」。実際には子供の靴など役に立たない、と考えていた。ユダヤ人がガス室に完全に入っても、欺瞞は終わらなかった。ドアの掲示にはこう書かれていた。「浴室へ」。第二死体焼却場のガス室の天井には、のちに偽のシャワーヘッドがとりつけられた（ガスそのものですら欺瞞だった。チクロンBの製造者は製品を変えたのだ。以前はシアン化水素独特のアーモンド臭がついていたので、それが警告となったが、その後無臭になった）。そこには明快で合理的な目的があると、ヴァルターはまもなく理解した。荷下ろし場で働いたことでわかったのだ。

運搬隊や奴隷労働者たちは、列車から降りてくる人々とひとことも話してはならない、と厳命されていた。いっさいの接触は禁止する。そのルールが破られたら何が起きるか、ヴァルターはすでに見ていた。

ある晩、チェコスロヴァキアのテレージエンシュタット強制収容所兼ゲットーから移送者がやってきた。西からの移送だったので、ナチスは見かけを取り繕う努力をし、移送者は比較的ましな状態で到着した。降りてきた一人は身なりのいいチェコ人の母親で、幼い子供二人の手をひいていた。ようやく到着したことで、彼女は見るからにほっとしていた。親衛隊将校に、「ここに着いてほっとしたわ」とまで言った。ゲーテとカントの国はようやく正気を少し取り戻した、と信じていたのだ。

ヴァルターの若い仲間の一人は我慢できなくなり、女性の方に走っていくと、叱責と警告をこめて「あんたらはすぐに死ぬんだ」とささやいた。

女性はパジャマみたいな縞模様の服を着た不気味な風体の男からの警告に、ほとんど動揺しなかった。息が臭く、頭は剃られ、まちがいなく犯罪者にちがいない。そうでなければ、あんな男がどうしてここにいるのだろう？　すぐさま彼女はドイツ人将校に近づいていった。プラハのデパートで不当な扱いを受けた顧客みたいに、責任者に会いたいと告げたのだ。「将校、おたくの囚人の一人が、わたしと子供たちはじきに殺されるって言ったんです」彼女は完璧なドイツ語で告げた。手袋をして、ピシッと折り目のついた制服を着た親衛隊将校は愛想のいい頼もしい笑みを見せた。「なんてことでしょう、我々は文明化された民族ですよ。どの囚人がそんなことを言ったのですか？　よろしければ指さしてください」彼女が言われたとおりにすると、将校はノートを取り出し、すばやく被収容者の上着についている数字を書きつけた。その後、すべてが終わり、全員が行ってしまうと、将校は彼を見つけ出し、貨車の後ろに連れていって撃ち殺した。ヴァルターは死体を収容所に運んだ一人だった。同じ頃、その女性は幼い子供たちといっしょにガス室で殺されていた。

他の被収容者たちは、選別が近づくと、もっと穏やかな警告や貴重な忠告を与えようとした。「十六って言いな」とティーンエイジャーにはささやいた。四十過ぎの男には「三十五だと言うんだ」と。「元気そうに見せろ」「健康そうにふるまえ」「力があるように見せろ」といった忠告もあった。母親に対する意見は、いちばんつらいものだった。「子供はあきらめて、祖父母に連れていってもらえ」だが、どっちみち子供は死ぬから自分の命を救え、という忠告に従う親などいるはずがない。

そうした警告を与えることは危険だった。ナチスが外部情報を遮断して意図を隠そうとしているのを、ヴァルターはその目で見た。彼をはじめとする運搬隊は、前の移送の痕跡をいっさい残さないように命じられた。このプラットフォームを数時間前に利用した人間がいると思われてはならなかった。徹底的にきれいにした。親衛隊員は歩きながら、「みなさん、お静かに！」と叫んだ。「ここはシナゴーグじゃないんだ！」その命令には目的があった。話すことができなければ、この連中は我々をどうするつもりなんだ、と噂をしたり、疑惑や推測を共有したりできない。

ナチスは殺戮を悟られないために、さまざまな婉曲表現を使った。ユダヤ人の移送者は殺されるのではなく、「特別な扱い」あるいは「特別な治療」を受ける。死体の髪の毛を切り、金歯を抜いて死体を損壊する担当は「特別隊」と呼ばれた。エンジン音で悲鳴をかき消すのも同じ理由だ。アウシュヴィッツが殺戮場所に選ばれたのも、人里離れていて隠しやすかったからだ。誰にも知られるわけにはいかなかった。

その長い十か月間、ヴァルターはトランクや死体を運んでプラットフォームを走り回るうちに、ナチスが移送者に最後まで運命を知らせないように躍起になっている理由がじょじょにわかってきた。

殺人システムがスムーズに機能することが必要だったからだ。それには移送者の落ち着きと、少なくとも指示に従順に従うことが求められた。しばしば時間におされていて、次の移送列車が線路を近づいてくる中で、パニックや、悪ければ暴動のせいで遅延を生じさせるわけにいかなかった。ただし、時間が迫っているときは、ステッキを一振りする直接的な手段で静かにさせた。鉄条網の方に走っていったり、ナチスに飛びかかったりしても、最終的には制圧されるだろう。それでも荷下ろし場には千人以上、ナチスの十倍のユダヤ人がいて、待ち受けているものを知ったら、機関銃に砂を投げつけるかもしれない。少しでも反抗されたら時間をとられる。

ヴァルターはそのことを改めて明確に悟った。この呪われた場所にナチスが建設した死の工場は、ひとつの基本原則にのっとっていた。アウシュヴィッツに来る人々は行き先も目的も知らされない。その前提で、すべてのシステムが機能していた。

ユダヤ人のあいだにかすかなパニックが広がっただけで、ナチスと絶滅計画は危うくなっただろう。その十か月間、ヴァルター・ローゼンベルクの精神が崩壊してしまうのではないかと恐れた仲間もいた。心がばらばらになりかけたとき、行動しなくてはならない、とヴァルターはとめどのない熱い衝動が湧き上がるのを感じた。

何をするべきかはすぐにわかった。運命を悟らせずにユダヤ人を絶滅させるのがナチスの計画なら、阻止する第一歩は、ユダヤ人に真実を知らせることだった。それが殺戮を止める唯一の方法だ。誰かが脱走して、アウシュヴィッツへの移送は死を意味すると、警告しなくてはならない。一九四二年九月に十八歳を迎えようとしていたヴァルターは、生きるか死ぬかが親衛隊員の指一本で決まるのを見ていた。そして、自分がその警告を発する人間になろうと決心した。やがて想像したよりも早く、最初のチャンスがやってきた。

第10章　記憶する男

その機会は前触れもなく偶然に訪れた。荷下ろし場にいた夜、ヴァルターは一度にトランクをふたつ運びながら行ったり来たりしていた。親衛隊将校は「囚人たち」が運ぶので、荷物はすべて置いていってかまわない、と移送者を安心させていた。「囚人たちは厳しく統制されている」と将校はつけ加えた。「だから、所持品については心配する必要はない。すべて置いていくように」

両手にトランク、背中にリュックサックを背負って走っていたとき、ヴァルターはプラットフォームのゆるんだ板に足をひっかけてころんだ。うつ伏せになったとき、板の隙間から三メートルほど下に地面が見えた。その発見にはっとした。プラットフォームの下には空間がある――隠れられる場所だ。

仕事を終え、アイデアが形をなしはじめた。プラットフォームはひっきりなしに使用され、何百人、ときには何千人もが次から次に板の上を歩くせいですり減っていた。他にもゆるんだ板があるにちがいない。一枚だけ持ち上げ、すばやく誰にも見られずにもぐりこめれば、下に隠れることができる。

親衛隊員は新しい列車が入ってくるたびに列車全体を取り囲んだが、運搬隊は先頭から最後尾まで、すべての貨車に次々に乗りこむので、警備はゆるんだ。親衛隊員は空になった貨車にはもう注意を払わなかった。つまり、プラットフォームの下にもぐりこみ、見えないように列車の端まで移動できれば、誰も警備していない空の貨車にもぐりこめるだろう。警備エリアの外に出られるのだ。

場所も完璧だった。荷下ろし場はアウシュヴィッツとビルケナウの中間にあった。どちらの収容所からも警備エリアの外側に位置していた。夜の選別が終わるまで隠れていて、親衛隊員が宿舎に引き揚げたら、収容所の外に出ていくことができる。

翌晩からヴァルターは仕事をしながらプラットフォームを調べ、逃亡計画を立てた。カナダから盗んだ食べ物と服を貯えておかなくてはならないだろう。プラットフォームの端に警備兵が配置されているか目を凝らしてみた。いるとしても、一人だけならナイフで音を立てずに始末できる。

とりわけ、荷下ろし場の板をじっくりと観察し、いちばん弱く、はずれやすそうな板を探した。一、二秒で持ち上げて、元に戻せそうな板を。まもなくヴァルターはプラットフォーム全体の地図を頭の中で描けるほどになった。もはやいつでも、どの夜でも、実行に移せそうだった。

しかし、新しい移送者が到着して荷下ろし場に行ったとき、変化に気づいた。板の隙間がなくなっていたのだ。たぶん崩落の危険に気づき、収容所の上官がコンクリートで補強するように命じたのだろう。すぐさまヴァルターは結論を出した。脱走は無理だ。

というわけで、荷下ろし場でユダヤ人が死へと送りこまれるのを見ながら働くしかなかったが、見たものすべてを頭の中にメモし、世間に公表する日に備えた。のちに彼はなんらかの形で自分に使命を与えたかったのだと気づいた。おかげでどうにか毎日をやり過ごし、目の前のできごとに耐えられた。ただし自分の中の思いを明確な言葉にするのは、もっとむずかしかった。

十八歳で、ヴァルターは人生が一変するほどのできごとに直面していた。一度や二度ではなく、来る日も来る日も。アウシュヴィッツには倫理観などなく、どんな蛮行でも許された。あるユダヤ人女性は身を守るために、親衛隊の軍用犬を殺した。主任医官ヨーゼフ・メンゲレはその罰として、彼女の息子を「犬」にした。鞭でぶたれて四足歩行をさせられ、吠え、ユダヤ人に嚙(か)みつくように訓練されたのだ。たとえ相手が死にかけていても、パンが糞まみれでも、被収容者は別の被収容者からパンを盗んだ。銃殺された被収容者のまだ温かい死体に群がり、食べられる部分はすべて食べた。ある被収容者は、脳は生のまま食べてもおいしい、と保証した。

荷下ろし場で、親衛隊員が竹のステッキを使って子供や四十歳以上の者をガス室へと追い立てるのを、ヴァルターは目にしていた。彼はそれを止めるために、何もしなかった。それどころかチクロンBをみずからの手で車に積んだ。倫理的には、親衛隊員に駆け寄り、自分を犠牲にしてでも首を絞めて殺すことが許されるはずだった。それがやるべきことだったのではないか?

ヴァルターは知らなかったわけではない。再定住だと信じ、指示に従って二十五キロ以内の荷物を手に、秩序正しく列車に乗った移送者たちとはちがい、彼は知っていた。目の前の欺瞞のベールはとっくに引き裂かれていたからだ。

ヴァルターは行動に出たかった。周囲で人が殺されているのを黙って見ているのは屈辱だった。しかも仕事をこなしていたからナチスの共犯者とも言えた。貨車を清掃して移送の痕跡をすべて消すことで、移送者たちが運命に気づかないように協力していたのだ。

しかし、彼には何もできなかった。もし行動に出たら、彼が殺されるだけではなく、ナチスは必ず報復措置をとるからだ。自分は死ぬ覚悟であっても、仲間たちまで殺されるだろう。いかなる抵抗にも、即座に不当に大きな罰が与えられた。ヴァルターが一人の親衛隊員を殺したら、百人ほどの被収容者が殺されるだろう。殺されるならまだましだった。拷問に比べれば、死は解放だ。拷問に関してはナチスは独創性があった。調査棟、もっと正確に言うと拷問棟である十一号棟の地獄の話は広まっていた。被収容者は、連帯責任によって縛られた人質だった。

それでも、これまでの多くの若者と同様に、ヴァルターも生きる意味を熱望した。究極の悪を前にして沈黙を余儀なくされ、何もしないでいることに意味がほしかった。脱出して、このいまわしい場所の真実をユダヤ人に警告できたら、大量殺戮がおこなわれているあいだ、何もせずにいた事実が正当化されないだろうか？　目撃したことを証言できたら、彼が生き延びたことに意味を与えてくれるのではないだろうか？　ヴァルターは「生存者の罪悪感（サバイバーズ・ギルト）」という言葉をまだ知らなかったが、十代でそれを感じとり、みずからの手で消そうとした。

新たな使命が芽生えた頃、目にしたものを記録するようになった。ヴァルターは知らなかったが、アウシュヴィッツには他にも同様のことをしている被収容者がいた。ヴァルターは数学と自然科学に秀でていたので、数字と事実の記録によって、システム化された殺人の実態をデータ化しようとした。

そしてすべてを記憶した。列車の数、移送ごとの貨車の数、乗客の概数、出発地。この情報をどう公開したらいいかわからなかったが、正確で詳細であれば信じてもらえると感じた。まもなく記憶法を確立した。子供の暗記ゲームみたいなものだ。毎日すでに知っていることを心の中で復習してから、その日新たに手に入れた情報をつけ加えていくのだ。その作業に、思いがけずナチスが役に立った。

ナチスが強制している数字での管理システム——選別を生き延びたすべての移送者に焼き印を押し、収容者番号を腕に彫り、縞模様の囚人服を着せる——は貴重な記録になった。番号は時系列で増えていき、新しい被収容者ほど大きな番号になった。

時がたつにつれ、ヴァルターは収容者番号が物語るものを理解するようになった。27400〜28600なら最高の敬意に値する。一九四二年四月にスロヴァキアから移送された最初のユダヤ人の生き残りだからだ。番号が40150〜43800ならフランス人で、一九四二年六月の三回の移送のどれかで連れてこられた可能性が高かった。80000〜85000なら、列車ではなくトラック隊で運ばれてきた少数派の一人だとわかった。トラック隊は百三十日のあいだ、ムワバ、マクフ、ジチェノフ、ウォムジャ、グロドノ、ビャウィストクのゲットーから労働のために選ばれたポーランド系ユダヤ人を運んできた。その五千人を別にした残りの被収容者をヴァルターたちは「市民」と呼んでいた。老人、子供たちはアウシュヴィッツで一度も働くことがなく、収容所で目にしたのはプラットフォーム、貨車、そして最後にガス室だけだった。

昼も夜も荷下ろし場で働くうちに、ヴァルターはユニークな視点を持つようになった。それに整理隊にいることで、他の被収容者の目にふれない、あるいは見たら殺される場所を目の当たりにした。たとえば一九四二年十一月、整理隊の一団はアウシュヴィッツのガス室に残された衣類を片づけるように命じられた。ヴァルターもその一人だった。外側から屋根が土で覆われているのが見え、建物の中に入ると、車庫のような扉がついたガス室があり、両側に二か所の開口部が見えた。室内にも入れたので、ヴァルターは暗闇に目を凝らした。

見たものを記憶する、犠牲者の数を数える、というヴァルターの計画は、いつ殺されてもおかしくない状態では無謀で破滅的だっただろう。一方で、ヴァルターのような整理隊ほど計画遂行に役立つところはなかった。

一九四二年末のある寒い夜、わずか数秒だけだったが、ナチスの欺瞞が暴かれた。一瞬のことだったが、ヴァルターは決して忘れなかった。

真夜中近い時間だった。ヴァルターはフランス系ユダヤ人の移送到着の作業に呼ばれた。ナチスにとっては楽な夜になるはずだった。西ヨーロッパのユダヤ人は、ゲットーや大虐殺や最近の迫害とはまだ無縁だった。たいてい快適な暮らしを送ってきたので、当局に言われたことを信じた。彼らは言われたとおり、選別のために列を作った。

ふいに、暗闇からトラックが現れた。夜ごとの行事だからヴァルターたちはそれに慣れていた。その日の被収容者の死体をアウシュヴィッツからビルケナウの焼却場まで運ぶのだ。トラックは荷下ろし場のすぐ先の線路を渡ることになっていた。

たいていトラックが近づいてくると合図され、トラックが横断するあいだ、荷下ろし場を照らす電灯が二、三秒消された。しかし、この夜はスイッチがきかず、照明はつけられたままだった。検査のために列を作っていたフランス系ユダヤ人移送者は、まばゆく照らされたトラックが線路に近づいてくるのを見た。トラックは線路を渡ろうとしたが、荷物があまりにも重く線路にタイヤが乗り上げてしまい進めなくなった。

ライトに照らされて、荷下ろし場の人々はトラックが前進しようとしては引き戻されるのを見た。車体全体が跳ね、揺れている。そして荷台に山積みにされた死体が崩れた。ヴァルターは新しい移送者たちと並んで、荷台の脇から突き出された生気のない枝のような手足を見た。両腕は別れの挨拶をしているようだった。

フランス系ユダヤ人たちから悲嘆の声があがった。ゴミみたいに捨てられる大量の死体に恐怖のか細い悲鳴がもれた。その声には絶望も混ざっていた。この光景は自分たちの運命の予兆だと、確実に理解した者がいたのだ。

一秒ほど、ヴァルターはいよいよかもしれない、と期待した。彼がずっと待っていた集団ヒステリーと制御不能のパニックが起きるにちがいないと。パリ、マルセイユ、ニースから来たユダヤ人はナチスを問い詰め、ここで何が起きているのか知りたがるだろう。いちばん力のある者は親衛隊員に飛びかかり、銃を奪うかもしれない。きっと暴動が起こり、ナチスはその場をどうにか鎮めようとする。その隙に誰かが逃げて暗闇にまぎれることができるのでは？

しかし、トラックはもう一度アクセルを踏みこんでエンジンを轟（とどろ）かせ、スプリングをきしませながらも、線路を越えて反対側に出ると、夜の闇に消えていった。それとともに悲嘆とショックの声も止んだ。泣き声は消え、静寂が戻った。

わずか数秒のできごとだった。闖入（ちんにゅう）者が現れたわずかな時間、ユダヤ人たちは深淵をのぞきこんだが、すでにさっきのトラックは光のいたずらだと言わんばかりにふるまっていた。目の錯覚で、ナチスとは関係ない、と。

その日も、別の夜も暴動は起こらなかった。列車を降りたフランス系ユダヤ人は命じられたままに列を作り、選別によって死を命じられた者はガス室に行進していき、一時間もしないうちに息絶えた。

一瞬だとしても、あの悲鳴はヴァルターに希望を与えた。幻覚のフィルターがなくなりさえすれば、人々は反応するのだ。

ヴァルターの結論は、揺るぎない信条となり、決断を後押しした。知識と無知、真実と嘘のちがいは、生と死のちがいだと理解したのだ。

ユダヤ人が手遅れにならないうちに知ることができれば、自分の運命を変えられる。彼はそう悟った。どうにかしてこの場所を脱出して、起きていることを世間に伝えなくてはならなかった。そのときはまだ知らなかったが、ヴァルターを助けてくれる人々との出会いが待っていた。

第11章　ビルケナウ

出会いの仲介者はシラミだった。特にチフス菌を持つシラミだ。一九四二年八月下旬にチフス患者が殺されたことは、死刑執行に一時的な猶予をもたらしただけだった。数週間後、またもチフスの流行が戻ってきた。よろめき、足下がふらつく被収容者たちは、ヤコプ・フリースのタカのような目の前をできるだけ元気よく通過しようとした。荷下ろし場での楽な仕事で栄養は改善されたが、ヴァルターもめまいに襲われ、禁制品の酒を飲んだみたいに足下がおぼつかなかった。友人のヨセフと出した結論は、病院送りになりかねない点呼を避けて二日ほど身を隠そうというものだった。病院に送られると、ナチスの医師が月曜と木曜の週に二回、小規模な選別をおこない、状態が悪い者に死の決断を下した。

二人は初期のチフスの流行後に収容所内に作られた救急室に行った。そこに行けば、一日か二日の休みを与えられることになっていた。二人はうまくやったと思った。

しかし、それは無知にもほどがあり、フリースにつかまる前に、自首したも同然だった。ヴァルターがそのことを知ったのは、ある親切な囚人のおかげだった。一日の休みをくれたカポに、ヴァルターはお礼を言いにいった。すると、ポーランド人囚人でもあるカポが真実を告げた。ヴァルターは病院でフェノールを注射されて殺されることになっていると。理由はわからなかったが、なぜか彼はヴァルターの名前をリストから削除してくれた。

ヴァルターはそれをヨセフに説明した。しかし、マイダネクからの旧友は耳を貸そうとしなかった。だまされたのはヴァルターの方で、リストに名前がある方が安全だと固く信じていたのだ。だがヨセフはまちがっていて、時期が来るとチフスの感染者といっしょに連れていかれた。のちにヴァルターはヨセフが医師の毒薬では死ななかったことを知った。最後の瞬間に彼はカポを突き飛ばし、フェンスに向かって走り、そこで撃ち殺されたのだった。悲劇的な結末だったが、ヨセフ・エルデリーは最初の頃に二人で話し合った夢をかなえようと、脱走を試みたのだ。

友人の死を嘆いている暇はなかった、チフスが悪化していたからだ。ヴァルターはしばらく四号棟に隠れていたが、仲間もいつまでもかばうことはできなかった。あまりにも弱っていて荷下ろし場では働けなかったが、カナダなら隠れていられる場所があるにちがいないと思った。ろくに歩けないため、フリースの目の前を通って往復するのは大変だった。二人の仲間がヴァルターの両脇を支え、カナダまで連れていくことになった。ただし、フリースの前を通る数メートルだけは、助けなしで歩かねばならなかった。熱のある消耗した状態では、その十歩ですら大変な力を必要としたが、どうにかやり遂げた。

カナダに着くと、ヴァルターは衣類の整理倉庫に連れていかれた。ここはカポの愛人がいる場所だった。かつてヴァルターは運び屋として、カナダで盗んだ品を彼女に届けていたのだ。彼女はヴァルターを覚えていて、彼をかくまうことを承知した。巧妙な隠れ家だった。若い女性たちは病気のヴァルターを高く積まれた古い服のてっぺんに寝かせたので、病院のベッドみたいにやわらかく、高さもあったので姿が見られなかった。そこでヴァルターは解熱剤をもらい、砂糖入りのレモネードを飲んだ。

三日間、ヴァルターはカナダの「クリニック」に通った。しかし、それだけでは十分に回復せず、体重も四十二キロぐらいまで減った。ヴィーグレブの打擲、ろくに麻酔をしない手術、チフス、すべてが体にこたえていた。思春期の活力はもはやなかった。いまやかろうじて動けるだけで、歩くこともおぼつかなかった。彼が死にかけていることは明らかだった。

わずかな希望は、四号棟で終日休養をとり、治療を受けることだ。最初にヴァルターとヨセフをカナダに送りこんだスロヴァキア人歯科医のウォアツオは、フリースの目をごまかすためにヴァルターを脇から支えたが、今度は薬を見つけてきた。さらに、病院で話をつけて、宿舎で注射する手配までした。

ヴァルターやウォアツオと同じように、医師はスロヴァキア人で、名前はヨセフ・ファルベールだった。その声を聞くだけで、ヴァルターには癒やしになった。三十代なのに老人のような灰色の髪の男にあれこれたずねられ、夜ごと汗をびっしょりかいて譫妄（せんもう）状態でうなされていたヴァルターは躊躇（ちゅうちょ）せずに４４０７０になった経緯について、マイダネク、ノヴァーキ、ブダペストへの旅、トルナヴァからの夜の逃走、すべてを語った。弱りきったヴァルターは医師に身をゆだね、警戒心を解いた。

医師は自分についても少し語った。内戦のときにスペインにいて国際旅団で戦ったこと、ヴァルターが口にしたハンガリーの社会主義者とも仕事をしたことがあること。

さらにヴァルターはチフスで死ぬことへの不安を告白した。四号棟のカポの助手と、入退院担当のエルンスト・ブルゲールも、いずれ痺れを切らすだろう。永遠にかくまってもらうわけにはいかない。ファルベールはその不安をなだめた。カポの助手もスペインでファシスト相手に戦った人間だ、と。ブルゲールについては、こう言った。「彼はおれたちの仲間なんだ」

その言葉を理解するには、熱と病のもやを払わねばならなかった。おれたち？　ようやく理解すると、ヴァルターはこのひどい場所に来て初めて高揚感を覚えた。アウシュヴィッツにレジスタンスの地下組織があるという意味にちがいなかった。「おれたち」と言われたとすれば、十八歳のヴァルターも仲間になったということだろうか？

ヴァルターはその言葉を聞き逃さなかった。ヴィーグレブに鞭打たれても沈黙を貫いたことで、若くても根性がある男だとみなされたのだ。拷問にも耐えられるなら、レジスタンスのメンバー候補として、それ以上に重要な資質はなかった。

その瞬間から、ヴァルターの収容所内での地位は変化した。いまや彼は地下組織の保護を受けていたが、組織はひとつだけではなかった。あらゆるグループがひそかに組織を結成していた。

チェコの国民党員、労働組合員、スペインで同じ隊だった元兵士たち、あるいは社会民主党員や共産主義者とさまざまだった。ヴァルターはまだ若かったので経歴こそなかったが、オーストリア・マルクス主義者たちは、彼がウィーンにいるマックスのいとこだと聞いて感銘を受けた。かつてニトラで祖父の愛情を競い合ったマックスは、オーストリアの共産党の活動家になっていて、仲間たちは彼を覚えていたのだ。ヴァルターは特別な病人とみなされ、カナダから入手された正規の薬を投与され、食べ物も十分に与えられた。すべてはファルベールとその仲間たちを通じて手配された。いまや四号棟のカポの助手に看病されていることからも、彼の立ち位置は明らかだった。夜間にトイレに行きたくなったら、付き添ってくれる者もいた。

カナダで働く者が多い四号棟にレジスタンスが根付いたのは自然なことだった。地下組織の機能に不可欠な〝現金〟を入手できたからだ。衣類やコニャックといった必需品、贅沢品にかかわらず、カナダにふんだんにある品物によって、特別待遇や秘密のネットワークに必要な目こぼしを得られた。アウシュヴィッツの地下組織は、「やりくり」によって機能できたのだ。

さらに、カナダとその富に群がるナチスにも、強い支配力をふるうことができた。ヴァルター自身も親衛隊員が金によって簡単に買収されるのを目の当たりにした。トランクに詰めこまれた現金は、すべてドイツ帝国銀行に預けられるわけではなく、一部は輸送を担当するドイツ人のポケットに入った。地下組織のメンバーはちょっとした盗みを目撃したり、知ったりすると、ナチスを脅した。

おかげでヴァルターは健康体に戻り、カナダで楽な作業につくことができた。チェコ語とスロヴァキア語が堪能で、ドイツ語、ポーランド語、ロシア語にも通じ、おまけに片言のハンガリー語も話す青年は、いまや貴重な人材であり、組織で保護され、レジスタンス活動の啓発を受けた。ヴァルターは、そこから三キロほどしか離れていないガス室で殺された、何千人ものユダヤ人がかけていた眼鏡の山を仕分けすることになった。

健康になるとすぐに、カナダから薬品を持ち出したり、地下組織のリーダー同士のメッセージを運んだりする仕事を与えられた。ヴァルターは喜んでそれらをこなした。レジスタンスの歯車でしかなくても気にならなかった。ささやかな行動でも、最終的には究極の任務への一歩になるはずだ。「死の工場」の破壊、少なくとも妨害工作への一歩に。

一九四二年の夏が過ぎ、季節は冬になった。ヴァルターはアウシュヴィッツに到着する移送列車をできるだけチェックし、移送者の数を頭の中の合計に足していった。チフスとの闘いが終わると、彼は情報収集という新たな目的のために生き延びたいと思うようになった。情報はアウシュヴィッツのもっとも貴重な商品に思えた。今はナチスがそれを握っていて、手が出せなかった。彼は調査をするため、あらゆる機会を利用して「死の工場」についての知識を深めようとした。ビルケナウで仕事の募集があったときは名乗り出た。

彼はカナダの整理隊の一員としてビルケナウに派遣され、死者の衣類が天井までぎっしり詰まった厩舎を片づけることになった。しかし、その仕事よりも、そこまでの道が問題だった。焼却場として使われているいくつもの穴の脇を通り過ぎていった。真冬だというのに、その周囲の空気は温かかった。アウシュヴィッツからも炎は見えたが、いまやヴァルターは間近でその熱を感じた。ある焼却穴の縁で見たものは永遠に忘れられなかった。

アウシュヴィッツ＝ビルケナウは、人類が想像してきた地獄だという証拠がそこにあった。炎が弱まりくすぶっている穴の底に、人骨があった。周囲には燃えずに焦げただけの子供たちの頭がころがっていた。のちにヴァルターは子供の頭には水分が多いので、焼けるのに時間がかかることを知った。両親の体は燃えて灰になっても、子供たちは焼け残っていたのだ。

ヴァルターはその光景を記憶にとどめた。いつか伝えるときまで頭の中の保存ファイルにしまっておくしかなかった。やむなく恐怖の目撃者になったことで、証言や報告ができるだろう。

クリスマスが過ぎていった。ナチスはユダヤ人収容者に〈きよしこの夜〉を無理やり覚えさせ、歌わせた。おそらく故郷のドイツを思い出すためだろう。ちゃんと歌えなかった囚人は殺された。ビルケナウでは、ナチスが巨大なクリスマスツリーを立て、クリスマスイヴには上着の中に土を詰めこむといった無意味な仕事を収容者たちに命じ、少ししか土を集められなかった者をお楽しみのために撃ち殺した。それからツリーの下に、まるでプレゼントのように死体を山積みにした。

アウシュヴィッツの二人の残虐者、ヴィーグレブとフリースとのあいだに権力争いがあってから、新年に変化がもたらされた。二人の争いはカナダが引っ越すことで決着がつき、ヴァルターはビルケナウに移ることになったのだ。

一九四三年一月十五日、ヴァルターたちは新しい宿舎に行進していき、その差にすぐさま気づいた。アウシュヴィッツはきれいで整然としていて、小道は舗装され赤い煉瓦の建物が建ち並んでいたが、ビルケナウは雑然としてひどい状態だった。ぬかるんだ沼地にあったので、建物は林の中に密集していて、ろくに雨風をしのげなかった。

人間の住まいとしてふさわしくないのも当然だ。そこはもともと家畜用で、軍馬の厩舎として簡易キットで建てられたものだった。ナチスは収容者をそこに住まわせることをおもしろがっていた。ときには床にわらが敷かれ、まるで家畜のあいだで暮らしているみたいだった。馬をつなぐために、壁には鉄の輪がとりつけられていた。ひとつの建物に五十頭の馬を収容する予定だったが、ナチスは少なくとも四百人のユダヤ人を押しこめた。天井の梁(はり)にはスローガンが刻まれていた。「正直であれ」「秩序は聖なるものだ」「衛生は健康の元」。最後のスローガンは、ビルケナウの環境を考えると、とりわけ皮肉だった。トイレ設備はコンクリートの床に穴がいくつか開けられているだけで、排便は集団でおこない、プライバシーは過去のものになった。長い桶が洗面所代わりだった。

ビルケナウの殺戮計画は、建造物と同じように行きあたりばったりだった。ナチスは第二から第五まで新しい死体焼却場の完成を待っていたが、それまでは改造された二軒の農場という間に合わせのガス室を使うしかなかった。死体の処理は、最初は土に埋められ、次に焼かれるようになったが、それも無計画だった。アウシュヴィッツ＝ビルケナウでは、トレブリンカやソビボル、ベウジェッツ絶滅収容所とはちがい、大規模の殺戮が予定されていなかったので、ナチスはその場しのぎのやり方ですませていた。

外側だけではなく、ビルケナウはアウシュヴィッツより内部もいっそう苛酷だった。ガス室での「市民」の殺戮を除き、被収容者だけに絞ってヴァルターが計算したところ、ビルケナウの死亡率はアウシュヴィッツよりもはるかに高かった。すでにヴァルターは気まぐれな殺人に慣れていたが、ビルケナウでは殺人はいわばスポーツだった。カポたちは地面に倒れた「イスラム教徒」の頭をボールみたいに蹴りつけた。誰が一撃で収容者を殺せるか、競い合うカポもいた。病気で働けなくなると、二人組のカポが地面に収容者を横たわらせ、首の上に鉄棒を差し渡し、一、二、三のかけ声で両端に飛び乗り、首を折った。どの宿舎の前にも、枝のようにやせこけた土まみれの死体が積まれていた。ビルケナウには腐肉の臭いが漂っていた。

こうした窮地にあっても、地下組織は存在し、ヴァルターはファルベールからのお墨つきで二人の囚人といっしょに加わった。その結果、彼はビルケナウのレジスタンス活動の事実上のリーダー、ダヴィド・シュモレフスキと出会うことになった。シュモレフスキはやはりスペインの国際旅団の元兵士でシオニストであり、不法移民としてパレスチナまで行ったこともあったが、支配していたイギリス当局によって追放された。シュモレフスキは、ヴァルターのことを評価し、他の地下組織のリーダーたちに紹介するに値すると考えた。まもなく、ヴァルターは混沌とした収容所内で存在するとは夢にも思わない世界に招かれた。

ビルケナウ強制収容所。ヴァルターは1943年1月15日にここの囚人になった。
ガス室と焼却炉からなる5棟の死体焼却場のうち4棟がビルケナウにあった

レジスタンスは持てる力を利用した――賄賂の現金と恐喝による説得の両方を駆使し、かつては緑の三角形をつけた元犯罪者のカポにしか与えられなかったポストを獲得していった。少しずつ、宿舎の被収容者を把握し、夜明けと夜に点呼をとる棟の年長者と記録係は、赤い三角形の政治犯になった。そうした者は八割がポーランド人だったが、彼らにとって収容所の生活環境は、その他の者に比べて圧倒的に贅沢だった。

ヴァルターから見ると、そうした男たちは貴族みたいな暮らしぶりだった。狭くて殺風景ではあったが、宿舎内に仕切りのある自室があった。混ぜ物をしたパン、代用マーガリン、薄いスープではなく、本物の食べ物にありつけた。彼らは公式にはカポで、ひそかにレジスタンス活動をしていたが、一室に集まり、じゃがいもとマーガリンとポリッジ〔オートミールのミルク粥〕といった夕食とともに会話を楽しんだ。トルナヴァ育ちのティーンエイジャーのヴァルターにとって、話を聞いているだけで、特別扱いされていると感じられた。カナダ経由で手に入るごちそうに比べ、彼らが慎ましいものしか食べていないことに気づき、賞賛の念はいっそう深まった。アウシュヴィッツのカポのように、望めばヨーロッパ有数の高級料理を食べられたのに、彼らは質素なものを選んでいた。おそらく、いい匂いが嗅げるぐらい近くにいる仲間の囚人たちが飢えていると知っていたからだろう。

ヴァルターはこの立場を享受した。地下組織のコネと、経験のある被収容者の立ち位置によって、緑の三角形のカポから一目置かれた。再び荷下ろし場に配置されたが、仕事をしていないときは比較的自由に歩き回ることができた。

保護下に置かれたことはありがたかったが、それほど単純ではなかった。保護は感謝していたし、彼らの自制心を賞賛していたが、根深い疑惑はどうしても消えなかった。

ヴァルターが担当していた仕事のせいもあったのだろう。彼は大規模な「ユダヤ人問題の最終的解決」がおこなわれるのを間近で見ていた。ビルケナウに移り、さらにその作業に接したため、死者のデータ収集はより楽になった。棟の記録係、つまり死者の出納係と知り合いになったので、その記録を自分のものと照合すればよかった。アウシュヴィッツでまちがいなく最悪の仕事である、ガス室を空にして死体を処理する特別隊にも、情報提供者がいた。友人のフィリップ・ミュレは焼却場で働いていた。作業のために貯えられている燃料の量から、シフトのたびに何人が焼かれているのか計算できた。燃料に関してナチスは厳しく、必要な量しか与えなかったからだ。

殺人現場により近づくことで、ヴァルターは別のものも手に入れるようになった。新たに到着した人々が列車を降りてからどうなるかを、直接、目撃するようになったのだ。人々がシャワーだと偽って追い立てられ、母親と子供たちが列を作って階段を降りていくのを見た。

その光景を見たことで、脱走して真実を世界に伝えたいとの決意がいっそう固くなった。ビルケナウの恐怖を知る者には、それを止める義務があるはずだ。彼は「死の工場」の生産を停止させることこそ、レジスタンスの目的だと思っていた。しかし、それは誤解で、ちがう目的があるのかもしれない、と思いはじめた。

ヴァルターが見たところ、地下組織は一種の互助会で、メンバーだけに安定をもたらす団体だった。その目的においては成功していた。賄賂と恐喝を活用し、保護下の仲間がよりよい暮らしを享受でき、必要とあらば当局から寛大に扱われるようにはからった。ヴァルターにとって、レジスタンスは労働組合にもマフィアにも見えた。

「死の工場」の破壊や妨害は、レジスタンス活動に含まれていないようだった。おれは鈍いのだろうか、とヴァルターは思った。気づかない秘密の計画があるのかもしれない。しかし、時が過ぎても、計画らしいものは見られなかった。

たしかに、地下活動はアウシュヴィッツ強制収容所の生活を改善した。一九四三年には、被収容者への殺人、拷問、殴打といった日常的な暴力がかなり減った。統計学者ヴァルターは頭の中に保存しているデータに変化を感じた。彼の計算だと、一九四二年から一九四三年にかけて、ビルケナウでは毎日四百人ほどが死んでいた。しかし、一九四三年五月までに、死亡率は劇的に下がった。地下組織は、これを大いなる勝利とみなした。たしかに、寒い季節が過ぎたためもあったが、警棒をふるう暴力的な犯罪者のカポを減らし、ドイツまたはオーストリア生まれの政治犯のカポに変えたことが功を奏した。彼らは親衛隊と同じアーリア人だったので、人間だとみなされていたばかりか、アウシュヴィッツという地獄にあってすら、品位のある行動をとろうとしたからだ。レジスタンスは収容所を人間らしい場所にしようとし、狭義では成功しつつあった。しかし、ヴァルターには、彼にとって唯一の重要な問題――ヨーロッパのユダヤ人の組織的殺戮の停止――にはほとんど影響を与えていないように思えた。

それどころか、地下組織はナチスの大量殺戮に直接的・意図的ではないにしても力を貸しているのではないかと、ヴァルターは疑いはじめた。千人の囚人が死に、新たな移送者から千人しか収容所に補充されないなら、ガス室で殺されるユダヤ人は以前よりも多くなるだろう。レジスタンスのおかげで被収容者によりよい生活が提供され、寿命が延びるほど、補充されて生き残る「市民」はますます減るのだ。

秩序と落ち着きがナチスのいちばん望んでいることで、それは「死の工場」をとどこおりなく運営するために不可欠の条件だった。いくつかの特権を認めたり、収容者の拘束をゆるめたりすることは、ナチスにとっては些細な代償だったのだろう。

アウシュヴィッツは特別だと、ヴァルターは理解した。他の強制収容所――マウトハウゼンやダッハウとはちがっていた。アウシュヴィッツは「死の工場」でもあったからだ。他の収容所でのレジスタンス活動の目標――おもに政治犯の生存率を高めるという目標は、アウシュヴィッツでは大量虐殺を促進するだけだった。ヴァルターはまだ十代だったが、地下組織の勝利がむなしく感じられた。もっと何かしなくてはならない。

だとしても、一人では何もできない。彼が生きていられるのは地下組織のおかげだった。彼らがいなければ、脱出は夢物語のままだろう。彼は改めてその教訓を学ぶことになった――そして、彼の人生を変える男と出会ったのだった。

第12章「これまで楽しかった」

ヴァルターは一年の大半を荷下ろし場で働きながら、ユダヤ人が到着するのを見ていたが、その大半とは二度と会わないだろうと思っていた。一九四三年の夏、ヴァルターはアウシュヴィッツの内部の仕組みについて、さらに情報を得られるようになった。ビルケナウの地下組織のおかげで昇進したのと、またもやチフスの流行があったからだ。

新たにチフスが蔓延したせいで、被収容者はこれまで誰もいなかったビルケナウのBⅡ地区に移動させられた。ヴァルターはBⅡd区画に配置された（この区画はそれだけで収容所が成り立つほど巨大だった）。手順が変更になり、新しく入所した被収容者の人数を記録する係の助手が必要になった。ようやくユダヤ人がそうした特権のある仕事につくようになったので、ヴァルターは死亡者の記録係、アルフレート・ヴェッツラーという男の下で働くようになった。

フレートと呼ばれているこの記録係をヴァルターはすでに知っていた。六歳上のフレートはトルナヴァ出身で、自信を漂わせ、自由人で魅力的であり、華やかな存在に見えた。若いときの六歳差は大きい。トルナヴァにいたとき、フレートはヴァルターにほとんど目もくれなかった。

そのため、二人が初めて言葉を交わしたのは、ビルケナウの死体置き場だった。ヴァルターは地下組織のリーダー、シュモレフスキに連れられ、しかるべき人々に紹介されているところだった。フレートは温かくヴァルターに挨拶したが、二人が捨ててきた町の思い出については語ろうとしなかった。

フレートと会話をするうちにヴァルターは落ち着かなくなった。二人が話していた木造の建物には、三百から四百の死体が十体ずつきちんと積み上げられていたのだ。フレートは落ち着き払っていて、しばらくすると会話を中断し、建物の外に停められたトラックに死体を積む作業の監督を始めた。

毎日繰り返されるその作業には、四人のポーランド人被収容者も加わっていた。死体はトラックの後部に積まれる前に、まず一人が腕を持ち上げ、腕に彫られた収容者番号を読み上げ、記録係のフレートが書き留める。二番目の囚人は死者の口をこじ開け金歯を探す。金歯があれば、ペンチで引っこ抜き、かたわらの缶に放りこむ。缶に落ちたときのカランという音がヴァルターにも聞こえた。歯科医ではなかったが、手早い作業が求められた。ときには金歯に歯肉がついたまま缶に放りこまれた。それから残りの二人が死体の両手と両脚をつかみ、トラックの後部に乗せた。フレートの監督の下で、すべてが迅速におこなわれた。

ぞっとする経験にもかかわらず、ヴァルターは頻繁に死体置き場までフレートに会いにいった。二人は一杯のコーヒーを分かち合い、故郷について、亡くなった人たちについて語り合った。フレートは特別隊にいた三人の弟を失っていた。特別隊労働者の平均余命は、アウシュヴィッツの基準に照らしても、かなり短かった。ナチスは定期的に労働者全員を殺害したからだ。そうすれば彼らが知ったアウシュヴィッツの秘密も葬ることができた。フレートの小さなオフィスはヴァルターにとって一種の天国、隠れ家になった。めったに邪魔が入ることはなかった。ナチスは悪臭を嫌悪し、死体置き場に近づかなかったからだ。

ヴァルターはフレートの記録係助手となってうれしく、一歩前進した気がした。地下組織が彼を配属した理由も理解できた。これでヴァルターはより貴重な情報に近づけ、上層部に報告できるだろう。もっとも、地下組織が情報に見合ったことをしていないという不満はあった。だが先輩のフレートは人選に対して異なる見方をしていた。彼はヴァルターが何か月も荷下ろし場で働いたせいで、精神的に追い詰められていることを見てとっていた。地下組織もそれに気づき、ヴァルターのために配置替えをしたのではないか、と推測した。

ヴァルターの仕事ぶりに地下組織は満足したらしく、六週間もたたないうちに、彼を記録係に昇進させた。ヴァルターは新たにできたBⅡaまたはA区画、被収容者にA収容所と呼ばれている場所を担当することになった。新しい被収容者は、まずそこに隔離されることになっていた。レジスタンス活動のためにヴァルターは知っていることをすべて共有し、D収容所（BⅡd区画）とA収容所の連絡役として働いた。彼がいたことで、ふたつの収容所は連携がとれた。

記録係となり、ヴァルターはかなり自由に動き回れるようになった。書類の束を運んでいるなど目的があるように見えれば、とがめられなかった。当然、地下組織の仕事にも役立ったが、ヴァルターの生活はずっと楽になった。彼がいる場所では大量虐殺がおこなわれていたが、閉じこめられ、管理され、常に暴力の脅威にさらされているよりもずっとましだった。

しだいにヴァルターはふつうの囚人に見えなくなった。十分な食事をとっていたので、頑丈な健康体に戻った。服装も自由になり常に外見に気を遣った。縞模様のズボンは乗馬ズボンとピカピカに磨かれた黒いブーツに替わった。頭は剃られていたが、おしゃれな帽子をかぶり、上着は囚人服のままだったが、仕立屋の囚人がヴァルター用にあつらえたものだった。高い地位にいる被収容者は、上等な服装によって一目瞭然だった。継ぎ当てのない服、立派な靴、記録係に非公式に与えられた特権として、上着の外側に縫いつけられた胸ポケット。

特権のうち、もっとも重要だったのは情報により近づけたことだった。一九四三年六月八日以降の被収容者全員の顔をヴァルターは見ていた。それは彼がA収容所で働きはじめた日で、そこは新しい被収容者全員が足を踏み入れる隔離場所だったからだ。もう荷下ろし場にはいなかったが、近くだったのでガス室に向かう車の記録ならつけられた。A収容所はゲートにいちばん近い地区にあり、宿舎代わりの厩舎がずらっと並んでいた。彼自身の宿舎はゲートからわずか四、五十メートルしか離れていなく、はっきりと見えた。トラック隊がユダヤ人を第二死体焼却場や第三死体焼却場に運ぶときは大規模な車列でゲートを通過した。オートバイの警備兵が付き添い、囚人がトラックから飛び降りようとしたときに備え、すべてのサイドカーには機関銃を構えた兵士が乗っていた。一方、第四死体焼却場や第五死体焼却場に向かうトラック隊は、ヴァルターの厩舎が面した道を走っていった。昼間だと通り過ぎる車を数えられたので、荷下ろし場で目撃してきた割合に基づいてトラック一台あたり百人と計算した。夜はトラックが通り過ぎるたびに建物全体が揺れたので、揺れた回数を数えて足し算をすればいいだけだった。

ある程度の制限はあったが、ヴァルターは収容所を歩き回り、観察できるようになった。何度か仕事があるふりをして、第四死体焼却場と第五死体焼却場の敷地で、ガス室に向かう人々を眺めてから立ち去ることもあった。頭の中の数字に、毎日新たにつけ加えていったが、もはや推測に頼る必要はなかった。彼の仕事は登録事務所からの日常報告の収集だったので、アウシュヴィッツに到着したすべての移送に関する最新の情報が手に入った。おまけに記録係長が保管している記録もあった。

まだ気づいていなかったが、ヴァルター・ローゼンベルクは収容所の仕組みについて、驚くほど全体的な知識を手に入れることができた。彼はアウシュヴィッツだけではなく、ビルケナウとブナでも働いた。採石場、DAW工場、カナダの仕事をこなし、大量殺戮前の選別も目の当たりにした。地下組織とカポの両方と、その重なる部分を内部者の立場から知った。収容所の正確な配置や、最新の被収容者数と死者数を把握した。そして、そのすべてを記憶に刻みつけた。

収容所の虐待者と内部の恐怖について知ることは、それを阻止する唯一の武器だと、彼はずっと信じていた。人々が自分の恐ろしい運命について知ったら、運命を変えようとするはずだと。

しかし、ヴァルターの信念は揺らぐことになった。

ヴァルターのように長く収容されていても、アウシュヴィッツ＝ビルケナウは闇の世界だった。屋外のトイレ不足と厳しい夜間外出禁止令のため、一般の被収容者は寝台で排泄し糞便で体を汚すか、食事用のボウルに排泄するかを選ばざるをえなかった。幼児殺害も日常茶飯事だった。アウシュヴィッツでは出産は禁じられていたが、妊娠初期のときの選別で生き延びた女性たちもいた。流産した女性もいたが、残りは臨月を迎えた。それは母と子両方の死を意味した。ナチスの選別の原則によれば、幼い子供の母親は死に値したからだ。出産後一週間以内に、母親と子供の両方がガス室に送られた。被収容者の医師は、選択肢はひとつしかないという結論を下した。母親の命を救うために、子供を殺す、と。アウシュヴィッツでは、新生児は生まれて数分後に毒を飲まされた。その記録はいっさい残っていない。子供を奪われた母親が奴隷労働ができるように、子供の存在は消された。

それでも、不可解な暗闇から、たまに不可解な光が差した。一九四三年九月の移送時、それが起きた。ヴァルターのすぐ隣のB収容所（BⅡb区画）に五千人のチェコのユダヤ人がテレージエンシュタット強制収容所から到着した。彼らは選別を受けず、両親や子供など家族もばらばらにされなかった。しかも自分の服を着たままで頭も剃られず、持ってきた荷物の所有も許された。彼らは親衛隊将校によって新しい住まいに案内された。親衛隊員たちは愛想がよく、笑顔でおしゃべりし、大人には果物を、子供にはお菓子を差し出し、人形やテディベアを抱きしめている子供たちの頭をなでた。

ヴァルターたちは、驚きのあまりポカンと口を開けて眺めていた。アウシュヴィッツの規則が変わったのか？

長期間の被収容者が増えるにつれ、ヴァルターたちはますます困惑した。新着者を記録するようになってすぐ、ヴァルターはひとつ妙なことに気づいた。彼とフレートはアウシュヴィッツの番号制度に精通していたので、シャツに縫いこまれたり腕に彫られたりした数字を見れば、出身国や入所時期がわかった。数字は規則的に大きくなっていったが、チェコからの移送者の数字は番号順ではなく、さらに記録には「半年の隔離後に特別処遇」と書かれていた。

隔離はよくあることだった。「特別処遇」が意味するのはガス室送りだ。

どうしてこの家族たちを生かしておいて、半年後に殺すのか？　なぜ規則を曲げて、丁重にもてなすのか？

もてなしは初日だけではなかったので、ヴァルターの困惑はますます深まった。親衛隊はガス室行きの移送者をあえて礼儀正しく迎えることもあったが、そういう演技ともちがった。五つ星のサービスは毎日、毎週続いた。

もちろん、それは比較の話だ。アウシュヴィッツの外の世界の暮らしに比べれば、家族収容所の状態は苛酷で、五千人のうち五分の一が到着してから数か月で死んだ。ただ、アウシュヴィッツの他の地区とちがい、家族収容所のユダヤ人は自治が認められていた。

ヴァルターたちは、活気のある家族収容所をただ眺めているだけだった。音楽演奏や芝居の上演、子供たちのための授業まであった。フェンスの片側のA収容所には頭を剃られ、囚人服を着た飢えた人々がいた。その反対側では、エネルギーにあふれた若いリーダーたちがヨーロッパの歴史や文化、テルモピレーの戦いやドストエフスキーの小説について語り、一節を暗唱した。聖歌隊指揮者までいて、〈歓喜の歌〉を子供たちに教えた。人間の友愛を賞賛する歌が、昼も夜もユダヤ人を灰にしている焼却炉からほんの数百メートルの場所で歌われていたのだった。

その五千人が到着した四日後に十九歳になったヴァルターは、殺戮のまっただ中での華やかな生活だけではなく、活発な男女関係にも驚嘆した。隣のA収容所の男たちは、ふくよかな若い女性たちの姿に目を丸くした。フェンスで仕切られているだけで、彼女たちはとても近くにいた。

フェンス越しに求愛が始まった。距離はあったが、ひそかな逢い引きがおこなわれた。最初のうち、ヴァルターは見ているだけだった。トルナヴァではポンポンつきの帽子をかぶったゲルタ・シドノヴァに子供っぽいと言ったが、町を出た今もヴァルターは少年のままだった。生き延びることに疲れ果て、病気や死と格闘していないときは、逃亡の夢を追っていた。ヴァルターは恋愛もセックスも、まだ知らなかった。

それでもA収容所の多くの男たちと同じく、彼は恋に落ちた。彼女はアリツィア・モンク、フェンスの向こうの労働者だった。ヴァルターよりも三歳年上で、長身で浅黒い肌をしたアリツィアは、彼の目には信じられないぐらい美しく見えた。

だんだんと互いを知るようになり、彼女はプラハ北部の町での生活について話した。彼はここに来るにいたった身の上を語った。フェンスで遮られ、キスどころか、指先に触れることもできなかった。しかし、毎日のように会話を交わし、ヴァルターは心が溶けていくのを感じた。

彼は地下組織でまた地位が上がった。新たに子供の被収容者が増えたことで余計な手間が増え、ヴァルターが仕事を割り当てられたのだ。一九四三年十二月にさらに五千人の移送者がテレージエンシュタットから到着すると、さらに忙しくなった。

しかし、揺るぎない事実が立ちはだかっていた。「半年の隔離後に特別処遇」。一九四三年九月八日に到着した家族は一九四四年三月八日に死ぬことになっていた。ナチスは言葉どおりに実行するだろう。

期日が迫ってきた三月に、突然変化が起きた。A収容所から囚人たちが出され、ヴァルターのような常勤スタッフだけが残された。代わりに、家族収容所の人々がやってきた。移動が何のためかはわからなかったが、ヴァルターは喜ばずにいられなかった。その中にアリツィア・モンクもいたのだ。

これまではふたつの収容所を隔てるフェンス越しに愛をささやいていたが、いまや隔てるものは取り払われた。ヴァルターは彼女の香りを嗅げるぐらいそばに立つことができた。その晩、二人は初めてのキスを交わした。ヴァルターは自分の未経験さとぎこちなさが恥ずかしかったが、アリツィアとの未来を求める気持ちで胸がいっぱいだった。

しかし、三月八日が刻々と近づいていた。ヴァルターは家族収容所内でどれぐらいの規模の暴動が起きそうか、探るように指示された。ユダヤ人の身に何が起きるかを事前に教えれば、多くの人が暴動に参加すると思えた。彼らにも煙突が見えるし、煙の臭いも嗅いでいるはずだが、暴動を起こそうという人間はほとんどいなかった。

大半の家族収容所の人間は、遊んでやって名前も知っている子供たちをナチスが殺すとは信じていなかったのだ。ヴァルターが予期していなかった成り行きだ。ユダヤ人たちには情報があったが、信じようとしなかったことが問題だった。

運命の日の前夜、ヴァルターとアリツィアは一夜をともにした。記録係だったので、ヴァルターは自分の部屋を手に入れられ、二人は宿舎の仕切りのある小さな寝室にいた。セックスをするのは初めてのヴァルターはおずおずしていたので、アリツィアが導いた。無慈悲な死の収容所で二人は互いにしがみつき、生きたいと強く願った。

三月八日の朝が明け、いますぐ抵抗組織を作る必要があった。地下組織は家族収容所のリーダーとなる者を選ぼうとした。いまさら蜂起しても、むだかもしれないが、「死の工場」を少しでも妨害できれば、数十人でも森に逃げられるかもしれない。選ばれたのは、みんなに愛されているる若者のリーダー、フレディ・ヒルシュだったが、彼は子供たちが犠牲になることに耐えられなかった。暴動を起こせば、子供たちはむごたらしく殺されるだろう。戦わなくても子供たちがガス室で殺されると知り、ヒルシュはその事実に向き合えなかった。彼は服毒自殺した。

暴動は起きなかった。トラックが指定の時刻にやってきた。カポがアウシュヴィッツのあちこちから現れ、警棒を振り回し、家族収容所のユダヤ人をトラックに乗せた。子供たちが怯えて悲鳴をあげていたので、ヴァルターはアリツィアに短いお別れを言う時間しかなかった。いつかまた会いましょう、と彼女はヴァルターの耳元でささやいた。

「そうなったらすてきね」彼女はちょっと言葉を切った。「だけど、もし……」またためらった。

「これまで楽しかった」

すぐに二人は引き離され、アリツィアはトラックに乗せられた。焼却場までわずか数百メートルの距離を運ばれていくのだ。

ついに、ちょっとした抵抗が起きた。列を作り、まさにガス室に入ったとき、何人かがカポたちにわめき、罵りながらドアに突進していった。ドアまで行き着いた者はただちに親衛隊員に射殺された。

九月に到着した五千人のチェコのユダヤ人のうち、六十七人だけがガス室をまぬがれたが、その中には医学的実験の被験者にされた十一組の双子がいた。

のちにヴァルターは家族収容所の存在理由を理解した。テレージエンシュタットの強制収容所兼ゲットーと同じだ。赤十字が視察に来たときに備え、ナチスのユダヤ人殺戮の噂が嘘だという証拠を示すためだった。そのときにフェンスの片側の区画を空にするのはたやすいことだった。

家族収容所もまた、ナチスの欺瞞の巧妙な例だったのだ。

ヴァルターにとって、初恋は死別で終わった。アリツィアと過ごした最初の夜は、二人がいっしょに過ごした最後の夜であり、アリツィアの人生における最後の夜でもあった。

失恋は困惑をともなっていた。死が待っていることを知ったら、無抵抗のままのはずがない、とヴァルターは信じてきた。いまや情報だけでは十分ではないことを悟った。家族収容所からわずか数百メートル先に焼却場の煙突があり、人々は煙を見ていたはずだ。ナチスがアウシュヴィッツに連れてきたユダヤ人を殺していることを彼らは知っていた。それでも、自分たちも殺されるとは信じようとしなかった。

「特別処遇」の理由は、アウシュヴィッツの囚人ばかりか、彼らにとっても謎のままだった。彼らは自分たちは特別なのだと信じた。他のユダヤ人と異なり死をまぬがれるのだ、と確信していた。もはや手遅れになってから、ようやくまちがいに気づいたのだった。

家族収容所に残されたユダヤ人――一九四三年十二月に移送されてきた人々は、幻想から醒めただろう。到着して半年後に殺されると知ったにちがいない。彼らは他の人々に起きたことを見ていた。どんなふうにガス室に連れていかれ、二度と戻ってこなかったかを。

それでも、家族収容所の生活は、これまでどおり続いていた。音楽家はコンサートで演奏し、素人俳優たちが芝居を上演した。支持政党が異なる人々が、理想の未来について議論した。未来などないとわかっていても。死を逃れる可能性が少しでもあるように振る舞っているかぎり、自分を待つ運命について知るだけでは十分ではないのだ、とヴァルターは結論づけた。自分がもうすぐ死ぬという現実と向き合うよりも、否定する方が楽だろう。家族収容所のユダヤ人は、いずれ命が尽きることを知っていたが、アウシュヴィッツから出ることはできなかった。できるだけ楽しく暮らすしかないだろう？

そうだとしても、アウシュヴィッツの外の世界にいるユダヤ人はちがうはずだ。あの列車に乗らない限り、まだいくつかの選択肢は残されている。その先に待っている運命を知ったら、列車には絶対に乗るまい。とにかく伝えなくてはならなかった。ヴァルターは今すぐ彼らに伝えたかった。そのためには、早く脱走しなくてはならない。

第3部

脱走

第13章　脱走は「死」である

脱走は常軌を逸している。自殺行為だ。声に出して言わなくても、誰もがわかっていた。脱走という言葉を口にしたり、耳にしたりしただけでも災厄が降りかかるだろう。

一九四二年六月末にヴァルターがアウシュヴィッツに来てから、一週間もたたないうちに脱走は不可能だと教えられた。彼は何千人もの被収容者とともに無言で並び、儀式として公開処刑を見せられたのだ。親衛隊員は肩に銃をかついで整列し、太鼓隊が行進し、正面に移動式絞首台が運ばれてきた。処刑者一人につき、絞首台ひとつだ。

儀式の主役は脱走を試みて失敗した二人の囚人だと発表された。ヴァルターたちは、二人が引きずりだされるのを見た。カポは足首と太腿をロープで縛り、首に輪をかけた。一人は無言で突っ立っていたが、もう一人は、最後にナチスを糾弾しようと熱弁をふるっていた。だが太鼓隊の演奏で、ひとことも聞きとれなかった。

カポが絞首台のクランクを回すと落とし戸が開き、一人目の男が十センチだけ下がった。即死するには不十分だ。彼の体はよじれ、あちらへこちらへと回転し、すぐには息絶えなかった。被収容者たちは時間をかけた絞殺を見せられた。男が死ぬと、絞首人は第二の絞首台に移動し、同じ手順が繰り返された。被収容者たちは丸一時間そこに残り、目をそらさずにふたつの死体が風に揺れているのを無言のまま見なくてはならなかった。処刑された二人の胸に留められた札には、「我々は脱走しようとした」と書かれている。

ナチスは囚人たちに脱走してもむだなことを理解させようとしているのだ、とヴァルターは思った。待っているのは死だ、と。しかしヴァルターは異なる教訓を手に入れた。危険は脱走から生じるものではなく、それを試みて失敗することから生じるのだ。その日から、ヴァルターは脱走を成功させようと決意した。

最初の一歩は学習だ、と彼は思った。他人の失敗から学ぼう。

毎日、ささやかな知識を身につけた。上着の下に二枚のシャツを着ていたことで絞首刑にされた政治犯がいた。脱走の準備とみなされたのだ。かつてヴァルターは同じような過ちを犯した。靴下を二枚はいていたことで身元がばれたのだ。彼は頭に刻みつけた。いつも同じ格好でいなくてはならない。

一九四四年初頭、さらに深い教訓を学んだ。収容所の上層部の人物から、脱走計画について聞いたからだ。一年半前、短期間だがノヴァーキの一時収容所でヴァルターと同じ房に入っていたフェロ・ウェンジェルという男だ。彼のことはよく覚えていた。フェロはマイダネクに行く旅の餞別にサラミをくれた。ビルケナウでは「ブロ」（雄牛）と呼ばれていた。一人で地下組織を運営して、収容所に来て一年もたたないうちに大金を儲けた。フェロはヴァルターと同じ計画を温めていた。ここを出て、アウシュヴィッツの真実を世間に伝えることだ。それを口にもしていた。ある午後、アルフレート・ヴェツラーの棟でじゃがいもを食べながら、ヴァルターはフェロが計画について語るのに黙って耳を傾けた。

フェロはポーランド、オランダ、ギリシャ、フランス出身の被収容者たちと逃げるつもりでいた。そうすれば、翻訳せずに彼らの証言を世界中に広めることができるからだ。計画の中核は、親衛隊員の協力を得ることだった。協力者はドブロヴォルニーという民族ドイツ人の親衛隊員で、彼がスロヴァキアで小学生だった頃からフェロは知っており、弟のように信頼していた。それどころか、計画を最初に思いついたのはドブロヴォルニーだという。

仲間のユダヤ人たちは懐疑的だったが、フェロは親切心に頼るつもりはない、と言った。彼はカナダで手に入れた食べ物と貴重品を脱走の手助けの謝礼として渡すとすでに約束していた。さらに、ダイヤモンド、金（ゴールド）、ドルなども、別の協力者の親衛隊員に賄賂として必要だった。計画はシンプルだった。もう一人の親衛隊員といっしょに、ドブロヴォルニーはフェロたち五人組といっしょに敷地を行進していき、外の特別な仕事に携わる被収容者だという許可証を警備兵に見せる。そこからは、ドブロヴォルニーがあらかじめ購入して停めておいたトラックのところまで五、六キロ歩く。トラックでスロヴァキア国境を越え、自由の身になる。

計画どおり、一九四四年一月のある日、脱走を警告するサイレンが鳴り響いた。点呼で数人の被収容者がいないことが判明したのだ。ヴァルターはフェロがスロヴァキアのどこかを走っているところを想像した。しかし、同じ日の夜六時には、フェロ・ウェンジェルはアウシュヴィッツに戻っていた。撃ち殺され、顔はズタズタに切り裂かれていた。失敗した逃亡者のうち三人は地面に横たわっていたが、残りの二人は木製スツールにすわらされ、地面に刺した鋤で体を支えられていた。服は血まみれで、隣には立て札があった。「万歳三唱、また戻ってきた！」。労働から戻ってきた被収容者たちは、この演出を目にし、収容所の所長が怒鳴る声を聞いた。「脱走しようとしたら、こういう目に遭うぞ！」

ドブロヴォルニーと親衛隊の協力者は、フェロと仲間たちを計画どおり行進させ、トラックに向かって走るようそそのかしてから背後から撃った、ということがわかった。その後親衛隊員たちは上層部に報告した。ただし、その前に逃亡者たちのポケットを探り、報酬を手に入れていた。フェロは国境どころか、トラックにさえたどり着けなかった。この事件は、ヴァルターがすでに学んでいた「他人を信じてはいけない」という教訓を思い出させてくれた。

この一件があっても、貴重品を所持する囚人たちの逃亡計画がくじかれることはなかった。ヴァルターはA収容所の先輩囚人と友情をはぐくんでいた。ポーランド生まれのユダヤ人で、フランスで育ち、フランス軍の大尉になったシャルル・アングリックは三十三歳で、とびぬけた体力と威圧感の持ち主だった。フェロのように、特別隊を含む情報網を張りめぐらせていた。特別隊はガス室に送られた人々の貴重品を盗むことができた。それに加え、相手を威圧するマフィアのような容貌のおかげで、彼はアウシュヴィッツの億万長者になり、親衛隊将校を雇う身分だった。いつも身なりに気を遣っているヴァルターが彼に関心を持ったのは、ビルケナウ一おしゃれな男という評判だったからだ。とりわけヴァルターは茶色の革ベルト――交差する二本の線で二重らせんのような模様が描かれていた――にあこがれていて、「死んだらベルトをやるよ」とアングリックが冗談を言うほどだった。

アングリックは立場を利用して脱走すると決心しており、フェロと同じように、協力者となる親衛隊員を見つけたと信じていた。しかも、ただの親衛隊員ではなく、養子としてルーマニアのユダヤ人家庭で育てられ、現在はアウシュヴィッツで運転手として働いている民族ドイツ人だった。ヴァルターが驚いたことに、この運転手はアングリックにイディッシュ語〔中欧・東欧系ユダヤ人の伝統的な言語〕で話しかけていた。

計画では、トラックでA収容所までこの親衛隊員が迎えにきて、アングリックは荷台の大きな工具箱に隠れる。親衛隊員は鍵をかけ、何か訊かれたら、鍵をなくしたと主張する。謝礼はダイヤモンドと金(ゴールド)だった。

アングリックはヴァルターを気に入っていたので、いっしょに工具箱に入ろうと提案してきた。二人で逃げ、アングリックの巨額の資産を山分けしようと。

ヴァルターは慎重だった。親衛隊員を信用するのは初歩的な過ちだ。フェロがどうなったか見ればいい。それでもアングリックの自信には抵抗できなかった。ヴァルターは最初から脱走を夢見ていた。ついにチャンスがやってきたんだ。

一九四四年一月二十五日夜七時に、トラックが到着する予定だった。指定された時刻に指定された場所、アングリックがいる十四号棟で、ヴァルターは待っていた。しかし、アングリックもトラックも来ない。時間だけがどんどん過ぎていった。ヴァルターはできるだけ自然に見えるように歩き回った。そのとき友人が近づいてきて、地下組織のメンバーといっしょにスープを飲もうと誘ってきた。断るのも不自然で、ヴァルターは承知するしかなかった。肩越しに待ち合わせ場所を気にしながら、彼は七号棟に入っていった。気持ちが沈んだ。自由になる機会をみすみす捨ててしまったのだ。

八時頃、ゲートのあたりで騒ぎが起きた。ヴァルターが見たのは、シャルル・アングリックの血まみれの死体だった。今回も親衛隊員が死体をスツールにすわらせ、二本の鋤で支えた。また も警告として、丸二日間、死体は放置された。

噂によって、何が起きたのかが明らかになった。遅刻したアングリックはヴァルターをあちこち探し、しぶしぶあきらめた。その後はフェロと同じ経緯をたどった。イディッシュ語を話す親衛隊員は予定どおりトラックを停めてアングリックを工具箱に隠した。ただし、彼は国境ではなく無人の車庫まで運転し、そこで工具箱を開け、アングリックを撃ち殺した。一晩でがっぽり稼いだのだ。男はアングリックのダイヤモンドと金を手に入れたうえ、親衛隊の上司から脱走を防いだ勇気を賞賛され、評価も上がった。

ヴァルターはといえば、脱走の機会を逃して落ちこんでいたあとで、友人を失った悲しみと同時に奇妙な安堵感を覚えていた。偶然の誘いを受けていなかったら、アングリックと運命を共にしていたことだろう。だが、彼は危ういところで死をまぬがれた。

その後、収容所の慣習にのっとって、ビルケナウでもっとも暴力的なカポも含め、力のある被収容者たちが、死者の衣類を分配するために集まった。しかし、今回はいつもとちがうやり方だった。二人の友情に敬意を払い、ヴァルターは何でもほしいものをもらえることになったのだ。彼は革ベルトだけ選んだ。そして内側に、アングリックの収容者番号と彼の死亡日「1944・1・25」をインクで刻みつけた。番号の横の「AU―BI」はアウシュヴィッツ＝ビルケナウの意味だ。そのできごとは、信頼に値する人間を見極めることの大切さを改めて思い出させた。

アウシュヴィッツの支配者たちは脱走の失敗を最大限に利用し、脱走者の末路を見せつけることで収容者の希望をつぶそうとした。それでも、脱走の試みは続いた。一九四〇年から一九四二年までは、五十五人しか自由になれなかった。一九四三年には百五十四人に増えた。ただし、大半はポーランドの非ユダヤ人で、収容所内での待遇が比較的よく、病院や管理業務など特別な仕事をしていたので脱走しやすかった。残りはソビエト兵捕虜だった。ユダヤ人で脱走できた者は、まだ一人もいなかった。

それでも、ヴァルターの状況だと、大半の者よりもまだ希望はあった。第一に、彼の仕事では比較的自由に移動できた。第二に、ビルケナウにいたこと。そこでは親衛隊員と被収容者の割合が一対六十四だった。一対十四のアウシュヴィッツよりも、警備が手薄ということだ。

さらに、ヴァルターは自分の地理的な位置を知っていた。以前彼は二十人の強靱な被収容者の一人として、近くのオシフィエンチムの町まで歩いていったことがあった。被収容者がきちんとした扱いをされていることを地元の人々に宣伝するための行進だと、ヴァルターは推測した。そのときに、収容所と町のあいだに小さな川が流れていることを知った。ソワ川だ。地平線には山が見え、ベスキディ山脈だとわかった。

カナダにいるときに子供用地図から破りとったページのおかげで、さらに居場所がはっきりした。トイレでのわずか数分のあいだに、ヴァルターはオシフィエンチムはスロヴァキアの北の国境からさらに北に八十キロの位置だとわかった。ソワ川は国境あたりが水源で、南から北にほぼまっすぐ流れていることも。つまり、アウシュヴィッツからスロヴァキアまで行くには、ソワ川を源流までたどっていけば、最短のルートで国境にたどり着けるだろう。そこまでに通り過ぎる集落の名前も記憶した。ケンティ、ジヴィエツ、ミルフカ、ライツァ、スル。ヴァルターは若く健康で頭がよく、ぞっとするこの場所の表も裏も知っていた。誰かに脱出のチャンスがあるとしたら、彼しかいない。さらに、まもなく彼には新たな強い動機が生まれた。

第14章　ソビエト兵捕虜の教え

ビルケナウの隔離収容所、A収容所での記録係としての仕事の利点は、あらゆる物品と、出入りするすべての人がよく見えるということだった。一九四四年一月十五日午前十時、ビルケナウの男性と女性の収容所を分ける道に立っていた集団に、ヴァルターはすぐに気づいた。彼らは被収容者だったが、とても目立っていた。まず、服が大半の被収容者よりも上等だったし、専門の機材を持っていた。三脚とセオドライト〔望遠鏡を回転させて角度を測定する機器〕、目盛りのついた棒、測量器具などだ。彼らは新しい建設現場を調べる測量技師のように見えた。

彼らとのあいだにある通電フェンスに近づいていったとき、ヴァルターは責任者の顔を知っていることに気づいた。赤い三角形をつけたドイツ人政治犯はヨゼフという男で、元労働組合員かつ反ナチスで、ヤップという愛称で呼ばれていた。ヴァルターはアウシュヴィッツにいた一九四二年当時から彼のことを知っていた。ヴァルターが短期間ハンガリーに行ったときに社会主義レジスタンスと接触したことにヤップは感心し、二人は親しくなった。

「こりゃ、驚いたね」ヤップは大きな笑みを浮かべた。「誰かと思ったよ。おまえ、生きてたんだな！　それに元気そうだ」

通電フェンス越しに、ヤップは煙草を「やりくり」できるかとたずね、ヴァルターは承知した。「で、これは何の騒ぎなんだ？」ヴァルターはたずね、ヤップの部下たちを手で示した。「何をしているんだ？」

ヤップはこれから話すことは絶対に漏らしてはいけない、と釘を刺し、声をひそめて言った。「新しい鉄道を建設しているんだ。火葬場まで直行の」

ヴァルターはまさかという顔になった。「新しい線？　だけど、古いプラットフォームを修理したばっかりだぞ」彼は板の隙間がコンクリートで補強されたことなど、プラットフォームについては詳しく知っていた。

だがヤップは譲らなかった。アウシュヴィッツで新たに大量のユダヤ人を殺戮する予定だ、と親衛隊員が話しているのを聞いたのだ。「もうじきハンガリーからユダヤ人が到着するんだよ、百万人もな」と彼は言った。現在の荷下ろし場ではそんな大人数を迅速に処理するのは不可能だ、とナチスは考えたのだ。

ヤップは真実を言っていると、ヴァルターにはすぐにわかった。ナチスがそれだけ大量のユダヤ人を効率的に殺戮したいなら、現在の設定を変更しなくてはならない。今のシステムにおける大きな問題は、移送者を荷下ろし場からガス室まで移動させなくてはならないことだ。短いとはいえ、時間を食うトラック移動を百人ごとにおこなう。線路を二キロ延長すれば、それが必要なくなり、ずっと効率的になる。

対象はハンガリーのユダヤ人になるだろう。彼らは殺戮をまぬがれているヨーロッパで最後の大きなユダヤ人コミュニティだった。ヴァルターはフランス、ベルギー、オランダ、ポーランド、チェコスロヴァキア、イタリア、ドイツ、ギリシャのユダヤ人たちをアウシュヴィッツで見てきたが、ハンガリーのユダヤ人はまだだった。

緑色の三角形のカポや下級親衛隊員と親しいカポの噂話で、それが裏づけられた。A収容所担当の親衛隊員の二人組は渡した酒で酔っ払うと、内部情報を漏らした。ギリシャ産オリーブ、フランス製サーディン、オランダ製チーズを食べながら、親衛隊員は「ハンガリー製サラミ」が到着するのを舌なめずりしながら待っている、と。

一九四四年早春までに脱出せねばならない。ヴァルターの逃亡の決意は逼迫したものになった。一九四三年十二月二十日に到着した家族収容所にいる五千人ほどのチェコ人は、半年後の六月二十日に殺されるだろう。それは疑いなかった。しかし、今、もっと大規模な殺戮が迫っていた。数週間後には何十万というハンガリーのユダヤ人がアウシュヴィッツ行きの列車に乗るのだ。ガス室の扉まで運んでいく列車に。

ヴァルターには脱出の動機があり、信頼できる相手とも知り合った。ポーランド人についでアウシュヴィッツからの逃亡に成功しているのは、ソビエトの戦争捕虜だった。最初は何千人もが収容所に連れてこられ、ビルケナウ建設の奴隷として働かされ、寒さと土にまみれて死んでいった。しかし、もうひとつのグループも存在した。「古い戦争捕虜」と呼ばれているアウシュヴィッツの古参で、ヴァルターの計算だと百人ほどいた。最初は戦争捕虜収容所にいたが、その後逃亡を企てたなどの罪でアウシュヴィッツに送られた。その中の一人がディミトリ・ヴォルコフだった。

またもやヴァルターはトルナヴァでロシア語を学んでおいてよかった、と思った。おかげで、一見、強面（こわもて）の元戦争捕虜収容所の人々とも話すことができた。ヴォルコフはウクライナのザポリージャ出身のコサック［武装しながら農業や漁業を営む開拓民］で、いまだに赤軍の制服を着ており、眼窩（がんか）の奥で黒い目が光る巨体は熊を思わせた。彼には慎重に近づかねばならない気がした。

しかし、親しくなると、ヴァルターが高校時代にスロヴァキア語を教えるかわりに友人に高地ドイツ語のレッスンを受けたように、ヴォルコフからロシア語を習った。お礼に、若いヴァルターはパンや代用マーガリンの自分の配給を差し出した。ずっと前から、他で食べ物を調達できるかぎり、自分の配給分は受け取らない、と誓っていたからだ。ヴォルコフはわずかな配給を一人で食べず、四等分して仲間と分け合っていた。

口をきくようになると、最初は収容所のことではなく、ロシアの偉大な文学者トルストイやドストエフスキー、さらにソ連の作家ゴーリキーなどについて語り合った。しだいにヴォルコフは警戒を解いていった。

やがて、ヴォルコフは赤軍では大尉だった、と打ち明けた。この告白によって、彼は大きな危険を冒した。ナチスはソビエト士官全員を撃ち殺したからだ。しかし、ヴォルコフはヴァルターを信頼し、かつてザクセンハウゼンの強制収容所を脱走したときの話もした。ヴォルコフは脱出の方法を短期集中で講義し、ヴァルターは熱心に耳を傾けた。

　何を持っていき、何を置いていくかといった実用的な教えもあった。置いていくべきものの中には現金があった。お金を持っていたら、店や市場で食べ物を買う誘惑に負けるだろう。その接触で足がつくかもしれない。畑や人里離れた農場から盗んで食いつないだ方がいい。少なくとも脱走には肉を持っていくべきではない。親衛隊のシェパード犬にすぐに嗅ぎつけられるだろう。

　必要なものについては、狩りや防御用ナイフ、捕まったときの自殺用カミソリの刃に始まり、多岐に及んだ。「生きて捕まるな」がヴォルコフの基本ルールだった。さらに盗んだ食べ物を調理するためのマッチ。それに塩。人は塩とじゃがいもで何か月も生きられる。腕時計も必須だ。方位磁針としても使えるからだ。

　アドバイスは続いた。行動はすべて夜に起こす。昼間は出歩かない。姿を見られないことが肝心だ。そうなれば撃ち殺されるだろう。弾丸から逃げられると思うな。

　時間にいつも気をつけること。それゆえに腕時計がいる。夜が明けたら眠る場所を探してはならない。暗いうちに隠れ場所を見つけておけ。

　いくつかのアドバイスは心理面についてだった。誰も信用するな。おれも含め、誰にも計画を打ち明けるな。友人が何も知らなければ、おまえがいなくなって拷問されても白状できない。そのアドバイスは、すでにヴァルターが悟ったことと合致していた。被収容者の中には秘密を進んで明かしたがる者もいた。ナチスの政治部門は収容者を利用して内通者のネットワークを張りめぐらし、常に脱走や暴動計画を把握しようとしていた。仲間を裏切ることを拒否すれば故郷の身内を殺す、と脅して内通者に仕立てていたのだ。できるだけ何も言わないのが最善だ。

ヴォルコフは他にも多くの知恵を授けてくれた。「ドイツ人であっても、恐怖心を持つな。アウシュヴィッツでは無敵に見えても、一人だけなら弱い人間にすぎない。何人も殺したから知ってるが、やつらだってあっという間に死ぬ」

「とりわけ、収容所を脱出したときから戦いが始まることを覚えておけ。高揚するな、喜ぶな。ナチスが支配する土地にいるあいだは一秒たりとも緊張をゆるめないことだ」

ヴァルターはそれをできるだけ吸収し、日々増えていく数字や日付といっしょに記憶するようにした。最後の忠告は、脱出そのものについてだった。

ナチスの追跡犬は人間のかすかな臭いでも嗅ぎつけるように訓練されている。額に一滴でも汗がついていたら、見つかるだろう。犬たちを欺けるものは「ひとつだけ、煙草をガソリンに浸し、乾かしたものだ」。しかも、ソビエトの煙草でなくてはならなかった。ヴォルコフはヴァルターの目に懐疑的な色を読みとった。「愛国心で言っているんじゃない。マホルカだけがうまくいくんだ」

ヴォルコフには自分だけの逃亡計画があり、ヴァルターにも話すつもりはない、と言った。彼は喜んで若者に忠告を与えたが、相棒になる気はなかった。

ヴァルターの相棒にふさわしいのは一人だけだった。互いに信頼し、この世界に来る前から知っている男。アウシュヴィッツとは関係なくヴァルターの心の中に存在していた男。アルフレート・ヴェツラー、通称フレートだ。

トルナヴァの六百人以上のユダヤ人男性が、一九四二年にスロヴァキアからアウシュヴィッツに移送されてきたが、一九四四年の春には、二人しか生き残っていなかった。それがヴァルター・ローゼンベルクとアルフレート・ヴェツラーだ。残りはフレートの弟のようにすぐさま殺されたか、フレートの父親のようにアウシュヴィッツ＝ビルケナウで病気や飢えや不当な暴力によって、時間をかけて殺されていった。ヴァルターとフレートは、そうした六百人といっしょに成長した。師と生徒として、家族の友人知人として、校庭でのけんか相手や恋のライバルとして。彼らは次々にいなくなり、ヴァルターとフレートだけが残った。

六年間会わなかったが、かえって二人のあいだの絆は強くなっていた。ヴァルターは今、フレートを親友とみなしていた。アウシュヴィッツでの境遇も似ていた。フレートは死体置き場から移動し、やはり記録係をしていて、ビルケナウBⅡd区画で仕事をしていた。ヴァルターも同じ仕事をBⅡa区画でしていた。二人とも虐殺の現場を間近で見ていた。フレートにとって、それは真実そのものだった。死体置き場の彼のオフィスには窓があり、そこから通電フェンスと監視塔に囲まれた第二死体焼却場が見えた。ヴァルターがフレートを訪ね、窓辺でコーヒーを飲んでいると、彼にもはっきりと見えた。担当の親衛隊員が身軽にガス室の屋根に登り、チクロンBの粒を落としているのにも気づいた。その離れた場所からでも、二人にはガス室送りにされたユダヤ人の数がわかった。

二人の心情は同じだっただろう。常に死の臭いを嗅いでいることがヴァルターに不安と抑うつをもたらしているさまを、フレートはすでに目にしていた。アリツィアを含め、家族収容所の何千人もの殺戮に、ヴァルターは激しく動揺した。かたやフレートも父親と三人の弟を失っていた。アウシュヴィッツからの移送はめったにないことだが、一九四三年の夏、被収容者の一団がビルケナウからワルシャワに移送され、「要塞」で働くことになった。大半がヴァルターのスロヴァキア人の友人だった。彼らが去ってしまうと、ヴァルターは孤独と寂しさを強く感じ、脱走についていっそう真剣に考えるようになった。

友人や肉親を失った二人の心はひとつになった。この場所で初めて会ったときから、脱走についてささやきあっていたのだ。ヴァルターと同じく、フレートも最初から逃亡を夢見ていた。下水管を這って逃げる案は却下された。別の計画は、死体置き場で働いているときに閃（ひらめ）いた。当時、死体はオシフィエンチムの町まで運ばれて焼かれていた。フレートは死体をトラックに積んでいるときに死体のあいだに隠れ、輸送中に飛び降りられるのではないかと考えた。だがナチスが収容所内の焼却場を使うようになったので、その案はあきらめるしかなかった。

地下組織の規律に縛られていたヴァルターは、レジスタンス上層部のダヴィド・シュモレフスキに脱走計画の支持をとりつけようとした。アウシュヴィッツの秘密を暴露する目的で逃亡するなら、地下組織の後ろ盾があった方が成功しやすいように思えたからだ。一九四四年三月三十一日に、シュモレフスキはヴァルターに上層部の返事を伝えた。それは大きな失望だった。

ヴァルターの「経験がないことと、性格的な不安定さと衝動性」は、もろもろの「要素」とども、この任務には「頼りない」と上層部は結論づけた。また、外の世界がヴァルターの話を信用することはまずありえないと考えた。ただシュモレフスキは地下組織の上層部にかけあって、計画された脱走に手を貸すことはないが邪魔はしない、という保証をとりつけた。シュモレフスキ自身は「上層部の決断」を残念だと強調した。ビルケナウではなくアウシュヴィッツの上層部によって決断は下されたのだろう、とヴァルターは推測した。

地下組織のリーダーは、ひとつだけ要求をしてきた。ヴァルターとフレートが失敗した場合、「尋問を避けてほしい」と。そうしなかったら、脱走前に話をしたすべての者に禍が及ぶ。「尋問を避ける」――その言葉に、ヴァルターはヴォルコフが持っていくように勧めたカミソリのことを思い出した。

ヴァルターは痺れを切らしはじめた。工事とセメントミキサーの音が響き、三線軌条の延長線路が建設され、新しい駅のプラットフォームが延びていく。隔離収容所の見張り場所から、ヴァルターは刻々と線路ができあがっていくさまを眺めた。家族収容所にいたチェコのユダヤ人の殺戮は忘れられない。彼らが真実を理解できたのは、ガス室の入口か、すでにガス室に入ってからだった。ハンガリーのユダヤ人にはまだ自由に行動できるうちに、おのれの運命について知ってほしい、とヴァルターは心から願った。

今こそ、行動に移すべきだ。必要なのは失敗しない計画だけだった。

第15章　隠れ家

逃亡計画は、大胆で実に単純だった。ビルケナウは内側エリアと外側エリアで構成され、夜間、被収容者は高さ四・五メートルある有刺鉄線の通電フェンスを二重に張りめぐらせた内側エリアにいる。高電圧のフェンスをぎらつくサーチライトに照らされながらよじ登るのは不可能だ。監視塔に配置され、常に自動小銃の引き金に指をかけている警備兵のために、サーチライトは夜じゅう前後左右に動きながら、視界一帯をまばゆく照らしていた。

昼間は状況が変わった。内側エリアの監視塔は無人になり、警備兵は収容所の外周に沿って並ぶ移動式の高い木造の監視塔につき、収容者が夜明けから日暮れまで強制労働に従事する一帯を監視した。塔は八十メートルの間隔で、外周六・四キロの外側エリア沿いにずらっと並んでいた。荒れ地の斜面が敷地を囲むフェンスのすぐ内側に広がっていたので、フェンスに向かって走ろうとする被収容者は簡単に発見され撃ち殺された。外側フェンスの十メートル以内に近づけば、警告なしに撃たれた。

警備の手順は一度も変わらなかった。内側エリアは夜間だけ、外側エリアは昼間だけ警備される。暗くなったら通電フェンスより向こうの外側エリアは警備する必要がなかった。すべての収容者は内側エリアにある宿舎に戻っているからだ。

収容者が行方不明で逃亡したとみなされると、親衛隊は一帯を捜索する七十二時間、外側エリアの監視塔に見張りを置く。七十二時間たつと脱走者は脱走したと判断され、収容所の外を捜索する親衛隊に引き継がれる。その瞬間に外側エリアの非常線は解かれ、警備は内側のエリアまで縮小される。つまり、外側エリアは監視されなくなるのだ。

水も漏らさぬ警備システムで、そこだけが唯一の穴だった。被収容者が外側エリアに隠れ、警報が鳴ったあと、親衛隊員と犬が一帯をくまなく捜索する三日三晩を耐え抜けば、四日目の夜には監視のない外側エリアにいることになる。自由になるチャンスが生じるはずだ。

これがヴァルターが立てた計画だった。彼とフレートは外側エリアに行き、決めておいた隠れ場所にもぐりこみ、三日三晩が過ぎるのを待つ。親衛隊が捜索を中止したことが明らかになったら、隠れ場所から出て逃亡する。

ヴァルターと同じように警備システムに弱点を発見した他の四人が、その計画をまず実行した。そのうち三人は、死体置き場の運搬係として働いていた。彼らの仕事はアウシュヴィッツ＝ビルケナウ内の小規模な収容所を回り、死体を集めて手押し車に乗せ、中央病院の死体置き場に運んでいくことだった。ヴァルターとフレートと同じく、彼らにも移動の自由があった。

移動中に、彼らはのちに「メキシコ」と呼ばれるBⅢ区画の新しい場所に行った。そこはハンガリーからの大量のユダヤ人移送者を収容予定で、そのときはまだ収容所が建設中だった。作りかけの施設に入れられた被収容者は服を支給されず、さまざまな色の毛布で体をくるみ、メキシコの先住民のように見えたのでそう名づけられたのだ。

三人の死体運搬係は、メキシコで四番目の男と出会った。ソビエト軍戦争捕虜でユダヤ人という二重の罪で収容されたシトリンという男だ。彼は逃亡の決意と発見したものについて語った。

建設中で材木置き場にもなっているその場所には、簡易小屋に使われる材木がそこらじゅうに積み重ねられていた。シトリンは砲弾によって地面がめりこんでできた穴を見つけた。彼らはその穴を材木とドア枠で隠しておいた。そこを利用して四人が隠れられる場所を造り、外からわからないように材木で隠した。次に数枚の毛布をはじめ、装備品を持ちこんだ。それからシトリンの言葉を信じて、周囲の地面にガソリンに浸したソビエト製煙草をまき散らした。

元ソビエト軍の男が実験台になった。一九四四年三月一日、シトリンは穴の中にもぐりこんだ。三人の仲間、アレクサンダー・〝サンドル〟アイゼンバッハ、アブラハム・ゴッツェル、ジェイコブ・バラバンは余分な材木で開口部をふさぐと収容所に戻った。三人は夜の点呼で被収容者がいないことを告げる警報に耳を澄ませていた。やがてサイレンが聞こえてきた。シトリンの不在が露見したのだ。

捜索隊が出動した。武装した親衛隊員とシェパードは、姿をくらましたソビエト兵捕虜を探した。ふだんなら犬は人間のかすかな臭いにも反応するが、ガソリンを浸みこませた煙草の臭いに惑わされていた。犬たちは隠れ家から遠ざかっていき、シトリンは発見されずにすんだ。

翌日、残りの三人も危険を冒すことにした。死体運搬係にうんざりして、生き延びるチャンスをつかもうとしたのだ。アイゼンバッハ、ゴッツェル、バラバンは穴にもぐりこんだ。

その晩の点呼は、またもや耳をつんざくような警報で中断され、さらに三人が行方不明になったため大騒ぎになった。ナチスの捜索隊がまたも出動した。隊員とカポと犬はサーチライトに照らされながら、外周に沿って並ぶ監視塔のところまで敷地全体を徹底的に探した。四人の心臓が止まりそうになるほど隠れ家の近くまでやってきたが、何も見つけられなかった。

三日目、男たちは材木で覆われた狭苦しい地面の穴にまだ隠れていた。ヴォルコフ元ソビエト軍大尉の教えとはちがい、四人は計画の核心部分を数名の仲間に打ち明けていた。その中にヴァルターとフレートも入っていた。スロヴァキア人のアイゼンバッハは、隠れ家に目を配り、危険が迫ったら教えてくれるようヴァルターに頼んでいた。そこで、ヴァルターは安全な時間帯に材木の山の方にぶらぶら歩いていき、書類を調べているふりをして、そっと声をかけた。すると、かすかな声が返ってきた。親衛隊員と犬たちが何回も材木の前を通り過ぎていった、とヴァルターは喜々として報告した。

夜になっても、四人は動かずにいた。七十二時間がたった夜、人気（ひとけ）のない外側エリアに「警備場所から撤退！」の命令が響いた。

四人はさらに少し待ってから、物音がせず、最後の親衛隊員もいなくなったと確信すると、隠れ家の天井になっていた材木を押した。できるだけ物音を立てずに一人ずつ外に這い出していった。それから慎重に材木を元に戻し、以前と同じに見えるようにした。ただのありふれた材木の山のように。そして漆黒の闇に溶けこみ、ビルケナウから出た。

最初の目的地はケンティだった。四人の中でポーランド語が話せるバラバンはヴォルコフの黄金律——どんなときでも他の人々と関わりを持たない——を破って助けを得ようとしたが、失望に終わった。四人だけでやっていくしかなかった。彼らはスロヴァキアとの国境をめざした。

まもなく運が尽きた。ポロンプカの小さな町の近くで、ドイツ人林業労働者のグループと出食わしたのだ。彼らは頭を剃って腕に収容者番号の入れ墨をした一団を見るなり、警察に通報した。矢継ぎ早に事が起こったので、脱走者たちは戦ったり逃げたりする余裕はなかった。気づいたときには手錠と鎖で拘束され、当局が来るのを待っていた。

捕まって数分で、脱走者は持ってきた現金と貴重品をかろうじて捨てることができ、話のつじつまも合わせた。

最初に警報が鳴ってから一週間後に、四人はビルケナウに戻された。しかし、彼らはブロやアングリックのように死体としてではなく、殴打で全身傷だらけになっていたが生きて帰ってきた。親衛隊員はにやにやしながら、四人に収容所じゅうを行進させた。捕らえられた奴隷は、主人の権力を見せつけるために行進させられるのが決まりなのだ。

ヴァルターは絶望感がこみあげた。脱出の研究者として、今回はうまくいったと確信していたのだ。ついに失敗しないやり方を確立したと。ナチスの監視システムに穴を発見したと信じたかった。だが、まちがっていた。どうして、どこで、いつ、この四人が失敗したのかはわからなかった。四人にとって失敗は死を、ヴァルターとフレートにとっては死ぬまで閉じこめられることを意味した。この脱走が成功したら、同じ隠れ家を使おうと計画していたからだ。

手かせをはめられたアイゼンバッハが、ヴァルターの視線を捕らえた。そして信じられないことに、そっとウィンクした。それはまだ屈服していないという意味だと、ヴァルターは解釈した。彼らは隠れ家の秘密をしゃべらなかったのだ。だが、これから四人はゲシュタポのアウシュヴィッツ本部に連れていかれ、徹底的に調べられ、尋問される。その後、〝拷問棟〟の十一号棟に行く。そこで拷問を受けたら、じきに白状してしまうだろう。

四人はアウシュヴィッツからビルケナウに移動させられ、それぞれが隠れ家を指さすように命じられた。捕まえられたあとの数分で示し合わせたとおり、全員が同じ場所を指さした。

数日後の三月十七日、ビルケナウでは見慣れた見世物がまたも披露された。何千人もの被収容者が集まり、親衛隊の太鼓の演奏が始まった。二台の移動式絞首台が運ばれてきた。責任者の親衛隊の司令官が、これから目にするものは、脱走できると考えるほどおかしくなった者の運命である、と演説した。その後、後ろ手に縛られた六人を見るように命令した。シトリン、アイゼンバッハ、ゴッツェル、バラバンと、別のときに脱走したものの遠くまで行けなかった二人。その二人は貴重品を捨てるどころか金目のものをどっさり持って捕まった。金（ゴールド）やダイヤモンドをパンの塊の中に隠していたらしい。

被収容者たちは最初の二人組が一人ずつ鞭打ち台に乗せられ、五十回の鞭打ちを受けるのを見なくてはならなかった。一人に三十分もかかり、鞭が振るわれるたびに革が肉に当たる音が静寂に響き渡った。それがすむと太鼓の音が響き、皮膚を切り裂かれて血を流しながら二人は処刑台の階段を上がった。その後、ヴァルターが二年近く前、ここに来たばかりで見たのと同じ光景が繰り返された。今回も処刑人は急ぎすぎた。落とし戸が開き、ぶらさがったままの四人がもがく。

今度はアイゼンバッハたちの番だった。まず、鞭打ちだ。メキシコに作った隠れ家経由で逃げた四人は、三十五回ずつ鞭打たれた。それから……。

ヴァルターは覚悟していたが、それで終わりだった。四人は十一号棟に行進していき、そこで拷問を受けるのだ。罰として、痛めつけられながら時間をかけて殺されるのだろう。

それもまちがっていた。四人は他の者から隔離されて懲罰隊に入れられ、いちばん苛酷な労働を課せられることになった。ヴァルターは記録係としての職権を利用して、アイゼンバッハに会った。ヴァルターが彼にたったひとつの重要な質問をしたとき、二人は視線も合わさなかった。

「やつらは知っているのか?」

アイゼンバッハは素手で溝を掘っていたが、少しも手を休めずに、ただ「いや」とうなるように言った。

彼は白状しなかったのだ。他の三人も。想像を絶する苦悶に耐えられるほど強かったというのもあるだろう。しかし、利口だったからでもあった。前もって打ち合わせた作戦では、「落ちたふり」をすることになっていた。ゲシュタポの圧力に屈したふりを。尋問者がどうやって逃げたのか、どこに隠れていたかを知りたがったとき、全員が打ち合わせしておいたビルケナウの同じ場所を指さした。だが、秘密の隠れ家は教えなかった。

つまり、本物の隠れ家はまだ使える、ということだった。その穴はヴァルターとフレートを待っていた。

第16章　みんなを行かせてくれ

決行の日は一九四四年四月三日になった。ヴァルターとフレートはすべての準備を終えた。元ソビエト軍大尉ヴォルコフから専門的なアドバイスを受け、他の失敗からも学んだ。着替えを隠す必要はなかった。記録係として、収容所の外でも通用するような服装をふだんから許されていたからだ。カナダで手に入れた頑丈なブーツ、厚手のコート、オランダ製の上質なズボンとジャケットを補足した。メキシコの隠れ家はまだ見つかっておらず、そのままだった。必要な情報はすべて頭の中に貯えられた。来週や来月ではなく、今すぐ人々に警告しなくてはならないと決意していた。ハンガリーからの移送者を受け入れるための線路が見えた。移送者をガス室まで運ぶための。

すべての打ち合わせをすませた。集合は午後二時。ヴァルターは自分では裕福なオランダ人紳士に見えると思った。ツイードのジャケット、白のウールのセーター、ウールの乗馬ズボンに革のロングブーツ。できるだけさりげなく、外側エリアに向かい、見回りをしている職員のふりをした。

さらに、ゲートにいる親衛隊員に焼却場に行かなくてはならない、と楽しげに話しかけた。実際には、毎日死体を焼いている場所とは、今日で最後にしたい、と心から願っていた。

ヴァルターは外側エリアの材木置き場に着いた。そこでボレックとアダメクに会った。二人はポーランド出身のユダヤ人で、これからの仕事のために選んでおいたのだ。二人はならし隊（プラニールング）だった。建設現場で地面を平らにする仕事だ。そのおかげで隠れ場所近くをうろついていても自然だった。二人を巻きこむことはヴォルコフのルールを破ることになるが、他には方法がなかった。

時間が来た。三人は準備できていた。しかし、フレートは現れなかった。

ぐずぐずしている時間はなかった。すぐに中止の決断が下され、三人は異なる方向に散った。その晩遅く内側エリアに戻ったとき、ヴァルターはフレートが現れなかった理由を聞いた。彼がいる収容所の出口を警備していたのは特に厳しい親衛隊員だった。危険を冒すよりも、止めておいた方がいいとフレートは判断した。四人は計画を立て直し、翌日の同じ時刻に再挑戦することになった。

しかし今度は協力者の一人が現れなかった。カポに余分な仕事を与えられ、出られなくなったようだった。

計画は翌日に持ち越され、ヴァルターは三度目の正直を祈った。ヴァルターと協力者二人は現れたが、フレートは親衛隊の警備員室で引き返さざるをえなかった。髪が長すぎると指摘されたからだ。こうして計画はまたもや延期された。

四月六日の朝、四回目の挑戦をすることになった。ただし今回も計画を中断するしかなかった。その経緯については、ヴァルターもフレートもこれまで公には認めていない。ありそうにない話なので、二人が直接知らなかったら空想と思われただろう。

親衛隊兵長のヴィクトワ・ペステックははっとするほどハンサムな男だった。二十代半ばで、フェロ・ウェンジェル、通称ブロをだました親衛隊員と同じくルーマニア出身の民族ドイツ人だった。家族収容所の宿舎長をしていた彼は、そこに収容されていたレネ・ノウマンという若いユダヤ人女性と恋に落ちた。ペステックは彼女にぞっこんだった。

彼はレネをガス室から救いたかったが、そのためには収容所から出さねばならなかった。レネは母親を置いていけないと断言したので、ペステックは彼と母娘が戦争が終わるまで安全に隠れられる家を見つけねばならなかった。そのためには外部の反ナチスの協力者を見つける必要があった。現実離れした計画だったが、ペステックはやってみる決意をした。

彼は計画を隠すこともせず、何人かの被収容者に、外に出す代わりにレジスタンスの友人たちに協力を求めるよう取引を持ちかけた。

まずフレートに、さらにヴァルターに頼もうとしたが、二人とも興味を示さなかった。ブロが古い友だちに裏切られた一件で、どちらも親衛隊員を信じるのは馬鹿だという結論に達していたからだ。しかし、家族収容所の古株で四十歳のジークフリート・リーデールは、以前チェコのレジスタンスで活動していたこともあり、それほど警戒しなかった。彼は計画を聞いたあとでも、ペステックの取引に同意した。

こうして一九四四年四月五日、リーデールはトイレで親衛隊の下士官の制服に着替えると、合図を待った。家族収容所のゲートの警備詰め所の窓で赤い光が三回点滅することになっていた。合図を見ると、リーデールは用意されていた自転車に乗った。そして右腕を上げて「ヒトラー万歳（ハイル・ヒトラー）」と挨拶しながら外へ出た。彼のためにゲートを開けたのは、首謀者のペステック兵長だった。

こういう手筈になっていた。リーデールは自転車を乗り捨て、ペステックといっしょに歩いて警備兵の前を通り過ぎる。合い言葉の「インクウェル」（インク壺）ですべての障害を突破できるだろう。午後八時半には、二人はプラハ行きの特急列車に乗っている。

リーデールの不在が気づかれ、アウシュヴィッツで警報が鳴る頃には、二人ははるか遠くに行っているだろう。ペステックは休暇届を出していたので、行方不明とは考えられないはずだ。

リーデールのレジスタンスの友人たちは期待に応えた。二人とプラハ駅で落ち合い、森に用意した隠れ家に連れていった。リーデールはぐずぐずせず、四か月前までいたテレージエンシュタットのゲットーに戻った。そこのユダヤ人にアウシュヴィッツの真実を告げたかったのだ。ただ、親しい友人以外は誰も信じようとしなかった。

リーデールが完全に自由になるためには、ペステックの条件をもうひとつ達成する必要があった。それは最初の条件よりも困難だった。

またもやジークフリート・リーデールは親衛隊将校の制服を着た。二か月のあいだに昇進し、今度はヴェルカー中尉となった。かたわらにはヴィクトワ・ペステックが演じるハウザー少尉がいた。ベルリンの国家保安本部のレターヘッドとプラハのゲシュタポの封印がついた偽造された令状を所持していた。それはビルケナウの家族収容所から尋問のために二人の女性を連れ出すことを許可するものだった。二人はプラハで特急列車に乗り、アウシュヴィッツに向かった。

二人は一時的に別行動をとり、そのあいだにペステックはやるべきことを終えた。翌日正午に、オシフィエンチム駅で再び集合することになっていたが、親衛隊に通報があったにちがいない。というのも、正午数分前に親衛隊の緊急派遣隊がオートバイで到着して、駅舎を取り囲んだからだ。ペステックの列車が入ってくると、親衛隊将校はペステックが車両の窓から身を乗り出しているのを見つけ、中に入っていった。数秒後、待合室にいたリーデールはペステックが抵抗し、銃撃戦になるのを見た。手榴弾（しゅりゅうだん）が破裂し、プラットフォームの親衛隊員たちが飛び散った。

隙を見て、親衛隊の制服のままリーデールは待合室の窓から飛び降り、見つけたオートバイに飛び乗った。スピードを上げて、西をめざした。二時間後にオートバイを乗り捨て、列車でプラハに戻り、テレージエンシュタットをめざすと、そこで身を潜めて少数の仲間とともにレジスタンス活動を進めることにした。ペステックはそれほどの幸運に恵まれなかった。彼は逮捕、尋問され、レネ・ノイマンに別れも告げられないまま銃殺された。

四月六日にリーデールがいないことを知らせるサイレンが鳴り響き、ヴァルターとフレートは急いで計画を練り直すことにした。親衛隊が最大の警戒をしている状況で脱走を企てるのはむだだった。時間をおいた方がいい。

そこで二人は四月七日金曜の昼食時間まで待った。またもやヴァルターはゲートに近づき、警備の親衛隊員に焼却場に行くという同じ作り話をした。親衛隊員は疑っているようだったが、どうにか押し通して材木置き場に向かった。ついに今日が決行の日になるのか？

いきなり、ヴァルターは腕をつかまれるのを感じた。二人の親衛隊伍長で、どこからともなく現れたように思えた。ヴァルターは頭の中でいくつもの可能性を検討した。何を計画しているのか、この連中にわかるはずがない。ただし……ヴァルターとフレートが協力者に裏切られたのなら、計画がばれてしまったのかもしれない。

彼をつかまえた二人の伍長をヴァルターはじっと見つめた。どちらも顔を知らない新入りだった。となると日々、収容所で学んできたとっさの判断が下せなかった。この親衛隊員たちは残虐で乱暴か、勘が鋭く慎重で職務に熱心か、あるいは怠け者で簡単にだまされるか。自分をつかんでいる親衛隊員を見つめながら、ヴァルターには判断する手がかりがなかった。

片方は冷笑を浴びせた。

「いったいここじゃどうなってるんだ？」男はヴァルターのしゃれた身なりを見ながら言った。記録係は自分の服を着ることが許されるというルールを知っている親衛隊員も含めて、彼の服装は収容所内で有名だった。しかし、この連中はルールを知らなかった。

新入りの親衛隊員の冷笑やからかいは脅威ではなかったが、ヴァルターが不安だったのは、注意を引いてしまった以上、身体検査をされるのではないかということだ。そうなったら万事休すだ。

いつもの乗馬ズボン、ジャケット、高級なブーツに手を加え、シャツの中に、肌に密着させて腕時計を隠していた。ヴォルコフの忠告を覚えていたからだ。とりわけ脱走の最初の段階では、時間を知ることは重要だ。身体検査をされたら、服の上からでも腕時計は見つかってしまうだろう。そうしたら計画がばれてしまう。

見慣れた光景が頭に浮かんだ。絞首台を見上げている群衆、ヴァルターの首に巻かれた縄、ナチスが叫ぶ声。「なぜ囚人が時計を持っているんだ？　逃げようとしたのか？」

ヴァルターの恐れたとおりになった。親衛隊員たちはコートのポケットから調べ始めて、何ダースもの煙草をつかみだした。現金を持ち歩いているのを見つかったも同然だった。脱走の準備だとみなされるだろうか？

汗がヴァルターの背中ににじんだ。彼はまっすぐ前を向き、何も表情に出ないように努力した。目の隅で協力者のボレックとアダメクが二時の約束のために通り過ぎるのが見えた。もはやヴァルターは行けそうもない。この二年、こんなふうに止められたことは一度もなかった。くだらない煙草のせいで妨害されるとは。死ぬまで収容所にいる運命なのか。

そのとき、ステッキが肩に振り下ろされるのを感じた。強烈な痛みが走った。さらにもう一発。もう一人の親衛隊員が竹製ステッキで「服を着たサル」やら「ろくでなし」などと罵りながら殴りつけていた。ヴァルターは痛みではなく安堵を感じた。打擲は続いていたが、それ以上に重い罰は与えられないようだ。身体検査はこれ以上されそうになかった。

「あっちに行け」親衛隊員は言った。「おれの見えないところに消えろ」ヴァルターは信じられなかった。一瞬前まで〝拷問棟〟に行かせると脅していたし、百本の煙草だけでも十分な理由になった。

たんに面倒だったのかもしれない。卑しいユダヤ人を連行するよりも、殴りつけて放置する方が楽だという、単純できまぐれな理由だったのだろう。だが、そのおかげでヴァルターの命は助かった。

これまでも、親衛隊員の気まぐれで命が助かったことは何度かあった。ある意味で、アウシュヴィッツ゠ビルケナウでまだ息をしているすべてのユダヤ人は、同じようにして命をつないできたのだ。荷下ろし場で、親衛隊員の指が右か左に振られることで選別されることから始まり、カポが一発のパンチで殺せるか賭けをするために囚人を選ぶときや、衰弱のために殺すと医師が診断するときなど、何百もの気まぐれをくぐり抜けて。生か死かは直感によって瞬時に決定され、簡単にひっくり返ってしまう。

ヴァルターは自由の身になったので隠れ家に向かって歩いていった――できるだけ自然に急が

ず、責任者みたいな威厳を漂わせながら。すべてが始まる場所まではあと数メートルだった。

「しゃれ者め、元気か？」

すぐさまヴァルターは帽子をとって、気をつけの姿勢をとった。カナダで知り合った親衛隊伍長のオットー・グラーフで、こちらは顔なじみだった。最近、グラーフは前線にいて、特別隊（ゾンダーコマンド）を、つまりガス室の死体の撤去と焼却を監督していた。

「くそ、ひと晩じゅう働いていたんだ」グラーフは愚痴ったが、話したい気分のようだった。ヴァルターは急いでいることを気取られないようにした。腕時計はなかったが、二時が近づいているのはわかった。そろそろ行かなくては、待ち合わせの時間が過ぎてしまう。四度も計画を延期したのでは、いつまたチャンスがあるかわからない。

グラーフは煙草を差し出した。「ほら、ギリシャ煙草でもやれよ」数日前、千人ほどのユダヤ人がアテネから到着したのだ。ヴァルターがギリシャ煙草は喉が痛くなると言い訳すると、グラーフは歩み去った。ようやくヴァルターは隠れ家に来ることができた。

他の仲間はすでに指定された場所に来ていた。無言で彼らはうなずきあった。さあ、実行のときだ。ヴァルターとフレートはためらわなかった。二人は材木をいくつかずらして、開いた場所から穴へと滑りこんだ。一瞬後、頭上で材木が戻される音が聞こえ、一人がささやいた。「よい旅を」そのあとは静寂と暗闇が広がった。

それは一九四四年四月七日午後二時だった。その日の朝、親衛隊員の何人かは教会で祈り、聖金曜日の厳粛さを称えたかもしれない。しかしヴァルター・ローゼンベルクとアルフレート・ヴェツラーは地面の下の隠れ家で無言のまま横たわっていた。昼間の光が消えて夜になったとき、今夜が過越の祭の始まりであるセデルの夜だということを二人は知らなかった。毎年太陰暦に従って日付が変わるが、この夜、ユダヤ人は自由を祝福し、偉大なる神がユダヤ人を邪悪な支配者から救い、戒めから解いてくださったことに感謝を捧げる。ヴァルターとフレートが暗闇でうずくまっていた夜も、奴隷となったユダヤ人が自由な世界へと脱出した夜だったのだ。

第17章　地下で

ヴァルターの人生で、それはいちばん長い三日三晩だった。狭い穴の中にいると、何十時間が何週間にも感じられた。空間が圧縮されて、時間は膨張しているかのようだった。

外が明るくなると、材木の向こう側、ほんの数十メートル先で、夜明けから日没まで奴隷労働をしている仲間たちの姿を思い浮かべようとした。一日のできごとに耳を澄ませた。正午の昼食休憩、午後のリズミカルな行進の足音。仕事を終えた被収容者が宿舎に戻る音。その際に響くカポの怒鳴り声。さらに軍歌の旋律。収容所のオーケストラが、労働部隊の帰還を歓迎して演奏させられているのだ。

金曜の最初の夜、ヴァルターは点呼の場面を想像した。最初に一人欠けていることが発見され、続いてもう一人いないとわかる。あわてたカポと区画長が確認しあう。二人のユダヤ人が行方不明であると告げられると、誰かが殴打を受けるだろう。

誰がいなくなっているのか、噂が広がっていったときの仲間の反応を思い浮かべた。警報が十分間も響き渡り、みんなは顔をしかめていただろう。警報が鳴ると、追加の点呼がおこなわれ、被収容者たちは何時間も寒さに震えながら整列させられ、何度も何度も数えられるのだ。一方、心の中では、仲間のユダヤ人のうち一人、もしかしたら二人がついに脱走に成功したかもしれないと、喜んでいることもわかっていた。

時間がたつにつれ、ヴァルターの心にいくつもの疑問がよぎった。ガソリンを浸みこませた煙草の臭いが消えてしまったら？　隠れ家のことを知っている誰かが口を割ったら？　蛍光針のついた腕時計を持ってくるのはいい考えだったのか？　時間がなかなかたたないのを確認するだけではないのか？

翌朝、地面の下で横たわっていると、よく知っている音が聞こえてきた。荷下ろし場で選別された人々をガス室まで運ぶトラック隊の騒々しい音だ。二人の隠れ家は、第四死体焼却場と第五死体焼却場の近くだった。ヨーロッパを横断してきたユダヤ人は列車からよろめくように降り、選別されたあと、今度は死へと運ぶ車に乗りこむのだ。

通り過ぎていくトラックをヴァルターは数えた。それから一、二時間して、金属と金属がぶつかり合う音が聞こえてきた。死体を山のように積み重ねた鉄製の台が、焼却炉に入れられる音だ。二人にできるのは、無言で、ただ耳を澄ませていることだけだった。その日の犠牲者はベルギーから運ばれてきたユダヤ人三百十九人で、そのうち五十四人が子供だった。

その土曜日、殺戮だけではなく捜索も続き、歩き回るブーツの足音や犬の吠え声、親衛隊の叫び声があたりに響き渡り、未完成の宿舎に反響し、ときには頭のすぐ上で聞こえた。

月曜の午後五時がついにやってきた。またもや一日の終わりを告げる陽気な曲が演奏された。鞭打たれ、殴られ、苛酷な労働で一日を過ごした人々にとって、その調べは苦痛でしかなかった。ヴァルターたちには、また点呼がおこなわれるかもしれない不安があった。ようやく三日三晩たったというのに、ここで新たな逃亡者が見つかったら、ヴァルターとフレートは振り出しに戻って、まだ隠れていなくてはならない。外側エリアはさらに三日間、警備が敷かれるはずだ。二人は警報が鳴らないように祈っていた。腕時計の針はじれったくなるほど進まなかった。時間そのものが止まってしまったかのようだ。しかし、警報は聞こえなかった。

天井を見上げた。今すぐ外に出たかったが、ヴァルターは誘惑に屈しなかった。危険すぎる。二人が移動しても安全だと判断したのは、九時になってからだった。八十時間も地下の狭い穴にこもっていたのだった。

隠れ家の蓋を開けるのは予想していたよりも大変だった。頭上に積まれた材木の重さのせいだけではない。三日間じっとしていたせいで体が弱っていたのだ。筋肉は衰えていた。材木はありえないほど重く感じられ、動かすことすら不可能に思えた。押すたびに体に強烈な痛みが走った。脚は自分自身の体重すら支えられないかのように震えている。近くに親衛隊がいるかもしれないので、できるだけ静かに穴から出たかった。それでいっそう事がむずかしくなった。

二人はとっておいたパンと代用コーヒーを見た。いまなら食べても安全そうだ。飢えて、ひどく喉が渇いているはずなのに、まったく飲みこめなかった。まるで体が裏返しになり、内臓が干からびてしまったようだった。

これ以上ぐずぐずしているわけにはいかなかった。夜のあいだにできるだけ進まなくてはならない。夜明けが来て、また一日が始まったら、再び外側エリアの監視塔に銃を構えた隊員がつく。今、脱出しなくてはならなかった。

力を合わせて材木を押し、ようやくいちばん下の材木を移動させることができた。やがて残りも動かし、力を振り絞って、穴から外に出た。その作業と三日間の監禁生活のせいで疲労困憊（こんぱい）し、材木の山の上にすわって夜空を眺めた。晴れていて、月が輝いていた。

すぐに出発したかったが、まず元どおりに材木を戻さなくてはならなかった。翌朝、ここに来る連中に手がかりを残したくなかったし、この隠れ家が別の囚人の脱出に役立つかもしれない。ヴァルター・ローゼンベルクとアルフレート・ヴェツラーはアウシュヴィッツ＝ビルケナウ強制収容所から脱出した最初のユダヤ人になろうとしていたが、最後にはなりたくなかった。

西をめざし、死体処理場近くの森に向かった。歩かず、匍匐（ほふく）前進で進んだ。不要な危険を冒すわけにいかない。森にたどり着くまで体を起こさなかった。その森には日夜、死体を焼いた穴があちこちにあった。二人は腰をかがめて走り、開けた場所に出た。そこからはまた腹ばいに戻った。ほとんど何も見えなかった。

新たな障害物にぶち当たった。道路なのか凍りついた川なのか判断できなかった。雪は積もっていなかったが、表面が月光できらきら輝いている。八メートルほどの幅で、はるか遠くまで左右に延びているように見える。さざ波も立っていないし、水音もしない。地面にしゃがみこみ、ヴァルターは冷たいだろうと覚悟しながら片手を伸ばした。

その感触は意外だった。それは川ではなく砂地だった。地雷原だったのか？　それとも、砂地に逃亡者の足跡を残させ、逃げた方向を知ろうというのか？

砂地ははるか先まで伸びていて、迂回できなかった。そこに入るしかない。ヴァルターが先にそっと足を踏み入れた。家の人間を起こさないように侵入する泥棒さながら、砂の上を軽い足取りで歩こうとした。ようやく反対側にたどり着いた。フレートを振り返ると、ヴァルターがつけた足跡を踏むようにして慎重に進んできた。そうすれば地雷も避けられるし、追ってきた親衛隊員も一人だけかと混乱するだろう。

まもなく敷地沿いにある溝にたどり着いた。それをたどっていくと、とうとうフェンスに出た。内側エリアから見てきた有刺鉄線の通電フェンスとはちがった。柱にはサーチライトがつけられていなかったし、電流も流れていなかった。だとしても、二人は慎重だった。手を保護するために洗濯ばさみのようなものを事前に作っておき、それで鉄条網の下をはさんで地面から持ち上げた。一人が通り抜けられるぐらいの隙間ができた。

こうして二人はフェンスの外側に出た。フェンスに沿って、収容所を一周近く歩いた。まもなく内側エリアが見えた。その外周に沿って光が温かく輝いていた。何も知らなければ、周囲の荒涼とした風景に比べ、その光景はほのぼのとして見えただろう。ただし、二人は真実を知っていた。焼却場の煙突は、石油精製所のような濃い死の煙を吐き出している。二人はその見慣れた光景を目に焼きつけ、二度と見ることがないようにと祈った。

できるだけ目立たないように歩き続けた。全身がまだこわばり、ぬかるんだ土地で歩みが遅くなった。夜中の二時頃、荒れ地を横断して、収容所に近づいてこようとする者への警告板のところまで来た。「警告！　ここはアウシュヴィッツ＝ビルケナウ強制収容所である。この土地にいる者は警告なく撃たれる！」

長い時間がかかったが、ようやく収容所を囲む広大な「関心領域」のはずれまでたどり着いたのだった。つかのまとはいえ、達成感を味わった。一九四四年四月十日、二人はこれまでユダヤ人が誰もできなかったことをやり遂げた。アウシュヴィッツ＝ビルケナウ強制収容所から脱出したのだ。

第18章　逃亡

四月九日は親衛隊員ハルトンシュタイン少佐にとって、気の休まらない一日になった。彼は収容所の警備隊の責任者で、四月七日の午後八時三十三分にテレタイプライターで二人の収容者がいないことを知らされたのだ。四月九日になってようやく、ヴァルターとフレートが脱走したことをベルリンの上司に電報で知らせた。電報の宛先はゲシュタポ本部にしたが、東部のすべてのゲシュタポ隊と情報局、刑事警察(クリポ)、国境警察(グレポ)、さらに親衛隊本部にまでコピーが送られた。第三帝国の電報NO２３３４／２３４４には以下のように記されていた。

ベルリンWC２、RSHA（国家保安本部）、オラニエンブルク、親衛隊本部D、東部ゲシュタポ刑事警察および関係する国境警察のすべての司令官に宛てる。ユダヤ人予防検束の件。１　ローゼンベルク、ヴァルター・イスラエル、一九二四年九月十一日トポリュチャニ生まれ。RSHAより一九四二年六月三十日に到着。２　ヴェツラー、アルフレート・イスラエル、一九一八年五月十日、トルナヴァ生まれ。RSHAより一九四二年四月十三日に到着。ローゼンベルクとヴェッツラーは一九四四年四月七日、アウシュヴィッツ第二強制収容所、ＢⅡａ区画およびＢⅡｄ区画より逃亡。ただちに捜索するも不首尾。さらなる捜索と、確保の際にはアウシュヴィッツ強制収容所に詳細な報告を求む。ＲＳＨＡへ付記——正式な捜索リーダーからローゼンベルクとヴェッツラーについての記録を求める。親衛隊本部へ付記——全国指導者に情報を提供のこと。さらなる報告を予定。警備担当者の過失については今のところ不明である。ＡＵ強制収容所、ＢⅡ区画、４４０７０９、４／８／４４　Ｄ４（署名）ハルトンシュタイン少佐。

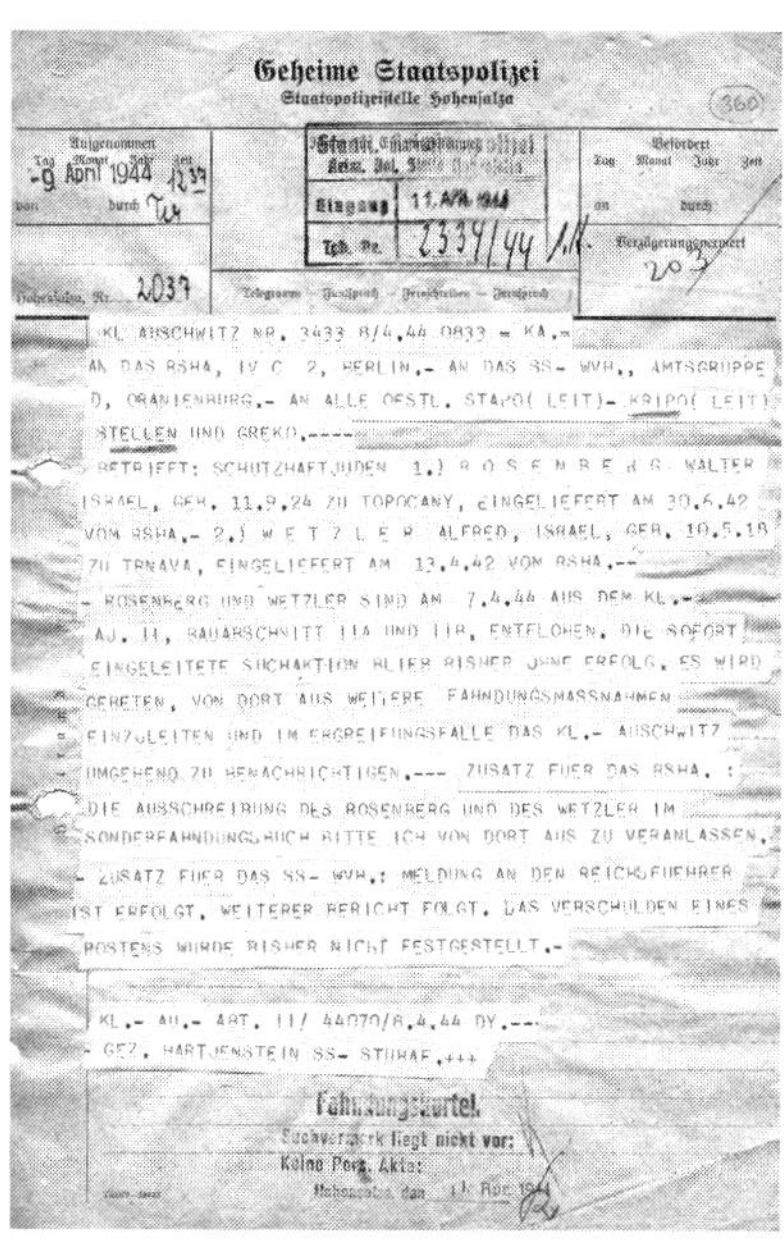
Geheime Staatspolizei
Staatspolizeistelle Hohensalza

Aufgenommen: -9 April 1944 12.37 durch Tw
Eingang 11. APR. 1944
Tgb. Nr. 2334/44
Hohensalza, Nr. 2037

KL AUSCHWITZ NR. 3433 8/4.44 0833 = KA.=
AN DAS RSHA, IV C 2, BERLIN.- AN DAS SS- WVH., AMTSGRUPPE D, ORANIENBURG.- AN ALLE OESTL. STAPO(LEIT)- KRIPO(LEIT) STELLEN UND GREKO.----
BETRIFFT: SCHUTZHAFTJUDEN 1.) R O S E N B E R G WALTER ISRAEL, GEB. 11.9.24 ZU TOPOCANY, EINGELIEFERT AM 30.6.42 VOM RSHA.- 2.) W E T Z L E R ALFRED, ISRAEL, GEB. 10.5.18 ZU TRNAVA, EINGELIEFERT AM 13.4.42 VOM RSHA.--
- ROSENBERG UND WETZLER SIND AM 7.4.44 AUS DEM KL.- AU. II, BAUABSCHNITT IIA UND IIB, ENTFLOHEN. DIE SOFORT EINGELEITETE SUCHAKTION BLIEB BISHER OHNE ERFOLG. ES WIRD GEBETEN, VON DORT AUS WEITERE FAHNDUNGSMASSNAHMEN EINZULEITEN UND IM ERGREIFUNGSFALLE DAS KL.- AUSCHWITZ UMGEHEND ZU BENACHRICHTIGEN.--- ZUSATZ FUER DAS RSHA. : DIE AUSSCHREIBUNG DES ROSENBERG UND DES WETZLER IM SONDERFAHNDUNGSBUCH BITTE ICH VON DORT AUS ZU VERANLASSEN.
- ZUSATZ FUER DAS SS- WVH.: MELDUNG AN DEN REICHSFUEHRER IST ERFOLGT. WEITERER BERICHT FOLGT. DAS VERSCHULDEN EINES POSTENS WURDE BISHER NICHT FESTGESTELLT.-
KL.- AU.- ABT. II/ 44070/8.4.44 DY.---
- GEZ. HARTJENSTEIN SS- STUBAF.+++

Suchvermerk liegt nicht vor:
Keine Pers. Akte:

「ただちに捜索するも不首尾」。1944年4月9日、親衛隊本部、ゲシュタポ宛ての電報。ヴァルターとフレートがアウシュヴィッツから逃げたことを知らせている。実際には2人はまだ収容所内に隠れていた

アウシュヴィッツからベルリンとナチス帝国の東部に電報が送られたとき、ヴァルターとフレートはビルケナウで息苦しい地下の穴に潜んでいた。親衛隊全国指導者ハインリヒ・ヒムラーに逃亡が報告されていたとは、二人は夢にも思っていなかった。さら

に当局は捜索をあきらめたことも、責任者の少佐は警備に過失があったと認めたものの、責めを負うべき者を見つけていないことも知らなかった。二人の名前に「イスラエル」とつけ加えられたことも知らなかった。「明らかなユダヤ人の百八十五の名前リスト」に載っていない場合、ナチスはユダヤ人男性全員の名前にイスラエルをつけ加えた。占領されたヨーロッパ内では、どんなに遠い国境の町にも、どんなに小さな警察署にも、指名手配が伝えられることも知らなかった。

ナチスはすでに二人が逃亡したと考えていたが、ヴァルターとフレートがそれを実感したのは何時間もたってからだった。

三日間が過ぎた翌日の夜まで、二人は地面の穴から出てこなかった。収容所のフェンスの下をくぐり抜けたときですら、「関心領域」を示す境界を越えたときですら、息もろくにできない有様だった。関心領域とは、ヴィスワ川とソワ川にはさまれた四十平方キロメートルほどの細長い土地で、何十ものアウシュヴィッツの小収容所が建っていた。アウシュヴィッツの外の世界には、内部にいたときと同じぐらいの危険が潜んでいた。

二人にとっては、とりわけそうだった。アウシュヴィッツに到着した日から、すべてのユダヤ人被収容者と同じく、世界から切り離されてきた。連絡できる外部の仲間もいなかった。彼らのために食料や衣類、偽造書類、武器を用意してくれるレジスタンス組織もなかった。非ユダヤ人の被収容者は、外部から食料品などを受け取ることが許可されていたので、外界とのつながりが保てたが、ユダヤ人はあえて孤立させられていた。わずか十九歳と二十五歳のヴァルターとフレートは、二人だけでやっていかねばならなかった。

ヴァルターからすると、アルフレート・ヴェツラーとヴァルター・ローゼンベルクは、291 62と44070になった日、世の中から抹殺されたのだ。たしかに、フレートは被収容者のヒエラルキーでは上のほうだったが、いまやすべて失った。収容所を出たとたん、社会の真空地帯に入ったのだ。知り合いも頼れる人もいなかった。

しかし、逆に言えば、誰にも知られていないということだ。ボレック、アダメク、それにあと一人か二人は、彼らが逃亡の計画を立てていることを知っていたが、隠れ家を出たあと、どういう経路をとるのかは誰も知らなかった。地下組織は公式な援助を拒否したので、仲間が拷問されて情報を漏らす心配はなかったし、政治局の内通者のリスクもなかった。この点についてはヴァルターとフレートはこだわっていた。二人は逃走ルートについて誰にも話さなかった。

二人の意見は南に位置するスロヴァキアに向かうということで一致した。八十キロほどで比較的近いこともあるが、なにより、二人が生まれた土地だったので、訛りがあってもよそ者には思われず、疑いを招かないだろう。ここポーランドには知り合いがいなかったが、スロヴァキアなら、友人や家族の誰かがもしかしたら生き残っているかもしれない。生まれ故郷で土地勘もあった。

二人はスロヴァキアをめざした。書類もなく、地図も方位磁針もなく、子供用地図の破りとったページに出ていた地名――ケンティ、ジヴィエツ、ミルフカ、ライツァ、スルがヴァルターの頭の中にあるだけだった。

ヴァルターは夜が明けるのではないかと気が気ではなかった。昼間に外にいる危険を冒すわけにいかない。ただ、できるだけ収容所から離れなくてはならなかった。遠くに輪郭が見える林に夜明けまでにたどり着ければ、休憩する場所が見つかるだろう。

歩き続けても、なかなか林は近づいてこなかった。曙光(しょこう)が射しはじめたとき、開けた土地に出ていた。まだ収容所にとても近く、朝の点呼を告げるアウシュヴィッツの銅鑼の音が聞こえるほどだった。二人は身を隠す場所のないトウモロコシ畑の中にいた。

あたりを見回したとたん、地面に身を投げた。五百メートルほど先に、まちがいなく親衛隊員の灰緑色の制服が見えた。女性収容者の一団を率いているところだった。

地面に伏せながら、ヴァルターとフレートは荒い息をついていた。見られただろうか？　親衛隊員は近づいてきて、この場でおれたちを撃ち殺すだろうか？　ヴォルコフのアドバイスは明快だった。走らないこと。じっとしていろ。

しばらくして、頭を上げた。女たちも親衛隊員もいなくなっていた。二人は幸運だった。明るいうちは姿を見られないように、ジャングルの兵士のように森までの道を腹ばいで進んでいった。身を隠せそうな雪が積もっている穴や溝を見つけたときだけ、立ち上がった。

やっと濃く茂ったモミの林に入り、そこでしばらく休憩をとったが、いつのまにか二人はうたた寝をしていた。すると、静寂が太鼓の音と歌声で破られた。健康で元気いっぱいにドイツ語の若々しい声が合唱している。二人がやぶの中にもぐりこむと、親衛隊員たちがすぐそばを歩く足音が聞こえた。

しばらくして枝越しにのぞくと、親衛隊員たちがヒトラー青年団(ユーゲント)の集まりに駆け寄っていくのが見えた。若者たちは拡大された新たな祖国の土地を歩こうと、キャンプかハイキングに出かけるところなのだろう。シレジアのこのあたりはかつてはポーランドだったが、併合後にドイツ化され、ポーランド人たちは家から追い出され、民族ドイツ人の移住者たちが暮らしていた。三十メートルも離れていない木陰で、子供たちがサンドウィッチを食べているのをヴァルターは眺めた。彼らの父親は地元民を追い出した民族ドイツ人か、ヴァルターを奴隷にし、ユダヤ人を殺した親衛隊員だろう。

二人はやぶの中で身じろぎもせずにいた。やがて祈りが通じたかのように、雨が降りはじめた。最初はポツポツ降っていたので、ヒトラーの若い信奉者たちは気にしなかった。しかし、まもなく土砂降りになると、雨宿りするために散っていった。

ぐずぐずしているのは危険だった。昼間の移動を禁じるヴォルコフのルールのひとつを破り、ヴァルターとフレートは進み続けた。寒さを防ぐコートと帽子、ぬかるみになった地面でも歩けるブーツが役に立った。

やぶを見つけると、睡眠をとることにした。四月十一日のことだった。

暗くなってから、また歩きはじめた。途中、流れで喉を潤して川を渡り、ソワ川沿いに道をたどった。二晩目に川から離れ、西をさまようちに、ヤヴィショヴィツェの小さな村に近づきすぎて、危険になった。ヤヴィショヴィツェはナチスが改名した村で、アウシュヴィッツの三十九の小収容所のひとつがあった。そこでは石炭の採掘のために、およそ二千五百人の奴隷労働者が働いていたが、大半がユダヤ人だった。見慣れた宿舎、有刺鉄線フェンス、監視塔が建ち並ぶ場所に迷いこんだが、夜間だったので監視塔は無人だった。しかし、日の出とともに親衛隊の警備シフトが始まるだろう。

二人はパニックを抑えようとした。しかしどの道を行っても、また別のフェンスや監視塔にぶつかってしまう。朝が近づいていた。逃げなくてはならなかったが、見知らぬ場所にいて案内人も装備もなく、どちらに行くべきか判断しかねた。

収容所の外に森らしきものが見えた。森に入っていき、ビルケナウの隠れ家に持ちこんでいたパンと代用マーガリンを食べたが、用心のため今後の分を残しておいた。それから数本の枝を折り、できるだけ体を覆って、黄昏まで眠ることにした。心を落ち着かせるためか、別のことを考えるためか、フレートはチェスについて語った。フレートが先生で、ヴァルターは生徒だった。フレートの声は心が休まり、たのもしかった。やがて二人は順番に眠りに落ちた。

暗闇でわからなかったが、太陽が昇ると、ここは人里離れた森どころか公園だった。この地方の支配者である親衛隊員が、妻や子供といっしょにイースター休暇で散歩にやってきた。ヴァルターとフレートはナチスの「死の工場」から脱走して、ナチスの遊び場に入りこんでしまったのだ。

隠れている場所からすると、大きな脅威は犬だった。二人の臭いを嗅ぎつけるかもしれない。それに子供たち。遊んでいるボールが二人の方にころがってでもきたら、おしまいだ。

不安どおり、幼い男の子と姉らしい女の子がきゃあきゃあ笑いながら跳ね回り、繰り返し近づいては、また離れていった。ヴァルターの心臓はバクバクいっていた。

ふいに子供たちが目の前にいた。二人の青い目の子供がヴァルターとフレートを目を丸くして見つめている。一瞬後、二人は父親を探しに駆け出していった。親衛隊曹長の制服を着て、制式拳銃まで身につけた姿が、ヴァルターには見えた。

「パパ、パパ、こっちに来て」女の子が言っていた。「やぶに男の人たちがいるよ」

親衛隊員が近づいてきた。とっさに、ヴァルターとフレートもナイフを抜いた。

子供たちの父親はそばまで近づいてくると、二人の目をまっすぐ見つめた。二人は見つめ返した。沈黙が恐ろしいほど長く続いた気がした。とうとう、状況を理解した親衛隊曹長は不快そうな顔になった。父親は子供たちを向こうに行かせ、ブロンドの髪をした妻と相談している。妻は唇をゆがめたので、夫が何を言ったのかは明らかだった。公園で男二人が堂々と並んで寝そべっていることに嫌悪し、ショックを受けた家族は急いで立ち去った。

やぶから出れば姿を見られるので、場所を移動するのは危険すぎた。ヴァルターとフレートは暗くなるまで動かず、それからまた歩きはじめた。

地図上でソワ川沿いに歩くのは簡単だが、現実にはそうではなかった。いくたびも道に迷った。それでもビエルスコの灯りが見えたときはほっとした。アウシュヴィッツから南に三十二キロの町なので、二人はほぼ正しい道をたどっていた。常に人との接触を避けようとしたので、遠回りのルートをとった。夜が更けてビエルスコの灯りが消えていくと、方角がわからなくなった。気がつくと、町中にいた。周囲には通りや建物があり、何百という人の目があった。見つかったらすぐにでも通報されかねない。

来た道を引き返し、人里から離れようとした。しかし、混乱し、暗かったせいでうまくいかなかった。何度曲がっても、建物があった。銃を持った人間と遭遇するのは時間の問題だろう。それが親衛隊員にしろ、ポーランド人協力者にしろ、たいしてちがいはなかった。

二人にとって最大の敵は夜明けだった。ビエルスコの迷路のような通りで、真っ昼間に姿を見られるわけにはいかない。町から出なくては。

ようやく町外れまで出た。四月十三日が明け、太陽が昇ってきた。町は出たものの、近くのピサルゾヴィツェの村までしかたどり着けなかった。そこなら人目は少なかったが、明るくなると二人の姿は目立った。隠れなくてはならないが、そのためにはヴォルコフの重要なルール――知らない人間と接触しないこと――をまた破ることになる。

しかし、どこに？　検討の余地はなかった。どの家か選ぶしかない。新たに移住してきた民族ドイツ人が出てきたら、命運が尽きるだろう。かといって、地元のポーランド人がドアを開けても、厄介事を招く。占領者ナチスのルールは明確だった。ユダヤ人をかくまったり手助けしたりしたポーランド人は処刑される。それどころか、隠れているユダヤ人を発見して、通報したポーランド人はほうびをもらえた。砂糖一キロとか、ウォッカひと瓶とかだ。どの家を選ぶべきか、まちがえたらおしまいだ。

二人は傾いた小作人小屋を選んだ。外でニワトリを飼っていて、七面鳥までいた。ノックはせず、裏に回り、動物のあいだを歩いていった。黒い服を着てスカーフをした女性と、その後ろには心配そうな十代の娘がいた。

二人ともすぐにポーランド語で自己紹介をした。

「イエス・キリストの御名を讃えます」スロヴァキア出身の二人のユダヤ人は言った。

「永遠に神の御名が讃えられますように、アーメン」女性は答えた。

彼女は二人を招き入れた。それはいい兆候だった。二つ目の幸運は、彼女がこう言ったことだ。

「あたしはロシア語があんまりできなくてね」

訛りでポーランド人でないことがばれてしまったのだ。汚れていても上等な服を身につけていたし、こんな田舎の家に突然現れたのだから、逃亡者であるのは明らかだった。二人が戦争捕虜収容所から逃げてきたロシア人だと思うのは当然だったし、二人にとってはその方が都合がよかった。真実は伏せておいた方がよさそうだ。

黙りこんだままの娘に、その女性は食べ物を持ってくるように合図した。運ばれてきたのは、パン、じゃがいも、代用コーヒーだった。数日間の逃亡生活のあとでは、大変なごちそうだった。二人が食べているあいだに、女性はこの国のまやかしについて語った。この一帯の村はすっかりドイツ化されている、と断言した。畑で働いている人を見たら、ドイツ民間人の可能性が高かった。彼らは農作業のときも武器を携帯し、「正体不明の不審者」を見かけたら撃ち殺す権限を持っていた。パルチザンがたくさんいるから、ドイツ人はかなり警戒しているのだ、と彼女は説明した。

残っているポーランド人は道路や川から遠く離れた家に住んでいるので、二人がたどる国境へのルートからはずれているだろう、とヴァルターは思った。とはいえ、二人を助けたがるポーランド人がたくさんいるとは思えなかった。ナチスはよそ者を助けることを重罪にしたし、直接助けた者ばかりか、家族全員が罰せられた。ポーランド語やロシア語を話し、逃亡者のふりをしていたドイツ人のおとり工作員に、食べ物や寝場所を提供したことで、多くのポーランド人が殺された、と女性は言った。

女性には息子が二人いるとわかった。一人は亡くなり、もう一人は収容所にいた。だからこそ、彼女は危険だとわかっていても、ヴァルターとフレートが翌朝未明まで家にいることを許したのだろう。

二人は役に立とうと、薪を割った。昼食にじゃがいものスープを食べ、その後またじゃがいもを食べた。仕事がすむと、二人は真夜中まで眠り、やがてヴァルターははっと目覚めて飛び起きた。女性が代用コーヒーのポットを手にしていて、誰にも見られずにこの土地を横断して山に向かうなら、すぐに出発した方がいいと告げ、お金を差し出した。「幸運を祈るよ」またもやヴォルコフのルールを破ることになるが、ヴァルターは断ることはできないと感じた。

　彼女の忠告は正しかった。二人は三時間、誰にも見られずに進み、四月だというのにまだ雪が積もっている山に夜明け前にたどり着いた。深い森の中を流れていくソワ川の西側の土手に沿って進んでいたので、まだ安心だった。ときどき家が見え、二人が近づくと、住人はドアや窓の鎧戸を閉めた。まれに必要に迫られて話しかけようとしても、地元の人間は返事をしなかった。ユダヤ人を助けるのを拒んでいるのだろうか？　それともピサルゾヴィツェの女性の言うとおり、地元の人々は占領者の罰則を恐れているのだろうか？　いずれにせよ、二人が歩いているのを見て、わざと目の前にパンを落としてくれたポーランド人もいて、二人は深い感謝の気持ちを抱いた。

　四月十六日の日曜日に森から出ると、新たな恐怖に襲われた。ポロンプカを見晴らす山中に出たのだ。二人それぞれ、この場所の危険性について警告されていた。近くのダムは阻塞気球〔敵の飛行機が低空で攻撃するのを防ぐために、ケーブルで係留した気球〕が上空に浮かんでいて、ドイツ兵だらけだった。ここはアイゼンバッハやバラバンたちがドイツ人林業労働者に出食わし、脱走が失敗に終わった場所だった。そして今、ヴァルターとフレートは警告されたとおり、灰色のふくらんだ気球を目にした。

山の斜面を進んでいくことにした。険しい斜面は深い森になっていたので、ダムや町を避けることができる。それはつらい道のりだった。二人とも疲れ、足は腫れてきた。地面には雪が残り、闇の中では慎重に進まねばならなかった。枝が折れたり、小石がころがったりする音だけで、恐怖がこみあげた。足下の小枝を踏みつけると、居場所を知られたのではないかと身をすくめた。

昼間に数時間休み、闇が迫ってくると再び出発の準備を整えた。ここでは、避けることも出し抜くこともできない脅威と初めて立ち向かうことになった。ナチスの銃口が狙っていたのだ。

第19章　国境を越える

ライフルの発射音と、銃弾が頭上をかすめる音が聞こえたとき、ヴァルターは目をつぶって横になっていた。賢明なのかわからなかったが、二人とも本能的にさっと立ち上がった。

いまやはっきりと見えた。十人以上のドイツ兵の警備隊が七十メートルほど離れた隣の丘にいた。犬を連れ、銃を携帯し、二人を仕留めようとしている。これらのドイツ国防軍（ヴェーアマハト）の兵士たちは、一週間前にアウシュヴィッツ＝ビルケナウから二人の収容者が逃亡したことを前哨基地に知らせた電報を見たのだろう。ヴァルターとフレートの人相書きも手に入れたにちがいない。

以前、ヴォルコフはこう忠告した。弾丸から逃げられると思うな。物理の法則があるかぎり、足に頼るな。ヴァルターたちは雪をかき分けるようにして丘の斜面を登りはじめた。頂上まで行き着けたら、反対側の斜面に姿を消せるだろう。ヴォルコフのルールはもう気にしなかった。すでにいくつも破っていた。ドイツ兵は二人に向かってほとんど的をはずさずに発砲している。二人には逃げることしかできなかった。

フレートの方が足が速く、隠れられるほど大きな岩を見つけた。彼は岩の後ろに飛びこみ、ヴァルターは必死に追いつこうとした。だが、彼はつまずき、前のめりに倒れた。もう起き上がることはできなかった。少しでも動いたら、簡単に狙われてしまう。あたりには銃声が響き、周囲の岩を弾丸がえぐった。筋肉ひとつでも動かしたら撃ち殺されるだろう。ヴァルターはただ恐怖に凍りついていた。

数秒後、発砲を止めろという命令が聞こえた。「命中した！」司令官が部下に叫んだ。彼らは二人の死体を確認するために丘を下りはじめた。ヴァルターはすばやく立ち上がって走り出し、岩の陰に飛びこんだ。

フレートはヴァルターに進み続けるように言った。二人は丘の頂上に出て、また下ったが、ドイツ兵はあきらめず、犬が迫ってきた。

二人は次の丘の途中にある小さな森に向かって走り続けた。そこまで行き着ければ、森に隠れられる。

ただ、次の丘に行くには、谷間の底を流れる広い川を渡らねばならなかった。犬たちがぐんぐん近づいてくる。選択肢はなかった。二人は水に入った。

水は氷のように冷たく、流れは速かった。対岸はすぐそばだったが、流れが強く、水中に引きこまれそうになった。ヴァルターは足下をすくわれ、一度ならず二度も水に沈んだ。頭から爪先まで冷たい水に濡れ、寒さが骨にしみこむのを感じた。

どうにか対岸に上がったが、ほっとすることはできなかった。地面は深い雪に覆われていたのだ。全身びしょ濡れで、腰まで雪に埋まりながら、森までたどり着こうと固い決意で進み続けた。肩越しに振り返ると、兵士たちはまだ追ってきていて、丘を下って流れの方へ向かっていた。

ヴァルターとフレートはようやく森に入り、ジグザグに走り、追っ手をまこうとした。ひたすら走り続けていると、ふと音が聞こえないことに気づいた。もう怒鳴り声も、犬の吠え声もしなかった。疲れ果て、びしょ濡れのまま、二人は溝に倒れこんだ。寒さに震えながら、できるだけじっとして、足音がしないか耳をそばだてた。しばらくして、追跡者から逃れようとしているときに、二人ともわずかな食料とコートをなくしてしまったことに気づいた。

夜になると歩き続け、昼間は体を休めた。空腹と寒さと闘いながら、まだところどころに雪が残る森を薄着のままで歩いていった。人がいる場所からは離れるようにしていた。ポロンプカでは間一髪逃れられたが、もう二度と危険を冒すつもりはなかった。そのときから、食べ物を拾う可能性が減るとしても、二人はよく使われていそうな小道は避けることにした。ともかくこの国から出たかった、死と危険があらゆる角で待ち構えている国から。いったん国境を越えたら、楽になるはずだ。

四月十九日水曜日、山を歩きはじめて十日たち、二人はミルフカというポーランドの町を見下ろす丘にいた。ヴァルターは子供用地図でその名前を見たことを覚えていた。国境までは、あとふたつ町を越えればいいのだ。あちこちに火を焚(た)いたらしい灰と焦げ跡を目にした。おそらくパルチザンが近くにいたのだろう。森の近くの野原でいつものように人目を避けていると、ヤギの小さな群れが見えた。ヤギは食べられるな、と考えていると、こちらを見ている中年女性が目に入った。

無言のにらみ合いが続いた。どちらも相手を観察し、互いの脅威を値踏みしていた。彼女はやつれて鋭い目つきの男たちが逃亡者だとわかった。それはあきらかだった。手助けすれば、ドイツ軍に殺されることも知っていた。それでも、助けなければ逆に殺される、と考えていることが彼女の目に読みとれた。

ヴァルターは膠着（こうちゃく）状態を破った。慎重にふるまい、不要な危険を冒すな、とヴァルコフからさんざんたたきこまれていたことを考えると、ヴァルターの口を突いて出た言葉は意外だった。

「スロヴァキアの国境をめざしているんです。道を教えていただけませんか？　アウシュヴィッツ強制収容所から逃げてきたんです」

なぜ正体を明かしたのか？　自分たちが国際手配されていることを知らなかったとしても、囚人がアウシュヴィッツから脱走したら、地域全体が目を光らせていることをヴァルターは知っているのに。

この女性をだましても意味がないと、彼は察したのだ。彼女は作り話を信じないだろう。二人が何者かは一目瞭然だった。彼女のボロボロの服とあかぎれのある手が警察の手先だとは思えなかった。親切心に賭けるのは危険だったかもしれない。しかし、これまで見てきたことにもかかわらず、親切心が存在するのは確かだった。ヴァルターの胸に自分の使命がよぎったためでもあった。二人が脱走した理由は、アウシュヴィッツと、そこで起きていることについて、外の世界に知らせることだ。せめてアウシュヴィッツの存在について話したかった。これまで誰にも話したことがなかったが、収容所の外で初めて「アウシュヴィッツ」と声に出して言った。その瞬間、ささやかな重圧が彼の肩から取り除かれた。

女は小さなヤギ小屋の方に来るように手振りで示した。彼女はまだ警戒を解かず、二人の顔から目を離さなかった。二人も警戒し、罠かもしれないと疑ったが、中に入った。彼女はパンと毛布を渡し、待っているように言った。食べ物をすぐに届けさせるし、助けも呼んでくると。

彼女が丘を下り、八百メートルほど先の橋を渡っていくのが見えた。二人は橋を見張った。二人を売ろうとしているなら——ナチスに、あるいは地元の警察隊に、あるいは民兵に——その連中がここに来るには橋を渡らねばならない。それなら二人は一歩先に行動に出られるだろう。迅速には行動できないかもしれないが、敵が近づいてきたら、すぐに森に隠れられる。ヴァルターの足は腫れ上がり、走るどころか、歩くのもおぼつかなくなっていた。ろくに何も食べずに、これほど歩いたせいで、彼は老人のようによろよろ歩いていた。

女性は「すぐに」食べ物を届けさせる、と言った。あれからヤギ小屋に二時間近くいる。罠だったのだろうか？　気が変わったのだろうか？　当局と出くわして、二人の逃亡者を助けられなくなったのか？

眼下の橋の近くに人影が見えた。二人は目を凝らした。その人物はどんどん近づいてくる。丘を登ってくるのは十二歳ぐらいの少年だった。少年は運んできた荷物を差し出した。怯えているようで、今にも泣きそうになっている。ヴァルターとフレートの様子からすれば、それも当然だろう。二人とも髭（ひげ）が伸び放題で、足には血のにじんだ包帯を巻いている。

包みの中には調理したジャガイモと肉がたっぷり入っていた。ヴァルターとフレートはむさぼるように食べ、どんなに飢えていたか改めて気づかされた。たまに流れの水で渇きを癒やすぐらいで、ポロンプカからろくに食べていなかったのだ。少年は二人をじっと見つめ、祖母が夜中に戻ってくると言った。

ヴァルターとフレートは今のうちに出発するべきだろうかと考えた。暗くなったら、橋を渡る人間が見えない。この女性が二人を密告するつもりなら、食事を与えられて気をゆるめている今夜が絶好のタイミングにちがいない。

二人は考えこんだ。疑いは残っていたが、助けを必要としていたし、飢えは強烈だった。女性がたとえ武装した男たちを連れて戻ってきても、橋を渡る足音は聞こえるだろう。二人が木々のあいだに姿を消す時間はあるはずだ。

夜が来て、黄昏の中からさっきの女性が現れた。男性といっしょに丘を登ってくる。しかし、男は制服姿ではなく、田舎の労働者のみすぼらしい服装だった。女と男がもはや逃げられないほどそばまで来たとき、二人はその男が銃を持っていることに気づいた。

生か死か、捕まるか殺すか、の判断は、ヴァルターとフレートにとって本能的なものだった。二人とも、この男が自分たちを殺す可能性は低いと結論づけた。彼が敵なら、二人に銃を突きつけてゲシュタポに突き出そうと計画しているはずだ。それなら、対処できる。男は年老いていたし、こちらは若者二人でナイフを持っていたからだ。

女性は新しい包みを差し出した。男はひとことも言わずにそれを眺めている。包みは二度目の食事で、二人はできるだけ早く腹に詰めこんだ。一分もしないうちに、すべてを平らげていた。見ていた男は笑いはじめた。

「あんたらは、まちがいなく収容所から来たようだな」男は銃を脇へ置いた。二人がひどく飢えているのを見て、納得したようだ。そのときまで、二人のことをパルチザンのレジスタンス活動を助ける地元民をあぶりだすゲシュタポのスパイかもしれない、と疑っていたのだ。ヴァルターとフレートが本物の脱走者だと確信すると、男は「翌晩、国境まで案内するから自分のところに泊まるように」と言った。女性は目に涙を浮かべて別れを告げ、幸運を祈ってくれた。

男に谷間のコテージに連れていかれ、二人は本物のベッドで眠った。ようやくヴァルターはブーツを脱ぐことができた。両足とも腫れ上がり、カミソリで革に切れ目を入れなくては脱げなかった。ポーランド人の男は二人に新しいブーツをくれたが、腫れがひどくてはけなかった。ヴァルターは借りた室内履きで代用した。

翌日、二人は老人が戻ってくるのを待ちながら小屋にこもっていた。老人は食事を出してくれ、暗くなると、老人の指示に従うと約束してから出発した。山中に引き返すと、ミルフカの近くで線路を渡った。まともな靴をはいていないので、ヴァルターは遅れないように必死だった。

ある時点で、止まるように合図された。十分ごとにドイツ軍パトロール隊がこの界隈を通過する。隠れて、パトロール隊が行き過ぎるのを確認してから、九分間で安全な場所まで走る。これがナチスの最大の弱みだ、と老人は説明した。規則にあくまで忠実なので、こちらは行動が読める。ヴァルターとフレートも同感だった。二人の脱出計画全体が、その弱点に基づいていた。

三人はやぶに身を潜め、ポーランド人の言ったとおりになるのを待った。合図が出されたかのように、ドイツ軍兵士たちが行進していった。この老人の言葉を無視したら、二人は捕まっていただろう。

老人が森に入っていき食べ物を持って戻ってくるあいだ、二人は休憩をとった。どうやら、近くにパルチザンがいるようだった。二人が食べていると、老人は平静な声で、あんたたちは四月七日にアウシュヴィッツの収容所を脱走したのだろう、と推測を述べた。二人の袖を手で示した。その下には収容者番号の入れ墨があった。老人はアウシュヴィッツについてすべてを知っているかのようだった。もしかしたら彼自身、収容所にいたのかもしれない。二人は名前を教えてほしい、いつかお礼をしたいから、と頼んだ。老人はタデウシュと呼ばれている、とだけ答えた。それは暗黙のルールだった。名前も住所も互いに教えない。そうすれば、どちらかがナチスに捕まって拷問されても、何も白状することができない。

三人は暗闇の中、さらに十三キロ近く進み、ついに四月二十一日金曜日の朝になった。二日間歩き続け、空き地に出た。老人は五十メートルほど先の森を指さし、二人が聞きたくてたまらなかった言葉を口にした。「あそこがスロヴァキアだ」

もはや行く手を遮るものはなかった。フェンスもない、国境の警備所もない。今すぐあそこを越えれば、占領されたポーランドから脱出できるのだ。しかし、老人はさらに指示をした。ドイツ軍パトロール隊はここにも定期的に現れるが、間隔はもう少し長く、三時間ごとに通過する。木立に隠れ、パトロール隊が行き過ぎるのを待ってから走れば安全だ。

国境を越えたらスカリテの村をめざすこと。そこで二百六十四番地の家を探す。そこには信頼でき、食べ物と衣類を与えてくれる人がいるはずだ。「ミルフカ出身の山で暮らしている男に紹介された」と言うように。そう伝えると老人は、少ししゃがれた声で別れを告げた。

ヴァルターとフレートは言われたとおりに行動した。パトロール隊が通過するのを待って、反対側の暗い丘へ向かった。おそらく十分ほど歩いたときに、低くて太い石柱が地面に埋めこまれているのを発見した――片側にはP、反対側にはSと刻まれている。ポーランドと二人の生まれ故郷スロヴァキアを示す境界だった。二人は午前九時の光の中で国境を越えた。

ドイツ支配のポーランドから脱出して安堵したが、ほとんど喜びは感じなかった。ナチスに占領されていないとはいえ、スロヴァキアもナチスの同胞に支配されていたからだ。大統領のヨゼフ・ティソに率いられたファシストが、ヴァルターやフレート、その家族や友人を排除しようとしていた。

二人の一挙一動が危険をはらんでいた。スロヴァキア人民党の警備隊はまだ去っていなかった。それに、この暗闇にずっと潜んでいるわけにいかなかった。移送をまぬがれ、生き延びているスロヴァキアのユダヤ人と連絡をとる必要があった。そのためには森から出なくてはならなかった。

二人は歩き続けた。丘の尾根沿いの森を抜け、国境の村スカリテに下っていった。まばらに家が建ち、穏やかな川が流れ、タマネギ型の丸屋根の教会があった。今では服が裂けて破れ、ヴァルターにいたってはボロボロの室内履きをはき、ブーツをひもで肩にかけている有様では、ひと目で越境者だとわかるだろう。

家を見つけ、合い言葉を言った――「ミルフカ出身の山で暮らしている男」。すると、オンドレイ・チャンネツキーという農夫が二人を招じ入れ、体を洗うように言い、着替えを渡した。地元民で通るような小作人の服だった。食事をしながら、ヴァルターとフレートはユダヤ人コミュニティが少しでも残っていれば、住人にぜひ会いたい、と伝えた。至急、伝えたいことがあるからだ。チャンネツキーはチャドツァにいる医師がポーレクという名前のユダヤ人だと教えてくれた。

その名前には聞き覚えがあった。ヴァルターがノヴァーキからマイダネクに移送されるとき、ドクター・ポーレクの名前もリストにあったのだ。だが、のちにリストから削除された。医師を移送すると、その地域で医療を受けられなくなり、スロヴァキア国民から圧力がかかるため、ナチス当局が移送から外したのだ。スロヴァキアの人口においてユダヤ人の割合は小さいにもかかわらず、田舎ではユダヤ人医師の比率が高かった。ティソ大統領はユダヤ人医師を小さな町や村に配置して、一時的に移送を猶予した。ドクター・ポーレクがチャドツァにいるのも十分にありうる話だった。もし、当人なら、まず彼を訪ねるべきだった。ヴァルターとフレートはすぐに出発しなくては、と気がせいた。

チャンネツキーは二人を制した。ここに来たのと同じように夜に森を抜けてチャドツァまで三十五キロ以上歩いていくつもりなら、丸三日はかかるだろう。チャンネツキーは提案をした。月曜はチャドツァで市が開かれるので、列車で行って豚を売る予定でいる。二人は週末のあいだ、ここに隠れていて、月曜の朝、手伝いのふりをして同行したらどうだろう？　チャンネツキーのそばで商売を手伝い、スロヴァキア語で話していれば警察も密告者も気づかないだろう。それにチャドツァ行きの列車を管理しているのは、ドイツ軍ではなくスロヴァキア憲兵だ。

というわけで、四月二十四日月曜、ヴァルターとフレートはスロヴァキアの家畜市場にいて、十頭の豚を追いながら、周囲の業者が客たちと軽口を交わし、低い入札を陽気にしりぞける声に耳を澄ましていた。

二人の若い手伝いには誰も注意を向けなかった。チャンネツキーは利益の一部を分けてくれようとしたが、二人は断った。彼は命を危険にさらしたのだ。それで十分だった。

農夫は医師の家を二人に教えた。診療所は期待していたような場所ではなかった。ドクター・

ポーレクのクリニックは地元の軍隊宿舎の中にあった。門番はスロヴァキアのナチス派の兵士二人だった。ヴァルターはポーレクを知っていたので、患者のふりをして二人の前を通り過ぎることにした。ヴァルターは緊張しながら中に入っていった。

ポーレクの部屋を見つけ、中に入るなり、ノヴァーキ一時収容所で知っていた医師だとわかった。ただし彼は一人ではなかった。ドクターのかたわらには女性看護師がいた。ヴァルターは「紳士の病気」でここに来たので、できたら女性には外に出てほしいと頼んだ。

ポーレクはヴァルターを覚えていないようだった。無理もない。ヴァルターは農夫の服を着ているし、アウシュヴィッツを脱走してまだ二週間だったから、坊主頭だった。

名前を名乗り、どこで医師と初めて会ったかを説明した。それからアウシュヴィッツについて、できるだけ手短に話した。ポーレクは青ざめ震えはじめた。ヴァルターは理由が理解できた。ヴァルターは墓場からの使者なのだ。一九四二年三月から十月までのあいだにスロヴァキアから移送された六万人のユダヤ人のうち、初期に移送された一人だった。半分はアウシュヴィッツに送られ、半分は国に帰ってきた。ヴァルターは、何万人ものうち、アウシュヴィッツでまだ生きているスロヴァキア系ユダヤ人男性は六十七人で、ユダヤ人女性は四百人だけだと伝えた。

「残りはどこなんだ?」ポーレクはたずねた。

「死にました」ヴァルターは答えた。

彼らは残った者たちが信じたがっていたように、「再定住」させられたのではない、殺されたのだ、と説明した。

　ポーレクは一九四二年の春に妻と子供たちとともに移送をまぬがれた。しかし、両親、兄弟姉妹とその家族は全員が移送されていた。一九四二年以降、親戚からの連絡はまったくなかった。残りの移送者も含めて、みんな行方不明だった。ヴァルターの言葉に医師は震えが止まらなかった。

　落ち着きを取り戻すと、ポーレクは自分に何ができるのかとたずねた。今度はヴァルターがあれこれ質問した。スロヴァキアには機能しているユダヤ人コミュニティが残っているのか？　なんらかの活動グループはあるのか、リーダーらしき人はいるのか？

　医師はユダヤ評議会がブラチスラヴァにあり、まだ活動している、と答えた。それは軍が許可している唯一のユダヤ人組織で、ポーレクのように移送をまぬがれ生きている二万五千人のユダヤ人の代弁者として仕事をしていた。ただ、ユダヤ評議会は慎重に仕事をしなくてはならなかった。医師はすぐに連絡者を手配し、ヴァルターとフレートがチャドツァで泊まれる場所を教えてくれた。ミセス・ベックの家だ。有名なラビ、レオ・ベックの親戚にちがいなかった。

　あとひとつなすべきことがあった。二人は十五分も話していた。看護師は疑わしく思うかもしれない。ヴァルターは足に包帯を巻いて、時間がかかった訳を説明した方がよさそうだった。

　翌朝、農夫姿のまま、二人はドクター・ポーレクと慎重に距離をとりながらチャドツァの鉄道駅に向かった。彼は去り、二人は列車に乗りこんだ。

二人はもっと大きな町ジリナに向かった。鉄道駅の前の公園に午前十時に行くように、とだけ指示されていた。変装のために二人はベンチにすわり、スリヴォヴィッツというプラム・ブランデーをあおっていた。農夫のシャツに剃り上げた頭、朝から公園で酒を飲んでいることから、スロヴァキア軍の新兵に見えただろう。誰も二人に目もくれなかったが、やがてエルヴィン・シュタイネルというユダヤ評議会の代表が近づいてきた。二人についてくるように合図すると、シュタイネルは七、八分歩いて、ホレホ通りにあるモダンな建物に入った。十年近く前、コミュニティの信頼に対する記念碑として建てられたものだ。今はジリナの年老いたユダヤ人たちの施設になっていたが、一九四〇年からはユダヤ評議会のジリナ支局としても使われていた。シュタイネルは二人を地下に続く階段に案内した。

ボイラー室と洗濯室を通り過ぎ、廊下の最後のドアを入った。ほとんど誰にも会わなかった。通りの通行人の足下の高さに、曇りガラスの窓があった。運がよければ、ここにいることを誰にも知られないだろう。

食べ物――サラミ、卵、サラダ――が用意されていた。まもなくシュタイネルの妻イボヤが加わった。のちにタイピストを務める女性だ。

ヴァルター・ローゼンベルクの足にはまだ包帯が巻かれていたが、アルフレート・ヴェツラーとともに、この二年間の苦しみの中で温めていた夢がかなった。今こそアウシュヴィッツの真実を語るのだ。

報告書

第4部

第20章　黒と白

　ときには事情聴取、ときには尋問のようなやりとりが数日にわたって続いた。ヴァルターとフレートの話を聞いたとたん、シュタイネルは自分ではなくユダヤ評議会の代表が聞くべきだと判断した。そこでオスカル・クラスニャンスキーに連絡した。彼は化学エンジニアで、評議会で最高位の一人だった。シュタイネルはすぐにこちらに来てほしい、と伝えた。ユダヤ人は列車での移動を禁じられていたが、クラスニャンスキーは許可証を手に入れ、その日遅くにジリナに着いた。五十歳のオスカル・ノウマンはユダヤ評議会の代表であるとともに弁護士、作家でもあった。彼は翌日にやってきた。

　まずするべきことは、ヴァルターとフレートが供述しているとおりかを確認することだった。それは簡単だった。評議会で保管されているスロヴァキアからのすべての移送者に関する記録をクラスニャンスキーが持ってきたからだ。二人の名前と写真もそこにあった。ヴァルターとフレートが最初の移送の日付と場所を伝えると、記録によって裏づけられた。

　それればかりか、ヴァルターとフレートはいっしょに貨物列車に押しこまれた何人かの名前も挙げることができた。その後アウシュヴィッツに到着した移送者リストの名前も。どの場合でも、名前と日付が一致し、二人はその人々の運命――全員が死んでいた――について証言できた。

この二人の青年は信頼できると、クラスニャンスキーはすぐに確信した。二人はあきらかに悲惨な状態だった。足は腫れ、疲労困憊し、何週間もろくに食べていないことが見てとれた。医師の診察の結果、二人はこの地下の部屋に体力が回復するまで泊まることになった。ベッドがふたつ運びこまれた。

肉体的には弱っていたが、どちらの若者の記憶も詳細で明晰であることにクラスニャンスキーは驚嘆した。まさに奇跡だった。彼は二人の証言の完全な記録を作ろうと決心した。

そのことを念頭におき、彼は二人から別々に話を聞いた。そうすれば、一方が相手の話をねじ曲げたり、互いに影響されたりすることがないだろう。何時間も続く聞き取りで、クラスニャンスキーはいくつも質問をし、答えを聞き、詳細を速記した。結論としては、ユダヤ人が大量虐殺されているという証言だったが、どんな感情を抱いたとしても、クラスニャンスキーは顔に出さなかった。ただ次々に質問をして、記録していった。

ヴァルターはよどみなく、早口で話すかと思うと、言葉を探しているかのように、ゆっくりと話すこともあった。正式な聞き取りの前でも、法廷でのように事実をもとに証言していたが、感情を抑えられず、語りながら過去が甦った。細胞や毛穴にいたるまでアウシュヴィッツに戻ったかのように感じられた。一時間後、ヴァルターは消耗していたが、まだ最初のほうしか話してい

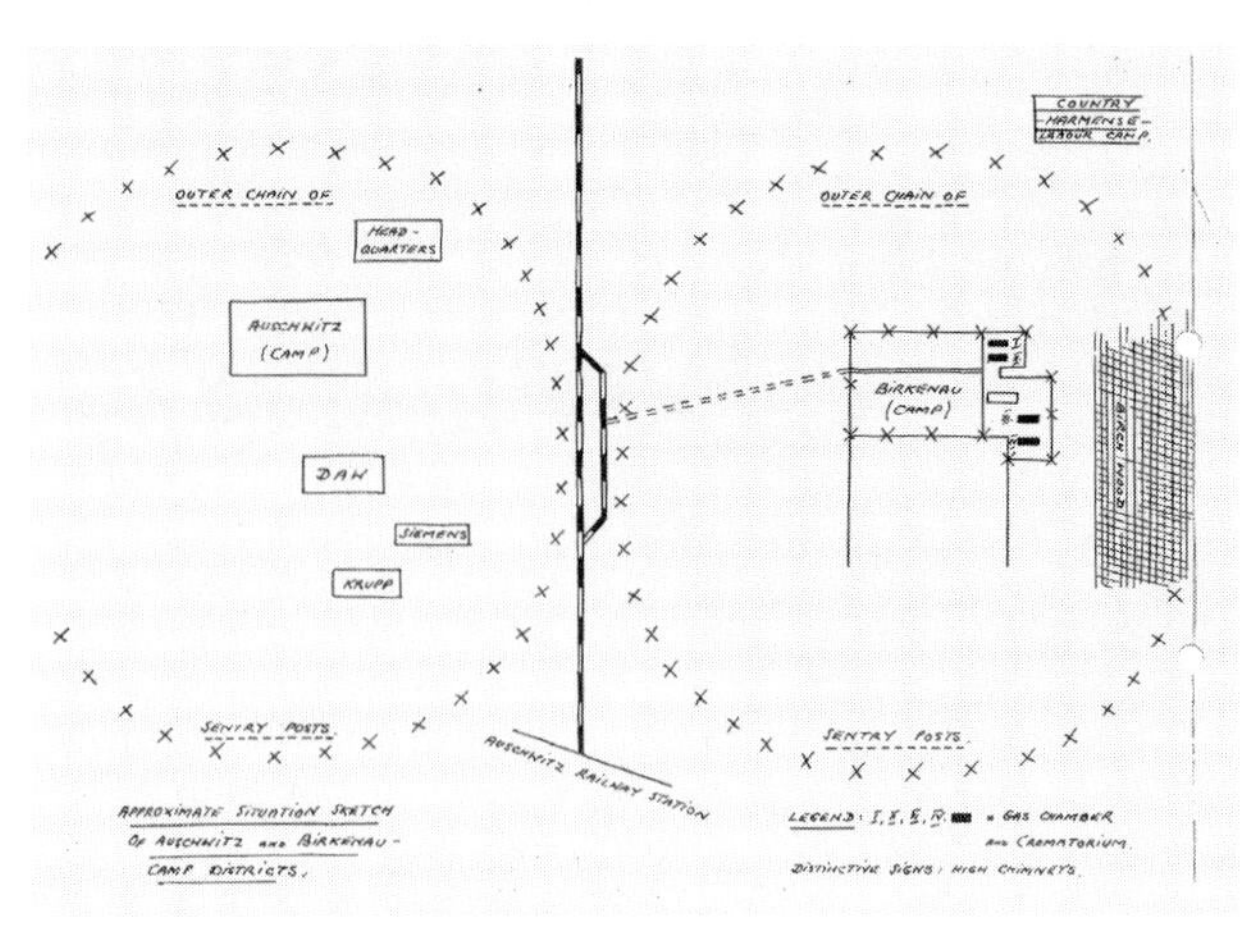

ヴルバ=ヴェツラー報告書の英語版に掲載された、ヴァルターによるアウシュヴィッツ=ビルケナウ強制収容所のスケッチ。ヴァルターは小学生のころからの習慣で、地図を描くときは北を下にしがちだった

なかった。

別々の聞き取りのために、クラスニャンスキーはヴァルターを部屋に入れると鍵をかけた。邪魔を防ぐというよりは、保安上の理由だった。ジリナのユダヤ人老人施設にかくまわれている二人に、ゲシュタポは逮捕状を出していた。それも二人をこの二週間、建物内に昼も夜も閉じこめていた理由のひとつだった。こんな姿で通りを歩いたら、人々の噂になりかねない。

ヴァルターは紙とペンを受け取り、話を始めた。彼は地図を描いた。わかるかぎり実物の寸法に忠実に。まず、アウシュヴィッツ強制収容所の内側をスケッチした。それからもっと複雑だったが、ふたつの地区とA、B、Cなどたくさんの区画を含めてビルケナウ強制収容所を描いた。その中間に荷下ろし場を描き、そこで見たものと、自分がしていたことについて説明した。巨大なドイツの軍事産業――

I・G・ファルベン、シーメンス、クルップなど——がどこに工場を持ち、奴隷労働者を働かせているかを示した。ビルケナウのはずれで大量虐殺がおこなわれていることを伝えた。四つの死体焼却場それぞれに焼却炉が設置され、ガス室とつながっていることも。

四十八時間、別々でもいっしょでも、ヴァルターとフレートはすべてを語った。移送、荷下ろし場、選別。選別で労働者となった人々は行進していき、死を命じられた者はガス室に運ばれていく。生きている者は収容者番号を入れ墨され、死ぬ者には焼却炉が待っている。日付をあげ、ヴァルターが移送された一九四二年六月から二人が脱走した週までに到着した列車ごとのユダヤ人の数を推測した。同胞のスロヴァキアのユダヤ人とチェコの家族収容所の人々の運命については、特に詳細に語った。言語も背景も近いので、とりわけ胸が痛んだ、とヴァルターは打ち明けた。質問者も同じ気持ちだっただろう。

クラスニャンスキーにしばしばノウマンも加わり、ひとことひとことに耳を傾けた。弁護士でもあるノウマンは、証言のあらゆる点について問いただしたので、二人は反対尋問をされているように感じた。学校時代の古い友人が一九四三年九月に移送されたが、その移送者たちの運命を知っているかと、ノウマンはたずねた。九、十時間前、同じ移送についてすでに語ったことと矛盾がないか確認するためだった。ユダヤ評議会の担当者たちは個別の話や、二人の証言に矛盾がないかを見つけようとしていたが、何も発見できなかった。

質問の方向性にヴァルターはいらだちを覚えた。関心を持ち、真摯に取り組んでいることはわかったが、事務的な対応で人間らしい共感にあふれているとは言えなかった。気にしないようにしても、ユダヤ人弁護士や評議会の指導者の共感を求めていたので、その態度に神経を逆なでされた。

ヴァルターの憤りはジリナでの出会いよりも前からくすぶっていた。一九四二年二月に、ユダヤ評議会の封緘(ふうかん)つきの召喚状を受け取ったときから、恨んでいたのだ。移送者の名前や写真、移送日などの記録を保管していたのは当然だった。彼らが移送計画を立てたのだから。

机の向こう側にいるユダヤ人たちに釈明できるかと訊いても、立場的に何もできなかったと弁解するだけだろう。一九四〇年にナチスの命令で、スロヴァキアにおけるユダヤ人組織はすべて解散させられ、ユダヤ評議会だけが残された。国内のユダヤ人指導者たちは、評議会に参加することの道徳的善悪について討議した。ヴァルターと同じ見解の者もいた。ユダヤ評議会に奉仕することは、悪魔の手先と同じで、ユダヤ人コミュニティにおける指導者たちの信憑性が揺らぐだろう。評議会が断れば、ファシストがその仕事をみずからの手で、もっと残酷なやり方でおこなうだろう、と恐れる者もいた。少なくともユダヤ人が関わっているなら、この先ユダヤ人に対する迫害が和らぐかもしれない。白熱した議論の結果、二番目の考えが主流となった。

ヴァルターの頭の中では、ユダヤ評議会に関わる全員が、ナチスの協力者だった。しかし、彼が知らないことがあった。ユダヤ評議会にはレジスタンス組織が存在したのだ。「作業部会」という名称で、できるだけ多くのユダヤ人を救うために活動していた。主要メンバーに、ヴァルターとフレートがジリナで話をした人々が含まれていて、ノウマンがグループの代表だった。

ヴァルターはその存在をまったく知らなかった。また、ファシスト化したスロヴァキア政府が、ナチスの圧力でユダヤ人移送に踏み切ったとき、ユダヤ人評議会に何ができたかについても真剣に考えたことはなかった。その疑問を質問者にぶつけてもむだだとも感じていた。銃殺されるか餓死するかの危険を冒し、国境を越えてやってきた若者二人の証言に頼りきって、みずからは何もしないでいる担当者たちに、ヴァルターはいらだちが募った。担当者をアウシュヴィッツに派遣し、国外に移送されたスロヴァキアのユダヤ人がたどった運命について、どうして直接確認しないのだろう？　この百二十キロ以上の旅は苛酷で命がけだった。そのことは彼とフレートがいちばんよく知っている。しかし、地図や金がなくても、それが可能だということも示した。ノウマンたちなら、スパイを送りこめるだろう、とヴァルターは思った。ユダヤ評議会は「再定住」の結末がどうなるのか噂を聞いていたはずだ。

それでも、ヴァルターとフレートは話し続け、あらゆる質問に答えた。とうとうオスカル・クラスニャンスキーは、二人が話したメモをまとめるとミセス・シュタイネルに渡し、すぐにタイプさせた。スロヴァキア語の文字がぎっしり詰まった報告書は三十二ページに及んだ。そこにはヴァルターのスケッチと二人の証言に基づき、建築家が作成したアウシュヴィッツとビルケナウの平面図、死体焼却場の基本的なレイアウトも含まれていた。最初のページはクラスニャンスキーによる前書きが掲載されたが、彼の名前は記されていない。この報告書は二人の若いスロヴァキアのユダヤ人によって書かれたが、「その名前は二人の安全のために公開しない」と記されている。二人の移送の経緯が簡単に紹介され、この報告書はすべての経験を語っているわけではなく、「一人または二人が直接に経験したり聞いたりしたことを載せている。個人的な印象や判断は記録されておらず、伝聞はいっさい掲載していない」とあった。

そのあとに重要な説明があった。「ここに公表することは、これまでに入手した貴重だが断片的な報告すべてと合致し、移送に関する日付は公的な記録とも一致していた。それゆえ、この報告は完全に信頼できるとみなされる」

報告書では主語は曖昧にされ、最初の段落はセレトからアウシュヴィッツへの「我々の」移送について書かれていた。そのあとで、ノヴァーキからマイダネクまでの「我々の」車列について書かれ、どちらの脱走者の体験なのかは明確にされていなかった。それからアウシュヴィッツの被収容者や収容所の詳細な地図が続いた。さらに、家畜用の貨車での旅、頭髪と体毛を剃られ、収容者番号を入れ墨されたこと、被収容者を分類する色分けされた三角形の印、収容所の外側エリアと内側エリアに設置された監視塔、点呼、ゲートに掲げられた「働けば自由になる」の看板、奴隷労働の工場、脱走を図った者の絞首刑、飢餓、日常茶飯事の殴打、毎週二度の病院での選別――すべてが語られた。

報告書は要点のみで、美辞麗句もなかった。七ページまで「ガス」という言葉も出てこなかった。さらに、アウシュヴィッツへのユダヤ人移送者は、少数を除いて到着と同時に殺されたことは、その次のページまで明らかにされなかった。おぞましい事実ですらさりげなく挿入され、誇張も強調もなかった。一九四二年六月に到着した移送者リストはその後につけ加えられたが、最後はフランス系ユダヤ人の四百家族だった。

千六百人からなる移送者全体のうち、およそ二百人の女性と四百人の男性は収容所に入れられた。だが、残りの千人（成人女性と男性、老人、子供）は鉄道の側線から直接カバノキの森に運ばれ、そこにあるガス室で殺され焼却炉で焼かれた。それ以降、すべてのユダヤ人移送者は同じように扱われ、収容所に送られたのは男性の約十パーセント、女性の約五パーセントで、残りの人々はただちに毒ガスで殺された。

以下の報告はヴァルターとフレートの記憶をもとにされたものの抜粋で、収容者番号ごとの移送とガス室送りになった人数の累計が記されている。各移送で選別された少数だけが労働者として収容された。

38400〜39200――フランスに帰化したユダヤ人八百人。残りの移送者は毒ガスで殺された。

47000~47500――オランダ系ユダヤ人五百人、大半はドイツからの移民。この移送のうち、およそ二百五十人は毒ガスで殺された。
48300~48620――スロヴァキア系ユダヤ人三百二十人。このうち七十人ほどの女性は女性用収容所へ。二百五十人は毒ガスで殺された。

リストは延々と続き、最終的に労働者として登録された収容者番号は17400になった。出身地と死亡者数だけの簡潔な記載のときもあれば、追加情報や名前まで記載されていることもあった。個人名が記されているのは、たいていは労働者として選別されたスロヴァキアのユダヤ人だった。ブラチスラヴァ出身のエステル・カハン、ジリナ出身のミクローシュ・エンゲル、現在は死体置き場で働いているスニナ出身のチェイム・カッツの名前もあった。カッツの奥さんと六人の子供はガス室送りになった。二千人のフランス人政治犯や共産主義者などに関する記述によると、移送者の中には元フランス首相レオン・ブルムの弟が含まれていた。彼は「残忍な拷問を受け、ガス室で殺されたあと、焼却炉で焼かれた」。

十二ページ過ぎに、殺人方法の描写が登場した。「おおまかな平面図」という図も添えられ、四つの焼却場の描写とビルケナウにおける作業が、事実に徹し、淡々とつづられている。

死体焼却場には巨大な煙突と、その周囲に九つの焼却炉があった。それぞれ四か所に開口部がある。各開口部から一度に三体の死体を入れることができ、一時間半後には完全に燃え尽きる。それによって一日におよそ二千体を焼却できる。

図表に言及するときには、ヴァルターにとっては問題の核心であるナチスの欺瞞を省略しないように、注意が払われた。

不運な移送者は待合室に連れてこられ、そこで服を脱ぐように言われる。風呂に行くという偽装のために、タオルと小さな石鹸を白衣姿の二人の係員が配る。

チクロンBをどのようにガス室の天井から投入するか、死体撤去をおこなう特別隊の存在など、重要な情報が網羅されていた。一九四二年八月のチフスの蔓延、一九四四年三月のチェコの家族収容所の運命についても語られた。ビルケナウの所長はルドルフ・ヘスで、事務部門は「特別に選抜された収容者」によって運営され、年長者や区画の記録係など独自の階級があること、隔離収容所BⅡaからシンティ・ロマ人収容所BⅡeまで、ビルケナウを構成する区画についても説明されていた。

報告書の最後には「一九四二年四月〜一九四四年四月にビルケナウのガス室で殺されたユダヤ人の数に関する慎重な概算（出身国別）」と題された以下のリストが掲載されていた。

ポーランド（トラックで到着）――約三十万人
ポーランド（列車で到着）――約六十万人
オランダ――約十万人
ギリシャ――約四万五千人
フランス――約十五万人
ベルギー――約六万人
ドイツ――約五万人
ユーゴスラヴィア、イタリア、ノルウェー――計約五万人
リトアニア――約五万人
ボヘミア、モラヴィア、オーストリア――計約三万人
スロヴァキア――約三万人
ポーランドの外国系ユダヤ人のさまざまな収容所――計約三十万人
　合計　約百七十六万五千人

クラスニャンスキーは報告書をヴァルターとフレートに見せた。彼らの言葉をもらさず書き留め、その証言をまとめたのだ。すぐに発表するために、二人の許可がほしかった。ヴァルターは

ざっと目を通して、主語が変わること、特にフレートからヴァルターへの変更は混乱を招くと指摘した。それに、報告書がスロヴァキア以外にも渡るなら、スロヴァキアのユダヤ人の運命についての詳細が不釣り合いに多く、個人名の記載もよくないだろう。

最大の欠点は報告書に含まれなかった事項があったことだった。ヴァルターとフレートが命を賭けて警告しようとしたハンガリーのユダヤ人に迫っている脅威について言及がなかったのだ。

ユダヤ評議会代表のノウマンの前で、二人は収容所で目撃した建設作業について語り、まもなく「ハンガリー製サラミ」が届くだろうと親衛隊員がはしゃいでいたことを伝えた。それでも、報告書にはひとことも触れられていなかった。さらに収容所の拡張については記載があるにもかかわらず、二人が三日三晩隠れていた「メキシコ」と呼ばれる一帯、ナチスの用語ではBⅢという区画に、新たなハンガリーからの移送者を収容する予定であることは示唆されなかった。それどころか、「この拡張計画の目的はわかっていない」と強調されていた。

ハンガリーのユダヤ人に危険を知らせるために逃亡したというのに、なぜ言及していないのか？　ヴァルターはクラスニャンスキーを問いつめた。報告書には明白な警告が含まれるべきだ。クラスニャンスキーも譲らなかった。報告書の信憑性は、すでに起きた殺人の記録にかかっている。予告や推測は入れない、事実だけだ。序文の前提にクラスニャンスキーはこだわった。この報告書は、これから起こることについての予測は排除し、すでに起きたことだけに限定しなくては信じてもらえないだろう。カポがヴァルターに話した「ハンガリー製サラミ」の件は、その基準を満たしておらず、憶測にすぎない。それでも、クラスニャンスキーはこう説得した。ハンガリーのユダヤ人の大量殺戮の準備については、関係当局に知らせるつもりだと。

ヴァルターは決心した。もちろんハンガリーのユダヤ人に対する警告ははっきりと書いてほしかった。何よりも、その点についてあいまいにはしてもらいたくない。しかし、そうなると発表が遅れる。まちがいを訂正してタイプを打ち直し、書き直す時間はもはやなかった。一日が、一時間が重要だった。完璧なものを明日発表するよりも、今日不完全なものを発表した方がいい。ヴァルターとフレートは許諾を与えた。

クラスニャンスキーとノウマンがドアから飛び出し、伝令をただちにブダペストに向かわせるだろう、と期待していたが、失望した。翌日、四月二十八日金曜、老人施設でスロヴァキアのユダヤ人指導者の秘密の会合がおこなわれた。ノウマンが議長を務めた。彼らはレジスタンスの流儀にのっとり、互いの名前をいっさい使わなかった。

二人の脱走者は最後の質問を受けるために出席した。まるで博士課程の学生の最終弁論のように。ある弁護士の男は「文明化されたドイツ」が法的手順を踏まずに人々を処刑していることが信じられないようで、何度もその点について確認した。ヴァルターの忍耐はもはや限界だった。彼は椅子から立ち上がると叫んだ。

「あっちでは、今この瞬間にも、ユダヤ人がガス室に送られているんだ。何かしなくてはならない。ただちに！」

フレートは彼を止めようとしたが、むだだった。ヴァルターはテーブルを囲んだ一人一人を指さし、ただそこにすわって手をこまねいていることを非難した。

「あなたたちが何かしなければ、全員がガス室で死ぬことになるんだ」

フレートはもう一度彼を落ち着かせようとし、ようやくヴァルターは肩を落として椅子にすわった。

その後、クラスニャンスキーは配布する書類を用意した。できるだけ多くの人がわかるような言語に翻訳しなくてはならなかった。クラスニャンスキーはスロヴァキア語よりもドイツ語の方が効果的だろう、と考えた。

一方、現実的な問題にも対応しなくてはならなかった。四月はすでに終わりかけている。労働者の祝日が迫っており、五月一日は反ファシスト活動に大きな注目が集まるのではないかと、スロヴァキア当局は懸念していた。当局は数少ないユダヤ人の建物を捜索し、「ユダヤ人共産党員扇動者」を見つけるのが常だった。ヴァルターとフレートは、もはやジリナの老人施設に隠れているわけにいかなかった。レジスタンス組織の「作業部会」はジリナから東に九十キロほど離れた町リプトフスキー・スヴァティー・ミクラーシュの山中に隠れ家を手配した。ヴァルターとフレートは生活費を渡され、少なくとも三世代前からの生粋のアーリア人であることを証明する偽書類を与えられた。それによって、列車やレストランにいても警察の手入れを恐れることなく、スロヴァキアで自由に動き回れるだろう。

二人は国際指名手配されていたので、新たな名前が与えられた。アルフレート・ヴェツラーは「ヨゼフ・ラーニク」、ヴァルター・ローゼンベルクは「ルドルフ・ヴルバ」として生まれ変わった。フレートにとって、それは一時的な名前だった。できるだけ早く元の名前に戻るつもりだったからだ。しかし、ヴァルターは生涯、新たな名前で通した。

ルドルフ・ヴルバは、あるチェコ人のカトリック神父からつけられた。その有力な神父は五年前に亡くなったが、熱心な反ユダヤ主義者として知られていた。彼はユダヤ人に自由な生活を送らせないための手段をいくつか提案した。知っていたとしても、ヴァルターは気にせず、新しい名前ルドルフがアウシュヴィッツの所長と同じでも、それほど動揺しなかった。重要なのは、ドイツ的な姓の「ローゼンベルク」を捨てることだった。いわゆる「文明化」された国とのあらゆるつながりを断ち切りたかったからだ。ヴァルター・ローゼンベルクはもう存在しなかった。今後はルドルフ・ヴルバとして生きるつもりだった。新しい名前はどこから見てもチェコ人で、ドイツ人らしいところも、ユダヤ人らしさもなかった。

ヨゼフとルドルフ、愛称ルディとして生まれ変わった二人の若者は山岳地帯をめざした。かたや、二人の命がけの仕事、アウシュヴィッツ・レポートの旅もまた始まっていた。

第21章　神の子たち

報告書の作成は大胆で、命の危険すらあった。それを配布し、しかるべき人の手元に確実に届くようにすると考えただけで、怖(お)じ気(け)づきかねない。クラスニャンスキーと「作業部会」は、ジュネーヴ、イスタンブール、ロンドンにいる連絡係に報告書を渡すことにした。大半がユダヤ人で信頼でき、政府に嘆願するか、公的機関に報告するだろう。しかし、まずハンガリーに警告することが優先だった。

事態が逼迫していることに疑いはなかった。ルディとヨゼフがジリナを出発する準備をしていると、食事を運んできた年配の女性が、ハンガリーのユダヤ人をぎっしり乗せて町を通過していく列車を見たので胸が痛い、と訴えた。「何千人も乗ってたんですよ」彼女はすすり泣いた。「貨物列車でジリナを通過していきました」

ハンガリーのユダヤ人に迫っている危険に関して、クラスニャンスキーは報告書からすべての記述を削除したが、時間がないことを踏まえて行動していた。報告書の署名がすんで数時間後には、彼はブラチスラヴァである人間と会っていた。四月二十八日、ハンガリーにおけるユダヤ人の事実上のリーダーとして頭角を現していた三十代後半のジャーナリスト、レジェ・カストネルに直接報告書を渡したのだ。カストネルが報告書をどうするか、あるいは何もしないかは、ルドルフ・ヴルバの人生で、重要なできごとのひとつになるだろう。

一九四四年三月に、ドイツ軍はユダヤ人を制圧するためにやってきたが、ハンガリーはその力をほとんど必要としていなかった。王国の摂政、ミクローシュ・ホルティ執政は第一次世界大戦直後に権力の座に着くと、反ユダヤ主義を政策の中心にすえたからだ。二十年後、ホルティ執政はベルリンからの指示を待たずに、ユダヤ人の生活を制限する多くの法律を成立させた。となると、アウシュヴィッツ・レポートが一九四四年四月か五月初めにブダペストに到着し、ハンガリーの反ナチスレジスタンスの手に渡ったとしても、彼らはこう考えるだろう。ハンガリーのユダヤ人が大量殺戮の脅威にさらされていても、ハンガリーの反ユダヤ政府に保護を頼むのはむだだ。政府はナチスに協力しているのだから、別の指導者グループ、聖職者に救出を頼んだ方がいい。

だが、多くの聖職者は一九三八年から三九年にかけての反ユダヤ政策を支持していた。それでも、一握りの良心ある聖職者に訴えるしかなかった。

まず、報告書の写しをカルヴァン派の活動家でもあるゲーザ・ショウシュ医師に渡すことになった。彼はハンガリーの外務省で仕事をしていて執務室があったので、レジスタンスにとっては都合がよかった。彼は若い牧師の友人ヨージェフ・エリアスに連絡をとり、「重要な」ことについて話し合いたいと伝えた。二人はブダペストの国立博物館で会い、ショウシュはその朝、報告書が届いたことを興奮しながら話した。スロヴァキアとハンガリーの国境を越えて持ちこまれたのは奇跡だ、とショウシュは言った。アウシュヴィッツから脱走した二人の男が奇跡を成し遂げたのだ、と。

ショウシュはふたつの椅子の上にブリーフケースをそれぞれ置くようエリアスに手振りで示した。ショウシュは自分のブリーフケースの報告書をエリアスのブリーフケースにすばやく移した。それから今必要なことを説明した。いちばん急を要するのは、正確かつ明晰に報告書をドイツ語からハンガリー語に翻訳することだった。その後、同じものを六部タイプする。安全のために、エリアスが働いているオフィスのタイプライターは使わない方がいい。彼はカルヴァン派教会の善き羊飼い伝道団で、ユダヤ人として生まれた十万人のハンガリーのキリスト教徒、つまり、キリスト教徒に改宗したユダヤ人の宗教的福祉と保護のために活動していた。報告書がどこから来たか、たどられないようにしなくてはならなかった。最後に、きわめて重要なのは、エリアスがその報告書を五人に渡すことだった。ハンガリーのキリスト教徒で、もっとも上位の五人の人物にだ（六部目の写しはショウシュ自身が預かることになった）。さらに、絶対不可欠の条件があった。その五人にはどこから、誰によって、報告書が届けられたのか知られないようにする必要があった。「我々の手に報告書があることを政府高官に知られてはならない」ショウシュは念を押した。レジスタンスの目標は教会の指導者に周知徹底することで、そうすれば「ユダヤ人を待っている悲劇を防ぐよう政府に圧力をかけられる」はずだった。

エリアスはオフィスに戻った。報告書を人の目のあるところでは作成できない。彼よりも上位の聖職者は、ユダヤ人の大量殺戮の情報がユダヤ人コミュニティにパニックを引き起こすと、救出が難航するので伏せておく、と決定していた。そこでエリアスは話をするために若い同僚を小部屋に呼んだ。マーリア・シーケリという女性で、数か国語に堪能だったので伝道団でボランティアをしていた。彼はシーケリに、報告書を読んで翻訳できるか教えてほしいと頼んだ。数時間後、ショックで青ざめた顔で戻ってきたシーケリは、翻訳は自分がやるべきことだ、と答えた。

報告書の内容はつらいものだった。この翻訳にはかなりの集中力が必要だったので、シーケリは借りているイールメリーキ通りの屋根裏部屋に報告書を持ち帰った。そこなら一週間、昼も夜も作業できたからだ。ときどき噂は耳にしていたが、報告書にあるのは戦慄するような現実で、それがパンの作り方のように冷静に淡々とつづられていた。翻訳にも感情をこめず、装飾や強調表現は使わないように努めた。

図版の作成はできないし、数時間ぶっ通しで働いて目も疲れていたが、トレーシングペーパーを使って、どうにか図面をタイプライターにはさんでいる紫色のカーボン紙に写し取った。こうしてアウシュヴィッツ・レポートのハンガリー語版ができあがっていった。

仕事は苦労が多く、屋根裏部屋は息苦しかった。シーケリは気分転換をしようと、小さな一階のテラスに書類と辞書を持って下りた。風が強い日で、突風にドイツ語で書かれた報告書の一ページが飛ばされた。アウシュヴィッツ強制収容所の図があるページだった。書類は庭の金網フェンスまで吹き飛ばされ、そこにひっかかった。ちょうどそのとき、武装したドイツ兵がフェンスのすぐ外側を警備のために歩いていた。シーケリはイールメリーキ通りのすべての家をドイツ軍が占領していることを忘れていたのだ。

彼女はフェンスに向かって走ったが、遅すぎた。ドイツ兵の方が早かった。彼は手を伸ばして紙片をとった。ひと目見たら、この書類にはアウシュヴィッツの秘密が記されていて、彼女と仲間が発見したものだとわかっただろう。エリアスら関係者ともども逮捕されるにちがいない。最悪なのはアウシュヴィッツ・レポートが公表されなくなってしまうことだ。

怯えながら、シーケリは最悪の事態を覚悟した。しかし、ドイツ兵は書類をろくに見ずに、礼儀正しい微笑を浮かべて彼女に渡した。シーケリは受け取ると、家の中に戻った。恐怖のせいでアドレナリンが体じゅうを駆けめぐるまま、再び仕事に取りかかった。

ハンガリー語版ができあがると、彼女は依頼どおり五部をエリアスに渡し、ゲーザ・ショウシュに一部とドイツ語の原本を渡すために出かけた。ただ、オフィスは王族の住まいに近く警備が厳重だった。ドイツ兵は彼女の身分証を調べた。彼がバッグの中身を改めさせろと言ったら、彼女と報告書はおしまいだっただろうが、どうにか通過できた。

ついに書類を上級聖職者に渡すことができた。最初のうちは大きな前進があった。プロテスタントの司教が五月十七日にハンガリーの首相に手紙を書き、政府に移送中止を働きかけることを勧めた。アウシュヴィッツ・レポートで判明したように、移送は大量殺戮の第一歩だからだ。しかし、同じ手紙で、彼は教会にとってもっとも強力な武器になりうるものを捨てた。ユダヤ人の苦境を公にはしない、と誓ったのだ。

それでも、レジスタンス活動のネットワークにより、カトリックの枢機卿で首座大司教であるユスティニアン・シェレーディの手に報告書が渡ったのは大きな進歩だった。一九四四年五月半ばのことだった。関係する二人の司祭と一人のジャーナリストは公聴会を求めた。そして、すでにわかっていることに基づいて行動を起こすように、シェレーディに懇願した。

三人が枢機卿の公邸になっているブダ地区の城に行くと、シェレーディが入ってきて、手を差し伸べて彼らを迎えた。三人はひざまずき、彼の指輪に唇をあてた。枢機卿はすわると、話を促した。

プロテスタントの指導者は、ドイツ軍のユダヤ人一斉検挙や、レジスタンス活動家を拘束する協力者の聖餐式を拒絶するつもりである、と三人は説明した。そしてハンガリーのカトリックとして枢機卿に同様の布告を頼んだ。

シェレーディは長いあいだ黙りこんでいた。一団が答えを待っているあいだ、空気は重苦しくなっていった。ようやくシェレーディはビレタ〔ローマカトリック教会の司祭がかぶる四角形の帽子〕を頭から脱ぐと、床に放り投げた。

「教皇ご自身がヒトラーに対してなんら手を打たないのに、わたしに何ができる？」彼は言った。

絶望したように罵った。「これは地獄だ！」

枢機卿はビレタを拾い上げ、自制心を失ったことを謝った。そして、助けたいが無理だ、わたしには何もできないと言った。

それから少したち、六月の初めに三人は再び城に行き、シェレーディに会った。その頃には、ユダヤ人への危険が迫っているだけではなく、明確に存在していた。移送列車は五月十五日にハンガリーを出発した。ルディとヨゼフが脱走してから一か月以上後のことだ。二人の報告書は移送者を待つ運命をあきらかにした。最初に地方のユダヤ人が移送された。今度はブダペストのユダヤ人が移送されるという噂だった。地方からやってきた武装警察が町にあふれている。「せめて子供たちを救ってほしい」と三人は訴えた。「教会の保護下でスイスかスウェーデンなど中立国に至急連れていけないだろうか？」

「できるならそうしたいが、どんな計画でもドイツ軍の妨害が入るだろう」

そのとき、警報が鳴り響いた。ブダペストが攻撃されたのだ。一団は地下室に急ぎ、枢機卿はひざまずいて祈りはじめた。二時間後に急襲が止むまで、枢機卿は祈り続けていた。その時間で計画を立てたり、信徒に向けた激励文を書いたりできただろう。ナチスがハンガリーのユダヤ人にしようとしていることを伝え、それを防ぐために立ち上がるべきだ、と。しかし、枢機卿はただひざまずいているだけだった。

教皇が行動を起こさなければ、カトリック教会は何もしないようだった。ローマ教皇か側近がルディとヨゼフから直接話を聞いていたら、きっと行動を起こしただろう。六月の半ば、アウシュヴィッツから脱走して二か月近くたってから、ルディはそのチャンスをつかんだ。

ルディという重要な情報源によって、報告書はより強力なものとなった。まもなく報告書にはハンガリーのユダヤ人についての推測や警告だけではなく、新たな揺るぎない証拠が追加されることになった――しかも、それはアウシュヴィッツ内部から出たものだった。

第22章　わたしに何ができるのか？

一九四四年四月七日にビルケナウで警報が鳴り響き、またもや脱走の試みがあったとわかると、ささやきが広がった。誰なんだろう？

噂が広がるのに時間はかからなかった。脱走者はヴァルター・ローゼンベルクとアルフレート・ヴェツラーだった。二人目の名前を聞いて、チェスワフ・モルドヴィチは驚いた。彼はポーランド系ユダヤ人で、フレートとは親しかった。二人とも各棟の記録係で、フレートは九号棟、チェスワフは十八号棟を担当していて、毎日顔を合わせて話をした。チェスワフはフレートから計画はもちろんのこと、脱走を考えていることも聞いたことがなかった。フレートが記録係としてアウシュヴィッツの情報に通じていることを考えると、彼が逃げおおせる可能性に胸が高鳴った。チェスワフは、この呪われた場所の大きな秘密がついに世間に暴かれるだろうと期待した。

警報の音とヴァルターとフレートの名前は、収容所じゅうに静かな喜びをもたらした。ユダヤ人の脱走は一度も成功したことがないと全員が知っていた。残った者も代償を払わねばならないことはわかっていた。

夜の点呼で、親衛隊伍長ヨハン・シュヴァルツフーバーは新しい命令を発した。ユダヤ人記録係は全員が職務停止になり、重い労働を明日から課す。その後、ユダヤ人記録係に前列に出るように命じ、全員が二十五回ずつ鞭打ちを受けた。鞭は堅さと弾力の出る雄牛の尻尾で作られたと言われており、やすやすと皮膚を切り裂いた。

四月七日の脱走に激怒したシュヴァルツフーバーは、屈辱といらだちを囚人に向け、些細な違反にも罰や苦痛を与えた。脱走者の知り合いは特に目をつけられた。アルノシュト・ロシンはフレートが担当した棟の年長者で、同じスロヴァキア系ユダヤ人だった。脱走計画に関わったと疑われたロシンは尋問のうえ拷問されたが、彼は何も知らないと主張するだけでなく、自分を連れていかなかったことに腹を立てているとさえ言った。それは半ば本心だった。詳細を知らず、拷問されても白状することはなかった。彼は殺されなかったが、採石場での過酷な労働に替えられた。

モルドヴィチも似た罰を与えられ、同じ仕事に割り当てられた。あるシフトのとき、二人は大きな発見をした。縦穴の切り立った横壁に、狭くて短い横穴ができていたのだ。脱走を試みた囚人が作ったものにちがいなかった。横穴には割れた石が詰められていた。崩れるのを防ごうとしたのだろう。石を取り除けば、また使えそうだ。その後二週間にわたって、誰も見ていないときに、ロシンとモルドヴィチは交替で見張りをしながら鋤で穴を掘り、二人が並んで横になれるスペースができた。そこに水の缶、パンと作業着を隠し、二人はしかるべきタイミングを待った。

一九四四年五月二十七日にチャンスは訪れ、ロシンとモルドヴィチはヴァルターとフレートと同じ方法をとった。二人は隠れ家に三日三晩潜んでいるつもりだった。ただし、四月七日のヴァルターとフレートの脱走以来増えた犬を追い払うのに、ガソリンを浸みこませた煙草ではなくテレピン油を使った。二人の隠れ家はヴァルターとフレートの穴ほどうまく作られていなかった。砂利が崩れてきて、間に合わせの換気パイプは役に立たなかった。このままでは窒息する。二人は七十二時間どころか、半分の時間で危険を冒して穴から出た。酸素不足か、じっとしていたせいか、よじ登った疲労のせいか、すぐに二人とも気を失った。

意識を取り戻すと、収容所は二人の捜索には熱心ではなさそうだった。その夜、ハンガリー系ユダヤ人でいっぱいの列車が二度到着し、親衛隊も犬もそちらに集中していたのだ。数百メートル先で移送者の選別がおこなわれているとき、ロシンとモルドヴィチはこっそり暗闇にまぎれた。監視塔のあいだを這って通過し、ソワ川を泳いで渡り、混雑した列車の屋根に身を潜め、カーブで速度が落ちたときに飛び降りると、さらにツェルニー・ドゥナイエツ川を歩いて渡り、森の中を進んでいった。とうとうスロヴァキアのラベルのついたマッチ箱を発見して国境を越えたと確信した。それは一九四四年六月六日で、ノルマンディー上陸作戦の日だった。

二人は農夫から上陸作戦について聞き、特にロシンは故郷の土を再び踏めたことに喜び、警戒をゆるめてしまった。地元の酒場で祝杯をあげていた二人は気づくと逮捕されていた。怪しげな風体の二人の男がいる、と誰かが通報したのだ。

留置場にいるあいだに、地元のユダヤ人コミュニティの活動家二人が訪ねてきて、数枚のドル札を二人のポケットに忍ばせた。賄賂のおかげでアウシュヴィッツの逃亡者ではなく、密輸罪で裁かれることになり、別の法廷に送られた。二人は列車でリプトフスキー・スヴァティー・ミクラーシュに連れていかれたが、そこはヴァルターとフレートが隠れていた小さな山間の町だった。ロシンとモルドヴィチが駅に着いたとき、ホームにルドルフ・ヴルバ――二人にとってはまだヴァルター・ローゼンベルクだったが――がいるのを見て驚愕した。男たちは抱き合った。ロシンにとって、人生でこれほど心からの抱擁をしたことはなかった。

ルシンとモルドヴィチが拘置所にいた八日間のあいだにルディはユダヤ評議会のクラスニャンスキーとともに訪ね、今度は二人が知っていることを語った。彼らの証言はふたつの部分に分かれていた。ひとつはアウシュヴィッツ＝ビルケナウの仕組みについてで、それはクラスニャンスキーがすでにヴァルターとフレートから聞いたことと一致していた。もうひとつは二人がいなくなったあとの収容所についてだ。ルシンとモルドヴィチによると、「死の工場」は劇的に生産が増えたという。

五月十日にハンガリーから移送があり、五月十五日からは約一万四千人から一万五千人のユダヤ人がアウシュヴィッツに毎日到着したことを二人は報告した。そのうち十パーセントだけが収容され、残りは直後にガス室で殺された。ルディが数か月前に見た新しいプラットフォームと線路によって、選別からガス室までの効率は高まった。線路はいまやビルケナウの真ん中を通って、ガス室の入口まで続いていたのだ。
またもやクラスニャンスキーはすべてを書き留め、二人の証言にずれがないかを確認してまとめ、おもにヴァルターらの最初の脱走からロシンらの二番目の脱走までの七週間に絞って、ヴルバ＝ヴェツラー報告書に七ページの補遺を追加した。いまやクラスニャンスキーと「作業部会」は、二組のアウシュヴィッツ・レポートをひとつのものとしてとらえていた。ロシンらの報告書には新たな殺戮の記録が追加された。クラスニャンスキーはロシンとモルドヴィチに資金と偽の身分証、新しい名前を与え、更新された報告書を連絡係に渡した——そして世間に公表されることを祈った。

ルドルフ・ヴルバは平穏を見出せなかった。食事はたっぷり与えられ、脚も治っていた。もちろん、逃亡した仲間たちといっしょにいられることはすばらしく、髪を切ったり、酒を飲んだり、女性と会ったりと、再び日常生活を過ごせることに喜びを感じた。しかし、ロシンとモルドヴィチがもたらしたニュースは、ルディの脱走がむだだったことを示していた。彼とヨゼフの証言は効果がなかったのだ。報告書を完成させるのに二十日間かかったので、五月十五日やそれまでの移送者に警告を与えられなかった。ハンガリーのユダヤ人は、自分たちを待っている運命について知らないままだったのだ。彼らはルディが恐れていたように、ガス室行きの列車にみずから乗りこんでいた。

材木の下に隠れていた三日三晩、真実を明かしさえすれば救出できると想像していた。彼とヨゼフが耐えてきた地獄について話したとたん、噂が広まり、ハンガリー系ユダヤ人の大量虐殺が阻止されるだろう、と。それなのに、ハンガリーのユダヤ人は次々に殺されている。彼がスロヴァキアの酒場でビールを飲んでいるこのときにも。

六月の半ばに待ちかねていた招待が届いた。影響力のある人物にアウシュヴィッツの真実を語るために呼び出されたのだ。

それに先立ち、「作業部会」は報告書を一部、ブラチスラヴァの教皇大使ジュゼッペ・ブルツィオに届けていた。彼はそれを五月末にバチカンに渡した。その結果、六月半ば、スイスに駐在していた教皇大使マリオ・マルティロッティがブラチスラヴァに派遣され、証言者に極秘で会うことになった。会見場所は、ブラチスラヴァから三十五、六キロ離れたスヴェティー・ジョウルのエスコラピオス修道会が指定された。

距離は短かったが、スヴェティー・ジョウルへの道は危険だった。スロヴァキア軍の上層部が駐屯しているばかりか、スロヴァキア全体を管轄するゲシュタポ本部があったのだ。警察の内通者の注意を引く恐れがあるので、四人の脱走者全員で行くのは危険すぎるとオスカル・クラスニャンスキーは判断した。それで、ルディとモルドヴィチだけで行くことになった。アウシュヴィッツを出たばかりだというのに、二人はナチスとスロヴァキアの協力者の鼻先を通過しなくてはならなかった。しかし、二人は躊躇することなく承知した。会見は六月二十日に設定された。

クラスニャンスキーに付き添われ、二人は修道院の美しい庭園に着いた。門を開けた司祭はマルティロッティ教皇大使が遅れていることを謝った。カトリックの司祭から政治家になったスロヴァキア大統領ヨゼフ・ティソに招かれ、昼食をともにすることになったのだ。あと二時間は戻ってこないので、他の教会役員に面会するように司祭は勧めた。

ルディとモルドヴィチは提案を断った。待たされることで、側近ではなく教皇大使本人に会いたい気持ちがより強くなった。彼がスロヴァキア大統領と親しい関係なら、まちがいなく、これから渡そうとしている情報を役立ててくれるにちがいない。彼こそが真実を語るべき相手だった。

二時間近く過ぎたとき、高級なリムジンが外に停まる音がした。シュコダ製で外交官ナンバーがついていた。車から降りてきたのは三十代の男性で、白髪で腰が曲がった司祭を予想していた二人の目にはハンサムで若々しく見えた。

二人を見るなり、マルティロッティ教皇大使は握手の手を差しのべた。彼らは一室に案内されるとすぐに話しはじめた。ルディもモルドヴィチも、できるだけ早口で六時間話しとおした。大半はドイツ語で話し、マルティロッティがよくわからない様子をすると、モルドヴィチがフランス語に切り替えた。マルティロッティはアウシュヴィッツ・レポートを手にしていたが、それでも二人は洗いざらい語った。いかにナチスがヨーロッパのユダヤ人を絶滅させるための手法を考案したか、それをポーランドの収容所で実行し、すでに二百万人近いユダヤ人が殺されたことを。

マルティロッティは詳細について質問し、報告書を丹念に調べた。一行、一行、目を通し、納得のいかない部分は詰問した。教皇大使は矛盾や抜けがないか何度も追及したので、完全に信じていないのか、と二人は不安になった。モルドヴィチは冷や汗がにじみだした。

年長者である二十四歳のモルドヴィチは、十九歳のルディの態度があまり厳粛でないのを埋め合わそうと、できるだけ冷静にふるまった。教皇大使は二人にワインとキャメルを出したが、煙草は初めて見る銘柄だった。さらに葉巻に火をつけ、二人にも勧めたが、モルドヴィチは断った。場の勢いをそぎたくなかったのだ。事態は深刻で逼迫しており、贅沢品に時間を費やしている余裕はないと、教皇大使にわかってほしかった。ユダヤ人が三百六十キロ先で地獄のような苦しみを味わい、この瞬間に何千人も殺されているのだ。

しかし、ルディは葉巻を受け取った。さらに、マルティロッティの真似をして、小さなナイフで葉巻の端を切り取って火をつけると、儀式張ったやり方に笑い声をあげた。ルディは子供っぽい、この場の重要性を忘れているにちがいない、とモルドヴィチは思った。

これが恐怖と向き合うルディなりのやり方だとは、モルドヴィチは想像もしなかった。あるいは、人間性についていかなる幻想も抱かなくなった者の苦々しく皮肉な笑みだとは。

モルドヴィチはマルティロッティが納得していないのか、あるいは証言に心を動かされていないのか、と気をもんでいた。教皇大使は超然として意見を述べることもなく、ときどき短いメモをとったり、二人の腕に彫られた収容者番号を撮影したりするだけだった。ユダヤ人の大量虐殺はカトリック教会の僕（しもべ）の心には届かなかったのだ。「教皇大使（モンシニョール）、聞いてください」モルドヴィチは口を開いた。「アウシュヴィッツではユダヤ人だけが殺されているのではありません。カトリック教徒も殺されています」

彼は司祭たちもアウシュヴィッツに送られたことを説明した。ただ、彼らはガス室には送られなかった。司祭たちは夜にアウシュヴィッツに着いたとき、すでに死んでいたからだ。「何百というトラックがクラクフ、カトヴィツェ、ソスノヴィエツなどさまざまな場所からやってきました」モルドヴィチはトラックには箱がぎっしり積まれていたと説明した。「箱の中には司祭の遺体が入っていました」彼らは銃殺されていた。死体はビルケナウの焼却炉で燃やすために運ばれてきたのだった。

これを聞くと、教皇大使は両手を頭にあてがった。上品で洗練され、それまできちんとふるまっていた大使は、「わが神よ！（マイン・ゴット）」とドイツ語で叫んだ。ルディとモルドヴィチは、教皇大使が気絶して床に倒れるのを目の当たりにした。

意識を取り戻すと、彼は涙ながらにたずねた。「わたしに何ができる？」

とうとう、モルドヴィチとルディは自分たちの話を信じてもらえたと確信した。ルディは必死に頼んだ。「警告を発してください。ありとあらゆる手段で」

モルドヴィチは、急がなくてはならない、ここにいた数時間にも、何千人もがガス室に送られ、死体が焼却炉に投げ入れられているのだ、と訴えた。「その報告書を手にスロヴァキアをすぐに出て、スイスに行っていただきたいのです。そこから、すべての国にそれを伝えてください。アメリカ、イギリス、スウェーデン、赤十字、そしてローマ教皇にも」モルドヴィチは言った。

教皇大使は二人を見つめた。「約束しよう」

二人は教皇から即座に世界に向けてアウシュヴィッツの真実を広める声明が出ると期待したが、失望することになった。翌日にも、その翌日にも、何も起きなかった。教皇大使が悲嘆のあまり失神してから――何万人ものユダヤ人のためではなく、同胞のカトリック司祭の死に動揺して――一週間後の六月二十七日、四か所から別々に移送されてきたユダヤ人がアウシュヴィッツに到着した。すべてハンガリーからだった。デブレツェンからは三千八百四十二人、ケチケメートからは二千六百四十二人、ナジバーラドからは二千八百十九人、ベーケーシュチャバからは三千百十八人。たった一日で、合計で一万二千五百人近くにもなった。そのほぼ全員が到着するなり、毒ガスで殺されたのだった。

第23章　真実の発信

「作業部会」は脱走者の証言がナチスと戦っている連合軍に伝わることを期待していたが、どうやって伝えたらいいのか考えあぐねていた。そこで、しかるべき相手に届くことを期待して、海外に報告書をばらまくことにした。

初期の報告書の一部は、まちがった相手に届いた。ユダヤ評議会代表のオスカル・クラスニャンスキーは、「信頼できる」使者を通じて、イスタンブールを拠点とするユダヤ当局に送ったが、届くことはなかった。のちにクラスニャンスキーは使者が買収されたスパイで、ハンガリーに届けられた報告書はブダペストのゲシュタポの手に渡った、と結論づけた。

別の報告書も、イスタンブールをめざしたが、大きな回り道をした。ブダペストのトルコ公使館のユダヤ人職員は報告書を市内のパレスチナのオフィスの責任者に届けた。そのオフィスはパレスチナをユダヤ人の避難場所にしようと活動していた。責任者は報告書の情報を中立国スイスに伝えようとして、ベルンのルーマニア公使館の知り合いに託した。その知り合いはトランシルヴァニア出身のジョージ・マンテッロという男に渡した。この男はジュネーヴのエルサルヴァドル公使館の無報酬一等書記官として働いていた。

遠回りはしたが、最後には報告書は正しい相手に届けられた。規則は大切だが、ユダヤ人をナチスから救うために破る必要があるなら、マンテッロは喜んでそうした。さらに、彼にとって、アウシュヴィッツ・レポートは個人的な思い入れもあった。報告書を読んで、彼はハンガリーにいる親戚がすでに移送されたことを知った。脱走者たちの証言によれば、およそ二百人の親類縁者はすでに死んだものと思われた。この報告書を広めるために、すぐに行動を起こすべきだと彼は決意した。

マンテッロの報告書はハンガリー語の五ページの要約で、スロヴァキアの正統派のラビによって作成された。そこで彼はさまざまな学生や専門家の力を借りて、この要約版をスペイン語、フランス語、ドイツ語、英語に翻訳した。一九四四年六月二十二日、彼は要約版をイギリス人ジャーナリスト、ウォルター・ギャレットに渡した。彼は〈エクスチェンジ・テレグラフ〉ニュース社の仕事でチューリッヒに滞在していた。ギャレットはすぐに報道すべきだと思ったが、アウシュヴィッツ・レポートは要約版ですら新聞に掲載するには長すぎた。彼はイギリス系ハンガリー人の秘書ブランチ・ルーカスに新たに翻訳させ、その要点を四部の報告書にして発表した。

ギャレットは情報源から金銭を受け取ってはならないという記者の不文律を破った。急を要したので、四部の報告書をロンドンに送るための高額な電報料金をマンテッロに払わせたのだ。一九四四年六月二十三日の夜に打電された彼の記事は、驚愕の発見について伝えていた。

以下の驚くべき内容は現代史における暗黒の部分であり、アウシュヴィッツ＝ビルケナウ強制収容所で百七十一万五千人のユダヤ人が死にいたったことが語られている。①ビルケナウから脱走した二人の元被収容者の報告は正しいことが確認されている。②一九四三年六月以降に到着したユダヤ人の九十パーセントがガス室で殺された。③アウシュヴィッツ＝ビルケナウには五つのガス室と焼却場があり、各焼却場は毎日二千体を焼却。ギャレット記者は上記の報告書が完全に正確で疑問の余地がないことをつけ加える。以上。

ロンドンに打電されるとすぐに、ギャレットは記事を広めるために行動に移った——世紀のスクープはできるだけ広く配信しなくてはならない。一九四四年当時のテクノロジーでは、近道はほとんどなかった。そこで、六月二十四日の朝早く、ウォルター・ギャレットは自転車に乗ってチューリッヒの通りを走り、市内のいくつかの新聞社の郵便受けにみずからの手で報告書を投函した。マンテッロから手に入れた添え状には、この報告書の公開に賛同する四人のスイスの神学者と聖職者の署名があった。その四人は報告書を見ていなかった。マンテッロらしいことだが、許諾のような形式的な手順を省略したのだ。こうしてヴルバ＝ヴェツラー報告書が、その日の午後、初めて新聞記事になり、スイスの〈ノイエ・チュルヒャー・ツァイトゥング〉紙に掲載された。

マンテッロの努力は実った。「ビルケナウから脱走し、証言の正確さが確認された」ことで情報は発信された。検閲を切り抜け、その後十八日間にわたってスイスでは三百八十三以上の記事がアウシュヴィッツの「死の工場」の真実を報道した。ただし、偶然かもしれないが、およそ五万人のリトアニア人の死については抜けていたので、ギャレットは意図せずヴルバ＝ヴェツラー報告書の死者数を下方修正することになった。こうして、戦時に〈タイムズ〉〈デイリー・テレグラフ〉〈マンチェスター・ガーディアン〉といった有力紙に掲載された「ユダヤ人問題の最終的解決」についてよりも、六月二十四日から七月十一日にスイスの新聞に掲載されたアウシュヴィッツの記事の方が多くなった。

教会は特別なミサと追悼式をバーゼルとチューリッヒで執りおこなった。バーゼルとシャフハウゼンでは抗議運動がおこなわれた。七月三日、〈ニューヨーク・タイムズ〉はジュネーヴの特派員が、ルディとヨゼフのもたらした証拠に基づき、「審問会はナチスの死の収容所を確認する」という見出しで、アウシュヴィッツ＝ビルケナウ「絶滅収容所」の存在を報道した。ギャレットのまちがえた数字を使ったので、一九四二年四月十五日から一九四四年四月十五日に毒ガスによって「処刑室で」「百七十一万五千人以上のユダヤ人被収容者が殺された」と記されている。ルディとヨゼフが夢見ていたことが現実になりつつあった。アウシュヴィッツの真実は、ついに世間に知らされようとしていた。

ただ、ハンガリーのユダヤ人の大半にとっては、手遅れだった。五月半ばにはほぼ毎日移送されていたのだ。ギャレットの記事が活字になったときはルディとヨゼフが地下の穴から這い出してきてから二か月半が経過していて、すでに何万人ものハンガリー系ユダヤ人が死んでいた。

ギャレットとマンテッロはマスコミの力だけに頼らなかった。マンテッロが差し出した報告書を初めて見たとき、ギャレットは記事にする前に、その日のうちに連合軍に見せるべきだ、と強く勧めた。ヴルバ゠ヴェツラー報告書を手にしたマンテッロはイギリス大使館付き武官に会いにいった。武官はエルサルヴァドルの書記官は真実を言っているのか、とギャレットに問い合わせてきて、報告書は衝撃的だった、と伝えた。

翌二十三日には、ギャレット自身がアメリカ戦略諜報局スイス支局の職員、アレン・ダレスに連絡をとった。戦略諜報局は中央情報局（ＣＩＡ）の前身で、ダレスはＣＩＡ長官になった人物だ。ダレスは報告書に愕然とした。その反応は明快だった。「すぐに介入しなくてはならない」彼はワシントンにただちに電報を打つと約束した。

ギャレットはその約束を当てにせず、その晩、ロンドンだけでなく、世界じゅうの新聞社のほか、フランクリン・ルーズヴェルト、ウィンストン・チャーチル、アントニー・イーデン、オランダ女王、カンタベリー大司教とニューヨーク大司教にも記事を打電した。

ヴルバ゠ヴェツラー報告書は複数の経路で国境を越えて運ばれていった。一部はヤロミール・コペツキーの元にも届いた。彼はもはや存在しないチェコスロヴァキアの最後の大使として、ジュネーヴに残っていたのだ。無線ラジオ送信機と使者――コードネームはアゲノール――の助けを借りて、レジスタンスからの秘密のメッセージとして届けられた。当時ロンドンに拠点を置いていたチェコスロヴァキア亡命政府にとって、コペッキーは重要な連絡係だった。

アゲノールはコペッキーにアウシュヴィッツ・レポートを届けた。コペッキーはとりわけ、ルディとヨゼフのチェコの家族収容所についての描写と、一九四三年十二月二十日にアウシュヴィッツに到着した二番目の移送について恐怖を覚えた。そうした収容者たちは「特別処遇」――毒ガスによる死――を半年後に受けることになったと書かれていた。カレンダーを見るまでもなく、それが数日後だとわかった。

コペッキーがジュネーヴの世界ユダヤ人会議の事務総長ゲルハルト・リーグナーに相談すると、リーグナーは驚愕した。二人はベルン駐在のイギリス人外交官エリザベス・ウィスクマンに連絡をとった。彼女はチェコスロヴァキア問題の専門家だったので、胸を痛めるだろうと期待したのだ。二人の電報はこんなふうに始まる。「ビルケナウを脱走した二人のスロヴァキア系ユダヤ人の報告によると……」。二人はチェコの家族収容所に危険が迫っていることを説明し、「ルディとヨゼフの身に危険が及ぶことを防ぐために」ブラチスラヴァは情報源として言及されるべきではない、と強調した。さらに、コペッキーは異例なことを依頼した。二人のスロヴァキア人脱走者によって明かされたことは「すぐにＢＢＣとアメリカのラジオを通じて放送してほしい。それによって、新たな殺戮をぎりぎりのところで食い止めることができる」

ウィスクマンは迅速に行動し、ロンドンに知らせた。翌日、チェコとスロヴァキアのBBCでビルケナウに収容されている五千人のチェコ人移送者に身の危険が迫っていることについて短い報道をした。ベルリンの国防省でラジオを傍聴していたナチスの監視担当官は、その放送に気づき、「ロンドンに情報が行った」と報告した。翌日のBBCの放送にも気づいた。放送では、チェコ人の家族収容所での殺戮に関わったすべての人間に説明を求めていたが、どのように、誰によって説明されるべきかは述べていなかった。放送を聞いたドイツ人はナチスの監視担当官だけではなかった。BBCのドイツ向け番組〈女性のためのニュース〉のリスナーもそれを聞いた。当のアウシュヴィッツですら、カナダを通じて違法なラジオが持ちこまれていた。アウシュヴィッツの一部の被収容者たちはBBCの放送で、連合軍がナチスに家族収容所の殺戮計画をやめるようにと警告している、と聞いた。

ウィスクマンの電報がロンドンに到着する前に、彼女はスイスにいるアメリカ戦略諜報局のアレン・ダレスと連絡をとった。二人は頻繁に連絡をとりあっていたのだ。ダレスはこのイギリス人女性を便利な情報源とみなし、花束や甘い言葉を連ねた手紙や、お抱えシェフに作らせた豪華な食事で情報を引き出そうとしていた。

「これを打電してきたところなの」。彼女はヴルバ＝ヴェッツラー報告書の要約に電報を添えて送ってきた。「あなたもワシントンへ送ってもらえる？」。実はその一週間以上前に、ダレスは報告書の写しを手に入れていたのだ。

ダレスはウィスクマンの提案を受け入れず、その知らせをワシントンの上司に送ることもなく、報告書が緊急だとも考えなかった。代わりに、その情報を新しいアメリカの組織、戦争難民局のスイス局長ロズウェル・マクルランドに知らせた。「きみの方が得意だろう」という添え状とともに。

報告書に心を動かされたのか、たんにマンテッロとギャレットの行動に刺激を受けたのかはともかく、六月二十四日、マクルランドは戦争難民局長ジョン・ペール宛てに報告書を三ページに要約した。マクルランドはルディとヨゼフの言葉は「ほぼ疑いなく」信じられると認めたが、死者数は「少なくとも百五十万人」と低く見積もった。それ以上は、ダレスと同じようにマクルランドもやる気がなかった。アウシュヴィッツ・レポートの全文をワシントンに送ったのは十月十二日で、入手してから四か月近くたっていた。送ったときですら、重要性を疑っていた。「同封した報告書が、実際の救済や救助活動に役立つとは思えない、と個人的には感じています」。アメリカ政府高官が真実の公表に価値があるか疑問を持っていると知ったら、ルディは激怒しただろう。

十一月一日、マクルランドの上司ジョン・ペール局長はヴルバ゠ヴェツラー報告書を公にし、完全版をマスコミに渡すべきだと決断した。しかし、それも抵抗にあった。戦時情報局の局長が発表を認めようとしなかったのだ。誰も報告書を信じないだろうし、そうなるとアメリカ政府が戦争について発表する今後の情報の信頼性が失われてしまう、と。反対者を説き伏せるのに、ペールは十一月末までかかった。一方、アメリカ陸軍の雑誌〈ヤンク〉は、今後のナチスの戦争犯罪について戦争難民局に材料を求めたが、渡されたアウシュヴィッツ・レポートは利用しなかった。そのレポートは「過度にユダヤ主義」なので、「もっとユダヤ主義ではない記事」を求めたのだ。

ルドルフ・ヴルバとアルフレート・ヴェツラーの言葉が初めて正式に英語で活字になったのは、一九四四年十一月二十五日、ワシントンでのマスコミ向けの会見だった。二人がジリナの狭い部屋でクラスニャンスキーに証言をしてから七か月がたっていた。まさにその十一月二十五日、ナチスは最後の十三人を殺したあとで、第二死体焼却場とそのガス室を取り壊すのに懸命になっていた。

アウシュヴィッツ・レポートはこれで終わりにならなかった。その目標は公表だけではなかった。それを作成し、配布した人々は、報告書が世界の人々の良心を刺激し、連合軍が軍事力を利用して殺戮をやめることを期待していた。オスカル・クラスニャンスキーは報告書のあとがきで、アウシュヴィッツの焼却場とそこに通じる道を破壊してほしい、と連合国に求めていた。かたや、クラスニャンスキーの「作業部会」での同胞で、正統派のラビ、ミハエル・ドウ・ヴァイスマンデルは――チューリッヒに届けられた五ページの要約を作成した人物――軍事行動を起こすようにさらに呼びかけた。彼は報告書をイディッシュ語に翻訳し、同時に暗号化された電報も二通、五月十六日と二十四日に送った。そこには絶望した筆致で、何が必要とされているかつづられていた。

　ヴァイスマンデルは、公式にはスイスの同胞宛ての電報をアメリカに送らせるつもりだった。そこで正統派の指導者でニューヨークにいるジェイコブ・ローゼンハイムに連絡をとり、彼が戦争難民局に渡すことになった。依頼の中心は、連合国空軍で「ナチスの軍事と移送のすべての輸送手段をただちに破壊」することだった。とりわけ「コシツェとプレショフのあいだの線路を爆破」してほしいと頼んだ。その線路によって、東ハンガリーのユダヤ人はアウシュヴィッツへと運ばれているのだ。コンベヤーベルトを破壊することでナチスの「死の工場」を止めるという考えは驚くほど単純だった。

　ローゼンハイムはヴルバ＝ヴェツラー報告書を読んで、その緊急性を理解していた。「すぐに爆破しなくてはならない」と彼は書いた。「一日でも遅れれば多くの命が危険にさらされ、きわめて大きな責任を問われる」

　戦争難民局の局長ジョン・ペールはローゼンハイムの提案を陸軍省に伝え、次官のジョン・マクロイと相談した。当初、ペールは迅速な行動を求めなかった。それどころか、ペールは線路の空爆はアウシュヴィッツの機能に大きな打撃を与えるかどうかも含め、「いくつかの疑問」があると伝えた。その日遅く、彼は「少なくともこの時点では、提案に対して適切に調査する以上のことを陸軍省に望んでいないと、マクロイ次官に対して明確にした」というメモを書いている。

　しかし、陸軍省は線路の爆破は軍事的に可能かどうか調査をしなかった。移送を止める、せめて遅らせるという別の手段を探そうとする者は誰もいなかった。陸軍省の作戦部門の職員が二日後にペールのところにやってきて、爆破の提案は「実行不可能」だと報告した。さらに、ナチスの犠牲者にとって最大の期待は、ナチスの敗北だ、と。アメリカ軍は「大がかりな作戦」になるようなことは検討したがらなかった。七月三日、マクロイは側近に「爆破の考えは捨てる」ように指示した。

実際のところ、アウシュヴィッツまたは移送の線路を爆破することは、さほど大がかりではなかっただろう。わずか数週間後、アメリカ軍はアウシュヴィッツの上空にいた。八月二十日、アメリカ第十五空軍は千三百個以上の五百ポンドの爆弾をモノヴィッツ強制収容所〔アウシュヴィッツ第三強制収容所〕に落とした。ルディがアウシュヴィッツに来て最初の数週間、奴隷労働者として働いていたときにブナと呼ばれていた場所だ。アメリカの爆撃機はアウシュヴィッツのすぐそばにいた。八キロほど方向転換すれば、ガス室や死体焼却場を攻撃できただろう。

爆撃機のパイロットはどこを狙えばいいのか正確に知っていたはずだ。一九四四年の春と夏に、連合軍偵察機がアウシュヴィッツの上空をたびたび飛んで空中写真を撮影していたからだ。ヴァルターとフレートが二度目の脱走を計画した四月四日にも、飛んでいた。画像は詳細で鮮明だった。ヴルバ=ヴェツラー報告書が描写しているあらゆるものが写っていた――ガス室、死体焼却場、荷下ろし場、宿舎。誰かが詳細に写真を見ていれば。だが、写真を調べようとする者はまったくいなかった。

ヴルバ゠ヴェツラー報告書は読んだ者の心を確実に動かした。ペールは全文を読むと衝撃を受け、マクロイにも読むように言った。「これまで受け取ったナチスの残虐行為の報告書の中で、これほど冷静で事実に即し、収容所で起きている暴虐について描いたものはない」と彼は書いた。懐疑的な態度は消えた。いまや彼は「死の工場」を全力をあげて空爆することを勧めた。しかし、マクロイは譲らなかった。

マクロイはおそらく大統領と相談していたのだろう。ルーズヴェルト大統領はアウシュヴィッツを爆破することの是非について、ユダヤ人がアメリカの爆弾で死ぬのではないか、という懸念を表明した。そして、アメリカは「このおぞましい所業に加担したと責められる」のではないかと。マクロイもペールも、これまでは収容所ではなくアウシュヴィッツへの線路を爆破することを検討していたので、その点について考慮していなかった。軍事介入を求める人々のなかには、爆破によって犠牲者が出ても多くのユダヤ人を救うための代償だという考えもあった。だが、大統領の決断は何もしないことだった。

十七歳のヴァルター・ローゼンベルクが最初に脱走の計画を立てたとき、行き先はロンドンだった。ラビのヴァイスマンデルが暗号化された電報を通じて行動を起こすことを求めたのは、アメリカ宛てだったが、救いの手を差し伸べてくれるのはイギリス空軍だろうと思っていた。アメリカ人がナチスからユダヤ人を救おうとしなくても、イギリス人なら行動するかもしれない。

ヴルバ＝ヴェツラー報告書はロンドンにたどり着いた。いくつものルートを経て、ホワイトホールに到着した。エリザベス・ウィスクマンは六月十四日に緊急の電報を打った。ウォルター・ギャレットは同じ内容の電報を十日後に打ち、六月二十七日にはホワイトホールに届けられた。今回はエルサレムでシオニストの指導をするユダヤ機関の職員によるメモがつけられていた。「今、何が起きているか、どこで起きているかを正確に知った」とあり、報告書の重要性が強調されていた。宛先はハイム・ヴァイツマンとモシェ・シャレットで、イスラエルの未来の大統領と首相だった。しかし、メモは外務省に届けられ、そこからイギリス首相の手元に送られた。トルナヴァ育ちで十九歳になったヴァルターの証言は、いまウィンストン・チャーチルの手にあった。

首相は報告書を読み、大量殺戮の手法の詳細について知った――シャワー室に見せかけたガス室、選別、死体焼却場。そして、線路と「死の工場」を爆破という請願。そこで、外務大臣のアンソニー・イーデンに走り書きのメモを送った。大帝国の権力を大戦にふるっていた男にしては、チャーチルの口調は悲しげで、絶望がにじんでいた。「何ができる？　私に何が言えるんだ？」

アウシュヴィッツ・レポートがアメリカ政府の迷路をのろのろと移動しているあいだ、イギリスではたちまちトップの手に渡り、大きな効果を上げたように思えた。報告書を受け取ったので、ヴァイツマンとシャレットはロンドンに向かい、七月六日に外務大臣のイーデンに会い、連合軍の行動として、「ブダペストからビルケナウへの線路と、ビルケナウやその他の絶滅収容所を爆

Indexed 1344

PRIME MINISTER'S
PERSONAL MINUTE
SERIAL No. M.800/4.

FOREIGN SECRETARY

Is there any reason to raise these matters at the Cabinet? You and I are in entire agreement. Get anything out of the Air Force you can and invoke me if necessary. Certainly appeal to Stalin. On no account have the slightest negotiations, direct or indirect, with the Huns. By all means bring it up if you wish to, but I do not think it is necessary.

W.S.C.
7.7.44.

「イギリス空軍に何でも指示すればいい」。
要約版のヴルバ＝ヴェツラー報告書を読んだ
ウィンストン・チャーチル首相が
外務大臣アンソニー・イーデンへ送った手紙

破するべきだ」と求めた。イーデンは彼らの要求をチャーチルに伝え、チャーチルは七月七日の朝、これまで見たこともなかったほど率直に返事をした。「この問題を内閣で取り上げる理由は何かね？　きみとわたしは完全に意見が一致している。イギリス空軍に何でも指示すればいいし、必要ならわたしに言ってくれ」。ルディとヨゼフが隠れ家にもぐりこんでから三か月後、突破口が開けたように思えた。ジリナの地下室から送った遭難信号に、ようやく返事が来たかのようだった。

チャーチルはイギリスの命運を握っていたが、自分の意志が遂行されるのを見届けることはできなかった。ただちにイーデンはイギリス空軍の責任者アーチボルド・シンクレアに連絡をとり、「首相権限」を付与されていると強調してから、アウシュヴィッツに対する空襲の実行可能性についてたずねた。シンクレアは反対した。「線路の破壊」は「自分たちの能力を超えている」し、ガス室の空爆は昼間にやらねばならない。イギリス空軍は「そういうことはいっさい」できない

（連合軍は、アメリカ軍の爆撃は昼間、イギリス軍の爆撃は夜間と責任を分担していた）。ガス室の空爆は昼におこなえるアメリカ空軍だけが可能であるが、それでも任務には「大きな犠牲がともない危険である」。イーデンはそれ以上追及しなかった。

チャーチルとイーデンは部下たちによって阻止されたのだろう。あるいは、二人の決意は見せかけだったのかもしれない。いずれにせよ、連合軍はアウシュヴィッツを爆破しなかった（一度だけ、爆弾を落としたが、それは事故によってだ）。ヴルバ＝ヴェツラー報告書は連合軍の権力の中枢までたどり着いたが、アウシュヴィッツの囚人たちは空を見上げながら救出を祈り続けていた。

第24章　ハンガリーのユダヤ人

連合軍が行動を起こさなかったことには、アウシュヴィッツの被収容者もルディも失望しただろう。だとしても、英米に収容所の爆撃を求めることは脱走の主たる目的ではなかった。報告書がイギリス首相とアメリカ大統領に渡ったことは喜ばしいが、警告したい相手は彼らではなかった。本当に自分の言葉を聞いてほしいのは、同胞のユダヤ人たちだった。

報告書が完成したとき、ルディはただちにハンガリーに届くようにスロヴァキアのユダヤ評議会のクラスニャンスキーに念を押した。そうすればハンガリーのユダヤ人たちは、スロヴァキア、フランス、オランダ、ベルギー、ギリシャ、ポーランドの同胞たちが得られなかった情報を入手できる。家畜のように貨車に詰めこまれると知っていたら、少なくとも黙ったままではなく、わずかでも抵抗するだろう。混乱に乗じて逃げようとする者もいるかもしれない。どういう反応であれ、「死の工場」行きの列車とわかれば、殺人者の言いなりにはならないはずだ。

すぐにクラスニャンスキーは、報告書はハンガリーのユダヤ人指導者の手にあると伝えてルディを安心させた。クラスニャンスキーに言わせると、レジェ・カストネルは「最重要人物」

だった。カストネルは一九四三年に設立された中心的なシオニストの委員会の提唱者で、ポーランドやスロヴァキアからハンガリーに新天地を求めてやってきたユダヤ人難民の救出に携わっていた。一九四四年四月二十八日、クラスニャンスキーはドイツ語の報告書の写しをカストネルに渡した。

カストネルはブダペストに戻り、そこでヴルバ＝ヴェツラー報告書を何度も読み直した。その晩は眠れなかった。翌日の四月二十九日、彼は報告書をシプ通りの本部に集まったユダヤ評議会のメンバーたちに見せた。それでも、人々は話をするだけで、何もしなかった。評議会代表のサム・シュテルンは報告書の信憑性を疑っていた。二人の若者の想像の産物だったら、報告書を広めるのは危険だろう。すでにナチスがハンガリーを占領してから六週間がたっていた。偽情報を流せば逮捕される。評議会は警告をおこなわない決断を下した。

一週間もたたないうちに、再び会議が開かれた。カストネルは報告書を握りしめて、ブダペストに駐在しているスイスの副領事カール・ルッツに会いにいった。公邸の豪奢（ごうしゃ）な応接室で、ゴールドのシャンデリア、金縁つきの鏡、すばらしい絵画に囲まれながらルッツは報告書を読み、読み終えると怒りと悲しみに震えた。ただちに二人はルッツの車に乗り、ブダペストにいるユダヤ人の役人たちと会った。その席上、ハンガリー・シオニスト組織の代表オットー・コモイがユダヤ人コミュニティに移送について知らせ、組織的な自己防衛を求めようとした。しかし、カストネルは反対した。

一年前に処刑から逃げてきた難民の救出で賞賛を浴びたというのに、同胞の逼迫した状況を隠すのか？　実はカストネルには秘密があった。ドイツの占領が始まって二週間もたたないうちに、ハンガリーにおける「ユダヤ人問題の最終的解決」の責任者であるアドルフ・アイヒマンと交渉していたのだ。

交渉は多岐に及んだが、最終的には交換条件で決まった。ユダヤ人の命と引き換えに現金か品物。初回の交渉では、アイヒマンは二百万アメリカドルというとてつもない額を要求してきた。カストネルは条件を呑み、それはのちに東部戦線用のトラック一万台になった。代わりに、ハンガリーのユダヤ人は移送されない。悪魔との取引かもしれないが、アイヒマンを信じるに足る理由があった。前例があったからだ。

スロヴァキアのユダヤ人指導者は、独自にアイヒマンの部下、ディーター・ヴィスリツェニーと二年前から直接連絡を取り合うようになっていた。ヴィスリツェニーなら賄賂を受け取るだろうという判断は正しく、一九四二年八月と九月の二度にわたり少なくとも四万五千ドルを支払ったが、その甲斐はあったように思えた。スロヴァキアからの移送は停止され、残ったユダヤ人は苛酷な制限をかけられたものの、暮らし続けることができた。「作業部会」の指導者たちは賄賂のためと信じていた。

実際にはそれは過ちで、別の理由から中止されていた。おもな理由はスロヴァキア政府が新しい「ユダヤ人再定住地」を訪ねることを要望したからだ。実現したら、アウシュヴィッツの真実が暴露されてしまう。ユダヤ人指導者は、今中断されているスロヴァキアからの移送が一九四四年八月に再開することも知らなかった。「作業部会」の指導者はその方針を推し進め、スロヴァキアだけではなくヨーロッパじゅうのユダヤ人を救う「ヨーロッパ計画」のために、さらに多くの賄賂をアイヒマンに渡した。

「作業部会」の指導者はハンガリーのユダヤ人指導者に手紙を書き、ブダペストに駐在しているヴィスリツェニーは「信頼できる」ので、取引するべきだと知らせた。一九四四年四月五日に始まったブダペストでのユダヤ人指導者との話し合いに、ヴィスリツェニーがナチス側の交渉者として登場した。その日、ハンガリー系ユダヤ人は黄色の星をつけることが義務づけられた。ヴィスリツェニーと交渉するのは、レジェ・カストネルだった。

すぐに、カストネルは自分の立場の変化を感じた。コミュニティ選出の代表者として、彼はブダペストからの移動許可を得られ、車と電話の所有も許可された。黄色の星をつける必要もなかった。その頃、アウシュヴィッツ＝ビルケナウではヴァルターとフレートが材木の山の下に隠れていた。

ナチス側は誠実に交渉するつもりはなさそうで、会合は罠ではないかと、カストネルは疑念を持った。四月に起こったことはその疑いを裏づけた。ナチスはハンガリーの地方のユダヤ人たちを捕まえては、鉄道の分岐駅近くのゲットーに閉じこめたのだ。さらに、貨車百五十両分のユダヤ人をハンガリーからスロヴァキア経由でアウシュヴィッツに移送する協定ができた。移送計画を止めるどころか、実行の確定と同じだった。

同月末にヴルバ＝ヴェツラー報告書が登場すると、アウシュヴィッツへの移送が死を意味することが示された。カストネルは報告書がもたらす影響をただちに悟り、アイヒマンの側近、ヘルマン・クルメイに面会を求めた。そのときアイヒマン本人に報告書を見せたかもしれない。カストネルが「あなたの秘密を知った」と告げたとき、アイヒマンは報告書を隠蔽し、作成者を生死にかかわらず捕らえるように命じたとされる。ヴルバ＝ヴェツラー報告書が公になれば、「話し合い」は終わりだと。

カストネルは五月二日にようやくクルメイと会い、キシュタルツァを二日前に出発した列車について、アウシュヴィッツに向かったのかと問いただした。千八百人のユダヤ人を乗せた、ハンガリーからの初の移送列車だった。

クルメイは否定し、ドイツのヴァルトゼーの収容所に運ばれ、農場労働者になると答えた。カストネルはそれが嘘だとわかっていた。ヴァルトゼーに収容所はなかった。カストネルは駆け引きをやめるように言い、それがきっかけで激論になった。こうして、二人はクルメイが「第三帝国の秘密」と称する協定を結んだ。

まもなく協定の内容が明確になった。ハンガリーのユダヤ人全員の救出という要求に対してナチスが応じたのは、六百人のユダヤ人の出国許可証というささやかなものだった。アイヒマンは追加でカストネルの故郷の町コロジュヴァールから数百人に出国許可を与え、合計で千人になった。そこに二百人近い「卓越した」ユダヤ人が加わり、人数はさらに増えた。結果的に、千六百八十四人がのちに〝ルドルフ・カストナーの列車〟と呼ばれる列車で、安全なスイスへ送られた。

見返りにナチスが求めたのは金だった。ユダヤ人救出委員会はカストネルの列車の乗客一人あたり千ドルを支払い、合計百六十八万四千ドルを現金と貴重品で渡した。金品よりも重要な問題は、ユダヤ人コミュニティが今後の移送の手助けをすると約束したことだった。アイヒマンは「第二のワルシャワ」は望んでいない、と断言した。一年前にワルシャワのゲットーで起きたようなレジスタンスをハンガリーで見たくはない、という意味だ。ナチスはカストネルに沈黙を求めた。

カストネルはヴルバ゠ヴェツラー報告書を自分の胸にしまい、限られた人々にしか知らせなかった。同胞のユダヤ人に警告を発することもなかった。真実を知らされないまま、ハンガリーのユダヤ人はおとなしく「死への列車」に乗りこんだのだ。

カストネルはアウシュヴィッツ・レポートを隠蔽しただけではなく、「再定住」したと思わせるために、アウシュヴィッツに到着した人々に偽りの手紙を強制的に書かせた。評議会のメンバーはユダヤ人社会をだますことはやめるように言ったが、彼はナチスから送られた五百枚の葉書を配達させた。

六月末、ヴルバ゠ヴェツラー報告書がスイスで公表されると、カストネルはスイスの連絡係に「ヴァルトゼー」の消印つきの何千通もの葉書が届き、ユダヤ人移送者たちの元気な様子が書かれていた、と報告した。これはヴルバ＝ヴェツラー報告書によってカストネルがアウシュヴィッツは「死の工場」だと知ってから、およそ二か月後のことだった。アイヒマン自身からユダヤ人はアウシュヴィッツのガス室で殺されている、とすでに聞いていた。さらに六月二十四日、スイスのマスコミがアウシュヴィッツ・レポートについて配信した日にも、カストネルはハンガリーから移送されたユダヤ人たちは無事だという嘘を広め、ルディとヨゼフの証言を否定していた。ナチスに隠蔽工作を命じられたとしても、同罪だった。

ナチスは最大の移送を決行した。一九四四年五月十五日に始まり、五十六日間にわたって四十三万七千四百二人のユダヤ人がハンガリー各地から百四十七両の貨車で移送されたのだ。ほぼ全員がアウシュヴィッツに到着するなりガス室送りになった。

次のナチスの標的はブダペストの二十万のユダヤ人だった。

しだいにルディと仲間たちのいらだちは耐えがたいほどになっていった。報告書がどこにあるのか、すでにブダペスト、ロンドン、ワシントンにたどり着いていることも知らなかった。ルディとヨゼフが四月に証言し、モルドヴィチとロシンがハンガリーからアウシュヴィッツにユダヤ人が移送される現場を見たにもかかわらず、すでに一九四四年六月になっていた。ナチス派の新聞には、二組目の脱走者が出たあとでも、移送が続いていることが記されていた。

スロヴァキアのユダヤ評議会や「作業部会」は、状況が切迫していることを理解しなかったのだろうか？　ついに四人の元被収容者は指導者たちがやらないなら、自分たちで警告を広めようと決意した。

ルディはスロヴァキア語とハンガリー語の両方で報告書を作ることがいちばんいいと考えた。どうにかして国境を越えて、それをハンガリーに持ちこむのだ。週に二百スロヴァキアコルナの慎ましい予算で暮らしていたので、四人で協力しても、作成は簡単ではないだろう。リプトフスキー・スヴァティー・ミクラーシュの山の隠れ家では、作業もできなかった。

そこでブラチスラヴァに行くことにした。そこには二年前に移送をまぬがれたトルナヴァ時代の友人ヨセフ・ヴァイスが住んでいた。現在は性感染症防止局で働いていており、そこでは個人情報を慎重に扱う必要があったので、警察もやたらに立ち入りできなかった。密かに報告書を印刷するには理想的だった。

ブラチスラヴァでの出会いが——再会と言うべきかもしれない——ルディの人生を変えた。トルナヴァ出身の共通の友人がブラチスラヴァにいて、この二年間ハンガリーに隠れていた、とヨセフは話した。その友人はルディと同じようにアーリア人の偽の身分証でゲルチ・ユルコヴィチとして暮らしていたが、実はゲルタ・シドノヴァだった。デートにポンポンのついた帽子をかぶってきた女の子で、若いヴァルターはその子供っぽい格好に逃げ出したのだった。

ゲルタは十七歳で、家屋撤去会社で秘書見習いとして働いていた。シオニスト地下組織の活動の一環として、ヨセフが手配した仕事だった。そこでは、ユダヤ人に偽の身分証を発行し、事務仕事を斡旋していた。そうすれば、タイプライターなど組織活動に役立つ機器を使えるからだ。

ヨセフはルディについて何気なく話しただけだったが、ゲルタは胸を高鳴らせた。長い時間が過ぎ、たくさんのことがあったが、真面目で頭のいい想像力豊かなトルナヴァの少年に今でも恋心を抱いていたのだ。二人はその週、ドナウ川の土手沿いの砂利浜で会う約束をした。

ヨセフは釘を刺した。「ヴァルターはひどい経験をしてきた。別人だと思っていた方がいいよ」

その言葉で、いっそうゲルタは彼に会うことが楽しみになった。

ゲルタは約束の場所で待っていた。まるでトルナヴァ時代に戻ったみたいな気がした。彼はいつも遅れてやってきたものだ。彼女は気にしなかった。穏やかないい天気で、ゲルタは柳の木陰にいて、川の流れの音だけが聞こえていた。そこへ彼が現れた。

岸辺の小道をこちらに向かって歩いてきながら、ゲルタに手を振った。口元には笑みを浮かべていたが、目は笑っていなかった。深い悲しみと、絶望が浮かんでいた。トルナヴァ時代からあまり背は伸びておらず、百七十センチもなかったが、ずっとたくましくなっていた。いちばん印象的だったのはその目だ。以前はヴァルターの目に浮かぶいたずらっぽさが大好きだったが、ルディの目は悲しみ以外に彼女が思ってもみなかった感情をたたえていた。疑いだ。

それでも、知性は損なわれていなかった。二人でおしゃべりしていると、懐かしい微笑みがルディの顔に浮かんだ。ルディに手をとられると、ゲルタは彼のことを本当に愛していて、これからも永遠に愛するだろう、と感じた。

ゲルタは立ち上がって抱きしめたが、彼は体をこわばらせた。二人のあいだの距離を縮めたくて、彼女はいっしょに泳ごうと誘った。

彼がシャツを脱ぐと、前腕に44070という青い数字が刻まれているのに気づいた。彼女は口を滑らせた、「タトゥーなんて、どういうつもり?」奇妙な笑みがルディの唇をよぎった。その笑みには皮肉だけではなく、残虐さも感じられた。「おれがどこにいたと思ってるんだ、保養地だとでも?」ゲルタは彼が憎悪をたぎらせながら、収容所から戻ってきたことを悟った。今、その憎悪はゲルタに向けられていた。

沈黙が広がり、ルディは彼女の肩に腕を回し引き寄せた。ルディは謝り、「この二年間どういう生活を送ってきたのか、きみもいつかわかるだろう」と言った。

二人は川辺の木陰にすわり、ルディは感情をほとんどこめないままきわめて正確に、一九四二年六月末から、数週間前まで過ごした強制収容所について語った。貨車での移送とカナダと呼ばれる場所、ガス室と死体焼却場について、アウシュヴィッツの真実を知らせようと決意したことなど、すべてを語った。ゲルタの顔に浮かんだ、信じられないという表情にルディは気づいた。たいていの人が同じ反応をするから気にしなくていい、と彼は言った。そして、カバンからアウシュヴィッツ・レポートを取り出すと、配りたいので何部か作成してほしい、と頼んだ。

しばらくして二人は岸辺の日陰から出ると、黙ったまま手をつないで歩いた。だが、彼女が最初に感じた緊張や距離は完全には消えなかった。ヴァルターはアウシュヴィッツで変わってしまい、他人を信頼できなくなったのだ、とゲルタは結論づけた。

ゲルタはルディから報告書を受け取り、働いているオフィスで報告書をタイプした。その後はルディが報告書をどうするつもりなのか知らなかった。ルディは彼女にすら詳細を打ち明けようとしなかったのだ。

脱走者たちは自分で報告書の写しを作って配布したが、相変わらずハンガリーの地方からはアウシュヴィッツ行きの列車が出発していた。

それでも知らないうちに、報告書は別のルートをたどっていた。紆余曲折を経て、ブダペストの二十万のユダヤ人の移送を止められるかもしれない人間――ハンガリーの執政ミクローシュ・ホルティ執政の手に渡ったのだ。

五月にドイツ軍に抑留されて脱走したジャーナリストのシャンドル・トゥルクが発端だった。アウシュヴィッツ報告書の六部のうち一部をシェレーディ枢機卿に渡したのは彼だった。衝撃を受けた枢機卿はビレタ帽を投げ捨てたものの、教皇が何もしなければできることはないと、あきらめた。ハンガリーのレジスタンス組織はマーリア・シーケリがタイプした報告書を手元に保管していたが、ある人物に届けるようにとトゥルクに指示した。彼らの目的に共感を覚え、ユダヤ人の苦境に心を動かされるはずだと。執政ミクローシュ・ホルティの息子で、副摂政だったイシュトヴァーンの未亡人、イローナ・エデルスハイム・ジュライ伯爵夫人だ。

少数のレジスタンスのメンバーは彼女の私室に頻繁に集まり、執政の周囲から入手した情報を検討していた。トゥルクも秘密のサークルの一員だった。サークルに参加するのは簡単ではなかった。ナチスは夫人の邸宅のすぐ隣に本部を設置していたからだ。戦車と警備兵が邸宅の真ん前に置かれ、出入りする人間を監視していた。いかに高貴な身分でも、伯爵夫人は自由に発言できなかった。トゥルクはバルドーツという製本業者を装い、毎日伯爵夫人に電話していた。何か仕事はないかとたずね、夫人が、製本してもらいたいものがある、と答えれば邸宅に来るようにとの合図だった。その会合は重大だった。一九四四年の五月後半には報告書は邸宅にひそかに届けられていたのだ。

伯爵夫人は報告書のすべてに同情と屈辱を覚えたが、彼女とレジスタンス組織には別の懸念もあった。連合軍が勝利したら、ハンガリーの有力者が何十万ものユダヤ人を見殺しにしたことを世間は許すだろうか？　伯爵夫人は報告書を義父に渡すことに同意した。

効果はあった。義父は報告書を読み、すべてが真実だと考えている、と伯爵夫人はトゥルクに伝えた。ホルティ執政は政府高官とも相談した。「あのろくでなしども！　報告書を読んではっきりとわかった――あいつらが子供たちをガス室に送りこんでいるんだ！」

それでも移送は続いていた。五月から六月にかけても、アウシュヴィッツに向けて列車は出発した。

だがようやくルディと仲間たちが蒔いたいくつかの種が花開きはじめた。六月二十日に修道院でマルティロッティと会ったことが功を奏し、若い教皇大使はローマに報告したのかもしれない。

あるいは六月二十四日のスイスで初めて報道された記事のおかげだったのかもしれない。未明にチューリッヒじゅうを自転車で走り回ったウォルター・ギャレットが重要なひと押しをしたこともあるのだろう。いずれにせよ、六月二十五日にローマ教皇ピウス十二世はブダペストのホルティ執政に以下のような電報を打った。

我々はこの高貴な礼儀正しい国で、大勢の不幸な人々に対して、国籍や人種ゆえに課せられた苦しみがこれ以上大きくならないように、あらゆる分野で全力を尽くすことを切望している。すべての人々を慈悲によって抱擁する教会の美徳からの願いに、我らが父の御心は無関心ではいられないであろう。多くの不幸な人々がこれ以上の苦痛と悲嘆をまぬがれるために力の及ぶ限りの手を尽くすと、閣下の高貴なるお気持ちを明確に表明していただきたく、個人的に懇願する次第である。

教皇は「ユダヤ人」という言葉を使わず、その願いを公にもできなかったが、主張は明確だった。かたやアメリカ大統領はもっと率直だった。その翌日、六月二十六日に、スイスで報道された記事によってアウシュヴィッツの真実がさらに広まると、ルーズヴェルトは国務長官に命じてホルティ執政にメッセージを送らせた。

アメリカ合衆国はハンガリー政府がユダヤ人をポーランドまたは別の場所に送るつもりなのか、最終的に大量殺戮という結果となる手段をとるつもりなのか、知ることを望んでいる。さらに、そうした不正行為に責任があるすべての人間にしかるべき処罰が下されるであろうこともここに伝える。

ヴルバ＝ヴェッツラー報告書の公開によって、次々に圧力がかけられた。六月三十日には、スウェーデン国王グスタフ五世がホルティ執政に警告の手紙を送った。もし移送が中止されない場合、ハンガリーは「他国との協調関係を解除されるだろう」。しかし、執政の心を動かしたのは、戦争犯罪者は責任をとらされる、というアメリカの警告だった。

「もうこんなことには我慢できない！」ホルティ執政はルーズヴェルト大統領の手紙が届いた六月二十六日に閣僚たちに言った。「ブダペストからのユダヤ人の移送を止めろ！」ただし、地方からの移送は続いていた。六月二十七日には、一万二千四百二十一人のユダヤ人が四回に分かれて、アウシュヴィッツに運ばれた。移送はその翌日も、そのまた翌日も続いた。

肩書きにもかかわらず、ホルティはハンガリー王国の主ではなかった。命令を発しても実行はさせられなかった。結果として、ハンガリー政府内で権力争いが起きた。ナチスの指示どおりユダヤ人追放を望む者は、執政の命令に抵抗した。治安部隊も二つに分裂した。戦車部隊は賛成し、地方警察隊は「ユダヤ人問題の最終的解決」を支持したからだ。

ホルティ執政は、すばやく行動しなくてはならなかった。アドルフ・アイヒマンと地元のファシスト連合は、大きなユダヤ人コミュニティの移送計画を考えていた。ブダペストの二十万人はハンガリーの最後のユダヤ人——ヨーロッパで最後のユダヤ人だった。

予定では、七月二日、何千人ものハンガリー武装警官が、ブダペストの英雄広場に国旗掲揚式の触れこみで集合する。式典後に、警官は三日間の休暇をとり、「黄色の星の家」として知られるミニゲットーの建物の位置を把握し、ユダヤ人の逃走経路を塞ぐ方法を考える。移送列車は七月十日出発予定だった。

だが、計画どおりには運ばなかった。七月二日、アメリカの第十五空軍がブダペスト市内と近郊に一万二千発の爆弾を落とし、百三十六人が死亡、三百七十の建物が破壊されたのだ。空爆の標的はブダペスト南部の工場だったが、ハンガリー政府にとっては、自国のユダヤ人殺戮に責任のある政治指導者への脅しのように思えた。

七月五日までに、ホルティは政府支持者を最高司令官にして首都に駐在させ、「ブダペストのユダヤ人移送を防ぐために必要なあらゆる手を打て」と命じた。その夜、戦車が送りこまれ、ユダヤ人の検挙にあたっていた地方警察は追いやられた。

ユダヤ人の救出よりも保身と権威を示すことが主眼だったが、執政側が勝利を収めた。ハンガリーのユダヤ人移送はそれまでさほど問題になっていなかった。実際、その後三日間、移送は続いた。七月九日だけで地方から五回も移送がおこなわれ、七月二十日にもさらに一回あった。

しかし、そこで移送は停止した。アウシュヴィッツに向かった列車は、ホルティ執政の命令で引き返した。アイヒマンは激怒した。「わたしの長い経歴の中で、こんなことは起きたことがない」怒りをぶちまけた。「とうてい我慢できない！」だがホルティが執政のあいだは、ブダペストからの移送はもうなかった。

一時的であっても、首都のユダヤ人は救われた。ハンガリー政府の駆け引き、ドイツの敗戦濃厚の戦況など他にも理由は推測されたが、重要な役割を果たしたのは、二人の若者による三十二ページの報告書だった。ついに、ルドルフ・ヴルバとアルフレート・ヴェッラーは二十万のユダヤ人の命を救ったのである。

第5部

影

第25章　銃といっしょの結婚式

命を救われた人々は誰に感謝するべきかわからなかったが、ゲルタ・シドノヴァーだけはルドルフ・ヴルバのおかげだと知っていた。

ゲルタとルディが一九四四年六月の夏に会い、散歩をしてドナウ川で泳いだとき、スロヴァキアは隣のハンガリーに比べたら天国のように感じられた。ハンガリーのユダヤ人はアウシュヴィッツのガス室に毎日一万二千人ずつ送られている、とルディはゲルタに話した。スロヴァキアの移送は一九四二年の秋に止まっていた。

ゲルタと両親は一九四二年にハンガリーに逃げたが、まもなくブダペストにナチスが侵攻したので母親とゲルタはスロヴァキアに戻った。父親は政府を信じてハンガリー警察に出頭し、二度と姿を見ることはなかった。

ゲルタはルディと会う数週間前に、ブラチスラヴァに戻ってきたばかりだった。彼はゲルタに自分の見てきたものを話し、アウシュヴィッツ・レポートについて説明すると、タイプしてもらう書類を渡した。その情報は重要なものだとすぐにわかった。

一九四四年八月後半にナチスはスロヴァキアに侵攻し、「ユダヤ人問題の最終的解決」と呼ぶ案件に取りかかった。その後まもなく、二年ぶりに検挙と移送が再開した。スロヴァキアに来てもナチスの手からは逃れられなかったのだ。秋までにホルティ執政は失脚し、ナチスの支援を受けたファシストの矢十字党が権力を握った。彼らは死刑隊を配置し、親衛隊のアドルフ・アイヒマンと組んで移送を再開し、何万人ものユダヤ人をガス室送りとした。ナチスはヨーロッパじゅうのユダヤ人を捕らえてきたが、最初の場所、スロヴァキアに戻ってきたのだ。

ゲルタと母親は完璧なアーリア人の偽の身分証を持っていたので、しばらくは大丈夫だった。しかし、一九四四年十一月のある晩、ゲシュタポがやってきた。

二人はゲシュタポのブラチスラヴァ本部に一週間監禁されて取り調べを受けた。ゲルタはどうにかして脱走しなくてはならないと思った。さもなければアウシュヴィッツに移送される。ルディの話から、それは死を意味した。しかし母親は信じようとせず、ゲルタに一人で逃げるように言った。チャンスを見て、ゲルタはゲシュタポの建物の窓から飛び降り、夢中で走った。ルディから聞いてゲシュタポに捕まったらどうなるかわかっていたので逃げたが、母親を置いてきたことに苦しんだ。

その頃、ルディはレジスタンス活動に参加するためにブラチスラヴァを離れ、スロヴァキア西部に向かった。そこにはミワン・ウヘラ軍曹が率いるパルチザンのグループがあり、ロンドンのチェコスロヴァキア亡命政府に忠誠を捧げ、ドイツに勝つ、あるいは死ぬまで戦うと、誓いを立てていた。

初歩的な訓練を受けただけで、二十四時間もしないうちに、ルディは銃と任務を与えられた。七百人の親衛隊員がスターリン・トラーの校舎を占領し、レジスタンスを一掃しようとしたので、ルディも含めウヘラの部下たちは先制攻撃を仕掛けることになった。

九月に二十歳になったばかりのルディは、真夜中に校舎に忍び寄った。命令が下されると、窓に手榴弾を投げつけ、ドアから教室内に銃弾を撃ちこんだ。

ルディは二人の仲間が倒れるのを見たが、高揚感は損なわれなかった。気づくと、声をあげて笑い、幸福の涙を流していた。建物内で親衛隊員の悲鳴が聞こえた。ソビエト軍戦争捕虜のヴォルコフの言うとおり、親衛隊員は無敵ではなかった。

ルディはその後、少なくとも九回は親衛隊員相手に戦い、親衛隊の大砲を何度か襲撃し、鉄橋を破壊して物資輸送を妨害した。仲間たちと敵陣の後方に陣取り、さまざまな妨害工作をしたこともあった。しかし、大尉に昇進したウヘラは、戦いで命を落とした。一九四五年四月にソビエトがスロヴァキアに入ったときには、ルディの隊の隊員は激減していたが、彼は生き延びていた。

残った隊員は最後の作戦に参加してから、静養のために軍の病院に送られた。ルディは前線に戻るつもりだったが、戦争が終わったと知らされた。ヒトラーは死に、ナチスは降伏した。ルディは第二スターリン・パルチザン旅団の古参兵として、チェコスロヴァキアの勇敢勲章、スロヴァキア反乱勲章（二等級）、チェコスロヴァキア・パルチザン名誉勲章を授与され、さらに共産党員にもなった。

ルディが最初の脱走を夢見てから、三年しかたっていなかった。彼は自分が見たものや耐え抜いたことを決して忘れなかった。退院すると、すぐにブラチスラヴァに戻った。十五歳直前で中断した教育を早く再開したかったのだ。

ルディは元軍人用の特別学校に入学した。戦争のために失われた教育を受けるための場所だ。入学して五か月で、ルディは少なくとも三年分の勉強をして、プラハのチェコ技術大学化学技術部に合格した。数年前は化学の教科書を読むことすら禁じられ、友人のエルヴィンと隠しておいた教科書でいっしょに勉強した。今エルヴィンは死んでいて、彼は化学を専攻しようとしていた。

ルディはチェコスロヴァキアの勇敢勲章、
スロヴァキア反乱勲章(二等級)、
チェコスロヴァキア・パルチザン名誉勲章を授与された

専攻の選択に迷いはなかった。チクロンBから死体焼却場の精密な稼働にいたるまで、彼は技術の進歩がどういう方向に進むのかを目の当たりにした。アウシュヴィッツとシステム化された大量殺戮は、科学がもたらした効率化によって迅速に実行された。子供のときに信仰を失い、「仲間への信頼」もやめたルディは皮肉っぽい笑みを浮かべるようになったが、純粋な科学的理想に対する信念は揺るがなかった。彼は研究者の団体を唯一の所属すべき組織と見なしていた。

ブラチスラヴァではなくプラハに行く必要があった。ドイツの占領下となったチェコは、やむなくユダヤ人を移送した。かたやスロヴァキアは早い時期から大規模な移送をおこない、進んで金を払った。新しいスタートを切るには、社会主義国チェコスロヴァキアの首都プラハは最適に思えた。

ルディは最悪の時期が過ぎたと感じたにちがいない。たしかに数年間はそうだった。一九四五年初頭には知らなかったが、人生最大の苛酷なできごとはまだ終わっていなかった。その先に存在していたのだった。

プラハに移住する決意をしたのはルディだけではなかった。彼は学生寮に入って勉強に打ちこみ、寮と図書館と研究室を行き来するだけだった。それでも彼の人生には二人の人間が存在した。多くの友人が家族全員を失ったが、ルディは戦下の一九四四年夏、トルナヴァに戻り、思いがけない再会をした。母親がまだ元気で生きていたのだ。彼女は生涯で三回結婚したが、当時もある男性と結婚していて、その夫は二年前のスロヴァキアの経済にとって必要だとみなされていた。おかげで母親は最初の移送をまぬがれたのだった。

国際逮捕状が出ていたルディは母親の家を訪ねるわけにいかなかった。そこでトルナヴァの友人の家で会うことになった。母親は部屋に入ってくると、彼のわきを通り過ぎた。それほどまでにルディは変わっていたのだ。とうとう友人が彼の方を指さした。「あれがルディだよ」

イロナ・ローゼンベルクは息子を抱きしめ、頬に流れる涙をぬぐうと、手紙ひとつ書かずに二年も行方をくらましていたことを叱った。ルディはぞっとする詳細は省いて、どこにいたのかを説明した。母親はあまり質問をせずに耳を傾けたが、それ以上は話したくないルディの気持ちを察したようだった。

母親の夫は別の反応を示した。一九四二年当時、彼はイロナとまだ結婚していなかった。彼は親族を一人だけ移送免除に指名できた。イロナが妻になれば指名できたので結婚したが、姉は移送された。

ルディの話で、彼は二年前の決断がどういう意味を持ったのかを知った。ルディが戻ってきて数か月後、一九四四年九月に移送が再開されると、彼はみずから列車に乗りこんだ。姉と運命を共にしたかったし、すべてをあきらめていた。ルディはそれを移送による自殺と表現した。やがてイロナも移送されたが、行き先はアウシュヴィッツではなく、チェコスロヴァキアのテレージエンシュタット強制収容所だった。そして、息子と同じように生き延びた。

もう一人は、ゲルタ・シドノヴァーだ。ルディはプラハで医学生となったゲルタと交際していた。二人とも、中断された教育を急いで受けようとしているところだった。二人はルディの学生寮の部屋で、ぎこちなく愛を交わした。望めば、毎晩でもいっしょにいられたが、そうしなかった。少なくともゲルタにとって、何かが欠けていた。自分のせいかもしれない、と思った。情熱と経験不足だと言われたが、たんに心から彼のことを愛していないからかもしれない。二人の愛の行為には、ゲルタが望むような思いやりが欠けていた。それどころか、暴力的だとすら感じた。結婚すれば、その問題は解決するのかもしれない。

夏になると、二人は休暇をとったが、いつもいっしょにいたわけではなかった。一九四六年の最初の夏、ルディはブラチスラヴァに戻り、ヨゼフ、モルドヴィチ、ロシンといっしょに過ごした。今では兄弟のような関係で、共通の経験によって結びついていた。四人だけしか、アウシュヴィッツからの脱走に成功したユダヤ人はいなかった。

ホロコーストとして知られるようになった収容所でのできごとから生き延びた人々は、二度とポーランドに足を踏み入れようとしなかった。仲間の血が染みこんだ地面を踏むことに耐えられなかったからだ。多くの人が訪れることができるようになったのは、何十年もたってからだった。一方で、ルディは脱走して四年もたたないうちに意気揚々と戻った。一九四八年の夏、彼とゲルタは休暇をとり、ポーランドを列車で旅したのだ。

二人は学生グループに加わり、プラハ駅に集合して東をめざした。同胞のユダヤ人が何百万人も殺された国へ。クラクフに、それからワルシャワに着き、瓦礫（がれき）だらけの街を歩き回った。学生のガイドが、ある場所を指さした。「ここがゲットーでした。ワルシャワ蜂起のときに、ユダヤ人が親衛隊に殺された場所です。ヒトラーがやったことで唯一のいいことですね」

一行は黙りこんだ。ゲルタはルディがガイドに襲いかかるのではないかと不安になったが、ルディは沈黙を守り、グループは先に進んだ。二人ともプラハに戻りたくてたまらなかった。


何年も過ぎ、ルディとゲルタは川沿いを歩きながら、二人のお気に入りの場所、カレル橋の下のカンパと呼ばれる小さな島に寄り、自分たち専用だとみなしているベンチにすわった。ある日曜の午後遅く、お茶とケーキを前にして、ルディはゲルタに結婚を申しこんだ。ゲルタを長年知っているルディの母親は、何年も前から息子に結婚を勧めていた。ゲルタは賢くてきれいだし、天涯孤独だから、結婚するのはルディの義務だ、と。完璧なカップルだと思っていた友人たちは大喜びだった。二人とも賢く、魅力的で、強い。ルディとゲルタに不安があったとしても、まわりは結婚式のシャンパンの泡ではじけて消えることを祈り、そっとしておいた。

二人は一九四九年四月十六日に結婚した。シナゴーグではなくブラチスラヴァの市役所で、ヘブライ語ではなくスロヴァキア語で誓いの言葉を述べた。花嫁は伝統の白ではなく紺色のドレスを着た。

結婚式前夜、結婚はまちがいだったのではないかとの不安で、ゲルタはろくに眠れなかった。結婚式やパーティーでも不安は消えなかった。酒がたっぷりふるまわれ、ルディは酔っ払い、花嫁の親友のインジュにキスしようとした。アウシュヴィッツの仲間たちも参列した――しかし、それは事態を悪くしただけだった。ヨゼフは結婚式の立会人で、ロシンは花婿付き添い人だった。モルドヴィチは二人に銃を買ってきた。男たちはそれを分解して組み立てていた。銃を見たゲルタは嫌悪感でいっぱいになった。

それでも大切なのは結婚式ではなくて、結婚生活だった。チェコスロヴァキアの新たな共産主義では、部屋を手に入れるのは簡単ではなかったが、ルディの元パルチザンという地位のおかげで優先的に部屋を借りられた。城にも市の中心にも近いプラハ近くのデイヴィツェに、一寝室の部屋を割り当てられた。

二人とも仕事に没頭した。ルディは有機化学の学位をとり、さらに大学院に進み、脳の生化学での博士号取得をめざすことになった。一方、グレタは医科大学を卒業し、神経生理学を研究していた。互いの研究室はそばにあり、自宅までも近く、二人は幸せになれるはずだった。

だが夫婦の溝は埋まらないままだった。トルナヴァの少年はまったく異なる男になっていた。グレタが家に帰ると、ルディがウォッカを一人であおっていることがよくあった。独占欲が強く、嫉妬で怒り狂うこともあった。〈桜の園〉の公演を観に行くために二人でトラムに乗っているとき、ゲルタが車掌に切符を見せながら微笑むと、ルディは「おまえは車掌にも媚びを売るのか、この売女」とわめいた。乗客にも聞こえていたが、彼女は無言を貫いた。腕に怪我をしてリハビリを受けたときは、レズビアンの理学療法士と関係を持ったと責めた。

偏執症の矛先が向けられたのは妻だけではなかった。研究室の同僚が自分の邪魔をする、とルディはぼやいた。「ハサミを全部隠されたんだよ。だからフィルターを正確な大きさに切れなくて、実験ができなかった」――アウシュヴィッツが彼をそういう人間にしたのだ。

だが、ゲルタは逆なのではないかと感じていた。アウシュヴィッツで生き延びたから偏執的になったのではなく、ほとんど誰も信用しなかったから、アウシュヴィッツで生き延びられたのではないだろうか？

どちらにしても、ゲルタにとってルディは相変わらずハンサムで頭がよくて、命を救ってくれた英雄だったが、いっしょに暮らすには大変な相手だった。一九五二年五月二十六日、娘が生まれ、ヘレナと名づけた。とても美しい赤ん坊で、豊かな髪も美貌も、トロイのヘレネ［ギリシャ神話の美女。ゼウスの娘］に匹敵すると二人とも考えたからだ。ルディは初めてヘレナを抱いたとき、「アウシュヴィッツでの苦難もこれで報われた、すべてはこの瞬間の喜びを知るためだったのだ」と妻に言った。これほど幸せになれるとは、ルディは思ってもいなかった。二年後、一九五四年五月三日、次女が誕生した。

ルディとゲルタは長女をヘレナと名づけた。
見たこともないほど美しい子供だと思ったからだ。
1953年、チェコスロヴァキア

繊細な白い肌とふわふわの金髪の女の子はゾザナと名づけられ、ズズカやゾザと呼ばれた。

家族もでき、専門性の高い刺激的な仕事と、比較的特権のある社会的立場を得られた。それでも、ルディとゲルタは些細なことでよく衝突した。一九五四年、戦争が終わってほぼ十年たっても、チェコスロヴァキアでは食料が配給制だった。子供たちは週にふたつの卵と砂糖とバターを余分に配給された。ゲルタはそれをとっておいて、朝食にパンケーキを焼いて娘たちを喜ばせようと計画した。当日の朝、ゲルタは材料を探したが、卵は消えていた。子供時代に鶏小屋から取ったように、ルディが食べてしまったのだ。ゲルタは激怒した。その後何年もたってから、夫は「手に入る食べ物はすべてとれ」とアウシュヴィッツで教えられたのだろう、とゲルタは思い当たった。

いっしょにいると口論になり、別々に過ごす時間が増えた。夜、ルディは友人たちと飲みにいき、妻と娘たちが寝たあとで帰ってきた。明け方に帰宅しても足音を忍ばせるどころか勢いよくドアを開け、娘たちを起こして遊ぼうとした。しばらくして疲れるとさっさと寝てしまい、娘たちを寝かしつけるのも、翌朝、睡眠不足で機嫌が悪い娘たちの世話をするのもゲルタだった。

それだけでなく、ルディは浮気を繰り返した。体だけの関係もあったが、たとえ恋に落ちたとしても、娘たちのために離婚しないと彼は決意していた。

ゲルタにとって結婚生活はしだいに耐えがたくなってきた。彼女は離婚を求めた。家庭内はピリピリして暗く、娘たちにとってもいい環境ではなかった。ルディは妻の言葉を聞き入れようとしなかった。子供たちを愛していたし、子供たちも父親を愛していた。それを認めたゲルタは別居することにしたが、家が不足しているので、狭いアパート内でいっしょに暮らすしかなかった。彼女と娘たちは寝室で生活し、ルディは居間を使った。

それもうまくいかなかった。ある晩、玄関のドアが開き、酔っ払った男女の声が聞こえた。ルディが女性を部屋に連れ帰ったのだ。二人は居間で子供たちを起こしてしまうほど騒々しくソファでセックスを始めた。その晩、ゲルタは同じ家での別居ではだめだと結論を下し、ふたたび離婚を求めた。やがてルディは折れた――ゲルタが法的な費用を負担し、彼がその部屋に住むかわりにゲルタと娘たちが引っ越すという条件で。

離婚しても、とげとげしさは変わらなかった。一九五六年三月、ゲルタは会議のためにパリ行きの飛行機に搭乗しようとしていた。鉄のカーテンの向こう側の暮らしを垣間見る貴重な機会だった。離陸の直前、チェコ秘密捜査局の捜査官が搭乗口に現れ、彼女を降ろさせた。子供を連れて西に逃亡するつもりだという情報を得た、と。ゲルタにそんな意図がないことに納得すると、ようやく捜査官は密告者はルディだったと教えた。

離婚の復讐をしたかったのだろうと、のちにゲルタは結論づけた。妻が去ったことをルディはまだ根に持っていたのだ。

「ルディの友人が共産主義国家を非難した」と当局に告げると脅したとルディは言ったが、ゲルタは否定した。かたやゲルタは「ルディが子供たちに社会主義教育をできない」ので離婚が必要だったと法廷で主張した。やがてゲルタはルディのことも自分のことも許したいと思うようになった。二人ともとても若かったし、深く傷ついていた。ゲルタの両親はナチスに殺され、ルディはアウシュヴィッツで二年も過ごしたのだ。

戦後のチェコスロヴァキアでは、政治は生活の個人的な領域にも入りこんできた。パルチザンだったので、最初のうちルディは共産主義に共感した。失敗したものの、彼が初めて脱走したときに助けてくれたのは社会主義者だった。ナチスに勝利をおさめた直後には、平等と友愛の新しい理想主義を信奉した。だが、長くは続かなかった。

一九四七年のある日、ルディは尾行されていることに気づいた。部屋に帰ると、荒らされていた。友人に話したところ、何人かの男たちが周辺を嗅ぎ回っていることがわかった。ルディは相手を突き止めたが、その男は「助けたかっただけだ」と言うばかりだった。

一九四八年二月に、共産主義者がチェコスロヴァキア政府を支配したとき、ようやくルディは事情を理解した。大学にポスターが貼られ、ルディの名前がそこにあった。彼は活動委員会の「政治色のない」メンバーで、今後、大学を主導すると書かれていた。ルディは知らないことだったが、一年前に嗅ぎ回られていた理由がわかった。共産主義者はルディを調べ、委員会から排除すべきかどうか判断していたのだ。彼はテストに合格したようだった。会長になってほしいと頼まれたルディは、断るのは危険だと考え、引き受けることにした。

数週間後、ルディは「ふさわしくない」生徒が大学に多すぎると委員会から指摘された。学生名簿を調べ、「ブルジョワ」的要素を持っている者や反共産主義の活動家を排除し、共産党のメンバーや労働者階級出身者を残すようにと命じられた。学問の府における平等精神と相反する差別だ、と彼は断った。言われたとおりにしても良心に背くことにはならない、と委員会は説得したが、ルディは「より高潔な命令」に従っているだけだと譲らなかった。

委員会は会長の辞任と「過失」について公に告白することを求めた。彼はそれに従って退任し、研究に専念して、一九五一年に博士号を取得した。翌年奨学金が終わったとき、政治的不名誉の代償を思い知った。どこにも研究者として雇われなかったのだ。ペニシリン工場の夜間勤務についたが、博士号を持っていても実験助手の給料しかもらえなかった。

その後は、友人の研究室で脳生化学の研究をすることになった。ただし、地下室で働き、できるだけ人目につかないようにするという条件つきだった。

それは研究室の外でも賢明なアドバイスだった。プラハではさらに情勢が厳しくなり、当局は新しい社会主義国にふさわしくない人間を厳重に取り締まっていた。何人ものルディの友人たちは一夜にして姿を消し、二度と会えなかった。一九五二年、ルドルフ・スラーンスキーをはじめとする十四人の共産党幹部がイデオロギー的逸脱の疑いで逮捕された。彼らは「チトー主義とシオニズム」などの罪状によって有罪となった。スラーンスキーを含めた十人がユダヤ人だった。起訴された十四人のうち、スラーンスキーたち十一人は絞首刑にされた。

ルディはこのできごとに落ちこんだ。戦後プラハに住んでいるあいだ、アウシュヴィッツについて聞かなかった。その話題がタブーなのか、関心がないのかわからなかったが、結果としては同じだった。プラハの反ファシスト闘士組合が主催するアウシュヴィッツ追悼の夕べにルディは毎年参加したが、その席ですら、ユダヤ人の運命について誰も口にしなかった。チェコ人共産主義者の英雄的行為や、ナチスに抵抗した他のチェコ人の苦難についてはさんざん耳にしても。家族収容所の両親とともにガス室に送られたチェコの子供たちのことすら話に出なかった。チェコの国歌を歌いながら死んでいったユダヤ人もいたのに、この国は知ろうとしなかった。

四年間、ルディは地下室で働いていたが、やがて仕事上の突破口が開けた。モスクワ大学の上級研究員が彼の書いた論文に目を留めたので設備の整った研究室に移ることができ、失脚者の立場は取り消された。しかし、彼が暮らしているのは反ユダヤ主義の国で、結婚は失敗に終わり、孤独だった。脱走のパートナー、ヨゼフには頼れなかった。ヨゼフの結婚後に友情にひびが入り、交流を絶ってしまったからだ。ヨゼフの結婚相手のエチェラ・ヴェツレロヴァーはアウシュヴィッツの被収容者だった。ルディは彼女に疑いを抱いた。エチェラは生き延びるために、収容所で何をしたのか、カポだったのか、と。

ルドルフ・ヴルバは自由を切望していたが、一九五〇年代のプラハでは手に入れられなかった。またもや彼は、脱走を考えるようになった。

第26章　新たな国イギリスへ

ルディは脱走には時間と忍耐が必要だとアウシュヴィッツで学んだ。チェコスロヴァキアの共産主義から逃げ出すなら、最初が肝心だ。失敗したら、状況が悪化する。

きっかけは仕事だった。彼の論文がソ連の有力な学術誌〈プログレス・オブ・モダン・ソビエト・バイオロジー〉で発表されることになった。彼ほど認められたチェコスロヴァキアの生物学者は、これまでいなかった。報奨として、パスポートと、学会に参加したり海外で講演をしたりする権利を与えられた。それから二年間、ルディはデンマーク、ウクライナ、ロシアを訪れることができた。一九五四年、そうした学会がポーランドで開かれた。主催者はアウシュヴィッツへのバスツアーを企画した。脱走して十年後、ルディはバスに乗りこみ、収容所の跡を見学した。参加者が敷地内を歩きながらたくさんの質問をするあいだ、ルディはここに収容されていたことを悟られないようにした。一九五八年、ストラスブールとウィーンで開かれる学会の招待状が届いた。当局に申請が了承されれば、科学省に保管されているパスポートを空港で受け取り、出国できる。これまで問題なく何度も西へ旅をしてきたので、今回も許可がおりた。すべて計画どおりだった。
アウシュヴィッツでは自分の命以外、何も失うものはなかった。しかし、今は愛している二人の娘がいた。もういっしょに暮らしていなかったが、頻繁にルディのアパートに泊まりに来るので、部屋におもちゃを置いていた。彼は子供たちが永遠にそれで遊べないことを想像すると耐えがたかった。

ストラスブールに出発する一週間ほど前に、彼は元妻のゲルタを訪ねた。一年間、モスクワで教えることになったので、娘たちのおもちゃを渡しに来たと説明した。ゲルタは受け取ったものの、不審なものを感じた。訊き回ると、モスクワの件について友人や同僚に伝えていないうえ、ウィーンの第四回国際生化学学会に招聘(しょうへい)されていることを知った。数日の学会のために、おもちゃを返しに来るのは妙だ。

ルディは知らなかったが、ゲルタも亡命を考えていた。定期的にプラハを訪れていたイギリス人化学者シドニー・ヒルトンと恋に落ちていたのだ。しかし、元夫が西へ亡命したら、厳しい監視下に置かれるだろう。ゲルタと娘たちは二度と出国できなくなるにちがいない。だが、ルディから脱走について学んでいた彼女は、自分自身の脱走計画を立てはじめた。

ゲルタもポーランドで学会に出席することになっていた。ヨーロッパのどの国経由でもチェコスロヴァキアに帰国できるビザを持っていたので、彼女は緻密で大胆な計画を練った。ポーランドの会議に出席後、歩いてクルコノシェ山脈を越えて、ひそかにプラハに戻り、六歳と四歳のへレナとズズカを連れて再び山を越え、ポーランドに戻る。そこから、娘たちに必要な書類を偽造して、飛行機でデンマークのコペンハーゲンに渡る——自由の国へと。

こうしてルディとゲルタは、まさに同じ日に鉄のカーテンを越えて、新しい人生を始めたのだった。二人は互いに相談しなかった。それどころか相手が先に亡命するのではないかと気が気ではなかった、と後にどちらも語っている。元妻と幼い娘たちとが霧と雨の中でクルコノシェ山脈の最高峰スニェシュカ山を登り、ポーランドに向かって滑りやすい下り道を六時間かけて歩いていたとき、ルディはウィーン空港に着いた。その日、彼らはそろって脱走の達人になった。ルディが買った航空券はプラハ行きではなかった。彼は一九四八年に独立したばかりのイスラエルをめざしていた。

ルディがイスラエルを選んだのは、シオニストの故郷だからではなく、現実的な理由だった。西への入口であり、共産圏の外にあって入国を保証されていたからだ。帰還法〔一九五〇年制定。世界中のユダヤ人はイスラエルに移住できる〕により、ユダヤ人はイスラエル市民権を自動的に得られた。

イスラエルに到着して六週間もたたないうちに、アメリカでの教職のオファーがあった。すぐにビザを申請したが、許可が下りなかった。一九五八年のアメリカ当局は、チェコスロヴァキア元共産党員に好意的ではなかったのだ。代わりにルディは獣医学研究機関の生化学部に職を得た。イスラエル農業省の一部門で、テルアヴィヴの南にあるベイト・ダガンという小さな町にあった。

ルディはイスラエルを好きになれなかった。あまりにも排他的だったからだ。ユダヤ人の団結について美辞麗句を並べても、人々はドイツ系、ハンガリー系など、国別に群れていた。またもやスロヴァキア系ユダヤ人というカテゴリーによって区別されるのは、気が進まなかった。迫害されてきたイスラエルがついに自国を守れるようになった経緯にも感動しなかった。彼は一人で身を守ってきたのだ。

しかし、もっとつらいことがあった。まだ十年しかたっていないこの新しい国では、過去に汚点を残した人間が高い地位を得ていたのだ。その中には、スロヴァキア系ユダヤ人指導者のクラスニャンスキーやノウマンもいた。彼らは二度も失策を犯した、とルディは信じていた。まず、ルディを含めてアウシュヴィッツへの移送を後押ししたこと。さらに、ルディとヨゼフが脱走後、多くの命を救えたかもしれないときにアウシュヴィッツ・レポートを公開しなかったこと。多くの人々が殺されたのに、こうした人間たちは新しい国でのさばっていたのだ。

ルディが到着した頃、ユダヤ人指導者の戦時の行動が問題視された。一九五二年八月に、冊子〈修正主義者のシオニズム〉の発行人マルキエル・グリュンヴァルトが、現在はルドルフ・カストナーと名乗るレジェ・カストネルを、約千七百人を助けるために何万人もの命を犠牲にしたナチスの協力者だ、と告発したのだ。この裁判は、のちにドイツ系ユダヤ人哲学者ハンナ・アーレントが「暗黒の物語の中でも最も暗い章」と呼んだ、カストナーのようなユダヤ人指導者による自国民の虐殺への加担について向き合う場となった。カストネルの親戚や友人が助かったのは、

レジェ・カストネルが報告書に対して何も行動を起こさなかったことは、ルディにとって後の人生の方向を決めるできごとになった。1948年3月、ニュルンベルク裁判で証言するカストネル

沈黙に対するナチスの報酬だと。

裁判はカストナー対グリュンヴァルトという二人のハンガリー系ユダヤ人の闘いだけではなく、新しいイスラエルを支配する労働党と昔ながらの修正主義者の闘いでもあった。カストナーは恥辱と怒りをぶつけるのにふさわしい人物だった。「あの人たちは責められるべき人間を必要としているのよ」と、恋人は裁判中にカストナーに向けて語った。一九五五年六月二十二日に判決が下され、カストナーはナチスに「全面的に協力」し、「悪魔に魂を売った」と非難された。最大の罪はヴルバ＝ヴェツラー報告書の内容を知っていたのに公開せず、ユダヤ人に逃亡や抵抗を促さなかったことだ、と。判決は最高裁判所に持ちこまれたが、裁判前の一九五七年三月のある日、カストナーは暴漢に撃たれて死んだ。死後におこなわれた裁判では、たとえ信念が誤っていたとしても、善意から多くの人々を救おうとしていたというカストナーの主張が認められ

た。裁判長は次のように述べた。「汝、その立場になるまで隣人を裁くな」

結局、ルディは元妻と娘たちがイギリスにいると知り、ビザと労働許可証を申請し、自分もイギリスに渡ることにした。ロンドンに行くというティーンエイジャーのときに挫折した目標を、ルディは二十年近くたった一九六〇年になって達成したのだ。

イギリスにやってきたルディにはほとんどお金がなかったが、到着早々に幸運が舞いこんだ。幼い頃、愛人とのあいだの子供のふりをしたことでケーキをくれた女性と再会したのだ。今はロンドンに住んでいて、アパートの家具の購入資金を出してくれた。長い歳月がたっても、彼女はルディの母の言葉を借りると「囲われ者」をしていた。

彼はサリー州のカーショールトンに本拠を置く、医学研究評議会の神経精神医学研究部門で職についた。モスクワで注目された研究をようやく進める機会を得たのだ。数年前よりルディは細胞がどのように自己維持や相互作用をおこなうのか、周辺の細胞にどう反応するのか、エネルギーの吸収や消費、修復や分裂はどのようにおこなわれるのか研究してきた。細胞の死は生物の一生において逃れられないもので、とりわけ重要な謎だった。高等生物は健康であっても「選別」によって死にいたる。生物学上の「選別」は専門用語で「アポトーシス」、プログラムされた細胞死と呼ばれている。

ルディはロンドン南部の郊外で、顕微鏡をのぞいたり、細胞培養容器を調べたりしているときに、過去を思い出したかもしれない。プラハで始め、現在カーショールトンで続けている研究は、おもに宿主の生物がストレスにさらされたときに、細胞組織に何が起こるかというものだった。科学誌〈ネイチャー〉に載った彼の論文では、定期的に同じテーマが登場し、当時では標準的だったネズミを使った実験について説明している。ある研究で、彼はネズミを六匹ずつのふたつのグループに分け、四時間半、泳がせた。片方のグループは「泳ぎを中断したあと、ネズミを液体窒素に入れ凍らせる。凍った脳を取り出し、低温で細かい粉末に砕き均質化する」。もう片方のグループについては「ネズミの首を切断して殺し、血液（一ミリリットル）をただちに回収する……脳（小脳を除いた全体）、心臓、肝臓、腓腹筋の一部を取り出し、液体窒素で冷凍する」。一九六四年にはネズミを殺す前に十五分間隔で注射し、液体窒素で冷凍する実験をしていた。彼は同じ疑問を追い続けていた。実験室に足を踏み入れる前から、自分自身に問いかけていた疑問を。精神的ストレスを極限まで与えられると、生物はどうなるのか？

ゲルタと二人の娘はロンドン郊外のケントンで、ゲルタの再婚相手のシドニー・ヒルトンと暮らしていた。同じ屋根の下にいなくても、ルディとゲルタは互いを挑発しあい、事態は複雑になった。

ルディはシドニーの元妻ベスと会うようになった。ベスがサリー州の彼の家で過ごすこともあれば、彼女のハイゲートの家に行くこともあり、週末には、娘たちもいっしょだった。プラハにいたとき、ルディは娘たちと真夜中に遊んでゲルタを怒らせたが、ロンドンでは、娘たちを週末

2人はいつもルディをタタと呼んだ。ゾザナ、ヘレナ、ルディ。イギリスで

に呼んで日曜の夜に家に送っていくのを忘れた。娘たちは月曜の朝にケントンの学校に登校しなくてはならないのに、たびたびハイゲートかサリー州にいたので、ゲルタはひどく腹を立てた。

イギリスにやってきてすぐ、ルディは一年半ぶりに子供たちに会いにいった。連絡せずに訪ねると、娘たちが庭で遊んでいた。フェンスに近づくと、ゾザは警戒して彼を見た。八つになるヘレナが「ゾザ、あれはお父さん(タタ)だよ」と妹に教えた。ルディは娘たちにいつもチェコ語で〝タタ〟と呼ばれていたのだ。幼い娘は彼を見上げた。「みんな、タタは死んだって言ってたよ」ルディはそのことでゲルタをずっと許せなかった。

元夫婦は互いをなじった。ルディはゲルタとシドニーが自分をイギリスから追い出そうと目論んでいて、ヘレナとゾザの居場所を教えようとしなかった、と非難した。ゲルタの方は、ルディは偏執症だ、と主張した。

ゲルタはロンドンでもっとも著名な家庭問題弁護士ブラ

ンチ・ルーカスに相談した。グレタはこれまでの経緯と、元夫の特異な過去について話した。グレタの話で、ルーカスはルディとのつながりに気づいた。二十年前、チューリッヒでイギリス人ジャーナリスト、ウォルター・ギャレットの秘書として働いていたとき、ルーカスはヴルバ＝ヴェツラー報告書の英訳をしたのだ。裁判の結果、ゲルタは子供たちの親権を手に入れ、ルディは限られた訪問権だけを認められた。

ルディはイギリスにも長居しなかった。ようやくアウシュヴィッツのことが世間の口にのぼるようになったからだ。アドルフ・アイヒマンが一九六〇年五月にアルゼンチンの町で逮捕され、十一か月後にイスラエルで裁判にかけられた。十五年にわたる無関心の沈黙ののち、世間はナチスのユダヤ人殺戮に関心を示すようになった。ある友人は、イギリスの新聞社に連絡して当時のことを語ったらいい、とルディに勧めた。

その結果、月曜から裁判前夜の金曜まで〈デイリー・ヘラルド〉紙に五回の連載記事が載った。まちがっている部分はあるが、最初の見出しはこうだ。「わたしはアイヒマンが六十万人以上のユダヤ人を殺すのを阻止した」。テレビやラジオ出演が相次いだ。記者のアラン・ベスティックという記者が書いた連載記事は読み応えがあり、〈デイリー・ヘラルド〉の売り上げは伸びた。新聞社はルディに科学者としての年収に相当する報酬を渡した。

連載は書籍化された。きっかけは、牛乳配達人との会話だった。配達人は〈デイリー・ヘラルド〉の連載記事を読み、納得できなかったと打ち明けた。ヴルバ博士はドイツ軍について嘘をついているにちがいない。もちろん、ヒトラーが凶悪な人間だということは知っているし、自分も戦争で片脚を失った。だが、ルディが新聞で語った話は本当のわけがない。ユダヤ人は頭がいい。子供の手を引いて、ガス室行きの列車に乗りこむとは信じられない、と。ルディはそのとき、ナチスが史上最悪の犯罪をどうやっておこなったのか、もっと説明する必要があると悟った。

一九六三年八月に、十八日間以上、ルディは記者の速記が追いつかないほどの早口で、ベスティックに再びすべてを語った。そして『わたしは許せない』という自伝が同年に出版された。出版社と読者は、書名にある「許せない」相手はアドルフ・ヒトラーとナチスだと推測しただろう。元妻ゲルタはちがう考えを抱いていた。時間がたち、ルディが戦時のできごとについて多くを知るにつれ、情報を世間に伝えなかった人々に激しい怒りが向けられたのをゲルタは知っていた。彼女はルディが書いた本を読み、彼が特に許せないのはレジェ・カストネル、のちのルドルフ・カストナーだと感じた。

アイヒマンの裁判では怒りが噴出した。エルサレムの法廷で、移送されたハンガリー人生存者たちがブダペストの元ユダヤ評議会メンバーの証言を遮り、傍聴席からハンガリー語とイディッシュ語でわめきちらした。ルディは証人として列席を申請したが、却下された。代わりにロンドンのイスラエル大使館で、宣誓証言をおこなうことで妥協した。

法的な立場がどうであれ、子供たちをめぐるゲルタとの争いはおさまらず、一九六四年になると、ヘレナとゾザに会うことはさらにむずかしくなった。ゲルタとその夫がバーミンガムに引っ越したからだ。仕事上でも問題が起きた。カーショールトンの勤務先の上司はいつも協力的だったが、ルディはプラハでの偏執症が再発し、上司が自分のアイデアを盗んでいると思いこんだ。相手に問いただす代わりに、彼は医学研究評議会の上層部に訴えた。その結果、ルディの契約は打ち切られた。アウシュヴィッツでは偏執症が生き延びる助けになったとゲルタは思っていたが、いまや、それが彼を破滅に導いた。

それでもルドルフ・ヴルバは脱出ルートを見つける才能を失っていなかった。行き止まりにぶつかったら、別の道を行けばいいのだ。

第27章　本当のカナダへ

一九六七年の晩夏、ルディは別の大陸に向かい、それが人生における最後の移動になった。チェコ共産党員だったためにアメリカのビザは取得できなかったが、今回はその経歴が役立った。ロンドンに滞在中の研究者が、赤狩りを避けてカナダに移ったアメリカの共産主義者たちが運営する、バンクーバーの大学の薬学部について教えてくれたのだ。その研究者がルディを共産主義者たちに紹介すると、国際的なマルクス主義の連帯精神ゆえに、彼らは喜んでルディを迎えた——今のルディは徹底した反共産主義だったのだが。ルディはカナダ西岸にあるバンクーバーのブリティッシュ・コロンビア大学で薬学部の准教授になった。アウシュヴィッツの「カナダ」で整理隊の被収容者たちが想像していた豊かな土地に行くことになったのだ。ルディは四十三歳で、本当のカナダはアウシュヴィッツと同じぐらい遠く思えた。

彼は准教授に加え、カナダ医学研究協議会の研究員にもなった。論文にも精力的に取り組み、一九七〇年に「ラットの脳タンパク質における分子量と代謝」を発表した。まもなく、私生活にも安定が訪れた。

一九七三年、カナダの市民権を認められた一年後、ハーバード大学メディカルスクールでの二年間の客員講師に加え、ボストンのマサチューセッツ総合病院の消化器内科で腫瘍マーカーの研究にも携わることになった。ハーバード大学のようなエリート教育機関にはスポンサーがついているためか、アメリカ当局は彼の共産主義者としての短い経歴を見逃すことにしたようだ。ブラチスラヴァの母親とイギリスの娘たちに送金していたので、ルディにはぎりぎりの生活費しか残らなかったが、ようやくアメリカに入国できるようになった。

ボストンに着いてまもなく、ロビン・リップソンという女性と知り合った。誰も彼もがニクソンとウォーターゲート事件を話題にしているパーティーで、もうすぐ五十歳のルディと二十四歳のロビンは出会った。ロビンはルディを見たとたん、なんてすてきなんだろうと思った。ロビンははっとするほどきれいな女性で、ストッキングで知られる〈レッグズ〉社のトラック運転手をしていた。同社はプラスチック製の小さな卵型ケース入りのストッキングを、露出度の高い服装の女性が配達するサービスで人気だった。彼女はルディの娘ヘレナより三歳年上なだけだった。ルディはロビンの母親よりも年上で、父親の一歳下だった。それでも、ルディとロビンはたちまち意気投合した。

最初のデートで『戦争と平和』を観にいった。その後すぐ、二人は思想家のソローとエマーソンが愛したウォールデン湖を訪れた。あまり言葉も交わさず、二人は岩にすわっていた。ルディは研究室では理解できなかった科学的な謎についてずっと考えていたが、ふいにロビンを見つめて「ああ、そうだ、わかったぞ」と言った。ロビンはそんな彼に魅了された。

一九七五年九月十三日、ボストンの裁判所からチェコスロヴァキア共和国発行の離婚書類の有効性が認められたあと、二人は結婚した。ルディの動揺や不安は消えていき、性格も穏やかになった。プラハでは妻ゲルタの行動を監視し、家庭内では妻としての役目を果たすように要求したが、カナダでは、ルディは若い妻の自立を受け入れただけでなく、ロビンが働くことがうれしかった。やがて彼女は不動産業で大きな成功をおさめ、一家の大黒柱となったので、大人になってから初めてルディは毎月の家賃の心配をせずにすむようになった。女性の仕事とみなしてきた料理までした。ルディの得意は故国スロヴァキアの料理――グーラーシュ、チキンパプリカ、子牛のカツレツなどだった。

ゲルタは元夫の新しい生活について聞き、変化に目を丸くした。ロビンがもたらした変化こそがルディが求めていたものだと、今の彼女にはわかった。世代が異なり、アウシュヴィッツとも関わりのない国で育ったのがよかったのだろう。

ルディはアウシュヴィッツの話題を「退屈だ」とロビンに言った。同僚にも、「ホロコーストについて考えるのは一日のうち〇・五パーセントぐらいでいい。できたら話題にしたくない」と口にしていた。だが、二人の共通の知人に勧められ、ロビンはボストン公共図書館に二度通い、ルディの自伝『わたしは許せない』を読んだ。

腕に刻印された収容者番号は目にしていたので、夫がアウシュヴィッツの生還者だということは知っていたが、詮索したくなかった。ホロコーストの経験者にあれこれたずねるのは失礼だと教えられて育ったのだ。ルディも自伝について口にしなかった。本を読み終わると、夫の秘密に踏みこんだようなうしろめたさを感じた。

バンクーバーにいても、アウシュヴィッツは侵入してきた。二人が散歩をしていて彼女が追いつくのに苦労していると、彼はいらだたしげに「きみはイスラム教徒なのか？」とからかった。冗談めかしていたが、「弱い者は生き延びられない」という意味だと、ロビンは察した。

パーティーやイベントで会った人についても、彼らが収容所にいたらどういう運命をたどったか、ルディは推測した。「あれはすぐに死んだな」「あいつはカポになっただろう」

ルディはサファリスーツを、とりわけカーキ色のスーツを好み、ほとんどすべての服にジッパーつきのポケットを複数つけさせた。そうすればカバンを持ち歩かなくてすむからだ。貴重品は身につけるべし、というアウシュヴィッツの教訓だった。

アウシュヴィッツが消え去ることはなかった。一九七八年七月、ニューヨークのレストランにいたルディはウェイターの腕に数字が刻まれていることに気づいた。すぐにルディは「きみはポーランドのベンジンから移送され、一九四三年の夏にアウシュヴィッツに着いたユダヤ人にちがいない」と言った。ウェイターは驚き、そのとおりだと認めた。ルディはすべての移送の詳細をまだ覚えていたのだ。

ロビンに対して、ルディは父親のようにやさしかったが、癇癪（かんしゃく）を起こすと手がつけられなかった。とりわけロビンに冷たい態度をとられたり、不当な事をされたと感じたりすると、厳しく責めたてた。議論で負かされるとロビンは混乱し、たとえ夫がまちがっていても謝った。ルディは議論に長けていて、彼女は若く単純だった。彼は夫婦間の繊細な問題についても、言い負かして服従させた。

二人は子供をつくらなかった。ロビンはほしかったが、ルディはこれ以上子供はいらないと譲らず、脅迫的と言えるほど強硬にあきらめさせたからだ。「戦争を生き伸びられたのは、子供がいなかったからでもある」ルディは言った。ヘレナとゾザがいることは大きな弱みだ。これまでどんな苛酷なことも耐えてきたが、これ以上弱くなる危険は冒したくない。

バンクーバーは八千キロも離れていたが、彼はアウシュヴィッツから逃げられなかった。〈デイリー・ヘラルド〉の連載を読んだフランクフルトの検察官が、アウシュヴィッツで働いていた親衛隊員の裁判への協力を求めてきた。一九六二年、ルディは再びドイツを訪れた。ホロコーストの生還者の大半が、まだドイツに足を踏み入れられないと感じていた頃のことだった。ドイツ検察局とのつながりはその後も続き、ルディはナチスの戦争犯罪者の裁判の証人として、何度も呼ばれた。何か国語も話せるだけではなく、収容所全体を把握する立場にあり、傑出した記憶力の持ち主だったからだ。ナチスは大量虐殺の手順を外部に知られないように注意を払っていた。ルディは死体を片づける特別隊になったことも、死体焼却場で働いたこともなかったが、それを除けば、移送から殺害まですべての段階を目の当たりにしていた。

多国語に堪能で傑出した記憶力を持つルディは証言者として重宝された。
1964年、フランクフルトでの戦争裁判に出席したルディ

アドルフ・アイヒマンのブダペストでの忠実な部下であるヘルマン・クルメイとオットー・フンシェの裁判でも、彼は証言した。あるとき、裁判長がルディの文法を正すために証言を何度かさえぎったため、ルディと裁判長との雰囲気が悪くなった。自分のドイツ語が不正確でわかりにくいなら、スロヴァキア語からの通訳者を入れてやり直せばいい、とルディは言った。その言葉に、裁判長は少し冷静になった。一九六九年八月、上訴に決着がつき、フンシェは禁固十二年、クルメイは終身刑を宣告された。

戦後、ルディに驚くような仕事のオファーがあった。ブナと呼ばれていたアウシュヴィッツ第三収容所は、戦後はポーランドの管轄下に置かれ、親衛隊全国指導者ヒムラーが夢見たような大規模な産業センターとなった。ルディはそこの産業化学者の職を提案されたのだ。囚人仲間の多くは怯えて足を踏み入れられなかったが、彼はポーランドにもドイツにも行ったこと

があった。それでも、その提案は論外だった。ブナの建設の際の奴隷労働者の犠牲を忘れることはなかったし、一九六一年、ナチスと提携したドイツの巨大化学企業I・G・ファルベン社を訴えるアウシュヴィッツ生還者団体にも加わった。ルディたちは建設現場の労働に対する対価を要求し、西ドイツの法廷は一人あたり二千五百ドイツマルクの支払いを命じた。当時の換算で六百二十五米ドルに相当するが、奴隷労働者の遺族への補償はなかった。I・G・ファルベンにとって、その判決はもうけものだった。労働力の九割を囚人が担っていたので、企業はアウシュヴィッツの所長ルドルフ・ヘスに「はした金」しか支払っていなかったからだ。

一九六三年、ルディは複数の訴訟に加わることになった。ひとつは、アウシュヴィッツで話した最後の親衛隊員で、カナダを監督していた暴力的な三人組の一人を訴えるものだった。ルディはそのオットー・グラーフ元伍長が健在で、名前も変えず、若い頃のアドルフ・ヒトラーのようにウィーンでペンキ屋として働いていると聞いた。戦後、オーストリアはナチスの責任を問うのが遅れたので、裁判は一九七一年までかかった。その頃、ルディはバンクーバーにいたが、グラーフはついに逮捕され、三十の罪状で告訴された。またもやルドルフ・ヴルバは証言台に立った。被害者と証人の両方として。グラーフは有罪になったが、すでに時効になっていた。

グラーフの同胞で、ルディたちが「ケーニッヒ」と呼んでいたカナダのもう一人の伍長の訴訟はほとんど進展していなかった。一九六〇年代半ばにフランクフルトでアウシュヴィッツ裁判がおこなわれたが、彼は一九八七年まで裁判所に召喚されなかった。一九四三年と一九四四年のエルンスト＝アウグスト・ケーニッヒのおもな罪状には、ルディがビルケナウ時代にいたA収容所（BⅡa区画）のそばにあるシンティ・ロマ人が収容されていたE収容所（BⅡe区画）で、二万一千人以上の被収容者をガス室送りにしたことも含まれていた。ドイツのシンティ・ロマ人によってケーニッヒは告発され、アウシュヴィッツの「カナダ」にいたことのある三人の生還者が証人として召喚された。その一人がルドルフ・ヴルバだった。

しかしルディがジーゲンの裁判所に着くと、被告席の男は別人だとすぐにわかった。「その被告人は数えきれないほど多くのシンティ・ロマ人を殺したが、アウシュヴィッツのカナダにいたケーニッヒではない」とルディは証言した。被告席の男は引退した林業労働者で、「アウシュヴィッツの天使」を自称し、誰も傷つけたことはないと誓った。しかし、一九九一年に三人のシンティ・ロマ人をみずからの手で殺し、三千二百五十八人のガス室送りに関わったことにより、終身刑を宣告された。

カナダのケーニッヒ元伍長も正義の裁きを逃れることはできなかった。同名の人間の裁判で、正体がばれたのだ。

ある日、裁判所で検察側の証人が呼ばれた。告発されたのはエルンスト＝アウグスト・ケーニッヒというエッセンの有名なオペラ歌手で、同郷のハインリヒ＝ヨハネス・クーネマンが証人として呼ばれた。ルディは証人が宣誓するのを見たとき、このクーネマンという男こそ、カナダのケーニッヒだとわかった。自分は見つからないとの自信があったので、戦争犯罪者の証言者としてやってきたのだ。クーネマンは自分はアウシュヴィッツの警備兵だったが、殺戮には関わっていない、と証言した。被収容者のあいだでは人気があった、とまで言った。裁判官は不要な証言だと警告したが、クーネマンは隠すことは何もないと饒舌(じょうぜつ)に話し続けた。彼はルドルフ・ヴルバが証人席にいるとは思っていなかったのだ。

一九九一年から一九九三年にかけて、クーネマンはデュイスブルクの地方裁判所で裁かれ、ルディは再び証人席に立った。しかし、カナダのケーニッヒは刑務所に入ることも判決を受けることもなかった。裁判は一九九三年に医学的理由で中断された。病状が悪化し、裁判を受けられなくなったのだ。

地球の反対側にいたルディは、アウシュヴィッツ裁判により何度もドイツに呼び戻された。脱走から何十年もたつと、仕事のペースも落ちてきた。チェコとイギリスにいたときは十五年で学術誌に二十三本の論文を発表したが、バンクーバーでは三十年でわずか八本だった。一九六七年に准教授になってから退職まで、そのペースは変わらなかった。

古い敵との闘いは止むことがなく、今ではバンクーバーのオフィスで続いていた。彼はウィーンのナチス戦争犯罪者の追及者サイモン・ヴィーゼンタールとカナダに逃れた戦犯について連絡をとりあった。なかにはスロヴァキアのファシスト、スロヴァキア人民党警備隊の元士官がいたが、アウシュヴィッツにスロヴァキアのユダヤ人を移送した隊を指揮し、彼らを殺害した罪で裁判にかけられる前に死んだ。ルディとヴィーゼンタールは、ミクラーシュ・ポルフォーラ＝ポンフィの件でも連絡をとった。ポルフォーラ＝ポンフィはルディが最初に抑留されたノヴァーキの一時収容所で司令官だった、とヴィーゼンタールは信じていた。

ルディがとりわけ熱心に追及した相手は、元スロヴァキア人民党幹事長のヨゼフ・キルシュバウムだった。一九六〇年代にカナダに入国し、歴史学者としてトロントで暮らしており、カナダ系スロヴァキア人同盟の指導者も務めていた。キルシュバウムは一九三八年十一月、ブラチスラヴァでアドルフ・アイヒマンと会い、スロヴァキアの「ユダヤ人問題の最終的解決」に向けて話し合いをしていた。ルディは戦時のヨーロッパと、北アメリカでの新生活の両方の記録をたどり、分厚いファイル四冊分の資料を集めた。

ルディは一九七〇年代に、ソ連の作家アレクサンドル・ソルジェニーツィンからアメリカ司法省の特別捜査班にいたるまで、あらゆる人と連絡をとり、ホロコーストを否定する言論が急速に広まりつつあることについて話し合った。何人かのホロコースト否定者の動向に目を光らせていたが、なかでもドイツ生まれでトロント在住のエルンスト・ツンデルとは会う機会があった。ツンデルは『本当に六百万人も死んだのか？』という本を出版して偽情報を広めた罪で、一九八五年に裁判にかけられた。被告はツンデルだったが、事実上、ホロコーストの真実を問う裁判だった。ルドルフ・ヴルバは重要証人の一人だった。

彼は何時間も質問された。回顧録を別にしたら、トロントの裁判所での数日間は、ルディが見たこと、ナチスにやらされたことを証言するチャンスだった。脱走と報告書についてだけではなく、ブナの詳細、チフスの流行、カナダと荷下ろし場での仕事、選別、宿舎と点呼などについて発言する機会を与えられた。「わたしは脱走し、世界に警告したのです」と、ルディは法廷で語った。

今回、ルディは被告側弁護人のダグ・クリスティーに反感を抱いた。クリスティーはルディの説明のほころびを追及する作戦で、まず自伝から取りかかった。矛盾があると思われる記述を執拗に指摘し、脱走についても疑問を呈した。材木の山から出たあとで、ルディとヨゼフは本の記述どおりに収容所から出たのか？

「そうです」とルディ。

「方位磁針もなく？」

「そうです」

「暗闇で？」

「そうです」

「一度も行ったことのない場所で？」

「そうです」

ルディは攻撃されると、裁判所でもどこでも皮肉で応酬した。何千人もがガス室に入るのを見たから、全員が殺されたと信じたのか、とクリスティーは質問した。どうしてそんなに確信を持てるのか？「二十五万人がガス室に入り、出てくる人は一人も見ませんでした」ルディは答えた。「ですから、全員がまだそこにいる可能性はある。あるいは内部に秘密のトンネルがあって中国に行った可能性もあるでしょうね。そうでなければ毒ガスで殺されたのです」クリスティーがアウシュヴィッツの地理や時系列をまちがうと、ルディは「予習をしてきてくれると助かるんですけどね」と怠け者の生徒を叱るように批判した。

挫折もあった。一九六三年の自伝は「芸術的な」作風だとしぶしぶ認めた。学術書ではなく回想をまとめたもので、収録された図もスケッチに近かった。プライドの高いルディは、ストーリーは彼自身のものだが、書いたのは記者のアラン・ベスティックだとは言えなかった。

それでも全体的に、ルディは自制を保っていた。法廷では圧倒的な存在感を放ち、証人席を何度も離れてプロジェクターの脇に立ち、収容所の略図やスケッチをポインターで示しながら陪審員に説明した。めざましい記憶力で、説明は首尾一貫していた。今話していることから逸れないようにと判事に注意されると、ルディは礼儀正しく、魅力的にふるまった。ルディは、十代の頃に心から望んでいたことを実現した。世界にアウシュヴィッツの真実を告げたのだ。

裁判が終わり、ツンデルは有罪を宣告された。

第28章　わたしは脱出方法を知っている

ホロコーストの歴史の記録者のなかには、ルディを訪ねてくる者もいた。アウシュヴィッツ゠ビルケナウ強制収容所の詳細を語るのにルディほどふさわしい人間はいないと考えたからだ。ウィンストン・チャーチルの公式な伝記作家マーティン・ギルバートにとっても、ルディは貴重な情報源だった。一九八一年の著書『アウシュヴィッツと連合国』では、ヴルバ゠ヴェツラー報告書によって「死の工場」の真実の姿が明らかになると、収容所に通じる線路を爆破するべきか否かをめぐり、英米の首都で激論が巻き起こったことが描かれている。一九七〇年代には、高く評価されたドキュメンタリー制作に協力し、ルディはインタビューを受けた。最初の作品は英国のテレビシリーズ〈第二次世界大戦〉で、ナチスがユダヤ人を絶滅させようとした回に出演したルディは、映画スターのような影のあるカリスマ性を見せた。もう一作は〈ショア〉で、フランス人のクロード・ランズマン監督による九時間半を超えるドキュメンタリー映画だ。一九七八年十一月に、ランズマンはルディを四時間近くインタビューした。場所はほとんどニューヨークの路上で、ルディはなめし革のコートを着ていた。豊かな黒髪と太い眉のルディは映画〈スカー

〈フェイス〉のアル・パチーノを彷彿とさせ、スクリーンでも圧倒的存在感を放っていた。ランズマンはルディにアウシュヴィッツでのやり方を質問した。どのようにユダヤ人は列車から降ろされ、ガス室に行くトラックにどのように乗せられたのか。ルディは詳細を語った。「すべての殺人工場はナチスの嘘によって機能していたのです。アウシュヴィッツにやってきた人々は、最終的にどこに連れていかれるのか、何が目的なのか知らされなかった。新しく到着した人々は整列し、パニックを起こさず、ガス室に行進していくことを期待されていました」

〈ショア〉の公開から数年後、カナダ放送協会は新たなドキュメンタリー制作のためにアウシュヴィッツで撮影したいとルディに依頼してきた。ベルリンの壁の崩壊後、ポーランドに入国できるようになったが、アウシュヴィッツはまだ観光地化されていなかった。とりわけビルケナウは荒れ果てていた。

ルディとロビン、監督、ポーランド人のスタッフが一日の撮影を終了したとき、ビルケナウのゲートが閉まっていることに気づいた。全員が怯えるなか、ルディは落ち着き払ってこう言った。

「心配いらない。わたしは別の脱出方法を知っているから」

歴史学者やドキュメンタリー制作者とのやりとりで、ルディにとって脱走仲間のヨゼフ・ラーニク（アルフレート・ヴェツラー）について語るのはつらいことだった。ヨゼフがアウシュヴィッツの生還者と結婚して以来、疎遠になっていたからだ。

考え方のちがいも一因だった。ルディは旧友がまだ全体主義体制のなかで暮らしていることが信じられず、チェコスロヴァキアにいるのは、暗黙のうちに共産主義に賛同しているからだと受け止めた。ルディは友人を助けたかったし、可能なときは送金もした。しかし、ヨゼフが本当に嫌だったら、逃げ出すはずだ、と思っていた。

二人を隔てている鉄のカーテンには別の影響力もあった。逃亡の記憶に食い違いが出てきていたのだ。ヨゼフは自分の経験を『ダンテが見なかったもの』という小説として出版した。その中で、ルディは勇気はあるが短気で、自分の行動の結果に不注意なヴァルという青年として描かれている。その後、ヨゼフが学者からのインタビューを二度受けた際に、二人の説明のちがいが明確になった。

脱走の詳細について二人は互いに納得していない部分がいくつかあったが、いちばん意見が分かれるのは、手柄はどちらのものか、ということだ。ヨゼフはしかるべき名誉を与えられていないと感じており、その思いは今もチェコに残っているスロヴァキア系ユダヤ人コミュニティでも共有されていた（ヨゼフがリーダー的役割をしたと信じ、「ヴェツラー＝ヴルバ報告書」と呼ぶ者もいた）。「我々の脱走について、些細なことから重要なことまで、大半の人々がヴルバに聞くのは残念です」。彼は一九八四年、ある歴史学者への手紙にそう書いている。「脱走からも、レジスタンス活動からも、わたしは利益を得ようとしたことは一度もありません」。ルディや他のアウシュヴィッツからの生還者たちについて、ヨゼフはこうつけ加えた。「彼らはみんな西側に住んでいて、体験を公表することで利益を得ています。ヴルバの本に生還者たちは怒りを感じました。西側ではそう信じられているのかもしれませんが、ヴルバは自分が脱走の発案者でリーダーだと考えているからです」。脱走者の一人、アルノシュト・ロシンはヨゼフに共感し、「ヴルバは本の中で、ヴェツラーを相棒ではなく、あたかも運んでいたトランクみたいに書いている」とヨゼフに言ったという。

どちらにしても、ヴルバもヨゼフも有名になれなかった。ルディはいくつかのドキュメンタリーで取り上げられたが、あまり評判にならなかった。一年に一度、ホロコースト犠牲者を追悼するイスラエルですら、ヴルバとヨゼフのことはほとんど知られていない。二人について学校で教えられることもなく、ルディの自伝は一九九八年までヘブライ語に翻訳されなかった。翻訳されたのも、ハイファ大学の学者ルース・リンの根気強い働きかけがあったからだ。エルサレムの国立ホロコースト記念館ヤド・ヴァシェムで、アウシュヴィッツ・レポートは作者名の記載がないまま保管されている。歴史学者が報告書に言及するときは、「二人の若い脱出者」「二人のスロヴァキア人脱出者」と言うことが多い。傑出した行動をした男たちの正体は、どうでもいいか

脱出のパートナー、
アルフレート・ヴェツラー（ヨゼフ・ラーニク）

のようだ。

ヨゼフは西側の作家や歴史学者から無視され、忘れられていると感じた。一方、ルディは連絡がとりやすく、インタビュー相手として理想的だったが、イスラエルでは人気がなく、離散ユダヤ人でもなかった。脱出の話にわくわくしても、それだけだった。唯一の悪役がナチスの物語ならルディは語り手になれるが、彼はスロヴァキアのユダヤ評議会だけでなく、ルドルフ・カストナー（レジェ・カストネル）やハンガリーのユダヤ人指導者のことも常に非難した。報告書の公開をためらい、ハンガリーのユダヤ人の大量移送を止められなかったことを非難し、スロヴァキアのユダヤ評議会に対しては、リストを作成して彼を移送列車に送りこんだことで責めた。ルディがあまり評判にならなかったのは、ユダヤ人を「シオニスト」と非難したためだった。以前、彼はイスラエルの支持者だった。イスラエル国の存在はユダヤ人にとっても、世界にとってもいいことだと信じていたからだ。しかし、カストネルや彼を擁護した指導者たちを含め、ルディを裏切ったシオニストへの怒りは抑えられなかった。

たしかにカストネルも、二人の報告書をすぐにスロヴァキアのユダヤ人に伝えなかった「作業部会」の一部も、シオニストだった。一方で、英雄たちにもシオニストはいた。世界じゅうのマスコミに報告書を伝えたエルサルヴァドル公使館の一等書記官ジョージ・マンテッロや、モシェ・シャレットも。シャレットはブダペストにあるシオニストの組織、パレスチナ事務所の責任者で、マンテッロに報告書を渡し、「保護パスポート」の発行にかかわったラオル・ヴォーレンベルクとともに、何万人ものブダペストのユダヤ人を救うことになった。ヴァルターとフレートのあとに脱走したロシンも、ブラチスラヴァで報告書の写しを作るのに手を貸してくれた友人もシオニストだった。カストネルに裏切られた者のなかにもシオニストはいた。攻撃の対象はシオニストだけではなかった。正統派のユダヤ人、フレップ・フライデジャルのことも厳しく批判した。彼はカストネルと同じようにユダヤ人指導者で、多くのハンガリー系ユダヤ人を見捨てて、自分がハンガリーから脱出することを交渉した。第三帝国への恐怖に対する反応はイデオロギーとは関係がない。ナチス支配のもとで、シオニスト運動は聖人と悪人の両方を生み出したのだ。

ルディは悪人だと感じたユダヤ人を見境なく「シオニスト」と呼んだが、カストネルたちがなぜああいう行動をとったのかについては、深い議論をしなかった。ただ、「シオニストはヨーロッパのユダヤ人の大半を犠牲にしても、パレスチナにユダヤ人の国を建国できればいいのだ」とほのめかすだけだった。ルディは私的な手紙で、スロヴァキアの「作業部会」の指導者のひとりで、のちにアウシュヴィッツで殺された女性について、「彼女はナチスのためにユダヤ人に対する裏切りと陰謀に加担した。ナチスに支配されたシオニストとラビの一派に協力したのだ」と断言した。カストネルはヒトラーと同じく、「優生思想」を信奉していたとルディは考えていた。一九七四年に学生新聞〈ハーバード・クリムゾン〉のインタビュアーは、ルドルフ・ヴルバは「根深い恨み」を抱えており、「反シオニスト、反共産主義者、さらに反ユダヤ主義的でもあり、特にアメリカのユダヤ人に対してはそうだった」と結論づけた。

イスラエルではもっと深刻だった。ルディの自伝がヘブライ語で出版され、彼にハイファ大学の名誉博士号が授与されることになったときは、激しい反対が起こった。ルディの受賞式に先立ち、ある学者は抗議の手紙を朗読した。複数の歴史家がイスラエルの報道機関に手紙を書き、英雄的行為を称賛する一方でルディに対する疑念を表明した。そこにはアルフレート・ヴェツラーの貢献も認められるべきであるという意見も記されていた。なかには、カストネルの弁護に役立つと考え、ルディを批判している者もいた。

イスラエルのホロコースト歴史家の第一人者イェフダ・バウアーは、ルディに批判的なことでもっとも有名だった。のちにはルディを「ホロコーストの天才的英雄」と呼んだが、同時に「傲慢（ごうまん）」で、ルディの「ユダヤ人指導者やシオニズムに対する深い憎悪」が判断を誤らせたとも言っている。ルディが何十年も執拗に抱いている考え――ブダペストの指導者がハンガリーのユダヤ人に真実を知らせていたら殺されずにすんだこと――にバウアーは強く異を唱えた。バウアーの見解はこうだ。ヴルバ゠ヴェツラー報告書がなくても、前線から戻ってきた兵士の話を含め、断片的な情報は多くあり、移送が死を意味することは知られていたはずだ。問題は情報を適切に広めなかったことではなく、情報が不適切に伝わったことだ。ハンガリーのユダヤ人は情報をきちんと理解せず、「知識」を蓄えただけで、行動が必要だと確信しなかったのだ。

知識の本質をめぐる哲学的とも言える主張にルディは反論しなかったが、前提がおかしいと思った。事実を知らされず、ハンガリーのユダヤ人市民には十分な情報がなかったのだ、と。

ルディは名誉博士号を授与され、自伝がイディッシュ語に翻訳されたことを喜んだが、イスラエルの高名な学者たちが彼に距離を置いていた数年は痛手となった。ホロコーストの尊敬される生還者にならなかったのだ。彼はノーベル平和賞受賞者エリ・ヴィーゼルと連絡をとり、ドキュメンタリー番組〈戦争のときの世界〉では、協力者としてプリーモ・レーヴィのすぐ後に名前が載った。それでも彼は、ヴィーゼルやレーヴィほど有名にはならなかった。作家でなかったこともあるが、もっと微妙な理由もあった。ルディは、世間がホロコーストの生還者に期待するイメージに同調しなかったのだ。

そのことはランズマン監督の映画〈ショア〉からもうかがえる。他の語り手は腰が曲がり、つらい経験に打ちのめされた老人だ。見てきたものに怯えるかのように、低い声で話す。かたやルディは日に焼け、健康そうでエネルギッシュだ。声は大きく、自信にあふれている。他の生還者よりもずっと若く見え、三十五年前に同じできごとを経験したとは信じがたい。ユーモアには皮肉と嘲笑がこめられ、口にするのもおぞましいできごとを話すときですら笑顔を見せる。ランズマンが「なんでそんなに笑っていられるんですか？」とたずねると、ルディは「どうしたらいいんだい？　泣くべきだとでも？」と答えた。

ルディは「特定のイメージによって作られた典型的な生還者」という型にはまることを拒否した。勇気づけるような言葉も口にせず、人間の本質は善だと断言することもなかった。彼は許すことができず、怒り続けていた。その結果、三十年間、ルドルフ・ヴルバはバンクーバーのホロ

映画〈ショア〉の中で「なんでそんなに笑っていられるんですか?」とたずねられたルディは、「どうしたらいいんだい? 泣くべきだとでも?」と答えた

コースト追悼者という小さな世界においてすら、取るに足らない人物のままだった。

彼は不器用でメッセージを伝えるのが苦手だった。ユダヤ人のコミュニティに参加しようともしなかった。責任者に疑いを抱いてしまうからだ。ワルシャワ蜂起の追悼式で、彼はバンクーバーのユダヤ人コミュニティを激しく非難した。出席者は非難の矛先は自分たちか、それとも戦時のブダペストの指導者たちか、と首を傾げた。

ルディの出身大学では、毎年高等教育の生徒向けのホロコースト・シンポジウムが開かれるが、主催者は生還者のパネルディスカッションのゲストとしてルディを招かなかった。五百人の十六歳から十七歳の若者に、ルディがいつもの「非難と怒り」をぶつけずに話をするとは思えなかったからだ。

だが、ルディはシンポジウムに現れた。革のコートに、羽根を差した中折れ帽をかぶって、講演会場の外に立っていたのだ。中をのぞき、しばらく遠くからイベントを見守っていたが、やがて静かに帰っていった。それから毎年、同じように現れた。

ルドルフ・ヴルバと同じ職場で働いていた人々の多くは、彼の人生の中核をなすものを知らなかった。同僚の一人はカナダ放送協会で放映された〈ショア〉を偶然見て、動揺した。映画の中で語ったおぞましいできごとはすべて本当なのか、と同僚はたずねた。「どうかな」ルディは毒のある口調で答えた。「わたしは台本のせりふを言うだけだったからね」

ルディは過去を明かさず、アウシュヴィッツについて話すときは相手を慎重に選んだ。話しはじめれば、なごやかに終わるはずはなかったからだ。言葉がほとばしり、相手に口をはさませずに話し続け、カストネルによる裏切りと、報告書を広めなかった人々について何度も言及した。周囲はルディを不愉快で攻撃的で傲慢な人間だと感じた。言いたいことをわからせようと、相手の腕をつかむときすらあった。ルディが准教授止まりだったのは、耐えがたいほど気難しいからだと推測する同僚もいた。恥ずかしがり屋か心配症なのだろう、と考える者もいた。大きな集まりを避け、親しい同僚もほとんどいなかったからだ。

けれど、あれほどの苦難を経験したにもかかわらず、ルドルフ・ヴルバは人生と冒険に対する情熱を失っていなかった。青年時代から変わらず、お金がなくても、人生は楽しむものだと考えていた。一九六七年にロンドンからバンクーバーに向かったとき、ルディは旅を楽しむため飛行機を使わず、大西洋からモントリオールまで船で渡り、そこから列車でカナダの端から端まで移

ケム川を下りながら笑みを浮かべるルディ。1980年代末、ゾザの息子ジャンと

動した。

旅行やレストランでの食事やカフェでのコーヒー、ホテルでの滞在、見知らぬ町の探索、大学の学部クラブでときどき三時間かけてランチを楽しむこと——それがルディの好きなことだった。普通の人が当たり前と思うようなことを無邪気に喜んだ。たとえば国際電話、ラジオ、テレビ、抗生剤、痛み止め、フランスのワイン、スコッチウィスキー。イギリス人の孫の一人を膝に乗せ、煙草を手に、ケンブリッジのケム川を小舟で下った。暴風雨のときは窓越しに外を眺め、笑みを浮かべながら「ああ、なんて美しいんだろう。しかも、おれたちは幸運にも家の中だ」とうれしそうに言った。ポーランドの苛烈な冬に裸でいた経験を持つルディならではの感想だ。

外見についてはうぬぼれていたかもしれない。いつも最高に見せたがり、家族しかいなくても、一日に何度も着替えることもあった。

とぼけたユーモアを発揮し、悪ふざけが好きだった。訛りと外見を利用して、さまざまな人間になりすました。あるときクルーズ船で魅力的な女性のにぎやかな一団に囲まれたときは、自分はイラン出身で、「ペルシャの王子のいとこだ」と言い、女性たちを大喜びさせた。ウィーンでは、ルディがカナダ出身だと聞いたドイツ人男性は、彼は先住民なのだろうと推測した。ルディは話を合わせ、ドイツ語が上手な理由を訊かれると、種族の伝統で、族長の長男はゲーテの言葉を学ぶ慣習になっている、と答えた。ドイツ人はじつにすばらしい伝統だと感じ入った。

心を許した相手には、ルディが人生に打ち負かされなかったことがわかった。それどころか、彼は人生を謳歌していた。だが、最悪のできごとによって、その回復力がまたもや試されることになった。こんなにつらい経験はないとルディが感じたことは、地球の反対側で起きた。

第29章 虚無の花

二人の娘、ヘレナとゾザが幼い頃からほぼずっと、ルドルフ・ヴルバは娘たちから離れて暮らしてきた。イギリスに会いにいくか、娘たちがバンクーバーに訪ねてきたときに会うかで、連絡はカードや手紙、たまの電話のみだった。娘たちはよく手紙を寄越した。ルディは勉強をがんばるようになど、父親らしいことを返事に書いた。ヘレナが二十代半ばになると、ルディとの関係がぎくしゃくして、手紙の間隔が空くようになり、ついに三年間、一通も来なかった。ルディは不満をぶちまけた。「ヘレナは誕生日プレゼントの小切手を換金するだけでお礼すら言わない。おれが金持ちで馬鹿なアメリカ人のおじさんだとでも思っているみたいだ」ヘレナはルディよりも、ルディの元ガールフレンドのジリアンと頻繁に連絡をとっていた。ヘレナが医師免許を取得したことを知ったのは、ルディが最後だった。ヘレナは筋金入りのフェミニストになり、父親を極度の男性優越主義者だとみなしていた。ヘレナは母親が元夫に対して抱いている敵意の大半を吸収してしまったのだ、とルディは推測した。

一九七九年にはとりわけ関係がこじれた。その頃、驚くほど外見がルディに似てきたヘレナは、マラリア研究のためにパプアニューギニアに移住すると知らせてきた。ルディは強く反対した。少し酔っていたルディは自身の「第六感」が告げる不安を手紙の中で雄弁に語った。「おまえはそれほど強靭な人間じゃない。生きて帰れないぞ」

ヘレナは父の警告を無視し、南太平洋に向かった。ヤグムの小さな村のクリニックで働き、まもなく同僚のジムと恋に落ちた。問題は、ジムにはオーストラリアに妻がいたことだ。一九八二年五月初めに、ヘレナは妹のゾザに手紙を書いて、ジムが自分の家に帰るつもりでいる、と伝えた。「今はなぜか激しい落ちこみと高揚感のあいだで揺れ動いている。日曜の午後には奈落の底に落ちて、動かなくなりそう」。一九八二年五月九日午後二時、三十歳の誕生日から二週間もたたないうちにヘレナは死んだ。

死亡証明書には、「死因は薬物による自殺が推測される」と記された。抗マラリア剤のクロロキンを過剰摂取したのだ。遺体の近くにはワインのボトルがあり、三分の一ほど空いていて、メモもあった。罫線のある用紙に淡いブルーのインクで詩のようなものがつづられ、ジム宛てになっていた。「強いものでも壊れる」。ヘレナはそう書いていた。「そのことと、しばらく闘っていた――自分の恐怖と絶望の叫びを聞きながら……今は怖くない、失敗することだけが怖い」。かたわらには『虚無の花』という本があった。

ルディは「ヘレナの死は人生で最悪のできごとだった」と断言し、ゾザへの手紙にもそう書いた。彼はアウシュヴィッツで死と飢餓と拷問に直面し、百万人以上が殺されるのを目の当たりにした。しかし、子供の自殺ほど、つらいことはなかった。それは「反撃できない」からだった。ナチスに対しても、これほどの無力感に苛（さいな）まれたことはなかった。

ルディは底なしの絶望に沈んだ。毎日発作的に泣きだして、仕事ができず、ひたすら眠った。ゾザにとりとめのない長い手紙を何通も送った――四十二枚になったことさえあった――同じ質問を何度も自分に問いかけた。なぜヘレナはこんなことをしたのか？　自分にも責任があるのか？　なぜヘレナは三年間も音信不通だったのか？　「おれはどこでまちがったのだろう？　人生を乗り越える力や回復する力、愛をもっとヘレナに与えるべきだったのか？」

ヘレナが三年前にパプアニューギニアに行くと決めたとき、自分が覚えた不安を明かすべきではないとわかっていたが、抑えられなかった。「アウシュヴィッツにいたとき、〝説明はつかない〟が、はっきりと予兆を感じた、自分は生き延びて、人類最悪の敵ナチスに打撃を与える特権を得られると」。彼はゾザに書いた。「ヘレナの運命がパプアニューギニアで尽きるという予兆を感じたから、あの子にそれを伝えたんだ」

ルディの攻撃は多岐にわたった。パプアニューギニア当局、元妻ゲルタへは「ヘレナの手紙と書類を盗み、悪用した」と。さらには「ヘレナの持ち物に病的な感傷を抱いて手放そうとしない」とゾザまでも責めた。ときには「父親をぼろきれのように捨て、母親と同じように無節操だった」とヘレナ本人を攻撃することもあった。

過去には理論的・科学的思考が感情のコントロールに役立った。かつて完璧な脱走計画を立てたように、自殺の専門家になろうとした。文献にあたってヘレナの自殺の原因を探り、ゾザに学術論文を大量に送りつけた。その結果、自殺は自由意志によるものか、それとも脳内の生化学的な作用によるものか、という疑問が頭を去らなくなった。遺体のそばにあったメモをひとこと残らず分析し、検討した。元オーストリア＝ハンガリー帝国の出身者と、医療関係の人間は自殺率が高いという研究を見つけると、プラハ生まれで医師のヘレナはどちらにも当てはまるので確率が高かったのかもしれない、と考えた。

そもそも自殺だったのだろうか。検死の結果は死因不明だったので、ルディは――これに関してはゲルタも――解明されていない部分があるのではないかと疑った。遺体のそばにあったメモが本人によるものだと確認するために、筆跡鑑定に出そうとした。さらに死因の特定のため、ロンドンの病理学者に検死の保存試料を送ろうとしたが、すでになくなっていたと知り憤慨した。彼はゾザにヘレナの手紙を読み返して、「隠れた手がかり」を見つけるように頼んだ。ヘレナの銀行口座に「不審な点」を発見すると、「娘は現地に敵がいなかったか？」とパプアニューギニアの同僚たちにたずねた。

死因不明でも、他の者はそれほど疑問を抱かなかっただろう。ルディには伏せられていたが、ヘレナは自殺未遂に近いことを十年以上前、十六歳のときにドイツでしたことがあったのだ。ある年上の男性が関係していたが、怒りを煽るだけだったので、ルディには知らされていなかった。自殺であっても、過去のふたつのできごとのせいで娘が命を絶ったのではないかとルディは恐怖を覚えた。

　ひとつはアウシュヴィッツだ。「〝父親がホロコーストの生還者だったから、娘は自殺したのだ〟と思われるだろう」とルディは妻のロビンに言った。次世代にまでナチスが影響を及ぼし、ヘレナが犠牲になったとは思いたくなかった。

　もうひとつはルディの父親の件だ。彼の父親はウイルス感染ではなく、不況で経営していた製材所を失って絶望し、自殺したのだ、とルディの親戚はロビンに話した。家に帰る途中、少年だったルディは「おい、ユダヤ人！　父親が生き返ったぞ」と声をかけられた。自殺を図った父親のことを隣人たちがからかったのだ。数時間後に父親は死んだ。

　どちらの理由も受け入れがたかった。遺伝だとしたら、娘の死に責任があるからだ。虚無主義による自殺は、人生を味わい尽くすというルディの信条と反する。彼にとって自殺とは、ひとつの命を奪うだけでなく、まわりも傷つける「流れ弾」のようなものだった。

　何年たっても、なぜヘレナが死んだのか、ルディは考え続けた。体面を保ち、心の中は同僚たちに気づかれていないと思っていたが、彼の傷心ぶりは誰の目にも明らかだった。ブリティッシュ・コロンビア大学の医学生の入学選考で面接官をしたとき、彼が自殺について話すと、泣き出す志願者もいた。

　娘の死は彼の確信を打ち砕いた。ルディは子供のときに宗教を捨てたが、今は「創造主」に「大いなる慈悲の御心で……地獄から救い出してください」と祈った。「ヘレナは〝より高貴な仕事〟に召された、というお告げを得た。自分は祈りを捧げている。互いに日常に戻るべきだ。我々の苦痛や悲嘆がヘレナの〝魂〟を苦しめるから」とゾザに手紙を書いた。

長年、大量殺戮について語ってきた男は、今は「死」という言葉すら使えず、ヘレナの「出発」と呼んだ。六十代になると、かつては強固だと思われたすべてのものが揺らぎはじめた。

それでも彼は打ちのめされなかった。一九九〇年、ヘレナの死から八年がたち、共産主義が崩壊すると、ルディはようやく故郷スロヴァキアの土を踏んだ。念のためアウシュヴィッツの入れ墨を絆創膏で隠し、通りを歩き回った。そうした散歩の折りに、ヘレナは自殺したのかどうか、という堂々巡りの会話をロビン相手に繰り返した。あるとき、突然に彼は明晰さを取り戻し、議論を止めた。もう話したくなくなったのだ。ようやく癒やしが訪れた、とロビンは思った。

人生で何度目かに、ルドルフ・ヴルバはたたきのめされた。普通ならそこで破滅にいたっただろうが、彼は再び立ち上がる力を見つけた。生きたいと願ったのだ。

第30章　多すぎて数えられない

一九八〇年代と九〇年代に、ルディはこれまでより認められるようになった。〈ショア〉への出演の影響か、ホロコースト否定者エルンスト・ツンデルの裁判で証人となったためか、ユダヤ人コミュニティとの距離が少しずつ縮まったせいかはわからない。バンクーバーのユダヤ人コミュニティは、「水晶の夜（クリスタルナハト）」を回顧する大きなイベントの講演者として、ルディを招いた。一九三八年十一月の「水晶の夜」では、ナチスと支持者がドイツ国内のユダヤ人居住区ゲットーを襲撃し、ユダヤ人経営の店のウィンドウをたたき割り、何百ものシナゴーグに火をつけた。ルディはナチスがユダヤ人の所有しているすべてもの――現金、土地、髪の毛、金歯――を奪い、金儲けをしたことが無視されてきた、と語った。イベントの一年後の一九九八年、ハイファ大学はルディに名誉博士号を授与した。

しかし、ルディとヨゼフが成し遂げたことはほとんど認められていなかった。一九八八年にアルフレート・ヴェツラー、のちのヨゼフ・ラーニクはブラチスラヴァで亡くなった。イスラエル人学者ルース・リンの言葉を借りると、「みんなに忘れられ、憤慨する飲んだくれ」になっていたという。晩年、ヨゼフは地元の図書館で働いていた。『ダンテが見なかったもの』を借りる人がいても、ヨゼフは自分が著者だとは決して明かさなかった。

二人の信念を記憶するのは、ルディだけになった。脱走は三つの前提によって計画されたと、ルディはそれまで主張してきた。第一に、世間はアウシュヴィッツのこと、「ユダヤ人問題の最終的解決」の恐怖について無知だということ。第二に、連合軍が殺戮について知ったら、すぐに行動に出るはずだと確信していたこと。第三の前提はルディにとって特に大切だった。ユダヤ人がアウシュヴィッツの真実を知ったら移送列車に乗ることを拒み、結果として「死の工場」は停止すると信じていたこと。

ルディの人生最後の何十年かで、三つの前提への確信は揺らいだ。

ユダヤ人がアウシュヴィッツについて何も知らなかった、とルディは固く信じていた。記録係として登録の際に新たな移送者と話したが、列車が到着する前にアウシュヴィッツのガス室について知っているユダヤ人とは一人も会ったことがなかった。ホロコースト歴史家のイェフダ・バウアーは「ハンガリー系ユダヤ人の大半がポーランドにおける大量殺戮について知っていた」「彼らは噂や報告で状況を把握していた」と反論したかもしれないが、ノーベル平和賞受賞者のエリ・ヴィーゼルは「我々はアウシュヴィッツで待っているものを知るよしもなかった」、その場所の名前は、「どんな記憶も、どんな恐怖も呼び起こさなかった」と書いている。ヴィーゼル自身、ヴァルターとフレートが脱走して報告書のために証言したあとですら、ハンガリー系ユダヤ人として何も知らされていなかった。ヴィーゼルはこう結論づけた。「誰もわたしたちに警告しなかった」

ヨーロッパのユダヤ人はナチスが仕組んでいることを何も知らなかった、という確信への反証をルディは見つけられなかった。しかし歳月がたつにつれ、他の人々はそれほど無知ではなかったのかもしれないと考えるようになった。

世界からユダヤ人を駆逐する、というナチスの野心は秘密ではなかった。一九三八年十一月二十三日、水晶の夜から二週間後の〈ロサンゼルス・エグザミナー〉の一面の見出しは、こう謳っている。「民主主義国家が避難させないなら、世界じゅうのユダヤ人は絶滅させられる、とナチスが警告」。アドルフ・ヒトラー自身も一九四二年一月三十日に「この戦争の結果、ユダヤ人は完全に絶滅するだろう」と宣言している。翌年にかけて、連合軍はその言葉がたんなる願望ではない証拠を目の当たりにした。一九四二年十二月、ルディが他の囚人ともども「きよしこの夜」を親衛隊に歌わされていたとき、亡命ポーランド政府は国際連合の設立に向けて「ドイツに占領されたポーランドにおけるユダヤ人の大量殺戮」というタイトルの書面を提出したのだ。

連合軍の指導者たちは、戦時のユダヤ人に対するナチスの行動の目撃証言をいくつも得ていた。一九四三年には、イギリス首相アンソニー・イーデンもアメリカ大統領フランクリン・ルーズヴェルトも、ポーランド亡命政府の潜入捜査官ヤン・カルスキと話し合いを持った。カルスキはイズビツァの移動収容所ばかりか、ワルシャワのゲットーに二度も潜入し、その証言が国連への報告の基盤となった。カルスキは頻繁な銃殺や、再定住という触れこみで「トレブリンカ、ベウジェッツ、ソビボル絶滅収容所」へ向かう貨物トラックについて報告した。「向こうに着くと、〝再定住者〟たちは大量虐殺された」とカルスキは書いている。一九四二年十二月、イーデン首相は庶民院まで行き、連合軍十二か国が同意した「多くの報告書」に記されているナチスの「非人間的で残酷な処刑」を非難する宣言を読み上げた。庶民院の議員たちは無言で立ち上がり、支持を表明した。翌一九四三年、バチカンはナチスによるユダヤ人犠牲者が何百万にものぼることを知った。ローマは、イスタンブールの教皇大使で後のヨハネ二十三世のアンジェロ・ロンカッリから随時、情報を得ていたのだ。

こうしたすべてを戦後何十年もたって初めて、ルディは知った。その大半はルディが中心となってインタビューを受けた、マーティン・ギルバートの『アウシュヴィッツと連合軍』で描かれたことだった。英米も、ナチスがヨーロッパのユダヤ人絶滅を目論んでいたことを知っていたのだ。ギルバートはさらに踏みこみ、ルディとヨゼフを脱走に駆り立てた「連合軍がユダヤ人殺戮について知ったら、すぐに行動に出るはずだ」という第二の前提についても分析した。

ルディは連合軍が収容所への線路を爆破しなかったことは知っていた。ギルバートの著書により、ルディはその裏に何があったかを理解し、連合軍が行動を起こさなかったのは情報不足だけではなかったと気づいた。ギルバートは政治的・軍事的配慮はあったが、「疑いと不信、さらに先入観」も理由のひとつだと説明した。先入観により不信感は高まった。「顔見知りのスタッフ」

によると、一九四二年十二月七日にロンドンで書かれた植民地局のメモでは「ユダヤ人は長年にわたって大げさに言いすぎて、真相をねじ曲げてしまった」とあった。ヴルバ゠ヴェツラー報告書の完全版は、外務省でも同じ反応を引き起こした。一九四四年八月二十六日にイアン・ヘンダーソンはこう書いている。「一般のユダヤ人が大げさな表現をしがちなことを考慮に入れても、この供述は度を超している」。二週間もたたないうちに、ヘンダーソンの同僚は「わたしの意見では、こうしたユダヤ人の泣き言にオフィスは過大な時間をむだにしている」と書いている。十九歳のヴァルター・ローゼンベルクは、こういう成り行きを予想だにしていなかった。

二十一世紀になって文書が公開されると、ヴァルターとフレートの信念にさらなる打撃が与えられた。ギルバートによると、「ユダヤ人問題の最終的解決」に関する他の情報は知られていても、アウシュヴィッツ自体は「知られざる目的地」であり、あるいは「東部のどこか」とあいまいな表現で極秘にされていたという。移送されたユダヤ人だけでなく、英米やスイスも含めて世界中の人々は、一九四四年六月後半にヴルバ゠ヴェツラー報告書が公開されるまで「アウシュヴィッツ」という言葉をほとんど聞いたことがなかったのだ、と。

ギルバートの著書が刊行されてから二十年ほどたって、新しい研究書が出版された。一九四二年からアウシュヴィッツとその機能については、ポーランド地下組織を通じて、情報がもたらされたのだ。収容所からの非ユダヤ人脱走者を含むポーランド亡命政府に知らされていたという。なかには一九四二年六月にユダヤ人殺戮に関する報告をしたスタニスワフ・ヤステルや、レジスタンス活動家のヴィトルド・ピレツキもいた。ピレツキは一九四三年四月の脱走前に、ユダヤ人殺戮についての情報を送り、それはポーランド亡命政府の上層部にも届いていた。

だがロンドンに本部を置くポーランド亡命政府は、情報を公開しなかった。ユダヤ人の苦難を軽視する民族主義者への配慮だけでなく、イギリス政府の対応にならったからでもあった。政府は戦争に対する支持が続くかぎり、国民のための戦争だと明確にするためにナチスのユダヤ人殺戮をプロパガンダの枠外に置くと決めていた。ポーランドが作成した報告書にあるのは断片的な情報だけで、ヴルバ＝ヴェツラー報告書ほど詳細でも深刻でもなかった。ヴルバ＝ヴェツラー報告書の前に、三十五の報告書が西側に届き、その一部が新聞に掲載されることもあった。だがアウシュヴィッツについて報告を受けた当局は、行動を起こさなかった。チャーチルが外務大臣のアンソニー・イーデンに「何ができる？　私に何が言えるんだ？」と書いたとき、彼は言葉を失うほどの恐怖を表明したわけではなく、極秘情報が公になったことに対して、政治家として実務的なアドバイスを求めていたのだろう。

ルディは人生の後半になって、信念のうちふたつは誤りだった、という事実を突きつけられた。それでも、ハンガリーのユダヤ人たちは真実を知っていたら、移送を拒否したはずだという点は譲らなかった。

ルディは最後の信念に固執したが、晩年になってそれさえも揺らぎかけた。ヴルバ＝ヴェツラー報告書をレジェ・カストネルたちが放置しなくても、状況にほとんどちがいはなかっただろう、と考える歴史学者が何人かいたのだ。ナチスと戦える成人男性も少なく、武器も持たず、隠れ場所もない平坦な土地で、さらに地元民がユダヤ人に無関心か敵意を抱いているとしたら、ハンガリーのユダヤ人たちの抵抗は困難だっただろう。ルディは、こう答えた。ユダヤ人はナチス支配から逃げる、あるいは移送を遅らせるためにレジスタンス組織を立ち上げる必要はなかった。列車に乗りこむのを拒否して、ナチスを手こずらせるだけで十分だったのだ、と。

ヴルバ＝ヴェツラー報告書に対して、重要な情報がもたらされた。〈ショア〉の公開後まもなく、映画でルディを見たジーオールグ・クラインという男性が、個人的にお礼を言いたいと、スウェーデンからバンクーバーまで訪ねてきた。彼は四十年以上前、ジョージ・クラインという名前でブダペストのユダヤ評議会で副書記官をしており、ルディに命を救われたと信じていた。

一九四四年五月か六月初め、ユダヤ評議会でクラインの上司のラビが、評議会に届いた「極秘書類」について口にした。ポーランドの強制収容所から脱走した二人の若いスロヴァキア系ユダヤ人による報告書ということだった。ラビは十代のクラインに口外しないように念押しをして、ハンガリー語のヴルバ＝ヴェツラー報告書を見せた。

読み進むにつれ、クラインは吐き気と知的な満足感を覚えた。吐き気は移送された祖母と叔父たちの運命を知ったからで、満足感は自分が読んでいるものが真実だと悟ったからだ。「事実に即した淡々とした描写と論理的な語り口、詳細な日付、数字、地図だった」とクラインは後に語った。「すべて筋が通っていた」

クラインは通りの向かいで開業しているリューマチ専門医の叔父に会いにいき、報告書の内容を話したが、叔父の反応は意外なものだった。腹を立て、甥を殴りつけたのだ。「叔父の顔は真っ赤だった。彼は頭を振り、声を荒らげた。〝どうしておまえはそんな馬鹿なことを信じられるんだ？ ありえない〟と」

クラインは別の親戚や友人を訪ね、報告書の内容を伝えた。まもなく、ある傾向がわかった。若者は報告書を信じ、移送をまぬがれる計画を立てはじめた。しかし叔父のような中年世代には家族がいて、仕事や財産もあり、失うものが多すぎた。だから耳にしたことを信じようとしないのだ。クライン自身は駅に連れていかれ、そこで家畜用貨車が待っているのを見たときに脱走した。頭の中で報告書の内容が甦り、撃たれる危険を冒してでも逃げようと決意したのだ。

四十年以上たち、クラインはブリティッシュ・コロンビア大学の学部クラブで、命を救ってくれた相手といっしょにすわっていた。ヴルバ＝ヴェツラー報告書が広く配布されていても、望むような結果にはならなかっただろう、自分がその証人だ、とクラインは言った。クラインは十人以上の中高年者に警告したが、誰も信じなかった。

二人はその点について議論した。クラインが若かったから信じてもらえなかったのだ、とルディは主張した。アウシュヴィッツ・レポートが信頼できるユダヤ人指導者によって配布されたら、状況は変わっていただろう。「誰が警告しても、若くない人々は行動を起こさなかっただろう」とクラインは反論した。「彼らは規則に従うことに慣れている。それに駅で抵抗して子供たちが撃たれると思えば、たとえ死が待っていても、そんな危険を冒さないはずだ。事実の否定はもっとも楽な〝脱走〟だったんです」

議論は果てしなく続いた。ルディは、列車に乗る前に少なくとも情報を知らされ、決定する権利を与えられるべきだったのに、報告書を隠蔽した人々にその権利を奪われたのだ、と主張した。クラインも譲らなかった。

クラインの主張はルディにとって目新しいものではなかった。人間は自分の死を思い描こうとはしないからだ。アウシュヴィッツ脱走者チェスワフ・モルドヴィチは、このことをルディとヨゼフの脱走後数か月して思い知らされた。一九四四年末に脱走してゲシュタポに捕まったモルドヴィチは、家畜用貨車の中で移送されるユダヤ人たちに、この先に待っていることを伝えた。「おまえたちは死ぬことになるんだぞ」モルドヴィチは貨車に詰めこまれた人々に、いっしょに列車から飛び降りようと呼びかけたが、彼らは拒絶した。それどころか、わめき、ドアをたたき、ドイツ人警備兵を呼んだ。モルドヴィチは警備兵に殴り倒され、動けなくなった。彼は列車から飛び降りられず、アウシュヴィッツに戻った。

死体を焼く煙がたちのぼるアウシュヴィッツの被収容者ですら、目の前の事実を否定しようとした。アウシュヴィッツの主任医官ヨーゼフ・メンゲレの元部下によると、被収容者はガス室で殺されるとわかっていたが、実際処刑のために整列すると、そのことを忘れようとしたという。ルディも「カナダ」で死者のトランクや衣類を整理するときは、所有者とその運命に関する「漠然とした疑惑」を頭から閉め出した。

これまで経験したことのない恐怖を理解するのはむずかしい。潜入捜査官のヤン・カルスキは、ルーズヴェルト大統領にナチスのユダヤ人に対する暴虐行為について報告した。最高裁判所の判事フェリックス・フランクファーターにも、ポーランドで見たことを語った。フランクファーターは二十分間耳を傾けると、最後にこう言った。「きみの話は信じない」同席していた大使がカルスキは信用できる人間だと言い、判事に説明を求めた。「彼が嘘をついているとは言っていない。話の中身を、信じないと言ったのだ。そのふたつは別のことだ。頭では理解していても、心が受け入れられないんだ」

ドイツからアメリカに亡命したユダヤ人哲学者ハンナ・アーレントは、〈ニューヨーク・タイムズ〉の記事でヴルバ＝ヴェツラー報告書を読んだとき、夫とともに「信じなかった」と戦後に語っている。夫は「これが本当のはずがない。軍が一般市民を殺すなんて筋が通らない」と言ったという。

ルディは複雑な真実を理解した。情報は必要だが、それだけでは十分ではない。情報を信じさせなくてはならないのだ。彼もホロコースト歴史家イェフダ・バウアーと同じ認識にたどり着いた。情報は信じたときだけ知識になり、それが行動につながる。

フランス系ユダヤ人哲学者レイモン・アロンはホロコーストについて訊かれると、こう答えた。「わたしは知っていたが、信じなかった。信じなかったから、知らなかったのだ」

こうしたことをルディは理解したが、それでも屈せず、クラインとバンクーバーで過ごした数日間、議論を続けた。二人はスタンレー公園で長い散歩をした。クラインはルディの家に泊まり、さらに議論した。その後、今度はパリで昼食をとりながら長時間話し、そのまま知り合いの科学者たちも交えたディナーまで続いた。クラインのどんな反論にも、ルディはくじけなかった。

数々の苦難をくぐり抜けてきたルディが学生たちを励ましたり、ウェイターと冗談を交わしたり、人生を謳歌していることにクラインは驚嘆した。同胞や娘の死という大きな喪失を味わったら、殻に閉じこもり、抑うつ状態に陥ってもおかしくなかった。だが、彼は喪失を抱えながら生きていた。

ルディは人生を愛し、貪欲（どんよく）に生きようとした。彼は二〇〇五年五月にロバート・クレルに連絡した。クレルはバンクーバーのユダヤ人コミュニティの指導者で、医科大学の教授だった。一九四〇年生まれのオランダ系ユダヤ人だったことから、生まれて数年は隠れて暮らしていたという。最初のうち、ルディはクレルを警戒していたが、しだいに心を開くようになった。やがて二人は友人になった。ルディは彼に電話で言った。「ロバート、きみに相談したいことがあるんだ」

ルディは十年ほど前から膀胱（ぼうこう）がんを患っていることを初めてクレルに打ち明けた。妻ロビン以外にほとんど誰にも病気のことを話しておらず、娘のゾザも知らなかった。最近の検査で、がんがさらに進行していることが判明した。

ルディは死が迫っていることを嘆くためではなく、担当の泌尿器科医が気に入らないので、ひとこと言ってもらうためにクレルに電話したのだ。クレルは医師に連絡し、アウシュヴィッツにいたのでルディは医療従事者に疑いを向けがちなのだ、と説明した。

その後、膀胱がんの手術は成功し、予後もよかった。ルディは八十二歳ではなく七十歳ぐらいに見えた。彼は膀胱がんについて生存率をはじめあらゆることを調べていて、九十二歳まで生きられたら満足だと冗談めかして言った。母親が一九九一年に九十六歳で亡くなったので、少し低い目標値だが、そのぐらいでもいい、と。ルディはまだ死ぬつもりはなかった。

だが、彼のがん細胞は宿主から脱出方法を学んだらしく、膀胱から脚に転移した。医師たちは治療から苦痛の緩和に方針を転換した。すでに嫌というほど苦痛を味わってきたのだから、これ以上耐える必要はない、とクレルは言った。

友人たちはもっと早く専門医にかかっていれば、がんは治ったにちがいない、と嘆いた。ルディはロビンにも、世間にも、自分自身にも弱みを見せてはならない、弱い「イスラム教徒」になってはいけないと固く信じていた。この信念こそが、彼のいちばんの弱点になった。

健康状態はじょじょに悪化していったが、何十年ぶりかの安らぎも彼にもたらした。一九五〇年代以来初めて、毎日娘に会うことができた。ロンドンで児童書の編集者になっていたゾザが、父親と最後の時間をいっしょに過ごすためにやってきたのだ。二人は哲学について語り合った。ときにはヘレナのことも。父娘の関係はこれまで良好とは言えなかったが、最後の数か月は思いやりにあふれていた。相変わらず科学者のルディは、ゾザを「細胞レベルで愛している」と言った。それほど深い愛だった。ゾザは残された唯一の子供で、ルディは彼女の「お父さん（タタ）」だった。ルドルフ・ヴルバは二〇〇六年三月二十七日午後七時二十五分に亡くなった。ルディは葬儀についての相談を拒んだ。「葬儀のことを話したがらなかったの」妻のロビンは後にそう言った。「だから、わたしはもう相談しなかった」ルディは自分の死について知りたくなかったのだ。

ヴルバはカナダとアメリカの国境にあるツワッセンという小さな町のバウンダリー・ベイ墓地に埋葬された。弔辞を読んだのは、ルディの甥でモントリオールに住んでいるスティーヴン・ホルニー博士だった。ユダヤ人男性が集まらなかったので、十人以上でおこなう伝統的な礼拝ミニヤーンはできず、葬儀もユダヤの安息日である土曜日になった。ロビンの父親が葬儀の祈りであるカディッシュを捧げた。九か月後にバンクーバーで追悼式が開かれ、四十人ほどが参列した。

生前、ルディはアウシュヴィッツの真実を警告しようとした功績が認められて喜んだが、英雄として見られることは望んでいなかった。もしかしたらルドルフ・ヴルバは警告が聞き入れられなかった預言者に自分をなぞらえていたのかもしれない。

ルディに命を救われたクラインは、ハンガリーのユダヤ人の移送を止められなかったことに、なぜまだ腹を立てているのか、と生前のルディにたずねた。「二十万人の命を救ったことで満足するべきじゃないのか？」と。けれど、ルディは救った人々よりも救えなかった人々を重視していたのだ。

クラインは著名な科学者になり、彼のがん研究によって免疫療法は格段に進歩した。ルディがいなければ実現しなかったことだ。クラインには三人の子供と七人の孫がいて、さらに子孫が増えていくかもしれない。ルディがいなかったら、その命はひとつとして存在しなかっただろう。ユダヤ人には、ひとつの命を救うことは、全世界を救うことだ、という格言がある。ヴルバ＝ヴェッツラー報告書によって、ブダペストの二十万のユダヤ人がアウシュヴィッツへの移送をまぬがれた。数か月後に矢十字党に殺された者もいたが、多くは生き延びた。彼らも、その子孫も、ルドルフ・ヴルバがいなかったら存在しなかっただろう。

ヴァルター・ローゼンベルクが生まれる五十年前に、百六十キロほど離れた場所で、エリック・ヴァイスという男の子が生まれた。彼はハンガリー系ユダヤ人で、ラビの息子だったが、数年後にアメリカに移住した。そこでステージに上がるようになり、最初は空中ブランコ、それからマジックで人気が出た。ハリー・フーディーニと名乗るようになった彼は脱出王として世界的に有名になった。

ルディも脱出王だった。アウシュヴィッツから、過去から、生まれたときの名前からも脱出した。故国から脱出し、いくつもの国に移り住んだ。何度も脱出に成功したが、自分が経験し、世界の人々に伝えた恐怖からは、ついに自由になれなかった。

一九六〇年代にイギリスで暮らしていたとき、家のあるサットンからロンドン中心部に車で行く途中、バタシー発電所の煙突の前を通り過ぎたとき、彼に見えていたのはビルケナウの死体焼却場だった。バンクーバーでは、彼を手荒に扱った放射線技師の姿に親衛隊員を重ねた。がんが手の施しようがなくなったときは、友人にため息混じりに言った。「ついにゲシュタポに捕まったよ」

彼の人生は十代で耐え抜いたことによって決定づけられた。しかし、それに押しつぶされることはなかった。娘のゾザが四十四歳の誕生日を迎えたとき、祝福を伝えるとともに、腕に刻印されたアウシュヴィッツの収容者番号４４０７０を示しながら、「４４」は自分のラッキーナンバーだと言った。脱出して生き延びたのだから、これは幸運の数字なのだ、と。「おまえにも幸運が訪れるように祈っているよ」と娘に言った。

ルドルフ・ヴルバは二十世紀でもっとも偉大な功績のひとつを成し遂げた「脱出の達人」だった。ユダヤ人として初めてアウシュヴィッツから脱出し、自分の見たことを世界に伝えた。最後までアウシュヴィッツの影につきまとわれたが、人生をまっとうした。科学者になり、夫になり、父と祖父になり、一人の人間として思う存分生きた。世界にホロコーストについて伝え、彼のおかげで何十万もの人々が長く豊かな人生を送ることができた。その子供や孫、曾孫も。その数は多すぎて、彼には数えられなかった。

謝辞

このような本は多くの方々の支援がなければ実現しなかっただろう。まずロビン・ヴルバに深い感謝を捧げたい。黄ばんだ書類や色褪せた写真を探し出し、ルディと共にした人生にわたしを招き入れ、何時間も辛抱強く、果てしない質問に答え、すばらしい思い出を語ってくれた。また、ルドルフ・ヴルバの最初の妻であるゲルタにも、心から感謝したい。彼女はその人生の最期の日々に、はるか昔に失われた世界を回想して語ってくれた――さらにトランクいっぱいの元夫の手紙を渡してくれたが、その大半には、想像を絶するつらい経験がつづられていた。ゲルタの娘キャロラインとその息子ピーターと孫ジャックにも感謝している。またバンクーバーのルディの友人や同僚、とりわけクリス・フレドリックス、ロバート・クレル、ジョセフ・ラガズには、傑出した男性との思い出を共有してくれたことにお礼を言いたい。

数々の学者も、その専門知識を快く授けてくれた。まずニコラ・ジマリングはヴルバとヴェッツラーの物語において、見落としやすいいくつかの部分について手ほどきしてくれた。また元ハンガリー人地下組織のメンバー、デビッド・グール、ジーオルグ・クラインの息子ピーター、記者アラン・ベスティックの息子リチャードはもちろん、イェフダ・バウアー、ポール・ボグダノア、ルース・リン、デボラ・リプスタット、ニコラス・ワクスマン、全員が大きな助力を与えてくれた。ティム・ラドフォードはルディの科学的な論文をわかりやすく解説してくれた。ホロコースト教育基金のカレン・ポロックにも、心から感謝したい。彼女が責任者である基金はとりわけ重要だった手がかりを与えてくれた。本書の収益の一部は基金に寄付する予定になっている。

歴史家やルディの家族や仲間との会話以外では、本書はホロコーストの生還者の証言、当時のできごとの記録、とりわけルドルフ・ヴルバ自身の言葉に基づいている。彼は自伝だけではなく、手紙や書き物など個人的なアーカイブを大量に残していて、すべてはニューヨークのフランクリン・D・ルーズベルト大統領図書館に保管されていた。コロナ渦にもかかわらず、アーカイブを調べるために手を貸してくれたクリステン・カーターとそのチームにお礼を言いたい。

アウシュヴィッツ＝ビルケナウ国立博物館のシュモン・コヴァルスキとテレーサ・ヴォントル＝シフィ、エルサレムの国立ホロコースト記念館のチームとケンブリッジのチャーチル・アーカイブ・センターのアレン・パックウッドには、数えきれない質問に答えてもらったことに感謝している。ゴードン・ブラウンはチャーチル・アーカイブ・センターとつないでくれ、本のプロジェクトに励ましの言葉をいただいた。

マルセリーナ・トムザ＝ミハルスカにはポーランドで、ヤルカ・シモノヴァにはスロヴァキアで、ガイド兼通訳としてお世話になった。年に一度のヴルバ＝ヴェッラーのデモ行進で脱出経路をたどりながら、わたしの数々の質問に答えてくれたことにお礼を言いたい。この行進はルディの亡き娘ゾザの慧眼に感謝する記念式典でもある。

ジョン・マレー社では心から信頼できる担当編集者ジョー・ジグモンドと出会った。ジョーとジョカスタ・ハミルトンは熱意と知性で行動し、さらにキャロリン・ウェストモアがきめ細かな配慮とプロ意識を注ぎ、ピーター・ジェームズは厳しい校閲の目を光らせた。アメリカでは頼りになるサラ・ネルソンとクリス・ダールにお世話になった。全員がこの物語の意義を理解し、語られねばならないというわたしの信念をしっかりと支えてくれた。

カーティス・ブラウン社のチームは求められる以上の仕事をしてくれた。ヴィオラ・ヘイデンはとびぬけてすばらしい読み手だということを証明し、ケイト・クーパーとナディア・マクダッドはこの物語をもっと広い世界に紹介するために奇跡を起こした。いつも先頭に立っていたのは、ジョニー・ゲラーで、彼は作家にとって最高のエージェントであるばかりか、四十年にわたって忠実な親友だ。この本を書こうと決意させたのは、ジョニーとの森の散歩がきっかけだった。彼がいなかったら、本書は存在しなかっただろう。

ここで改めて、徹底した大変な（疲労困憊だったにちがいない）リサーチ作業に対して、ジョナサン・カミングズに心から感謝する。彼はわたしとともにアーカイブの中に飛びこんでいっしょに進み、スロヴァキアの森やアウシュヴィッツの幽霊たちのあいだを歩き回ってくれた。

最後に妻のサラ、息子のジェイコブとサムにありがとうと伝えたい。本書のテーマは決して軽々と持ち運べるようなものではない。そうできたのは、家族の忍耐とユーモアと愛情のおかげだ。毎年、家族への感謝の念は深まっている。

訳者あとがき

一九四四年四月七日、十九歳のヴァルター・ローゼンベルクと二十五歳のアルフレート・ヴェツラーは、アウシュヴィッツ＝ビルケナウ強制収容所からの脱走に成功した。ユダヤ人で脱走に成功したのは二人が初めてだった。それまでにも試みたユダヤ人は何人もいたが、すべて失敗し、捕らえられ拷問され、無残な死体として収容所に戻されるか、残酷な処刑が被収容者の面前でおこなわれるのが常だった。その見せしめによって、脱走は成功しない、とナチスは警告していたのだ。非人間的な収容所の日々に耐えていたユダヤ人被収容者たちは、脱走者が発覚したことを知らせる警報が鳴り響くのを心待ちにしていた。

本書『アウシュヴィッツ脱出――命を賭けて世界に真実を伝えた男』（原題：*THE ESCAPE ARTIST: The Man Who Broke Out of Auschwitz to Warn the World*）では、ヴァルターとアルフレートがアウシュヴィッツ＝ビルケナウ強制収容所で筆舌に尽くしがたい苛酷な日々を過ごしながらも、いくつもの幸運が重なって生き延び、いかにして脱走を成功させたのかが緊密な筆致で描かれている。もちろん、命の危険にさらされている収容所から逃げて自由の身になる、という願いはあった。しかし、ヨーロッパ各国から移送されてくる大勢のユダヤ人たちがガス室で殺されるのを目の当たりにし、今すぐこの恐ろしい状況を世界に伝えたい、収容所への「再定住」を装った移送は死を意味することをユダヤ人に知らせなくては、という使命感が二人の脱出の決意を強固なものにした。その決意に共感した仲間のおかげで、脱走に失敗した被収容者が使った隠れ家を再利用し、隠れ家に入るときにも助力を得ることができた。ヴァルターとアルフレートの脱走までの経緯は冒険小説を読むようで、手に汗握るスリリングな展開となっている。

脱走後、二人がアウシュヴィッツ強制収容所でおこなわれていた殺戮についての詳細を語ることで、「アウシュヴィッツ・レポート」と呼ばれる報告書が作成され、それによってハンガリーのユダヤ人を含め二十万人が救われたと言われる。ちなみにこの報告書を題材にした同名の映画が二〇二〇年に制作された（日本公開は二〇二一年）。

だがヴァルターが願っていたように、報告書がすぐに公表され、ユダヤ人の移送が即座に停止されたわけではなかった。ユダヤ人指導者や連合国のトップたちの政治的駆け引きが裏でおこなわれるあいだにもヨーロッパのユダヤ人は次々に移送されていき、命を奪われた。本書ではその歴史的背景についても多方面にわたり詳しく調べあげ、これまで伏せられてきた事実を明らかにしている。各国のトップが保身に走る生々しい姿や苦悩も読みどころのひとつだろう。

二〇二五年一月二十七日は、アウシュヴィッツ強制収容所が解放されてからちょうど八十年となる日だった。現在も存命している元被収容者たちは、自身のホロコーストの体験についてさまざまな場で発言しているが、現在九十五歳でイスラエルに住むハリーナ・ビレンバウムさんの言葉はとりわけ重い。「アウシュビッツで知ったのは、人間の本質だ。人間はどこまで非道になり、

どれほど強くなれるのか」（二〇二五年一月二十五日付け読売新聞）
　強制収容所で人間の非道さについて知り尽くしたヴァルターが、その後、どういう人生を歩んだか、著者は最初の妻、娘、二人目の妻など身近な人々にも取材してプライベートな姿も引き出し、彼の人生をていねいにたどっている。結果として、ヴァルターは収容所を脱走しても、そこでの経験は一生ついてまわったように思える。アウシュヴィッツで腕に入れ墨された収容者番号と同じく、心に永遠に消えない傷を刻まれたのだ。それでも、ヴァルターは紆余曲折を経て、最後には幸せと言える境遇にいたったと感じる。それは胸の痛くなるような描写が続く本書では、わずかな救いである。
　人間の尊厳を奪うような強制収容所の日々が八十年前に存在したことを、わたしたちは決して忘れてはならない。ホロコーストの実態を詳細に描き、読者に衝撃を与えるだけではなく、本書が伝えたいメッセージはそこにあるのではないだろうか？　ホロコーストは戦争が生みだした悪夢だが、そうした愚行を繰り返さないことは、次世代を担うすべての人間の責務だろう。
　最後に著者について。ジョナサン・フリードランドは一九六七年イギリス生まれで、ガーディアン紙などにコラムを寄稿し、BBC4ラジオのプレゼンターも務める。これまで本書以外に十一冊の著書を出版しており、サム・ボーン名義で九冊のミステリー小説も発表している。『アトラスの使徒』（加賀山卓朗訳、ヴィレッジブックス）はイギリスで六十万部を超えるベストセラーとなった。本書の脱出劇にも、サスペンスの名手らしい筆致が発揮されていると言えるだろう。

and Robin Vrba, Racehorse, 2020.
- Vrba–Wetzler Report, FDRPL, Records of the War Refugee Board, box 7, folder: 'German Extermination Camps', http://www.fdrlibrary.marist.edu/_resources/images/hol/hol00522.pdf.
- Vrbová, Gerta, *Trust and Deceit: A Tale of Survival in Slovakia and Hungary, 1939–1945*, Vallentine Mitchell, 2006.
- ———, *Betrayed Generation: Shattered Hopes and Disillusion in Post-War Czechoslovakia*, Zuza Books, 2010.
- ———, Caroline Hilton and Peter Hilton, 'Zuza Jackson (née Vrbová), Born Prague 3 May 1954, Died Cambridge 17 September 2013', *AJR Journal*, 14, no. 4 (April 2014): 15.
- Wachsmann, Nikolaus, *KL: A History of the Nazi Concentration Camps*, Little, Brown, 2015.
- Waller, Douglas C., *Disciples*, Simon & Schuster, 2015.
- Wetzler, Alfréd, 'Testimony of Alfréd Wetzler, 30 November 1963', APMAB, Collection of Testimonies, vol. 40, 1963, 24–49.
- ———, *Escape from Hell: The True Story of the Auschwitz Protocol*, trans. Péter Várnai, Berghahn Books, 2007.
- Winik, Jay, *1944: FDR and the Year That Changed History*, Simon & Schuster, 2015.
- ———, 'Darkness at Noon: FDR and the Holocaust', *World Affairs* 178, no. 4 (Winter 2016): 61–77.
- Wyman, David S. (ed.), *America and the Holocaust: A Thirteen-Volume Set Documenting the Editor's Book, The Abandonment of the Jews*, Garland, 1991.
- Zimring, Nikola, 'The Men Who Knew Too Much: Reflections on the Historiography of Rudolf Vrba and Alfréd Wetzler's Escape from Auschwitz-Birkenau and Their Attempt to Warn the World', MA thesis, Tel Aviv University, 2018.
- ———, 'A Tale of Darkness: The Story of the Mordowicz–Rosin Report', in Rudolf Vrba, with Alan Bestic, *I Escaped from Auschwitz: The Shocking True Story of the World War II Hero Who Escaped the Nazis and Helped Save Over 200,000 Jews*, ed. Nikola Zimring and Robin Vrba, Racehorse, 2020.

- Świebocki, Henryk, *London Has Been Informed: Reports by Auschwitz Escapees*, Auschwitz-Birkenau State Museum, 1997.
- Tibori Szabó, Zoltán, 'The Auschwitz Reports: Who Got Them and When?' in Randolph L. Braham and William J. Vanden Heuvel (eds), *The Auschwitz Reports and the Holocaust in Hungary*, Rosenthal Institute for Holocaust Studies Graduate Center/City University of New York, 2011.
- Trencsényi, Balázs, Maciej Janowski, Monika Baár, Maria Falina and Michal Kopeček, *A History of Modern Political Thought in East Central Europe*, Oxford University Press, 2016.
- Tschuy, Theo, *Dangerous Diplomacy: The Story of Carl Lutz, Rescuer of 62,000 Hungarian Jews*, William B. Eerdmans, 2000.
- Van Pelt, Robert Jan, 'When the Veil Was Rent in Twain: Auschwitz, the Auschwitz Protocols, and the Shoah Testimony of Rudolf Vrba', in Randolph L. Braham and William J. Vanden Heuvel (eds), *The Auschwitz Reports and the Holocaust in Hungary*, Rosenthal Institute for Holocaust Studies Graduate Center/City University of New York, 2011.
- Vogel, Michael, Interview, United States Holocaust Memorial Museum, no. RG-50.030.0240, 14 July 1989.
- Vrba, Rudolf, 'A Source of Ammonia and Changes of Protein Structure in the Rat Brain During Physical Exertion', *Nature* 176 (1955): 117–18.
- ———, 'Utilization of Glucose Carbon in Vivo in the Mouse', *Nature* 202 (1964): 247–9.
- ———, 'Affidavit in Application for Naturalisation as a British Citizen, 10 January 1967', 1967.
- ———, Interview for *The World at War*, United States Holocaust Memorial Museum, no. RG-50.148.0013, 1972.
- ———, Interview by Claude Lanzmann for *Shoah*, United States Holocaust Memorial Museum, no. RG-60.5016, 1978.
- ———, Testimony in Ontario District Court, Between Her Majesty the Queen and Ernst Zündel; before the Honourable Judge H. R. Locke and a Jury; Appearances, P. Griffiths for the Crown, D. Christie for the Accused; [in] the Courthouse, 361 University Ave., Toronto, Ontario, 7 January 1985.
- ———, 'The Preparations for the Holocaust in Hungary: An Eyewitness Account', in Randolph L. Braham and Attila Pók (eds), *The Holocaust in Hungary: Fifty Years Later*, Rosenthal Institute for Holocaust Studies, Graduate Center of the City University of New York/ Columbia University Press, 1997.
- ———, *Flugten fra Auschwitz*, People'sPress, 2016.
- ———, H. S. Bachelard and J. Krawczynski, 'Interrelationship between Glucose Utilization of Brain and Heart', *Nature* 197 (1963): 869–70.
- ———, with Alan Bestic, *I Escaped from Auschwitz: The Shocking True Story of the World War II Hero Who Escaped the Nazis and Helped Save Over 200,000 Jews*, ed. Nikola Zimring

- Müller, Filip, *Eyewitness Auschwitz: Three Years in the Gas Chambers*. Stein & Day, 1979.
- Neumann, Oskar, *Im Schatten des Todes: Ein Tatsachenbericht vom Schicksalskampf des slovakischen Judentums*, Olamenu, 1956.
- Nicholls, William, *Christian Anti-Semitism: History of Hate*, new edition, Aronson, 1995.
- Nick, I. M., *Personal Names, Hitler, and the Holocaust: A Socio-Onomastic Study of Genocide and Nazi Germany*, Lexington Books, 2019.
- Nyiszli, Miklos, *Auschwitz: A Doctor's Eyewitness Account*, trans. Tibére Kremer and Richard Seaver, Arcade, 2001.
- Office of United States Chief of Counsel for Prosecution of Axis Criminality, *Nazi Conspiracy and Aggression* (a Collection of Documentary Evidence Prepared by the American and British Prosecuting Staffs), Supplement A, United States Government Printing Office, 1947.
- ———, *Nazi Conspiracy and Aggression: Opinion and Judgment*, United States Government Printing Office, 1947.
- Porter, Anna, *Kasztner's Train: The True Story of an Unknown Hero of the Holocaust*, Constable, 2008.
- Purves, Grant, *War Criminals: The Deschênes Commission*, Library of Parliament, Research Branch, 1998.
- Reichenthal, Eli, 'The Kasztner Affair: A Reappraisal', in Randolph L. Braham and William J. Vanden Heuvel (eds), *The Auschwitz Reports and the Holocaust in Hungary*, Rosenthal Institute for Holocaust Studies Graduate Center/City University of New York, 2011.
- Report of a prisoner who escaped from Auschwitz, 28 July 1944, CZA A314/18.
- Rings, Werner, *Advokaten des Feindes: Das Abenteuer der politischen Neutralität*, Econ-Verlag, 1966.
- Rosin, Arnošt, Interview with Erich Kulka, YVA P.25/22, 1965–6.
- Rothman, Marty, Interview, United States Holocaust Memorial Museum, no. RG-50.477.1255, 30 January 1986.
- Ryback, Timothy W., 'Evidence of Evil', *New Yorker*, 15 November 1993.
- Segev, Tom, *The Seventh Million: The Israelis and the Holocaust*, Hill & Wang, 1993.
- Spira, Karen, 'Memories of Youth: Slovak Jewish Holocaust Survivors and the Nováky Labor Camp', MA thesis, Brandeis University, 2011.
- Stark, Tamás, *Hungarian Jews During the Holocaust and After the Second World War, 1939–1949*, Eastern European Monographs, Columbia University Press, 2000.
- State Museum at Majdanek, https://www.majdanek.eu/en.
- Steiner, Andre, Interview by Claude Lanzmann for *Shoah*, United States Holocaust Memorial Museum, no. RG-60.5010, 1978.
- Strzelecki, Andrzej, 'The Plunder of Victims and Their Corpses', in Yisrael Gutman and Michael Berenbaum (eds), *Anatomy of the Auschwitz Death Camp*, Indiana University Press. Published in association with the United States Holocaust Memorial Museum, 1994.

- Kasztner, Rezső, *The Kasztner Report: The Report of the Budapest Jewish Rescue Committee, 1942–1945*, ed. László Karsai and Judit Molnár, Yad Vashem, International Institute for Holocaust Research, 2013.
- Klein, Georg, 'Confronting the Holocaust: An Eyewitness Account', in Randolph L. Braham and William J. Vanden Heuvel (eds), *The Auschwitz Reports and the Holocaust in Hungary*, Rosenthal Institute for Holocaust Studies Graduate Center/City University of New York, 2011.
- ———, *Pietà*, trans. Theodore and Ingrid Friedmann, MIT Press, 1992.
- Kranzler, David, *The Man Who Stopped the Trains to Auschwitz: George Mantello, El Salvador, and Switzerland's Finest Hour*, Syracuse University Press, 2000.
- Krasňanský, Oskar, 'Declaration Made Under Oath by Oscar Karmiel, Formerly Krasňanský, at the Israeli Consulate in Cologne, February 15, 1961': FDRPL, Vrba collection, box 16.
- Krell, Robert, *Sounds from Silence: Reflections of a Child Holocaust Survivor, Psychiatrist and Teacher* , Amsterdam Publishers, 2021.
- Kubátová, Hana, and Jan Láníček, *The Jew in Czech and Slovak Imagination, 1938–89: Antisemitism, the Holocaust, and Zionism*, Brill, 2018.
- Kulka, Erich, 'Five Escapes from Auschwitz', in Yuri Suhl (ed.), *They Fought Back: The Story of the Jewish Resistance in Nazi Europe* , Crown, 1967.
- ———, 'Attempts by Jewish Escapees to Stop Mass Extermination', *Jewish Social Studies* 47, no. 3/4 (Summer/Fall 1985): 295–306.
- Kulka, Otto Dov, *Landscapes of the Metropolis of Death: Reflections on Memory and Imagination*, trans. Ralph Mandel, Allen Lane, 2013.
- Kuretsidis-Haider, Claudia 'Österreichische KZ-Prozesse: Eine Übersicht', *Juztiz und Erinnerung* 12, December 2006: 14–21.
- Langbein, Hermann, *People in Auschwitz*, University of North Carolina Press, 2004.
- Lanzmann, Claude, *Shoah: An Oral History of the Holocaust: The Complete Text of the Film*, Pantheon, 1985. (クロード・ランズマン『SHOAH』高橋武智訳、作品社、1995年)
- Lévai, Jenö (ed.), *Eichmann in Hungary: Documents*, Pannonia Press, 1961.
- Levi, Primo, *If This Is a Man*, trans. Stuart Woolf, Orion Press, 1959.
- Linn, Ruth, 'Naked Victims, Dressed-up Memory: The Escape from Auschwitz and the Israeli Historiography', *Israel Studies Bulletin* 16, no. 2 (Spring 2001): 21–5.
- ———, *Escaping Auschwitz: A Culture of Forgetting*, Cornell University Press, 2004.
- ———, 'Rudolf Vrba and the Auschwitz Reports: Conflicting Historical Interpretations', in Randolph L. Braham and William J. Vanden Heuvel (eds), *The Auschwitz Reports and the Holocaust in Hungary*, Rosenthal Institute for Holocaust Studies Graduate Center/City University of New York, 2011.
- Mordowicz, Czesław, Interview, United States Holocaust Memorial Museum, no. RG-50.030.0354, 1995–6.

- Długoborski, Wacław, and Franciszek Piper (eds), *Auschwitz, 1940–1945: Central Issues in the History of the Camp*, trans. William R. Brand, 5 vols, Auschwitz-Birkenau State Museum, 2000.
- Doležal, Miloš, *Cesty Božím (Ne) Časem*, Karmelitánské nakladatelství, 2003.
- Fackler, Guido, 'Music in Concentration Camps 1933–1945', *Music & Politics* I, no. 1, Winter 2007.
- Fatran, Gila, 'The "Working Group"', *Holocaust and Genocide Studies* 8, no. 2, Fall 1994: 164–201.
- Flaws, Jacob, 'Bystanders, Blackmailers, and Perpetrators: Polish Complicity During the Holocaust', MA thesis, Iowa State University, 2011.
- Fleming, Michael, *Auschwitz, the Allies and Censorship of the Holocaust*, Cambridge University Press, 2014.
- ———, 'The Reassertion of the Elusiveness Narrative: Auschwitz and Holocaust Knowledge', *Holocaust Studies* 26, no. 10, 2020: 1–21.
- Freedland, Jonathan, '"Every One of Us Had His or Her Own Story of Survival. But We Never Talked About It"', *Guardian*, 7 March 2014.
- Frieder, Emanuel, *To Deliver Their Souls: The Struggle of a Young Rabbi During the Holocaust*, Holocaust Library, 1990.
- Fulbrook, Mary, *Reckonings: Legacies of Nazi Persecution and the Quest for Justice*, Oxford University Press, 2018.
- Gilbert, Martin, *Auschwitz and the Allies*, Michael Joseph, 1981.
- ———, 'Churchill and the Holocaust: The Possible and Impossible', Lecture at US Holocaust Memorial Museum, Washington, 8 November 1993, https://winstonchurchill.org/the-life-of-churchill/war-leader/churchill-and-the-holocaust-the-possible-and-impossible/.
- Greif, Gideon, *We Wept Without Tears: Testimonies of the Jewish Sonderkommando from Auschwitz*, Yale University Press, 2005.
- Hart, Kitty, *I Am Alive*, revised edition, Corgi, 1974.
- Holocaust Education & Archive Research Team, 'The Holocaust: Economic Exploitation', http://www.holocaustresearchproject.org/economics/index.html.
- Itzkowitz, Sam, Interview, United States Holocaust Memorial Museum, RG-50.050.0006, 3 March 1991.
- Karmil/Krasňanský, Interview by Erich Kulka, Oral History Division, Institute of Contemporary Jewry, Hebrew University of Jerusalem, no. 65 (1), 1964.
- Kárný, Miroslav, 'The Vrba and Wetzler Report', in Israel Gutman and Michael Berenbaum (eds), *Anatomy of the Auschwitz Death Camp*, Indiana University Press. Published in association with the United States Holocaust Memorial Museum, Washington, DC, 1994.
- Karski, Jan, Interview by Claude Lanzmann for *Shoah*, United States Holocaust Memorial Museum, no. RG-60.5006, 1978.

参考文献

- Aderet, Ofer, 'The Mystery of the Jewish Boy Who Was Forced to Be Mengele's "Dog"', *Haaretz*, 8 April 2021.
- Arendt, Hannah, *Eichmann in Jerusalem: A Report on the Banality of Evil*, revised and enlarged edition, Penguin, 1994.（ハンナ・アーレント『新版　エルサレムのアイヒマン――悪の陳腐さについての報告』大久保和郎訳、みすず書房、2017年）
- Bacon, Ewa K., *Saving Lives in Auschwitz: The Prisoners' Hospital in Buna-Monowitz* , Purdue University Press, 2017.
- Baron, Frank, 'The "Myth" and Reality of Rescue from the Holocaust: The Karski–Koestler and Vrba–Wetzler Reports', *Yearbook of the Research Centre for German and Austrian Exile Studies* 2 (2000): 171–208.
- ———, *Stopping the Trains to Auschwitz, Budapest, 1944* , University of Kansas, 2020.
- Bauer, Yehuda, *Rethinking the Holocaust* , Yale University Press, 2001.
- Bogdanor, Paul, *Kasztner's Crime* , Routledge, 2017.
- Borkin, Joseph, *The Crime and Punishment of I.G. Farben*, Free Press, 1978.
- Braham, Randolph L., *The Politics of Genocide: The Holocaust in Hungary*, 2 vols, Columbia University Press, 1981.
- ———, 'Hungary: The Controversial Chapter of the Holocaust', in Randolph L. Braham and William J. Vanden Heuvel (eds), *The Auschwitz Reports and the Holocaust in Hungary*, Rosenthal Institute for Holocaust Studies Graduate Center/City University of New York, 2011.
- ———, and Attila Pók (eds), *The Holocaust in Hungary: Fifty Years Later*, Rosenthal Institute for Holocaust Studies, Graduate Center of the City University of New York/Columbia University Press, 1997.
- ———, and Bela Vago (eds), *The Holocaust in Hungary Forty Years Later*, Social Science Monographs, 1985.
- ———, and William J. Vanden Heuvel (eds), *The Auschwitz Reports and the Holocaust in Hungary* , Rosenthal Institute for Holocaust Studies Graduate Center/City University of New York, 2011.
- Brigham, Daniel T., 'Inquiry Confirms Nazi Death Camps', *New York Times*, 3 July 1944.
- Cesarani, David, *Final Solution: The Fate of the Jews, 1933–1949* , Macmillan, 2015.
- Chandrinos, Iason, and Anna Maria Droumpouki, 'The German Occupation and the Holocaust in Greece: A Survey', in Giorgos Antoniou and A. Dirk Moses (eds), *The Holocaust in Greece* , Cambridge University Press, 2018.
- 'Death Trains in 1944: The Kassa List', http://degob.org/tables/kassa.html.
- 'Did German Firm Schaeffler Process Hair from Auschwitz?', *Der Spiegel*, 2 March 2009, https://www.spiegel.de/international/germany/claim-by-polish-researcher-did-german-firm-schaeffler-process-hair-from-auschwitz-a-610786.html.

Fleming among others.

ユダヤ人殺戮に関する報告: Fleming, 'Elusiveness Narrative', pp. 3–4.

p.381 **プロパガンダの枠外**: 同上。pp. 8–9.

三十五の報告書: 同上。

p.382 **「すべて筋が通っていた」**: Klein, 'Confronting', pp. 260–1.

p.383 **家畜用貨車が待っている**: 同上。p. 263.

誰も信じなかった: 同上。p. 274.

p.384 **もっとも楽な〝脱走〟**: 同上。p. 275.

「おまえたちは死ぬことになるんだぞ」: Mordowicz, USHMM interview, p. 73.

そのことを忘れようとした: Klein, 'Confronting', p. 274.

p.385 **彼が嘘をついているとは言っていない**: Karski, Lanzmann interview.

軍が一般市民を殺す: Van Pelt, 'Veil', p. 121.

知らなかったのだ: クロード・ランズマンはアロンについて以下の映画の冒頭で引用している。Jan Karski, *The Karski Report*, 2010.

p.386 **ウェイターと冗談を**: Klein, 'Confronting', p. 278.

相談したいことがある: Krell, *Sounds from Silence*, p. 261.

p.388 **細胞レベル**: Gerta Vrbová, obituary of Zuza, *AJR Journal*, p. 15.

話したがらなかった: ロビン・ヴルバへの著者インタビューによる(2021年10月22日)。

満足するべきじゃないのか?: Klein, 'Confronting', pp. 274–5.

p.390 **バタシー発電所**: アラン・ベスティックの息子、リチャード・ベスティックから著者へのメールによる(2020年8月24日)。

親衛隊員を重ねた: Krell, *Sounds from Silence*, p. 263.

「ついにゲシュタポに捕まったよ」: Linn, 'Rudolf Vrba', p. 209.

幸運の数字: Vrba to Zuza Vrbová, 23 April 1998, p. 1. ゲルタ・ヴルバから著者への情報。

娘に言った: ズザ・ヴルバは2013年に59歳で死去。

＊URLは2022年10月の原書刊行時による。

人生で最悪のできごと: Vrba to Zuza Vrbová, 28 April 1983. ゲルタ・ヴルバから著者への情報。

p.372 **発作的に泣きだして**: Vrba to Zuza Vrbová, 14 February 1983, p. 38. ゲルタ・ヴルバから著者への情報。

どこでまちがったのだろう?: 同上。p. 10.

予兆を感じた: Vrba to Zuza Vrbová, 18 July 1982, p. 7. ゲルタ・ヴルバから著者への情報。

病的な感傷: Vrba to Zuza Vrbová, 28 January 1984, p. 2. ゲルタ・ヴルバから著者への情報。

p.373 **敵がいなかったか?**: Vrba to Dr Peter F. Heywood, Papua New Guinea Institute of Medical Research, 9 March 1984. ゲルタ・ヴルバから著者への情報。

p.374 **娘は自殺したのだ**: ロビン・ヴルバへの著者インタビューによる(2020年11月30日)。

製材所を失って: 同上。

「流れ弾」のような: Vrba to Zuza Vrbová, 28 April 1983, p. 6. ゲルタ・ヴルバから著者への情報。

p.375 **ヘレナの〝魂〟**: Vrba to Zuza Vrbová, 18 July 1982, pp. 6–8, ゲルタ・ヴルバから著者への情報。

第30章 多すぎて数えられない

p.376 **みんなに忘れられ**: Linn, 'Rudolf Vrba', p. 181.

p.377 **自分が著者だとは**: このエピソードはマーティン・コルチョク博士が著者に語ったもの。Head of the Sered' Holocaust Museum, Slovakia, 7 August 2021.

一人も会ったことがなかった: Vrba, 'Preparations', p. 241.

ハンガリー系ユダヤ人の大半が: Bauer, *Rethinking*, p. 236.

知るよしもなかった: Elie Wiesel, 'A Survivor Remembers Other Survivors of "*Shoah*"', *New York Times*, 3 November 1985, section 2, p. 1.

どんな恐怖も呼び起こさなかった: Langbein, *People*, p. 117.

p.378 **「誰もわたしたちに警告しなかった」**: Nicholls, *Christian Antisemitism*, p. 236.

完全に絶滅するだろう: Gilbert, *Auschwitz*, p. 20.

p.379 **〝再定住者〟**: 同上。p. 94.

情報を得ていた: Porter, *Kasztner's Train*, pp. 182–3.

「疑いと不信、さらに先入観」: Gilbert, *Auschwitz*, p. viii.

p.380 **大げさに言いすぎて**: 同上。p. 99.

大げさな表現をしがちなことを: Kárný, 'Report', p. 562.

こうしたユダヤ人の泣き言: Gilbert, *Auschwitz*, p. 312.

「知られざる目的地」: Martin Gilbert, 'Could Britain have done more to stop the horrors of Auschwitz?', *The Times*, 27 January 2005.

新しい研究書: 以下の作品を参照。 Richard Breitman, Barbara Rogers and Michael

アーと会い、歴史家が元夫をその言葉で表現したことに衝撃を受けた。

深い憎悪: Yehuda Bauer to John S. Conway, 23 May 1985, FDRPL, Vrba collection, box 1.

p.365 **〈戦争のときの世界〉**: *The World at War*, Episode 20, 'Genocide', Thames TV, 27 March 1974.

泣くべきだとでも?: Vrba, Lanzmann interview, p. 100.

典型的な生還者: Vrba to Rex Bloomstein, 20 July 1981, FDRPL, Vrba collection, box 1.

p.366 **ブダペストの指導者たちか**: Krell, *Sounds from Silence*, p. 256.

「非難と怒り」: ロバート・クレルへの著者インタビューによる(2020年12月31日)。

革のコート: Krell, *Sounds from Silence*, p. 266.

p.367 **台本のせりふを言うだけだった**: Klein, 'Confronting', p. 279.

口をはさませずに: 同上。

そこから列車で: ロビン・ヴルバへの著者インタビューによる(2021年10月22日)。

p.368 **三時間かけて**: ロバート・クレルへの著者インタビューによる(2020年12月31日)。

フランスのワイン、スコッチウィスキー: 娘への手紙で、ヴルバは彼がいまだに驚嘆している現代的生活の側面を列挙した。 Vrba to Zuza Vrbová, 18 June 1982, p. 1. ゲルタ・ヴルバによる著者への情報。

p.369 **族長の長男**: ロビン・ヴルバへの著者インタビューによる(2020年11月16日)。

第29章 虚無の花

p.370 **金持ちで馬鹿なアメリカ人のおじさん**: Vrba to Helena Vrbová, 13 February 1980, p. 3. ゲルタ・ヴルバから著者への情報。

ジリアンと頻繁に: ゲルタ・ヴルバへの著者インタビューによる(2020年7月12日)。

ルディが最後: Vrba to Helena Vrbová, 14 February 1983, p. 18. ゲルタ・ヴルバから著者への情報。

極度の男性優越主義者: ゲルタ・ヴルバへの著者インタビューによる(2020年9月15日)。

p.371 **マラリア研究のために**: Vrbová, *Betrayed*, pp. 11–12.

「第六感」: Vrba to Helena Vrbová, 13 February 1980, p. 4. ゲルタ・ヴルバから著者への情報。

生きて帰れないぞ: ロビン・ヴルバへの著者インタビューによる(2020年11月16日)。

奈落の底に: ヘレナ・ヴルバからゾザ・ヴルバへ(1982年5月)。ゲルタ・ヴルバから著者への情報。

三分の一ほど空いていて: Vrba to Dr Peter F. Heywood, Papua New Guinea Institute of Medical Research, 9 March 1984. ゲルタ・ヴルバから著者への情報。

「強いものでも壊れる」: 1982年5月9日に書かれたヘレナ・ヴルバの最後のメモより。ゲルタ・ヴルバから著者への情報。

に囚人から協力を得たが、脱走はあくまでヴァルターとフレートに主導権があった。特に、これは「自分の良心に命じられた」ハンガリーのユダヤ人に警告する特別な任務であって、「アウシュヴィッツなどの伝説の委員会」の命令ではなかった、とヴルバは強調した。 Vrba, 'Preparations', pp. 255–6. ヴァルターとフレートが情報をスロヴァキアの共産主義パルチザンに伝える計画ではなかったことは、二人がそういう行動をとらなかったという事実がなによりの証拠だ。

ヴェツラーがヴルバと異なる話をした理由については、簡単に説明がつく。ヴルバはイギリスで自伝を書き、さらにカナダに落ち着くと、歴史家などに経験を語った。彼は自由に語ることができた。かたやアルフレート・ヴェツラーはソ連の衛星国で暮らし、表現が厳しく制限されていた。ナチスのいちばんの犠牲者はユダヤ人だったと述べるのは、チェコスロヴァキア社会主義共和国では賢明ではないことをヴルバは目の当たりにした。さらにヴルバは西欧に亡命し、自国では存在しない人物となった。だが、ヴェツラーが反ファシスト的な大胆な行動で、仲間としてヴルバを賞賛するのは危険だっただろう。共産主義のチェコスロヴァキアでは、共産主義者の囚人グループに物語の英雄を演じさせる方が安全だったのではないだろうか。以下も参照。 Zimring, 'Men', p. 43.

残念です: Wetzler letter to Kárný, 19 November 1984, NA, Kárný collection, box 10; Zimring, 'Men', p. 43.

p.361 **トランクみたいに**: Rosin, Kulka interview, p. 8.

「二人の若い脱出者」: Linn, 'Rudolf Vrba', p. 179.

p.362 **イスラエルの支持者**: ロビン・ヴルバへの著者インタビューによる(2020年11月16日)。

一等書記官: Zimring, 'Men', p. 76.

p.363 **あとに脱走した**: ロシンは急進的左派青年運動組織ハ＝ショメル・ハ＝ツァイールのメンバーだった。以下を参照。 'Ernie Meyer: A Sole Survivor', *Jerusalem Post*, 30 April 1992.

カストネルに裏切られた者: ボグダナーのシオニスト空挺部隊の例を参照。*Kasztner's Crime*, pp. 159–76.

ユダヤ人の国を建国できればいい: Eric M. Breindel, 'A Survivor of the Holocau *Harvard Crimson*, 2 May 1974, FDRPL, Vrba collection, box 1.

裏切りと陰謀に加担した: Vrba to Joan Campion, 8 August 1979, FDRPL, Vrba collection, box 1. ヴルバはギージー・フロイシュマンについて言及していた。

反ユダヤ主義的: Breindel, 'A Survivor of the Holocaust'.

p.364 **複数の歴史家**: ジーラ・ファトランと4人の歴史家による。'For the Sake of Historical Justice', Letter to the Editor, *Yediot Aharonot*, 2 June 1998; Yehoshua Jelinek, 'A Hero Who Has Become Controversial', Letter to the Editor, *Haaretz*, 21 June 1998.

「ホロコーストの天才的英雄」: Yehuda Bauer, Letter to the Editor, *Jewish Journal*, 28 October 2004.

「傲慢」: ゲルタ・ヴルバへの著者インタビューによる(2020年9月15日)。ゲルタはバウ

第28章　わたしは脱出方法を知っている

p.359　**パニックを起こさず**: Lanzmann, *Shoah: An Oral History*, p. 123.

わたしは別の脱出方法を知っているから: ロビン・ヴルバへの著者インタビューによる(2021年2月2日)。

p.360　**送金もした**:ロビン・ヴルバへの著者インタビューによる(2021年10月22日)。チェコスロヴァキアの共産主義者に送金するのは簡単ではなかった。スイスを経由し、いわゆるタゼックス・バウチャーという金券に換えなくてはならなかった。

脱走の詳細について: ヴルバとヴェツラーのあいだで大きく意見が分かれたのは、アウシュヴィッツから脱走した際に証拠となる書類を持っていったかどうかに関することだった。小説として出版されたヴェツラーの自伝には、二人は他の囚人の力を借りて集めた移送リスト、スケッチ、チクロンB容器のラベルまで詰めた筒2本を持ち出そうとしたが、1本はポロンプカでの小競り合いで失われたとある。ヴルバはそういう事実はいっさいなかったし、あるはずがない、と譲らなかった。囚人が鉛筆や紙を所持しているのを発見されたら、陰謀罪で罰せられただろう、と。以下を参照。Testimony, p. 1353.

どちらの説明にも支持者がいたが、ある重大な事実によってヴルバの説明の方がかなり有利になる。戦後、ヴルバがヴルバ=ヴェツラー報告書を作成した際の役割について語ったとき、オスカル・クラスニャンスキーは逃亡者たちの「すばらしい記憶」を称賛したが、証拠となる書類については言及しなかった。二人が書類を提出していたら、クラスニャンスキーは、特にアウシュヴィッツ・レポートの序文でまちがいなくそのことに触れただろう。ニューヨークのウェイターとのエピソードは、クラスニャンスキーがヴルバの記憶力を誇張していない証拠だ。

手柄はどちらのものか: ヴェツラーによると、世間に情報を伝えるために脱出するという考えは、アウシュヴィッツ内部の共産主義者が主導する地下組織から生じた。ヴェツラーはできるだけ多くの情報を集める任務を与えられ、その情報をおもにスロヴァキアの共産主義抵抗運動の活動家に渡した。脱走のパートナーの選択は地下組織の主導者によっておこなわれた、とヴェツラーは言っている。ヴァルターがその任務に選ばれたのは、ヴェツラーが知っていて信頼できる勇敢なスロヴァキア人だったからだ。

ヴルバはその説明を完全に否定した。脱出し、世間に知らせるという決断はトルナヴァの最後の生き残りだった彼とヴェツラーが二人で下したもので、他の人間が決めたことではないと言った。彼は自伝でこう述べている。「その考えを思いつくずっと前に、地下組織はアウシュヴィッツの秘密を暴露すること、ヨーロッパのユダヤ人に移送の真実を警告することを検討していたが、〝正しい計画、正しいタイミング、正しい人間〟を待っていた」。Vrba, *I Escaped*, p. 256.

しかし、ヴァルターが脱出計画をもとに接触すると、レジスタンス組織の指導者たちは当時、ダヴィド・シュモレフスキがあげたすべての理由から拒絶した。ヴァルターは衝動的で経験不足であり、また若すぎて信頼されないだろう、と。結果的に、特別隊のフィリップ・ミュレにガス室での殺戮の詳細について知らされたり、ヴァルターとフレートが隠れ家の中に入ったあとでアダメクとボレックに覆いをしてもらったりと個人的

女性の仕事と: ゲルタ・ヴルバへの著者インタビューによる(2020年9月15日)。

〇・五パーセントぐらい: クリス・フレドリックスへの著者インタビューによる(2020年12月13日)。

p.349 **夫の秘密に**: ロビン・ヴルバへの著者インタビューによる(2020年11月16日)。

「きみはイスラム教徒なのか?」: ロビン・ヴルバへの著者インタビューによる(2020年11月30日)。

「あいつはカポになっただろう」: ロビン・ヴルバへの著者インタビューによる(2020年11月16日)。

ウェイターは驚き: Vrba to Martin Gilbert, 12 August 1980, FDRPL, Vrba collection, box 2.

p.350 **若く単純だった**: ロビン・ヴルバへの著者インタビューによる(2020年11月16日)。

大きな弱み: ロビン・ヴルバへの著者インタビューによる(2020年11月30日)。

ドイツ検察局: Vrba, *I Escaped*, p. xviii.

p.351 **少し冷静になった**: Vrba to Benno Müller-Hill, 25 June 1997, FDRPL, Vrba collection, box 4.

p.352 **「はした金」**: Vrba, *I Escaped*, p. 128n.

すでに時効になっていた: Fulbrook, *Legacies*, p. 301. 以下も参照。Kuretsidis-Haider, 'Österreichische KZ-Prozesse: Eine Übersicht', p. 20.

「ケーニッヒ」: 'Life Sentence Given to Ex-Nazi for Killing Gypsies at Auschwitz', *JTA Daily News Bulletin*, 29 January 1991.

p.354 **話し続けた**: 裁判を回想して、ヴルバはインタビュアーにこう語った。「裁判官は証言する必要はないと警告したが、何ひとつ隠すことはない、と言った」Doležal, *Cesty Božím*, p. 112.

中断された: Vrba, *I Escaped*, p. 140n.

移送した隊を指揮し: Purves, *War Criminals*, F.2.b.

p.355 **スロヴァキアの「ユダヤ人問題の最終的解決」**: FDRPL, Vrba collection, box 12. 以下も参照。'Kirschbaum, Slovakia's Aide of Eichmann in Toronto, Is Charged with War Crimes', *Canadian Jewish News*, 27 July 1962, p. 1.

p.356 **「わたしは脱走し、世界に警告したのです」**: Vrba, Testimony, p. 1542.

p.357 **そうでなければ毒ガスで殺された**: 同上。p. 1528.

怠け者の生徒: 同上。p. 1461.

「芸術的な」: 同上。pp. 1389–90.

有罪を宣告された: 1985年の評決は法的な形式上の問題によってくつがえされ、1988年に二度目の裁判がおこなわれると、ツンデルは再び有罪となった。最終的に1992年、虚偽報道法は自由な表現に不当な制限をかけているという理由によって、カナダの最高裁判所で無罪が確定した。以下を参照。https://scc-csc.lexum.com/scc-csc/scc-csc/en/item/904/index.do.

p.334　誰も口にしなかった: Vrba, *I Escaped*, pp. xi–xii.
チェコの国歌を: Kulka, *Landscapes*, p. 110.
疑いを抱いた: ゲルタ・ヴルバへの著者インタビューによる(2020年6月15日)。

第26章　新たな国イギリスへ

p.335　悟られないようにした: Klein, 'Confronting', p. 278.
p.337　六時間かけて: Vrbová, *Betrayed*, pp. 192–203.
p.338　国別に群れていた: ゲルタ・ヴルバへの著者インタビューによる(2020年6月30日)。
彼は一人で: 同上。
一九五二年八月: Segev, *The Seventh Million*, p. 257.
「暗黒の物語の中でも最も暗い章」: Arendt, *Eichmann in Jerusalem*, p. 117.
p.339　沈黙に対する: Porter, *Kasztner's Train*, p. 331.
責められるべき人間を: Porter, *Kasztner's Train*, p. 343.
「全面的に協力」: Harry Gilroy, 'Quisling Charge Stirs All Israel', *New York Times*, 3 July 1955.
p.340　隣人を裁くな: シモン・アグラナット裁判長は、古代の学者であるラビ・ヒレルの言葉を引用した。以下を参照。 Klein, *Pietà*, p. 130.
p.341　ネズミを液体窒素に入れ: Vrba, Bachelard and Krawczynski, 'Interrelationship'.
首を切断して殺し: 同上。
液体窒素で冷凍する実験: Vrba, 'Utilization'.
p.342　タタは死んだって: ロビン・ヴルバへの著者インタビューによる(2020年11月30日)。
イギリスから追い出そうと: 同上。
もっとも著名な家庭問題弁護士: ブランチ・ルーカスの訃報記事。*The Times*, 21 July 1994.
p.343　親権を手に入れ: ゲルタ・ヴルバへの著者インタビューによる(2020年7月28日)。
限られた訪問権だけを: Vrba to Zuza Vrbová, 14 June 1983, p. 13. ゲルタ・ヴルバから著者への情報。
p.344　ユダヤ人は頭がいい: Vrba, *I Escaped*, pp. xvi–xvii.
特に許せないのは: ゲルタ・ヴルバへの著者インタビューによる(2020年6月30日)。
わめきちらした: Arendt, *Eichmann in Jerusalem*, p. 124.
宣誓証言をおこなう: Linn, *Escaping Auschwitz*, p. 13.
ヘレナとゾザに会うことは: Vrbová, *Betrayed*, p. 254.

第27章　本当のカナダへ

p.347　なんてすてきなんだろう: ロビン・ヴルバへの著者インタビューによる(2020年11月16日)。
p.348　毎月の家賃: Vrba to Zuza Vrbová, 14 February 1983, p. 9. ゲルタ・ヴルバから著者への情報。

一人で逃げるように：同上。p. 115.
勝つ、あるいは死ぬまで戦う：Vrba, 'Affidavit'.
p.322 幸福の涙を：Vrba, *I Escaped*, p. 315.
物資輸送を妨害：Vrba, 'Affidavit', p. 5.
さらに共産党員にもなった：同上。p. 6; Vrba, Testimony, p. 1518.
p.324 唯一の所属すべき組織：Vrba, Testimony, p. 1386.
ブラチスラヴァではなく：Vrbová, *Betrayed*, p. 31.
寮と図書館と研究室を：Vrba, 'Affidavit', p. 7.
p.325 「あれがルディだよ」：Vrba, *I Escaped*, p. 307.
察したようだった：同上。p. 308.
移送による自殺：ロビン・ヴルバへの著者インタビューによる（2020年11月16日）。
p.326 何かが欠けていた：Vrbová, *Betrayed*, p. 71.
愛していない：同上。p. 49.
暴力的だとすら：同上。p. 71.
ヨゼフ、モルドヴィチ、ロシンといっしょに：同上。p. 59.
p.327 ヒトラーがやったことで唯一のいいこと：同上。p. 66.
小さな島：同上。p. 69.
結婚するのはルディの義務：ロビン・ヴルバへの著者インタビューによる（2020年11月16日）。
紺色のドレス：Vrbová, *Betrayed*, p. 74.
p.328 嫌悪感でいっぱいに：同上。p. 75.
ウォッカを：同上。p. 87.
彼女は無言を貫いた：同上。p. 88.
p.329 ハサミを全部隠されたんだよ：同上。
偏執的になったのではなく：ゲルタ・ヴルバへの著者インタビューによる（2020年6月15日）。
トロイのヘレネ：Vrbová, *Betrayed*, p. 105.
p.330 ふわふわの金髪の：同上。
卵は消えていた：同上。p. 114.
浮気を繰り返した：ロビン・ヴルバへの著者インタビューによる（2020年11月30日）。
p.331 密告者はルディだった：Vrbová, *Betrayed*, pp. 122–4.
復讐をしたかったのだろう：ゲルタ・ヴルバへの著者インタビューによる（2020年7月28日）。
ゲルタは否定した：ゲルタ・ヴルバへの著者インタビューによる（2020年9月15日）。
社会主義教育をできない：Vrba, 'Affidavit', p. 13.
p.332 深く傷ついていた：Vrbová, *Betrayed*, p. 12.
「助けたかっただけだ」：Vrba, 'Affidavit', p. 7.
断るのは危険だと：同上。p. 9.

記されていた: Vrba, 'Preparations', p. 256.
状況が切迫していることを: クルカのヴェツラーへのインタビューによる。1964, YVA P.25/21/3, p. 5.

p.309 二百スロヴァキアコルナ: Vrba, 'Preparations', p. 261.
性感染症防止局: 同上。p. 256.
ゲルチ・ユルコヴィチ: Vrbová, *Trust*, pp. 79–80.

p.310 真面目で頭のいい: ゲルタ・ヴルバへの著者インタビューによる(2020年6月30日)。
ひどい経験をしてきた: Vrbová, *Trust*, p. 85.
永遠に愛するだろう: 同上。p. 86.

p.311 体をこわばらせた: 同上。p. 88.
どういうつもり?: ゲルタ・ヴルバへの著者インタビューによる(2020年6月15日)。
おれがどこにいたと思ってるんだ: 同上。

p.312 他人を信頼できなくなった: Vrbová, *Trust*, p. 92.
指示した: ヨージェフ・エリアスへのインタビューによる。Baron, *Stopping*, p. 187.

p.313 真ん前に置かれ: シャンドル・トゥルクへのインタビューによる。同上。p. 205.
合図だった: 同上。p. 70.
同情と屈辱: 同上。p. 208.
すべてが真実だと考えている: 同上。
あのろくでなしども!: この言葉は州警察長官ガボル・ファラゴに対してホルティが口にしたもの。同上。p. 74.
ローマに報告: Kulka, 'Five Escapes', p. 215. ヴァチカンが行動に出たのは修道院で確証が生じたためだ、とクルカは考えている。

p.314 電報を打った: Fleming, *Auschwitz*, p. 233.
その願いを公にも: Kulka, 'Five Escapes', p. 215.
ホルティ執政にメッセージを: Baron, *Stopping*, p. 75.

p.315 「ブダペストからのユダヤ人の移送を止めろ!」: Braham, *Politics of Genocide*, vol. 2, p. 873.
一万二千四百二十一人のユダヤ人: 'Death Trains in 1944: The Kassa List'.
地方警察隊: Baron, *Stopping*, pp. 80–2.

p.316 七月十日出発予定: Braham, *Politics of Genocide*, vol. 2, p. 879.
一万二千発の爆弾: Baron, *Stopping*, p. 84.
必要なあらゆる手を: Office of Strategic Services. 同上。p. 94.
地方警察: 同上。p. 105.
保身と権威を: 同上。p. 42.

p.317 「とうてい我慢できない!」: Lévai (ed.), *Eichmann in Hungary*, p. 126.

第25章 銃といっしょの結婚式

p.321 ゲシュタポがやってきた: Vrbová, *Trust*, p. 94.

ナウでは、爆弾は死体焼却場に通じる鉄道側線が破壊された。
空を見上げながら: Winik, 'Darkness', p. 70.

第24章　ハンガリーのユダヤ人

p.302　**「最重要人物」**: Vrba, *I Escaped*, p. 293.
p.303　**救出に携わっていた**: Braham, 'Hungary', p. 40.
ドイツ語の報告書の写しを: Tibori Szabó, 'Auschwitz Reports', p. 102.
眠れなかった: Porter, *Kasztner's Train*, p. 134.
シプ通りの本部: Tibori Szabó, 'Auschwitz Reports', p. 103.
二人の若者の: 同上。p. 104.
警告をおこなわない: Personal correspondence with Professor Zoltán Tibori Szabó, 1 November 2021.
怒りと悲しみに震えた: Porter, *Kasztner's Train*, p. 136.
カストネルは反対した: Tibori Szabó, 'Auschwitz Reports', p. 105.
p.304　**四万五千ドル**: Fatran, 'Working Group', p. 171.
おもな理由は: Braham: 'Hungary', p. 40.
p.305　**「ヨーロッパ計画」**: Fatran, 'Working Group', pp. 173–7.
「信頼できる」: Braham, 'Hungary', p. 43.
一九四四年四月五日に: Reichenthal, 'Reappraisal', p. 223.
黄色の星を: Braham, *Politics of Genocide*, vol. 2, p. 939.
つける必要もなかった: Reichenthal, 'Reappraisal', p. 223.
移送する協定: 同上。p. 224.
p.306　**「あなたの秘密を知った」**: ヴルバはそう信じていた。以下のエピローグを参照。*I Escaped*, p. 320. 同じ主張は以下でも示される。Tschuy, *Dangerous Diplomacy*, pp. 83–4, Tibori Szabó, 'Auschwitz Reports', p. 105. しかし、カストネルがアイヒマンに報告書を見せたことを示す証拠はない。
駆け引きをやめるように: Reichenthal, 'Reappraisal', p. 225.
数百人に: Kasztner, *Kasztner Report*, p. 158.
p.307　**「卓越した」ユダヤ人**: Braham, *Politics of Genocide*, vol. 2, p. 955.
百六十八万四千ドル: Bogdanor, *Kasztner's Crime*, p. 191.
「第二のワルシャワ」: Kasztner, *Kasztner Report*, p. 129.
五百枚の葉書: Reichenthal, 'Reappraisal', p. 234.
p.308　**アイヒマン自身から**: Kasztner, *Kasztner Report*, p. 145.
嘘を広め: Reichenthal, 'Reappraisal', p. 235.
五十六日間にわたって: Stark, *Hungarian Jews*, pp. 21–31. ハンガリーから移送されたユダヤ人の数については相反する情報が存在している。 以下の報告書による。Gendarme Colonel László Ferenczy, the number was 434,351. Hungary Edmund Veesenmayer cited 437,402.

「あなたもワシントンへ送ってもらえる?」: Gilbert, *Auschwitz*, p. 233.

p.294 **「きみの方が得意だろう」**: 同上。

「少なくとも百五十万人」: Winik, 'Darkness', p. 68.

実際の救済や救助活動に役立つ: FDRPL, Records of the Department of State Relating to the Problems of Relief and Refugees (War Refugee Board), Miscellaneous Documents and Reports re Extermination Camps for Jews in Poland (1), box 69; Baron, *Stopping*, p. 21.

p.295 **「もっとユダヤ主義ではない記事」**: Kárný, 'Report', p. 563.

最後の十三人: 同上。p. 564.

アウシュヴィッツの焼却場: Kulka, 'Five Escapes', p. 207.

p.296 **ジェイコブ・ローゼンハイム**: Gilbert, *Auschwitz*, p. 236.

多くの命が: Winik, 'Darkness', p. 67.

明確にした: Wyman, *America and the Holocaust*, vol. XII, p. 104; Baron, *Stopping*, p. 20.

p.297 **「大がかりな作戦」**: Gilbert, *Auschwitz*, p. 238.

「爆破の考えは捨てる」: Baron, 'Myth', p. 24.

千三百個以上の: Winik, 'Darkness', p. 69.

写真を調べようとする者は: 同上。p. 70.

p.298 **収容所で起きている暴虐**: 同上。p. 75.

このおぞましい所業に: 同上。p. 77.

p.299 **今、何が起きているか**: Martin Gilbert, 'Could Britain Have Done More to Stop the Horrors of Auschwitz?', *The Times*, 27 January 2005.

メモは外務省に届けられ: Fleming, *Auschwitz*, p. 235.

ブダペストからビルケナウへの線路: Gilbert, *Auschwitz*, p. 269.

p.300 **これまで見たこともなかったほど**: チャーチルの公式な伝記作家サー・マーティン・ギルバートの判断による。1993年の講演で、彼はこう断言した。「要求を実行するためにチャーチルがそのように即断即決をするのを見たことがない」Gilbert, 'Churchill and the Holocaust', https://winstonchurchill.org/the-life-of-churchill/war-leader/churchill-and-the-holocaust-the-possible-and-impossible/

わたしに言ってくれ: Fleming, *Auschwitz*, p. 249.

「自分たちの能力を超えている」: Gilbert, *Auschwitz*, p. 285.

p.301 **大きな犠牲がともない**: 同上。

見せかけだった: この可能性はマイケル・フレミングの以下の書籍に提示されている。*Auschwitz*, p. 250. チャーチルとイーデンは、ユダヤ人の命を救うために行動している「ように見られる」ことにことさら熱心だった、とフレミングは示唆している。

事故によって: Gilbert, *Auschwitz*, p. 315. 1944年9月13日、モノヴィッツ強制収容所に対するアメリカの空襲がわずかにそれ、アウシュヴィッツ=ビルケナウ強制収容所が攻撃された。アウシュヴィッツでは親衛隊員15人とユダヤ人23人が殺された。ビルケ

p.283　**昼食をともにする**: Krasňanský, 'Declaration', p. 3.

p.284　**冷や汗がにじみだした**: Mordowicz, USHMM interview, p. 50.

ワインとキャメル: Kulka, 'Five Escapes', p. 210.

短いメモをとったり: 同上。

「教皇大使、聞いてください」: Mordowicz, USHMM interview, p. 50.

p.285　**ありとあらゆる手段で**: Vrba to John S. Conway, 2 July 1976, FDRPL, Vrba collection, box 1, p. 15.

その報告書を手に: Mordowicz, USHMM interview, p. 51.

p.286　**たった一日で**: 'Death Trains in 1944: The Kassa List'.

第23章　真実の発信

p.287　**ゲシュタポの手に**: Interview with Krasňanský, 22 December 1980, in Gilbert, *Auschwitz*, p. 203.

p.288　**無報酬一等書記官**: Kranzler, *Mantello*, p. xxii.

スペイン語、フランス語、ドイツ語、英語: 同上。p. 91.

四部の報告書: 同上。p. 98.

打電された彼の記事: Baron, *Stopping*, p. 18.

p.289　**新聞社の郵便受け**: Rings, *Advokaten*, p. 144.

報告書を見ていなかった: Kranzler, *Mantello*, pp. 208–9.

その日の午後: Bogdanor, *Kasztner's Crime*, p. 187.

p.290　**三百八十三以上の記事**: Fleming, *Auschwitz*, p. 233.

死者数を下方修正: Rings, *Advokaten*, pp. 140–6.

アウシュヴィッツの記事の方が: Fleming, *Auschwitz*, p. 233.

特別なミサ: Tibori Szabó, 'Auschwitz Reports', p. 113.

バーゼルとシャフハウゼン: Zimring, 'Men', p. 81.

ジュネーヴの特派員: Daniel T. Brigham, 'Inquiry Confirms Nazi Death Camps', *New York Times*, 3 July 1944.

p.291　**衝撃的だった**: Interview with Garrett in Rings, *Advokaten*, p. 144.

「すぐに介入しなくてはならない」: Gilbert, *Auschwitz*, p. 233.

p.293　**チェコとスロヴァキアの**: ロンドンとモスクワのラジオ放送の記録。Central Archives, Prague, SUA4, URP. Cart. 1170, cited in Kárný, 'Report', p. 559.

「ロンドンに情報が行った」: Świebocki, *London*, p. 56.

〈女性のためのニュース〉: Fleming, *Auschwitz*, Appendix I, line 46.

アウシュヴィッツの一部の被収容者たちは: このエピソードは、ゲルハルト・リーグナーとの対談でエーリッヒ・クルカが回想したもの。1995年4月にジュネーヴで開催された世界ユダヤ人会議におけるマーティン・ギルバートとのインタビューによる。Baron, *Stopping*, p. 15 n. 32.

花束や甘い言葉を連ねた手紙: Waller, *Disciples*, p. 136; Baron, *Stopping*, p. 16.

ったのだ。 Kárný, 'Report', p. 560; Vrba to Randolph L. Braham, 17 January 1994, FDRPL, Vrba collection, box 1.

p.266 **秘密の会合**: Vrba, 'Preparations', pp. 254–5.

「文明化されたドイツ」: 同上。p. 255.

叫んだ: Wetzler, *Escape*, p. 205.

p.267 **「ユダヤ人共産党員扇動者」**: Vrba, 'Preparations', p. 255.

p.268 **チェコ人のカトリック神父**: Trencsényi, Janowski, Baár, Falina and Kopeček, *History*, vol. 1, p. 552.

ドイツ的な姓: Vrba, Testimony, p. 1377.

第21章 神の子たち

p.269 **貨物列車でジリナを**: Vrba, *I Escaped*, p. 302.

p.270 **「重要な」こと**: Baron, *Stopping*, p. 181.

p.271 **キリスト教徒に改宗したユダヤ人**: Baron, 'Myth', p. 187.

p.272 **パニックを引き起こす**: Baron, *Stopping*, p. 184.

自分がやるべきことだ: 同上。p. 195.

つらいものだった: 同上。p. 191.

戦慄するような現実: 同上。

p.274 **ユダヤ人の苦境を**: Baron, 'Myth', p. 188.

聖餐式を拒絶する: Baron, *Stopping*, p. 209.

p.275 **「これは地獄だ!」**: 同上。

第22章 わたしに何ができるのか?

p.277 **二人目の名前を聞いて**: Mordowicz, USHMM interview, p. 24.

静かな喜びを: 同上。p. 26.

p.278 **腹を立てている**: Rosin, Kulka interview, p. 8.

拷問されても: Vrba to Martin Gilbert, 30 July 1980, FDRPL, Vrba collection, box 3.

狭くて短い横穴: Mordowicz, USHMM interview, p. 29.

パンと作業着: 同上。

p.279 **増えた犬**: 同上。p. 28.

テレピン油: 同上。p. 32.

マッチ箱: Kulka, 'Five Escapes', p. 208.

p.280 **これほど心から**: Rosin, Kulka interview, p. 21.

クラスニャンスキーとともに: Zimring, 'Tale', p. 381.

p.281 **髪を切ったり**: Vrba, *I Escaped*, pp. 305–6.

二十日間かかった: Vrba to John S. Conway, 2 July 1976, FDRPL, Vrba collection, box 1, p. 4.

p.282 **警察の内通者**: 同上。p. 14.

第20章 黒と白

p.254 **許可証を手に入れ**: Gilbert, *Auschwitz*, p. 203.
翌日に: Vrba, 'Preparations', p. 251.
名前と写真: Vrba, Lanzmann interview, p. 56.

p.255 **疲労困憊し**: Karmil/Krasňanský, Kulka interview, p. 4.
驚嘆した: Krasňanský, 'Declaration', p. 1.
毛穴にいたるまで: Wetzler, *Escape*, p. 193.

p.256 **鍵をかけた**: Vrba, 'Preparations', p. 251; Krasňanský, 'Declaration', p. 1.
二週間: Karmil/Krasňanský, Kulka interview, p. 3.

p.257 **胸が痛んだ**: Vrba, 'Preparations', p. 251.
反対尋問をされているように: Gilbert, *Auschwitz*, p. 203.
矛盾がないか: Wetzler, *Escape*, p. 201.

p.258 **事務的な対応で**: Steiner, Lanzmann interview, pp. 79–81.
ユダヤ人弁護士や評議会の指導者: Vrba, Lanzmann interview, p. 59.
討議した: Fatran, 'Working Group', p. 165.

p.259 **どうして直接確認しないのだろう?**: Vrba, Lanzmann interview, p. 57.
噂を聞いていた: *Vrba–Wetzler Report*, foreword by Oskar Krasňanský, n.p.
二人の証言に基づき: Krasňanský, 'Declaration', p. 1.
建築家が作成した: Kulka, 'Five Escapes', p. 207.

p.264 **約百七十六万五千人**: アウシュヴィッツ=ビルケナウ強制収容所における死亡者の総数は110万人で、そのうち90万人がユダヤ人だったと、現在、大半の学者が確信している。

p.265 **ノウマンの前で**: Neumann, *Im Schatten*, pp. 178–82.
予告や推測は入れない: Vrba, 'Preparations', p. 263.
その基準を満たしておらず: 歴史学者ミロスラヴ・カーニーは、ハンガリーのユダヤ人に危険が迫っていることを伝えなかったという主張に対して強い疑問を示している。報告書には「ギリシャのユダヤ人の大規模な移送」が予想されるという噂がはっきりと記されているからだ。あるコミュニティで噂があるなら、他のコミュニティも推して知るべしだ、とカーニーは言っている。ただ、ギリシャのユダヤ人については、ヴァルターとフレートも到着を直接見た。収容所でのヴァルターと親衛隊員の最後の会話は、まちがいなくそのことについてだった。クラスニャンスキーはギリシャのユダヤ人の話は推測ではないと判断し、報告書に入れられると判断したのだろう。一方で、ハンガリーのユダヤ人の危険についてはそうではないと考えた。アウシュヴィッツでハンガリーのユダヤ人の大量殺戮の準備がおこなわれているというヴァルターとフレートの警告よりも、2人のスロヴァキアのユダヤ人指導者からの手紙に、より正確にその危険が記されていた。手紙は1944年5月22日に送られている。ヴァルターとフレートがジリナで話を語ったあとだが、重要なのはまだモルドヴィチとロシンの逃亡前だったということだ。警告の裏づけになる情報は、ヴァルターとフレートの口からしかまだ伝えられていなかドイツ人のおとり工作員:Vrba, 'Preparations', p. 247.
p.237 ドアや窓の鎧戸を閉めた: 同上。p. 248.
パンを落としてくれた: 同上。
阻塞気球: Wetzler, 1963 testimony, p. 39.
灰色のふくらんだ気球: Vrba, *I Escaped*, p. 287.
p.238 枝が折れたり、小石がころがったりする音: Wetzler, 1963 testimony, p. 39.

第19章　国境を越える

p.239 ドイツ兵の警備隊: Vrba, 'Preparations', p. 248.
ドイツ兵は二人に向かって: Wetzler, 1963 testimony, p. 39.
p.240 「命中した!」: Vrba, *I Escaped*, p. 288.
p.241 コートをなくして: Vrba, 'Preparations', p. 248.
火を焚いたらしい: Wetzler, 1963 testimony, p. 39.
p.242 アウシュヴィッツ強制収容所から: Vrba, *I Escaped*, p. 289.
あかぎれのある手: Wetzler, 1963 testimony, p. 40.
p.243 小さなヤギ小屋: Vrba, 'Preparations', p. 248.
パンと毛布を渡し: Wetzler, 1963 testimony, p. 40.
p.244 泣きそうになって: 同上。
銃を持っている: Vrba, *I Escaped*, p. 291.
p.245 収容所から来たようだな: 同上。
目に涙を浮かべて: Wetzler, 1963 testimony, p. 40.
新しいブーツ: 同上。p. 41.
p.246 線路を渡った: 同上。p. 40.
タデウシュ: 同上。ルドルフ・ヴルバの自伝では、スロヴァキア国境までのガイドの名前や、彼がアウシュヴィッツの元囚人であることには言及がなかった。
p.247 「あそこがスロヴァキアだ」: Vrba, *I Escaped*, p. 293.
二百六十四番地の家: Wetzler, 1963 testimony, p. 40.
ミルフカ出身の: Wetzler, *Escape*, p. 179.
p.249 低い入札を陽気にしりぞける: Vrba, *I Escaped*, p. 295.
p.250 ポーレクは青ざめ: Vrba, Lanzmann interview, p. 53.
震えはじめた: Vrba to Martin Gilbert, 30 July 1980, FDRPL, Vrba collection, box 2.
「死にました」: Vrba, Lanzmann interview, p. 53.
p.251 レオ・ベックの親戚: Vrba, 'Preparations', p. 251.
足に包帯を巻いて: Vrba to Martin Gilbert, 30 July 1980, FDRPL, Vrba collection, box 2.
鉄道駅: Vrba, Lanzmann interview, p. 54.
p.252 サラミ、卵、サラダ: Wetzler, *Escape*, p. 192.
のちにタイピストを: Vrba, 'Preparations', p. 251.

p.221　**隠れ家は**: BⅢ区画、またはメキシコでの隠れ家の正確な場所ははっきりしていない。ある説明で、ヴルバは「第5死体焼却場から300メートル東」と言っている。以下を参照。 Vrba, 'Preparations', p. 246. しかし、ヴルバとヴェツラーの証言の他の詳細を考慮すると、もっと距離は離れていて、メキシコの北東の隅にあったと思われる。

焼却炉に入れられる: Vrba, *I Escaped*, p. 274.

ベルギーから運ばれてきたユダヤ人: Winik, *1944*, p. 133.

p.222　**陽気な曲**: Wetzler, *Escape*, p. 135.

強烈な痛み: 同上。p. 144.

p.223　**月が輝いていた**: Wetzler, 1963 testimony, p. 38.

雪は積もっていなかったが: Wetzler, *Escape*, p. 145.

きらきら輝いている: Vrba, Testimony, p. 1370.

p.224　**足跡を踏むようにして**: 同上。

洗濯ばさみのようなもの: Wetzler, 1963 testimony, p. 38.

p.225　**焼却炉の煙突は**: 同上。p. 39.

石油精製所のような: Vrba, Testimony, p. 1374.

二度と見ることがないように: Vrba, *I Escaped*, p. 278.

ぬかるんだ土地で: Vrba, Testimony, p. 1370.

夜中の二時頃: Wetzler, 1963 testimony, p. 39.

第18章　逃亡

p.226　**電報で知らせた**: Kárný, 'Report', p. 553.

第三帝国の電報: Telegram reproduced in Kulka, 'Five Escapes', p. 205.

p.228　**明らかなユダヤ人**: 1938年8月の「氏名変更に関する法律」の第二次施行令では、91の女性の名前があげられていた。以下を参照。*Personal Names, Hitler and the Holocaust*, p. 65.

p.229　**社会の真空地帯**: Vrba, 'Preparations', p. 245.

誰にも話さなかった: 同上。

書類もなく、地図も方位磁針もなく: Gilbert, *Auschwitz*, p. 196.

p.230　**銅鑼の音が聞こえる**: Wetzler, 1963 testimony, p. 39.

親衛隊員は近づいてきて: 同上。

p.231　**民族ドイツ人の移住者たち**: Vrba, 'Preparations', p. 247.

p.232　**流れで喉を潤して**: 同上。

監視塔が建ち並ぶ: Wetzler, 1963 testimony, p. 39.

チェスについて: Vrba, *I Escaped*, p. 280.

p.233　**パパ、パパ**: 同上。

p.235　**砂糖一キロ**: Flaws, *Polish Complicity*, pp. 62–3.

御名を讃えます: Vrba, *I Escaped*, p. 285.

p.236　**「正体不明の不審者」**: Vrba, 'Preparations', p. 247; Gilbert, *Auschwitz*, p. 196.

ドア枠で: Wetzler, 1963 testimony, p. 36.

アレクサンダー・〝サンドル〟アイゼンバッハ: Kulka, 'Attempts', p. 299.

p.205 何回も: Vrba, *I Escaped*, p. 262.

p.207 徹底的に調べられ、尋問される: Kulka, 'Attempts', p. 299.

金やダイヤモンドを: ゴールドについては同上。ダイヤモンドについては以下による。Vrba, *I Escaped*, p. 263.

p.209 同じ場所を: Kulka, 'Attempts', p. 299.

第16章 みんなを行かせてくれ

p.210 頭の中に: 第28章の原注「脱走の詳細について」を参照。

裕福なオランダ人紳士に: Vrba, *I Escaped*, p. 267.

革のロングブーツ: Vrba, 'Preparations', p. 248.

p.211 ボレックとアダメク: Wetzler, 1963 testimony, p. 37.

髪が長すぎると: 同上。

p.213 リーデールは自転車を乗り捨て: Kulka, 'Five Escapes', p. 201.

「インクウェル」: 同上。p. 202.

p.214 レジスタンス活動を: ジークフリート・リーデールは1972年4月5日に死去するまでチェコスロバキアで暮らし、反ナチスのパルチザンの闘いを最後まで見届けた。彼はその驚嘆すべき逃亡も、テレージエンシュタットのユダヤ人に警告しようとしたことも世に知られないまま亡くなった。

p.215 「いったいここじゃどうなってるんだ?」: Vrba, *I Escaped*, p. 267.

p.216 なぜ囚人が時計を: 同上。

p.218 責任者みたいな: Vrba, Testimony, p. 1365.

「しゃれ者め、元気か?」: Vrba, *I Escaped*, p. 269.

「ほら、ギリシャ煙草でもやれよ」: 同上。

アテネから到着した: アウシュヴィッツ強制収容所から脱走した囚人の報告書(1944年7月28日)には、「1944年4月1日、ギリシャ系ユダヤ人の移送者が到着した。そのうち200人が収容所に入れられ、残りの約1500人はすぐにガス室に送られた」とある。CZA A314/18.

いくつかずらして: Vrba, Testimony, p. 1366.

「よい旅を」: Wetzler, *Escape*, p. 108.

p.219 午後二時だった: Vrba, Testimony, p. 1368.

セデルの夜: Doležal, *Cesty Božím*, p. 109. ヴルバはインタビュアーに1944年4月7日がセデルの夜だったことを、50年後の脱出記念日に講演を行ったときに初めて知ったと語った。

第17章 地下で

p.220 軍歌の旋律: Wetzler, *Escape*, p. 114.

p.188　**茶色の革ベルト**: Vrba, *I Escaped*, p. 248.
p.189　**二本の鋤で**: 同上。p. 252.
p.190　**力のある被収容者たちが**: 同上。
インクで刻みつけた: 1999年、ヴルバはこのベルトをロンドンの帝国戦争博物館に寄贈した。品目EPH 2722としてカタログに記載がある。
脱走しやすかった: Kulka, 'Attempts', p. 295.
p.191　**一対十四の**: 同上。
宣伝するための行進: Vrba to Martin Gilbert, 12 August 1980, FDRPL, Vrba collection, box 2.
ベスキディ山脈: Vrba, Testimony, p. 1319.
通り過ぎる集落の名前: Vrba, 'Preparations', p. 246.

第14章　ソビエト兵捕虜の教え

p.192　**一九四四年一月十五日**: Vrba, 'Preparations', p. 246.
「こりゃ、驚いたね」: 同上。pp. 238–9.
p.194　**「ハンガリー製サラミ」**: 同上。p. 240.
p.196　**短期集中で講義し**: Vrba, *I Escaped*, p. 238.
何を持っていき、何を置いていくか: 同上。p. 239.
p.197　**内通者のネットワーク**: Vrba, 'Preparations', p. 245.
故郷の身内を殺す: Vrba, Testimony, p. 1345.
何人も殺したから知ってるが: Vrba, *I Escaped*, p. 238.
煙草をガソリンに浸し: 同上。p. 239.
p.198　**互いに信頼し**: ゲルタ・ヴルバへの著者インタビュー(2020年6月15日)。
二人しか生き残っていなかった: Vrba, 'Preparations', p. 244.
親友と: Vrba, Testimony, p. 1321.
BⅡd区画: Kulka, 'Five Escapes', p. 205.
第二死体焼却場が見えた: Vrba, Testimony, pp. 1327–8.
p.199　**孤独と寂しさを強く感じ**: Wetzler, 1963 testimony, p. 35.
ささやきあっていた: Vrba, Testimony, p. 1321.
下水管を這って: Wetzler, 1963 testimony, p. 35.
p.200　**経験がないことと**: Gilbert, *Auschwitz*, p. 193.
刻々と: 同上。p. 194.
p.201　**まだ自由に行動できるうちに**: 同上。p. 193.

第15章　隠れ家

p.202　**警告なしに**: Kulka, 'Attempts', p. 296.
p.203　**「メキシコ」と呼ばれる**: Müller, *Eyewitness*, p. 179.
p.204　**二重の罪で**: Kulka, 'Attempts', p. 299.

混ぜ物をしたパン: Cesarani, *Final Solution*, p. 527.
仲間の囚人たちが飢えている: Vrba, *I Escaped*, p. 201.

p.166 列を作って: 同上。p. 200.

p.167 労働組合にもマフィアにも: Vrba, Lanzmann interview, p. 38.
毎日四百人ほどが: 同上。p. 39.

p.168 とどこおりなく運営するために: 同上。p. 40.
大量虐殺を促進する: 同上。p. 43.

第12章 「これまで楽しかった」

p.169 ようやくユダヤ人が: Kulka, 'Attempts', p. 295.

p.170 三百から四百の死体: Vrba, Testimony, p. 1321.

p.171 三人の弟を: 同上。

p.172 胸ポケット: Langbein, *People*, p. 71.
全員が足を踏み入れる: Vrba, Testimony, p. 1357.
四、五十メートルしか: 同上。p. 1348.

p.173 建物全体が揺れた: 同上。pp. 1348–9.
人々を眺めて: 同上。pp. 1472–3.
最新の情報: Deposition by Rudolf Vrba for submission at the trial of Adolf Eichmann, 16 July 1961, FDRPL, Vrba collection, box 10; Gilbert, *Auschwitz*, p. 194.
記録係長: Vrba, *I Escaped*, p. 202.

p.174 寝台で排泄し: Cesarani, *Final Solution*, p. 528.
食事用のボウルに: 同上。p. 660.

p.176 〈歓喜の歌〉: Interview with Otto Dov Kulka in Freedland, 'Every One', *Guardian*, 7 March 2014.
アリツィア・モンク: 英語風の名前が使われることが多いルドルフの自伝では、「アリス」の表記が用いられている。ゲルタは著者に彼女の名前は「アリツィア」だと語った。

p.177 常勤スタッフ: Vrba, *I Escaped*, p. 216.

p.179 「これまで楽しかった」: 同上。p. 227.
ドアに突進していった: Müller, *Eyewitness*, p. 109.
六十七人だけが: Gilbert, *Auschwitz*, p. 235 n. 1.
十一組の双子: *Vrba–Wetzler Report*, p. 16.

第13章 脱走は「死」である

p.185 二枚のシャツ: Vrba, Testimony, p. 1441.

p.186 計画を最初に思いついたのは: Kulka, 'Attempts', p. 297.

p.187 「万歳三唱、また戻ってきた!」: Müller, *Eyewitness*, pp. 55–6.
脱走しようとしたら: Kulka, 'Attempts', p. 298.
三十三歳で: Vrba, 'Preparations', p. 243.

p.148 **どんな蛮行でも許された**: この一節は通常ドストエフスキー作品からの引用だが、ルドルフ・ヴルバがロバート・クレルとの会話中に使ったものである。以下を参照。 *Sounds from Silence*, p. 260.

彼女の息子を「犬」にした: Aderet, 'The Mystery of the Jewish Boy Who Was Forced to Be Mengele's "Dog"'.

相手が死にかけていても: Langbein, *People*, p. 97.

生のまま食べても: 同上。p. 98.

首を絞めて: Vrba, Lanzmann interview, p. 5.

p.149 **周囲で人が殺されている**: 同上。p. 6.

拷問棟: Vrba, Testimony, p. 1316.

意味を与えてくれる: Vrba, Lanzmann interview, p. 6.

p.150 **子供の暗記ゲームみたいなもの**: Vrba to Martin Gilbert, 12 August 1980, FDRPL, Vrba collection, box 2.

27400〜28600: *Vrba–Wetzler Report*, p. 8.

p.151 **「市民」と呼んでいた**: Vrba, Lanzmann interview, pp. 6–7; Vrba, Testimony, p. 1529.

室内にも入れたので: Vrba, Testimony, pp. 1475–6.

p.152 **荷台に山積みにされた死体**: Vrba, Lanzmann interview, p. 21.

p.153 **光のいたずら**: 同上。

第11章 ビルケナウ

p.157 **四十二キロぐらいまで**: Vrba, Lanzmann interview, p. 37.

p.158 **「彼はおれたちの仲間なんだ」**: Vrba, *I Escaped*, p. 182.

拷問にも耐えられる: Vrba, Lanzmann interview, p. 37.

p.159 **社会民主党員や共産主義者**: Vrba, Testimony, p. 1343.

仲間たちは彼を覚えていた: 著者とロビン・ヴルバとのやりとり。

p.160 **厩舎を片づける**: Vrba, Testimony, pp. 1314–15.

p.161 **縦横、深さ六メートル**: 同上。p. 1316.

子供たちの頭が: 同上。p. 1315.

ちゃんと歌えなかった: 同上。pp. 1455–6.

まるでプレゼントのように: Auschwitz-Birkenau State Museum, 'Christmas Eve in Auschwitz as Recalled by Polish Prisoners', http://www.auschwitz.org/en/museum/news/christmas-eve-in-auschwitz-as-recalled-by-polish-prisoners,47.html.

p.162 **一九四三年一月十五日**: Vrba, Testimony, p. 1246.

五十頭の: アウシュヴィッツ=ビルケナウ国立博物館での情報表示。

p.163 **誰が一撃で**: Vrba, *I Escaped*, p. 203.

鉄棒を差し渡し: 同上。p. 199.

p.165 **八割がポーランド人**: Kulka, 'Attempts', p. 295.

貴族みたいな暮らしぶり: Vrba, *I Escaped*, p. 200.

第9章　荷下ろし場で

p.131　**十か月働いた**: Vrba, Lanzmann interview, p. 7.
あと二十キロほど: Wachsmann, *KL*, p. 309.
運搬隊: Vrba, Testimony, p. 1269.
出動を命じられ: Vrba, Lanzmann interview, p. 16.
十二、三分: テレサ・ウォントール＝シシーへの著者インタビュー(2021年8月6日)。
五十両の貨車: Vrba, Testimony, p. 1271.

p.132　**食堂車**: 同上。p. 1273.
ギャングのエリート: Vrba, Lanzmann interview, p. 9.
白い手袋: Vrba, Testimony, p. 1274.

p.133　**「全員外へ!」**: 同上。p. 1275.

p.134　**数秒で飲みこむ**: Vrba, *I Escaped*, p. 166.
ハルヴァやオリーブなら: Vrba, 'Preparations', p. 241.

p.135　**ラディーノ語**: Vrba, Lanzmann interview, p. 23.
それを逸脱すると: Vrba, Testimony, p. 1284.

p.136　**死者と死にかけている者を**: Vrba, Lanzmann interview, p.15.
右に行かされれば: Vrba, Testimony, p. 1282.
衛生担当の伍長: 同上。p. 1277.
きれいな女性は: 同上。p. 1278.
ステッキの湾曲部分を: 同上。p. 1277.

p.137　**資金のむだであり**: Wachsmann, *KL*, p. 311.

p.138　**神経過敏で鬱状態となった**: Wetzler, 1963 testimony, p. 35.

p.139　**ふりをした**: Vrba, Lanzmann interview, p. 12.

p.140　**トラックに積む仕事**: Vrba, Testimony, pp. 1304–5.
花壇があった: 同上。p. 1548.

p.141　**どういう仕事だね?**: Długoborski and Piper, *Auschwitz*, vol. III, p. 130.
「コーヒーと食べ物を出す」: Wachsmann, *KL*, p. 318.
時間をむだにすることがない: Greif, *We Wept*, p. 228.
子供の靴など: Doležal, *Cesty Božím*, p. 112.
第二死体焼却場: テレサ・ウォントール＝シシーへの著者インタビュー(2021年8月6日)。
アーモンド臭が: Borkin, *I.G. Farben*, p. 123.

p.142　**どの囚人が**: Vrba, Testimony, p. 1279.

p.143　**「みなさん、お静かに!」**: Vrba, *I Escaped*, p. 165.

第10章　記憶する男

p.146　**すべて置いていってかまわない**: Vrba, *World at War*, part I, p. 40.

p.147　**警備エリアの外に**: Vrba, Testimony, p. 1271; Vrba, *I Escaped*, p. 255.

p.121 **「歯科医」担当の嘔吐**: Wachsmann, *KL*, p. 314.

およそ六トンの金歯: Cesarani, *Final Solution*, p. 654.

三億二千六百万ライヒスマルク: 概算は親衛隊中将および警察中将オディロ・グロボクニクによる。彼の計算では1億ライヒスマルクの貨物となり、品物の半分がまだ倉庫にあって今後整理すれば、5000万ライヒスマルクの収益が見こまれる、とある。さらに1300万ライヒスマルク相当の貨車1000台分の衣類もあり、合計1億6300万ライヒスマルクとなる。グロボクニクは「最低の価値」で計算するように主張したので、見積もりは低くなりがちだった。「総価値はおそらく2倍だろう」と彼は書いている。その場合、3億2600万ライヒスマルクかそれ以上になっただろう。以下を参照。Office of United States Chief of Counsel for Prosecution of Axis Criminality, *Nazi Conspiracy and Aggression*, Supplement A, p. 752.

p.122 **水浴びをしたり**: Testimony of Kitty Hart in Langbein, *People*, p. 140.

p.123 **シャンパン一本はキニーネ錠**: Testimony of Manca Svalbova and Krystyna Zywulska, 同上。p. 141.

p.124 **片面しか印刷していない**: Vrba, Testimony, pp. 1438–9.

復讐でもあった: Vrba, Lanzmann interview, p. 27.

そのページを破りとって: Vrba, 'Preparations', p. 246.

p.127 **ヴィーグレブ**: ヴルバの自伝のデンマーク語版の担当編集者は、ヴルバがヴィーグレプと呼び、ヴルバ=ヴェツラー報告書ではヴィクレフとなっている親衛隊員は「おそらくリヒャルト・ヴィーグレブのことで、アウシュヴィッツの親衛隊員リストに名前が載っている」と述べている。Vrba, *Flugten fra Auschwitz*, p. 162 n. 3. 以下も参照。Strzelecki, 'Plunder', p. 251.

四十七回打擲した: Vrba, *I Escaped*, pp. 152–4; Vrba, Testimony, pp. 1436–7.

p.128 **手術がおこなわれた**: アウシュヴィッツの記録では、外科医はポーランド人囚人のヴワディスワフ・デリングだった。彼は1964年にロンドンでおこなわれた有名な名誉毀損裁判の被告となった。レオン・ユリスがベストセラーとなった著書『エクソダス――栄光への脱出』(犬養道子訳、河出書房新社、1961年)の中で、アウシュヴィッツで医療行為をおこなっていた他の医師とともにデリングについて取り上げたからだ。法廷で実質的に真実だと認められたデリングに対する多くの告発の中には、収容所で十分な麻酔をせずに手術をしたというものがあった。この裁判はユリスの小説*QB VII*の中で描かれている。APMAB, Labour Department, vol. 7, pp. 77–8.

p.129 **一週間後に**: 4号棟の「記録」は現存する数少ないもののひとつで、アウシュヴィッツ=ビルケナウ国立博物館に保存されている。そこにはヴァルター・ローゼンベルクは1942年10月5日に退院し、仕事につけるぐらい元気そうだ、と記されている。APMAB, 同上。

病院の事務係: Vrba, *I Escaped*, p. 163.

二十人ぐらいの女性: Vrba, Lanzmann interview, p. 28.
p.101　飢えをなだめていた: Vrba, *I Escaped*, p. 43.
p.103　漠然とした疑惑: 同上。p. 145.
p.104　夜のうちに姿を消して: Levi, *If This Is a Man*, p. 21.

第7章　ユダヤ人問題の最終的解決

p.108　アウシュヴィッツ＝ビルケナウ強制収容所での労働を: Cesarani, *Final Solution*, p. 522.
ヴァルターがやってきたのは: 同上。p. 520.
六十万のユダヤ人が: Wachsmann, *KL*, p. 292.
p.109　じょじょに加えられた機能だった: ニコラス・ワクスマンへの著者インタビュー(2021年5月28日)。
p.110　場所は不都合だった: Długoborski and Piper, *Auschwitz*, vol. III, p. 121.
使われるようになった: 同上。
死体置き場として: 同上。p. 122.
騒々しい音が: 同上。p. 129.
p.111　やけに大きく: 同上。
これから風呂に入って: 同上。p. 131.
p.112　激しくドアをたたき: Müller, *Eyewitness*, pp. 31–9.
p.113　オートバイのエンジンで: Długoborski and Piper, *Auschwitz*, vol. III, p. 131.
大きく咳きこんだり: Wachsmann, *KL*, p. 301.
p.114　六万人ほどの: 同上。p. 304.
p.115　木々や茂みで: Auschwitz-Birkenau State Museum, 'The Death of Silent Witnesses to History', http://www.auschwitz.org/en/museum/news/the-death-of-silent-witnesses-to-history,466.html.
p.116　可燃性によって: Müller, *Eyewitness*, p. 98.

第8章　ビッグ・ビジネス

p.118　ドイツ国内に: Cesarani, *Final Solution*, p. 653.
ナチスは絞りとった: Doležal, *Cesty Božím*, pp. 111–12.
p.119　アウシュヴィッツ方式で: Vogel, USHMM interview, p. 5.
前線に送られた: Holocaust Education & Archive Research Team, 'The Holocaust: Economic Exploitation'.
万年筆が: Cesarani, *Final Solution*, p. 653.
p.120　ブーツで踏みつけて: Vrba, Lanzmann interview, p. 26.
二十のトランクが: Cesarani, *Final Solution*, p. 654.
ドイツの工場に: *Der Spiegel*, 'Schaeffler'.
爆弾の遅延装置: Nyiszli, *Auschwitz*, p. 87.
女性の髪: Ryback, 'Evidence of Evil', p. 68.

p.82　「あいつらはゆうべ死んだ分だ」: Vrba, *I Escaped*, p. 81.
「知りすぎたからだ」: 同上。p. 82.
「ブナ」に移送された: *Vrba–Wetzler Report*, p. 24.
p.83　「これまでにないほど必死に働いてもらう」: Vrba, *I Escaped*, p. 112.
建物の上階に行ったときに: 同上。p. 94.
p.84　百人ほどの被収容者: Vrba, Testimony, p. 1247.
もう一方にはカポと: Vrba, *I Escaped*, p. 113.
p.85　何も食べたり飲んだり: Vrba, Testimony, p. 1248.
金属棒: Rothman, USHMM interview, p. 14.
p.86　疲労と飢えから: Greif, *We Wept*, p. 368 n. 24.
じゃがいもかカブのスープ: *Vrba–Wetzler Report*, p. 24.
スプーンはなかった: Vrba, Testimony, p. 1248.
彼らはその水を飲み: 同上。
p.87　「逃亡を企てた」: *Vrba–Wetzler Report*, p. 24.
帽子を奪い: Vrba, Testimony, p. 1250.
p.88　肩にかついだ: 同上。p. 1252.
五人から十人の死体: 同上。p. 1251.
反対側に五つ: 同上。pp. 1330–1.
p.89　何人が生きているかは: 同上。p. 1332.
女性収容所で発生した: 同上。p. 1253.
p.90　足が腫れ上がった: Itzkowitz, USHMM interview, p. 14.
p.91　色を塗ることだった: 同上。
数人のユダヤ人作業者を: 同上。
p.92　二十メートル走って戻る: Vrba, Testimony, pp. 1254–5.
命がけで走らねばならないと: Vrba, *I Escaped*, p. 130.
p.93　月に五百人も: Bacon, *Saving Lives*, p. 47.
回復がむずかしい: Langbein, *People*, p. 204.
病人を皆殺しにする: Bacon, *Saving Lives*, p. 47.
p.94　全部で七百四十六人の: 同上。
ここで何をしてるんだ?: Vrba, *I Escaped*, p. 131.
おまえらは幸運だ: 同上。p. 132.
p.95　髪の毛は刈られて: *Vrba–Wetzler Report*, p. 2.

第6章　カナダ

p.98　六棟の大きな建物: Greif, *We Wept*, p. 338 n. 45.
二エーカー以上: Vrba, Testimony, p. 1306.
p.99　隠された貴重品: Greif, *We Wept*, p. 338.
慎重に指を這わせ: Hart, *I Am Alive*, pp. 69–70.

p.48　とんでもないトラブルメーカー: Vrba, *I Escaped*, p. 20.

p.49　簡単に逃げられるように: 同上。p. 21.

第3章　移送されて

p.54　死体になるぞ: Vrba, *I Escaped*, p. 34.

大人の一人を殴りつけるだけで: Vrba, *World at War*, part I, p. 20.

p.56　三年前に: Vrba, *I Escaped*, p. 45.

p.57　いつ終わるか見当もつかない: Vrba, *World at War*, part I, p. 28.

p.58　おまえらできそこないのために: Vrba, *I Escaped*, p. 45.

p.59　十五歳から五十歳までの男: *Vrba–Wetzler Report*, p. 21.

p.60　長距離を行進するよう: 同上。

第4章　マイダネク

p.62　ポケットに何か入ってないか?: Vrba, *I Escaped*, p. 52.

p.65　食べ物を漁っていた: 同上。p. 56.

p.66　二人は腕を上げて挨拶した: 同上。p. 60.

p.68　千人以上が詰めこまれていた: State Museum at Majdanek, 'Living Conditions', https://www.majdanek.eu/en/history/living_conditions/13

腸を空にした: Cesarani, *Final Solution*, p. 659.

ラビを撃ち殺した: *Vrba–Wetzler Report*, p. 23.

p.69　劣悪な品質の代用マーガリン: 同上。p. 22.

とてつもなくつらい肉体的な負担: Fackler, 'Music', p. 2.

p.71　数日で列車が出発する: Vrba, *I Escaped*, p. 64.

「向こうに行ったら、死ぬぞ」: 同上。p. 65.

p.72　「おまえ、後悔するぞ」: 同上。p. 67.

p.74　木造の粗末なバラック: *Vrba–Wetzler Report*, p. 24.

第5章　我々は奴隷だった

p.78　高度に訓練された犬: *The World at War*, Thames TV, Episode 20, 'Genocide', 27 March 1974.

どんな秘密が隠されているのだろう: Vrba, *I Escaped*, p. 73.

p.79　どちらも骨と皮ばかりだったので: Vrba, Testimony, p. 1333.

p.80　特製のスタンプ: Wetzler, 1963 testimony, p. 26.

気を失った: *Vrba–Wetzler Report*, p. 1.

小さな番号: Langbein, *People*, pp. 70–1.

ダビデの星: Długoborski and Piper, *Auschwitz*, vol. II, p. 17.

p.81　死者のような被収容者: Levi, *If This Is a Man*, p. 103.

元気そうに見せるため: Langbein, *People*, p. 120.

ここから出られなかった: Vrba, *I Escaped*, p. 277.

第1章　星

p.27　**ヴァルターをお手本にするべきだと**: 著者とロビン・ヴルバとのやりとり。

p.28　**町で尊敬されているラビの家**: Vrba, Lanzmann interview, p. 71.

p.30　**稲光に打たれるのを**: 著者とロビン・ヴルバとのやりとり。

無宗教を選んだ: Vrba, *World at War*, part I, p. 4.

p.31　**ユダヤ人は信用できず**: Kubátová and Láníček, *Imagination*, p. 22.

p.32　**熟したトウモロコシの畑**: Vrbová, *Trust*, p. 11.

両方のシナゴーグに火を放った: JTA, '2 Synagogues Burned in Slovakia', 14 December 1938.

p.33　**「ユダヤ人は出ていけ、チェコ人は出ていけ」**: Vrbová, *Trust*, p. 14.

無機と有機の: Vrba, *I Escaped*, p. 55.

家庭教師として雇ったが: 著者とロビン・ヴルバとのやりとり(2021年10月22日)。

p.34　**ポンポンのついた帽子**: Vrbová, *Trust*, p. 21.

町の中央にある掲示板: Vogel, USHMM interview, p. 2.

助手に肉屋を譲って: Vrbová, *Trust*, p. 21.

p.35　**まさにやりたい放題で**: Spira, 'Memories of Youth', p. 43.

p.36　**ユダヤ人に対するもっとも厳しい法律**: 政府広報紙*L'udové noviny* (People's Newspaper), 第1面(1941年9月21日)。見出しに「ユダヤ人を追い出した:ユダヤ人に対するもっとも厳しい法律はスロヴァキアのものだ」とある。

十五センチぐらいの: Vrba, *World at War*, part I, p. 2.

p.37　**屈辱と疎外感に**: Vrbová, *Trust*, p. 17.

社会主義者: 著者とロビン・ヴルバとのやりとり。

荷物は二十五キロ以下: Vrba, *World at War*, part I, p. 12.

p.38　**家族はあとから合流することが**: Vrba, Lanzmann interview, p. 2.

レジスタンス活動の中心になりそうな者たち: Vrba, *I Escaped*, p. 4.

無力な母親を残して: Vrba, *World at War*, part I, p. 12.

p.39　**月に行く方がましね**: Vrba, *I Escaped*, p. 1.

錠前師: 著者とロビン・ヴルバとのやりとり(2020年11月16日)。

あんたは誰に似たんだろうね: Vrba, *I Escaped*, p. 1.

p.40　**「タクシーに乗らないと無理ね」**: 同上。p. 5.

第2章　五百ライヒスマルク

p.42　**マッチの箱**: Vrba, *I Escaped*, p. 6.

p.46　**ろくでもないユダヤ人のガキ**: 同上。p. 17.

巨大な収容施設: 同上。p. 19.

p.47　**豆のスープとじゃがいも**: Frieder, *Souls*, p. 105.

原注

略語

APMAB: Archiwum Państwowego Muzeum Auschwitz-Birkenau（アウシュヴィッツ=ビルケナウ国立博物館アーカイブ。ポーランド、オシフィエンチム）
CZA: Central Zionist Archives, Jerusalem（セントラル・シオニスト・アーカイブ。イスラエル、エルサレム）
FDRPL: Franklin D. Roosevelt Presidential Library, Hyde Park, New York（フランクリン・D・ルーズベルト大統領図書館。アメリカ、ニューヨーク州ハイドパーク）
JTA: Jewish Telegraphic Agency（ジューイッシュ・テレグラフィック・エージェンシー）
NA: Národní archiv, Prague（国立公文書館。チェコ、プラハ）
USHMM: United States Holocaust Memorial Museum, Washington, DC（アメリカ合衆国ホロコースト記念博物館。ワシントンDC）
YVA: Yad Vashem Archive, Jerusalem（国立ホロコースト記念館。イスラエル、エルサレム）

プロローグ

p.14 **「よい旅を」**: Wetzler, *Escape*, p. 108.
たっぷりまいてあった: Wetzler, 1963 testimony, p. 37.
p.15 **発光する針**: Wetzler, *Escape*, p. 111.
その手を握りしめた: 同上。p. 108.
尋問されるつもりはない: 同上。
p.16 **並んでじっと動かないようにした**: Wetzler, 1963 testimony, p. 38.
ようやく待機が終わり: Vrba, *I Escaped*, p. 271.
フランネルの布: Wetzler, *Escape*, p. 124.
二百頭の犬たちは: Gilbert, *Auschwitz*, p. 196.
崖や穴をしらみつぶしに: Wetzler, *Escape*, p. 125.
p.17 **荒い息が**: 同上。p. 124.
p.18 **親衛隊員と部下たちが**: Wetzler, *Escape*, pp. 134–5.
p.19 **「馬鹿なやつらだ!」**: Vrba, *I Escaped*, p. 274.
配給からとっておいたパン: Vrba, 'Preparations', p. 247.
マーガリン: Wetzler, 1963 testimony, p. 36.
冷たいコーヒーひと瓶: 同上。p. 38.
凍てついた朝の霧が: Wetzler, *Escape*, p. 134.
p.20 **指の感覚がまるでなかった**: 同上。p. 130.
「逃げたはずがない」: Vrba, *I Escaped*, p. 275.
p.21 **捕まえたんだ!**: 同上。
p.22 **鋭い痛みが**: Wetzler, *Escape*, p. 139.
暗闇で抱きあった: 同上。

［写真］ p.351: Alamy Stock Photo/Keystone Press. p.164(上)Auschwitz-Birkenau State Museum Archive/p.134, 164(下), 227, 361: photo Stanislaw Kolowca 1945. p.339: AMF/©bpk Bildagentur. p.256: FDR Presidential Library & Museum. p.329: Courtesy of Caroline Hilton. p.300: National Archives, Kew, UK /PREM 4/51/10. p.134: Private Collection courtesy of Hans Citroen. p.64: Sovfoto/Universal Images Group/Shutterstock. p.99: United States Holocaust Memorial Museum, courtesy of Yad Vashem/Public Domain/p.366: Created by Claude Lanzmann during the filming of *Shoah* used by permission of United States Holocaust Memorial Museum and Yad Vashem – The Holocaust Martyrs' and Heroes' Remembrance Authority, Jerusalem. P.29, 323, 342, 368: Courtesy of Robin Vrba.

［地図］ Maps drawn by Nicky Barneby, Barneby Ltd.
Map of Auschwitz I and labels on map of Auschwitz II adapted from maps by Nikola Zimring, Rudolf Vrba Archives, LLC 2018, used with permission.

［著者］ジョナサン・フリードランド
Jonathan Freedland
英国ガーディアン紙コラムニスト、同紙元ワシントン特派員。BBCラジオ4で歴史番組のプレゼンターも務める。2022年に刊行された本書は「タイムリーかつ普遍的な教訓を与える」「もっと評価されるべき真の英雄の物語」など絶賛された。サム・ボーン名義で、英国サンデー・タイムズ紙ベストセラー第1位などのミステリー小説を刊行。2014年にジャーナリストとしてジョージ・オーウェル賞を受賞。ロンドン在住。

［訳者］羽田詩津子
（はた・しずこ）
翻訳家。お茶の水女子大学英文科卒。訳書に『ゲットーの娘たち』ジュディ・バタリオン（国書刊行会）、『ナチスから図書館を守った人たち』デイヴィッド・フィッシュマン（原書房）、『フランス人はなぜ好きなものを食べて太らないのか』ミレイユ・ジュリアーノ（日経BP）、『アクロイド殺し』アガサ・クリスティー（早川書房）など多数。

［校正］鈴木由香
［図版作成］手塚貴子
［本文組版］佐藤裕久

アウシュヴィッツ脱出

命を賭けて世界に真実を伝えた男

２０２５年４月25日　第１刷発行

著者　ジョナサン・フリードランド
訳者　羽田詩津子
発行者　江口貴之
発行所　ＮＨＫ出版
〒１５０-００４２ 東京都渋谷区宇田川町10-3
電話 ０５７０-００９-３２１(問い合わせ)
０５７０-０００-３２１(注文)
ホームページ https://www.nhk-book.co.jp
印刷　亨有堂印刷所／大熊整美堂
製本　藤田製本

Printed in Japan ISBN978-4-14-081988-3 C0098